U0463051

王安石与宋代诗歌文化

[美] 杨晓山 著
许浩然 译

崇文学术译丛·海外汉学经典
主编 林岩

长江出版传媒 | 崇文书局

WANG ANSHI AND SONG POETIC CULTURE
by Xiaoshan Yang

著作权合同登记图字：17-2022-082

图书在版编目（CIP）数据

王安石与宋代诗歌文化 /（美）杨晓山著；许浩然译. -- 武汉：崇文书局，2024.3
（崇文学术译丛. 海外汉学经典）
ISBN 978-7-5403-7314-6

Ⅰ. ①王… Ⅱ. ①杨… ②许… Ⅲ. ①诗歌研究—中国—宋代 Ⅳ. ① I207.22

中国国家版本馆 CIP 数据核字 (2024) 第 037109 号

出 版 人：韩　敏
责任编辑：鲁兴刚
责任校对：董　颖
装帧设计：徐　慧
责任印制：李佳超

王安石与宋代诗歌文化
WANG ANSHI YU SONGDAI SHIGE WENHUA

出版发行：长江出版传媒 | 崇文书局
地　　址：武汉市雄楚大街 268 号 C 座 11 层
电　　话：（027）87677133　　邮政编码：430070
印　　刷：湖北新华印务有限公司
开　　本：880mm×1230mm　1/32
印　　张：11.75
字　　数：249 千
版　　次：2024 年 3 月第 1 版
印　　次：2024 年 3 月第 1 次印刷
定　　价：88.00 元

“崇文学术译丛”序言

一份待完成的“课业”

世上有许多事，本应该早些做，但不知什么缘故，一直拖着没什么人做。学术翻译也常常如此，令人不解。

记得2000年初，我刚入复旦读博不久，按照惯例，师门两周召集一次会面，汇报最近的学习进展、读了些什么书。导师王水照先生虽然不爱说话，但时常会给一些有益的提示。也就是在这样的定期师生交谈中，我才首次知道日本学界早在20世纪初就提出了“唐宋转型说”，而且记住了内藤湖南、宫崎市定等人的名字。抱着强烈的好奇心，我找来刘俊文主编的《日本学者研究中国史论著选译》第一卷《通论》（中华书局，1992），阅读了内藤湖南《概括的唐宋时代观》、宫崎市定《东洋的近世》两篇名文，算是知道了一点皮毛。接着，通过第二卷《专论》（中华书局，1993）中附录的《战后日本的中国史论争》，才知晓了从20世纪30年代延续至70年代，围绕着中国历史的时代分期论，曾经出现了“东京学派”与“京都学派”之间的激烈争论，并且催生出了一大批高质量的学术著作。后来又发现，1992—

1993 年间，刘俊文曾在《文史知识》连载过系列文章，较为系统地梳理过日本中国史研究的学术历程，并简明扼要地介绍过日本学界围绕中国历史分期发生过的学派纷争。不过，等我 2013 年到台湾访学，买到高明士的《战后日本的中国史研究》（明文书局，1986 年增订三版）一书时，赫然发现台湾学者早在 80 年代初就比较全面地介绍了相关的学术信息，而大陆则晚了十年左右。

不过，在我读博那会儿，围绕“唐宋转型说”，当时国内能获取的相关著作，尤其是译介到国内的著作，十分稀少。1997 年，商务印书馆曾出过一本内藤湖南的《日本文化史研究》；直到 2004 年，国内才有了夏应元编选、钱婉约翻译的《中国史通论——内藤湖南博士中国史学著作选译》（社会科学文献出版社），但这也不过是一本概说性质的讲义汇编。此后，关于内藤湖南的译著逐渐多了起来，有日本内藤湖南研究会所编的《内藤湖南的世界》（三秦出版社，2005），内藤湖南本人的《燕山楚水》（中华书局，2007）、《中国史学史》（上海古籍出版社，2008）、《中国绘画史》（中华书局，2008）、《东洋文化史研究》（复旦大学出版社，2016）、《诸葛武侯》（江苏人民出版社，2019）等书的问世。美国学者傅佛果《内藤湖南：政治与汉学，1866—1934》（江苏人民出版社，2016）一书的出版，则为学界深入了解内藤湖南学术思想的渊源与内涵，提供了一个不错的指引。

较之内藤湖南，他的学生宫崎市定的著作，显然更受出版界的青睐，无论是一般性的浅显学术读物，还是严谨的学术著作，都有大量的出版，甚至同一本书会被不同的出版社重复出版。

2016—2021年间,《宫崎市定中国史》《宫崎市定人物论》《东洋的古代》《东洋的近世》《宫崎市定读〈史记〉》《谜一般的七支刀》《科举》《隋炀帝》等十几种宫崎市定作品有了中文版。更为重要的是，宫崎市定一些代表性的学术著作也得以出版，如《九品官人法研究》(中华书局, 2008)、《宫崎市定亚洲史论考》(上海古籍出版社，2017)。这些书籍大量出版，一方面使得宫崎市定的学术观点逐渐为学界所熟知，另一方面也间接推广了"京都学派"关于中国历史分期的学说。

应该说，最近十余年内藤湖南、宫崎市定著作的陆续译介出版，对于帮助学界深入了解"唐宋转型说"的学术内核，无疑起到了十分有益的推动，比我读书那几年有了极大的改观。但我当年的困惑依然存在，既然是"京都学派"与"东京学派"的论争,为何国内出版的学术译著,总是偏向于"京都学派"一方，而对于"东京学派"一方，尤其是周藤吉之那样的重量级学者，却吝于译介其著作呢？哪怕是对方的学术著作失之偏颇，但既然能够引起论战，起码也要看看对方说了些什么吧。从全面把握学术脉络的意义上来说，这也是应当严肃对待的事情。

按理说，日本学界关于"唐宋转型说"的学派争论，到20世纪70年代后期，已经基本偃旗息鼓，不再引起学者争论的兴趣，那为何反而在二十余年后，又出现在中国学者的视野中，并引起极大的关注呢？这就不能不提及美国学者包弼德《斯文：唐宋思想的转型》(*"This Culture of Ours": Intellectual Transitions in T'ang and Sung China*，刘宁译，江苏人民出版社，2001)一书在国内的译介出版。包弼德的英文原书出版于1992年，近十年之后中文版方才问世。也就是说，当包弼德从事博士论文写作的 80 年代，他还能感受到日本学界“唐宋转型说”的影响，与此同时，80 年代的美国宋史学者，一方面吸收了日本学者的“唐宋转型说”（主要是“京都学派”的观点），另一方面又加以修正，提出自己的新说，而这些都被包弼德吸收到他的著作里。

在美国宋史学者中，对于“唐宋转型说”做出重要修正的，首推郝若贝（Robert M. Hartwell）。他于 1982 年在《哈佛亚洲研究学报》发表了《750—1550 年中国的人口、政治与社会转变》（Demographic, Political and Social Transformations of China, 750-1550）一文，提出从北宋到南宋的过渡过程中，存在一个从国家精英到地方精英的转变。随后，郝若贝的学生韩明士在此观点影响下，在 1986 年出版了《政治家与绅士》（*Statesmen and Gentlemen: The Elite of Fu-chou, Chiang-hsi, in Northern and Southern Sung*）一书，以江西抚州作为个案，提供了一个实证研究的具体阐释。此后，“两宋转型说”大体成为美国宋史学界的一个共识。可以作为例证的是，1986 年，众多美国宋史学者集结于亚利桑那州斯科茨代尔（Scottsdale）举行了一次围绕宋代经世思想与行动的研讨会，后来会议论文经过修订，汇集成书《为世界排序》（*Ordering the World: Approaches to State and Society in Sung Dynasty China*，刘云军译，九州出版社，2022），于 1993 年出版。在此书中，学者们分别从政治、经济、社会、思想等多个层面，论证了南宋与北宋之间的差异。如果我们细读包弼德《斯文》一书的第二章“士的转型”，可以明显感受他对于“两宋转型说”的接受。其实，略早于《斯文》一书中译本出版之前，包弼德曾在中国发表过《唐宋转型的反思：以思想的变化为主》一文，其中以“传统的阐释”与“新的阐释”

为题，较为详细地概括、总结了日本学界“唐宋转型说”的观点，和美国学界新近研究中提出的一些新观点，包括他本人从思想史角度给出的解释。在此文的注释中，包弼德罗列了大量美国宋史学者的新近研究成果，不啻是一个宋史研究书目简编。

不无巧合的是，在《斯文》一书出版不久，当年6月，包弼德曾有一次复旦之行，并应王水照先生之邀，与中文系的师生有过一次深入的交流。在这次交流中，他介绍了自己的求学经历与《斯文》一书的写作过程，并围绕书中所讨论的唐宋之际士的转型与思想的转型之间的联系，回应了师生们的提问，并在交流的最后，谈及他有两本书的写作计划。现在这两本书都已完成出版：一本是他的《历史上的理学》，英文版出版于2008年，中文版出版于2010年。另一本书则是关于金华地方史的研究《本地化学习》（*Localizing Learning: The Literati Enterprise in Wuzhou, 1100-1600*），2022年出版。

大略翻阅包弼德的最新著作，从中又可以感受到美国学界一个新的学术动向，即试图将宋、元、明贯通起来做长时段研究的趋向。而此种努力，美国学者其实从上世纪末就已经开始。1997年，在美国加州举行了一个“The Song-Yuan-Ming Transition: A Turning Point of Chinese History”研讨会，后来的论文结集为《中国历史上的宋元明过渡》（*The Song-Yuan-Ming Transition in Chinese History*）一书，2003年出版。包弼德的新著正是从宋、元、明三个时段，来对金华地区的社会变迁与学术思想的转变之间的关系进行了深入考察，可以说为此一议题提供了一个实证案例。

以上这些学思追述，或许在旁观者看来，有些絮絮叨叨，无关紧要，但却是我个人在学术之路上蹒跚前行、步步摸索的一些痕迹。在此过程中，我的一个最大体会是，要想理清学术史的脉络，哪怕是某一问题域的来龙去脉，是何其困难。而如果对于自己所从事领域之基本阐释框架、主要学说缺乏全面的了解，又如何能安放自己所从事之研究的位置、赋予其意义，进而与已有之成果进行对话呢？对于先行研究欠缺了解，容易陷入低水平的重复劳动；对于自己所从事问题域之学术脉络了解不全面，则可能引发不必要的混乱。尤其是在当前这样一个国际化的学术环境中，即使从事中国研究，也必须及时跟踪日本、欧美等同行学者的学术动态，以便取长补短，或者扬长避短。而要弥补这种学术上的信息差，就势必要依靠学术翻译来作为桥梁。尽管时至今日，学术资讯的获取极为便捷，图书资料的取得，也有许多方便的渠道，但是鉴于国内的学术训练向来不注重语言训练，真正能够熟练阅读英文、日文学术著作的学者恐怕不会太多，遑论阅读法语、德语中国研究著作。正是出于这样的考虑，才有了此译丛的策划。

不知道其他学者有没有这样的体会：在中国古代文史研究行当中，某一个专业领域越是学术成熟，就越乐于从事海外相关研究著作的译介；反过来，这种新鲜学术信息的刺激、新的学术视野的开拓、新的研究路径的引入，也会不断滋养此一专业领域，不断提升其学术水准，结果形成良性循环，最终造就出一个学术高地。所以，我们时常见出一个现象，当一个专业领域开始大量译介海外相关研究论著的时候，此领域很容易迎来蓬勃生机。还有一点比较重要的是，对于一个学术水准不太高的领域，从译介高水准的学术著作着手，往往可以迅速提升本领域学术的水位线，这种“拿来主义”同样是中国制造业取得腾飞的秘诀。

冒昧地说，在我看来，宋代文史研究领域，目前仍算不得是学术高地，尤其需要引入外面高水准的学术著作来提升自身的学术水位线，当务之急是补上一些“欠账”。拿“唐宋转型说”来说，虽然那已是半个世纪前日本学者争论的话题，但是我们对于双方各自的学术立场到底了解多少，尤其是对他们由此争论产生的有分量的学术论著又消化、吸收到何种程度？随着“唐宋转型说”被广泛接受，那些被欧美学界汲取、转化而产生的著作，我们有没有给予关注？照此标准，“唐宋转型说”争论中的另一方，“东京学派”的著作，国内就很少介绍；美国宋史学界作为“两宋转型说”代表的韩明士的著作，也尚未被翻译。不止如此，其他各具问题意识的宋代文史领域高水平著作，都应作为源头活水被接引进国内，以开阔眼界、激发兴趣。简言之，我们早应该完成一份拖延已久的“课业”。

幸运的是，我碰到了这样一个好机会，来做一点推动学术著作译介的工作。大概是因为学界朋友的推荐，2022 年 2 月初，在疫情略有缓和的间歇期中，崇文书局的胡心婷副社长带了几位编辑，主动约我见面，看是否可以有学术出版上的合作。那天下午，我们在华师西门附近的“桂园茶舍”一边喝茶，一边闲谈，我一通神聊，把自己的各种想法都倾泻无余地说了出来。没想到他们听了之后都觉得比较振奋，于是当即决定合作，先策划一套海外汉学经典的译丛来试试水。此后我迅速提供了译丛的书目，而崇文书局则很快通过了选题，并作为重点项目进入操作阶段。在推进过程中，我要特别感谢具体负责译丛事务的鲁兴刚编辑，他本人是南开大学日本史专业硕士毕业，日语水平相当不错，也翻译过几本日本学者的著作，而且相当熟悉版权处理方面的流程，因而迅速解决了复杂的版权问题，且敲定了每本译著的合适人选。由此，译丛得以有条不紊地持续推进。可以说，没有崇文书局领导的高度信任，没有鲁兴刚编辑极强的专业能力，这套译丛绝对无法在这么短的时间内推出。所以说，与什么样的队友合作，是一件事情能否成功的关键。

最后，简单说一下此套译丛的选目。因为本着要弥补“欠账”的想法，所以此套译丛的第一辑，首先重点考虑了那些虽然时过境迁但在当时曾发生过重要影响，且对于今天的学术研究仍不无参考意义的著作，以补足学术史上欠缺的一环。周藤吉之、仁井田陞、柳田节子的著作，即是作为“唐宋转型说”争论中“东京学派”的一方而被列入其中，且他们著作的学术价值，国内学界尚不甚了解。其次是那些近些年出版且已产生一定学术影响，但国内却缺乏深入了解的著作。小林义广的两本著作，代表着日本宋史学界近年的最新进展，尤其是在宗族研究方面。杨晓山和李锡熙的著作，则分别代表了美国学界在宋代文学、宋代历史的比较新的研究成果。

此次译丛的策划、出版，或许是一次鲁莽的尝试，如有什么欠妥之处，还望高明不吝赐教。

林岩

2024 年 6 月 4 日深夜

完稿于华师文学院南楼

献给宇文所安

目录

致　谢 …… 001
凡　例 …… 005
　　中国的人名 …… 005
　　年月日 …… 005
　　文献引用 …… 006

导　论 …… 007

第一章　《明妃曲》：唱反调的诱惑与危险 …… 021
　　缘起 …… 021
　　道德上的纠纷 …… 029
　　徒劳的辩护 …… 040
　　和诗 …… 044
　　爱唱反调的性格与爱唱反调的诗法 …… 057

第二章　《唐百家诗选》的传统与个性……069
《唐百家诗选》的生成……069
编纂意图说……077
条件受限说……087
唐诗名家之作的普及性……091
王安石所选之诗的质量……100
诗选序文中的夸张言论……105
诗选的传统……108

第三章　晚期风格……129
杜甫的经典化……129
编年、分期及风格演进……134
晚期风格论的兴起……138
晚期风格理论的对立面观点……148
尊老抑少……152
走向“王荆公体”……164
跨文化的思考……183

第四章　从寒山到钟山：佛理与诗法的简短巡礼……195
寒山诗的类别……195
从称引到拟作……200
新的取向……204
钟山心影……216

第五章 《君难托》：类型惯例与党派政治 …… 227
作者身份与作者意图 …… 228
大臣与君主 …… 236
中国诗歌之中的弃妇 …… 240
从政治的诗歌到诗歌的政治 …… 247

尾 声 置王安石于宋诗史中 …… 273

结 语 …… 287
征引文献 …… 295
索 引 …… 339
译后记 …… 343

致 谢

我要对艾朗诺（Ronald Egan）、何瞻（James Hargett）这两位一丝不苟的审稿人深致谢意，他们对本书的内容与行文提供过详细的意见与建议。我还要感谢艾朗诺多年以来对我学术研究的支持与指导。

美国学术团体协会（American Council of Learned Societies）提供的研究奖助金使我在2013至2014学年得以休假。我还得到圣母大学三个部门的资助，得以开展与撰写本书相关的研究、旅行活动，这三个部门是：文科研究所（Institute for Scholarship in the Liberal Arts）、研究生院（Graduate School）与刘氏亚洲研究所（Liu Institute for Asia and Asian Studies）。本书的出版部分受惠于文科研究所的支持。

本书的内容曾在各种学术会议上报告。感谢田晓菲邀请我于2004年参加哈佛大学的中国人文研讨会（China Humanities Seminar），会上我报告了第一章的一个早期版本。感谢那些在我报告之后提出问题并做出评论的学者，特别是包弼德（Peter

Bol）、傅君劢（Michael Fuller）、伊维德（Wilt Idema）与宇文所安（Stephen Owen）。第二章的早期版本曾在 2007 年中西部亚洲事务会议（Midwest Conference of Asian Affairs）年会与 2008 年美国东方学会（American Oriental Society）年会上报告。感谢那些倾听并提出意见的学者，特别是康达维（David Knechtges）、柯睿（Paul Kroll）与白睿伟（Benjamin Ridgway）。第三章的部分内容曾在好几个会议上报告，依次是 2015 年美国东方学会年会、2017 年中西部亚洲事务会议年会、2017 年印第安纳州南本德圣玛丽学院举行的以“时间会带来什么不同？”（“What Difference Does Time Make?”）为题的研
x 讨会、2018 年复旦大学中华文明国际研究中心“中古文学中的诗与史”工作坊及 2019 年在长沙举行的中国比较文学学会两年一度的研讨会。感谢张月邀请我参加复旦大学的工作坊，我从与会学者如卞东波、陈引驰、戴燕、卢多果、钱南秀、王平、汪习波、张金耀与张月那里学到了很多。第四、五章的部分内容曾在 2012 年、2013 年中西部亚洲事务会议年会上报告。

第一章修改自我的论文《王安石的〈明妃曲〉与爱唱反调的诗学》（“Wang Anshi’s ‘Mingfei Qu’ and the Poetics of Disagreement”），刊于《中国文学》（*Chinese Literature: Essays, Articles, Reviews*）第 29 卷，2007 年冬季，第 55—84 页。第二章的部分内容首先以论文形式发表，即《王安石〈唐百家诗选〉中的传统与个性》（“Tradition and Individuality in Wang Anshi’s *Tang bai jia shixuan*”），刊于《哈佛亚洲研究学报》（*Harvard Journal of Asiatic Studies*）第 70 卷，2010 年第 1 期，第 105—145 页。感谢这两份刊物的匿名审稿人与编辑倪豪士（William

Nienhauser）、苏源熙（Haun Saussy）、韩德玲（Joanna Handlin Smith）提供的宝贵建议。

感谢田安（Anna Shields）与我分享她对五代、北宋时人记叙唐代文学遗产的研究，并与我进行了许多发人省思的交流。感谢圣母大学东亚语言文化系与刘氏亚洲研究所诸多同事的启发与合作。诚挚感谢哈佛大学亚洲中心的工作人员，鲍勃 · 格雷厄姆（Bob Graham）指导我完成了提交书稿的程序。克里斯汀 · 万纳（Kristen Wanner）在本书最后修订出版的过程中提供了专业的指导。

最后，我要向葛良彦、柯睿、康达维、伊维德、石听泉（Richard Strassberg）、奚如谷（Stephen West）这几位近期退休的学者表达敬意，他们的学识与友谊使我的学术生涯与个人生活受益良多。

凡 例

中国的人名

本书中提及人物，除王昭君外，一律按姓与名的顺序来称呼其人，即便原始文献使用了字、号或其他形式的称谓。此外，当上下文意清楚时，本书只用姓氏来称呼人物。在翻译诗文题目中的人名时，也采取了同样的做法。本书征引中文文献已有的英译文本，专用人名的拼法转换成标准拼音的拼法，但书名中的人名除外，对此不再一一说明。本书的所有英译，若未另作说明，皆出自本人之手。

年月日

本书中的年份遵照现代西历，但保留中国旧历的月与日（例如，嘉祐四年五月写作 the fifth month of 1059）。如有必要，本书会在括号中提供西历的准确日期。

文献引用

对于连续页码的多册汇编文献，本书只列举卷数与页数，中间用句点隔开（例如，QSS, 467. 5667）。对于每册单独计页的多册汇编文献，则列举册数、卷数与页数，并用冒号将册数与后面的卷数、页数分开（例如，QSW, 106:2310. 219）。

xii 对于以卷上、卷下来分卷的中国前现代文献，用大写字母而非数字来翻译卷数（例如，卷上，第 23 页译作 A. 23 而非 1. 23）。以卷上、卷中、卷下来分卷的文献亦同此例（例如，卷下，第 23 页译作 C. 23 而非 3. 23）。如果同卷之中再分两个部分，也用大写字母表示（例如，《汉书》卷 94 下，第 3807 页译作 HS, 94B. 3807）。

征引文献部分不列举引自《全宋诗》《全宋文》等大型点校本的作品。[*]

---

* 译者按：QSS 指《全宋诗》，QSW 指《全宋文》，HS 指《汉书》。中译本中，以姓名抑或姓氏称呼人物，随文意、文势而定；中国旧历的月与日用汉字标识，西历的月与日用阿拉伯数字标识；《全宋诗》《全宋文》《全元诗》《全元文》等当代学者整理的断代诗文汇编卷帙浩繁，依照国内学术界的征引惯例，不再列举卷数。

导 论

诗歌文化由特定历史时期内一系列共享的价值观与常规构成，这些价值观与常规影响并调控着诗歌的创作及对诗歌的阐释。诗歌文化与政治、宗教等其他文化领域的潮流也有交涉，并受其影响。诗歌文化最显著的特征往往取决于其与前代文学传统之间的关系。此外，物质文化的因素在诗歌文化的形成与转型之中也发挥了作用。本书研究王安石（1021—1086）与宋代（960—1279）诗歌文化之间的关联，但对二者并不作全面的讨论，而是要集中探讨一系列对理解二者皆至关重要的问题。[1]这些问题的性质与范围各有不同，但都带有宋代时代精神以及

1 我要澄清一点，本书研究的问题是关于诗这一体裁的。宋词则有自身特定的议题与关注内容。英语世界里近年有关词的研究可参见艾朗诺（Ronald Egan）:《美的焦虑：北宋士大夫的审美思想与追求》（*The Problem of Beauty: Aesthetic Thought and Pursuits in Northern Song Dynasty China*），麻省剑桥：哈佛大学亚洲中心，2006 年，第 237—347 页；宇文所安（Stephen Owen）:《只是一首歌：中国 11 世纪与 12 世纪初的词》（*Just a Song: Chinese Lyrics from the Eleventh and Early Twelfth Centuries*），麻省剑桥：哈佛大学亚洲中心，2019 年，特别是第 1—59 页。

王安石独特个性的印记。

本书要讨论的问题有三重背景。在导论里，我想对此三重背景略加陈述。最先也是最重要的一重背景是唐诗与宋诗的关系。要想理解宋诗，最佳途径无疑是考察其在发展历程中如何时而追随时而偏离各种唐诗模式。我们今天对于唐诗经典的普遍认知与高下品评，很大程度上来源于宋代文人树立的观点。宋代文人在这方面建树颇丰，他们撰述了大量诗评文献，辛勤搜集并精心校订了许多唐代诗人的诗集，编纂了许多唐诗的选
2 本，并以一套清晰明了、等级分明的价值体系为基础，对唐代
诗史进行了广泛而又持久的述评。

唐诗被许为无与伦比的典范之后，产生了一个出人意料却又影响久远的后果，那就是在宋代诗人当中造成了一种深刻而普遍的为时已晚之感（sense of belatedness）。王安石曾用一句话来概括这种难以增色的感受："世间好语言，已被老杜道尽；世间俗语言，已被乐天道尽。"[2]然而，宋代诗人所承受的这种焦虑并未导致他们意气凋零、彷徨无措。他们力争越出唐代诗人投下的身影而自成一家，在此过程中采用了许多策略。萨进德（Stuart Sargent）在一篇影响深远的论文中参考北宋晚期的诗歌与诗评文本，讨论了与此有关的六种策略。其中之一就是"对前人诗句进行反驳式更正（antithetical correction）"，也就是诗人"通过反驳前人诗意来凸显自己的独创"。[3]

---

2 陈辅：《陈辅之诗话》，郭绍虞辑：《宋诗话辑佚》，北京：中华书局，1980 年，第 291 页。

3 萨进德：《后来者能居上吗：宋人与唐诗》（"Can Latecomers Get There First? Sung Poets and T'ang Poetry"），《中国文学》（*Chinese Literature: Essays, Articles, and Reviews*）1982 年第 2 期。萨进德对这六种策略的分类是基于哈罗德·布鲁姆（Harold Bloom）在《影

中文里“翻案”一词与“反驳式更正”的涵义最为接近，
其字面意思是推翻已定的成案。翻案是一种唱反调的形式，旨
在追求耳目一新与卓然不群的效果。学术界相当关注翻案，但
对其确切涵义及实际应用尚未达成共识。[4] 为抛砖引玉，我们或
许可将翻案划分为两种彼此区别但并不互斥的类型，即修辞型
翻案与论辩型翻案。修辞型翻案几乎等同于萨进德所谓的反驳
式更正，其诗趣在于对前人作品中的词语、措辞反其意而用之，
以产生新颖的效果。论辩型翻案则在于提出与既定观念、传统 3
思维背道而驰的看法，从而博取读者的注意。在此类翻案中，
读者有时可以清楚地看出对确定的原始材料中语词元素的巧妙
处理，有时却不然。咏史诗（也就是描述、反思历史人物或历
史事件的诗歌）作为一种诗歌亚类（subgenre），为运用此类翻
案诗法提供了特别诱人的肥沃土壤，在此之中，读者时而会读
到一些近乎耸人听闻的诗句。在第一章里，我将提供一个个案
研究，讨论使用论辩型翻案时潜在的道德问题。

响的焦虑：一种诗歌理论（第二版）》（*The Anxiety of Influence: A Theory of Poetry, 2nd ed.*）（纽约：牛津大学出版社，1997 年）一书中六种“修正比”（revisionary ratios）的体系提出的。关于布鲁姆的理论在宋诗文化中的应用，参见陈昭吟：《宋代诗人之“影响的焦虑”研究》，台北：花木兰文化出版社，2009 年。

4 张高评（氏著：《宋诗与翻案》，台湾大学中国文学研究所编：《宋代文学与思想》，台北：台湾学生书局，1989 年，第 215—258 页）在思想、文化与诗学层面阐述了宋代流行翻案诗的八种原因。他的类似讨论还见于氏著《宋诗之传承与开拓：以翻案诗、禽言诗、诗中有画为例》，台北：文史哲出版社，1990 年，第 13—116 页。关于禅宗语式对宋诗翻案诗法的影响，参见周裕锴：《文字禅与宋代诗学》，北京：高等教育出版社，1998 年，第 194—206 页。较新的研究可参见张静：《器中有道：历代诗法著作中的诗法名目研究》，南京：凤凰出版社，2017 年，第 92—130 页。关于翻案诗事例的搜集，参见陈一琴：《诗词技法例释类编》，上海：上海三联书店，2017 年，第 779—785 页。关于王安石诗作的翻案手法，参见陈铮：《王安石诗研究》，台北：花木兰文化出版社，2010 年，第 287—293 页。

有宋一代，王安石在唐诗经典化历程中的作用是多方面的。王氏在三十岁出头时曾编纂过一部杜甫（712—770）的诗集，收录有约百两首当时世所不传的杜诗。大概也是在这个时期，他还写过一首题咏杜甫画像的诗作。该诗乃一篇奠基性的文本，在道德与艺术两个层面上巩固了杜甫作为史上最伟大诗人的地位。王安石对唐代不同诗人的评论广载于书册，他的评论似乎很有影响，不过也不乏争议。另外，王氏在整个北宋时代还拥有一个独特的身份：他是当时唯一一位从事唐诗选本编纂工作且又享有盛名的学者兼诗人。在第二章里，我将考察王氏编纂的一部诗选，以此着力观照宋代唐诗经典化过程中一个较少为人注意的问题，即经典形成与诗选编纂之间的不一致性，此中情况可促使我们对这两者之间关系的理解变得更为复杂。

唐诗经典的形成产生了一个极为重要的结果，即杜诗至高无上地位的确立，而杜诗问鼎诗坛的过程又产生了一个极为重要的理论分支，即晚期风格之说。晚期风格作为一种观念，出现在 19 世纪西方艺术与文学的评论之中。其核心思想是，伟大的艺术家、作家往往会在其晚期作品中显现某些鲜明的特征，尽管人们对这些特征的描述常常各不相同，甚或彼此矛盾。中国传统的诗评理论虽无与晚期风格精确对应的术语，但自北宋后期以来，中国文人就有一种根深蒂固的观念，认为但凡大诗人都是要到晚年方才能够到达创作的巅峰。诗评家认为杜甫移居到夔州（今重庆奉节）以后创作的诗歌为其晚期作品，最能
4 代表他的诗才。此一观点为后来一个更为广泛的理论奠定了基础，而这个理论号称适用于所有伟大的作家。晚期风格的论述为本书第三章提供了一个文学批评的框架，我将在这个框架内

考察王安石备受赞誉的晚年诗歌及其被接受的情况。

本书所论问题的第二重背景是宋代诗歌与党派政治的纠葛。这种纠葛的规模与复杂性前所未有。大致说来，宋代诗歌的政治用途可以分为本意性(intentional)与构陷性(interpretational)两类。前者指诗作者故意就某些时事或人物表达自己的党派立场。后者则指诗作本身没有明显的政治意义，却被人当作罪状来指控作者。当然，这两者当中也有一个灰色地带，即对于诗作者的本意或诗歌的义涵，可以见仁见智。在第五章里，我想扩展并修正前人对王安石时代诗歌政治化的阐述。

第三重背景是宋代文人与佛教的关系。这一主题引发了大量的学术研究。佛教，尤其是其中的禅宗一派，对宋代文人的生活与思想颇有影响，我们现在已能够更好地理解这种影响的深度与广度了。王安石在此方面也很具有代表性：他与佛教僧侣交游，以开放的思想对待佛教教义，广注佛经而时发奇论，将佛教主题、习语与情感融入诗歌，最后一点对本书的考察尤为重要。近几十年来，学术界对于王氏与佛教关系的理解取得了长足的进步。[5]本书第四章的目的仅限于在佛理与诗法(Poetic Buddhism) 的层面凸显王氏的两点作为：其一是他在某一特定类型的宗教诗歌中建立了一个次要传统，其二是他在许多佛教

5 徐文明《出入自在——王安石与佛禅》(郑州：河南人民出版社，2001 年) 一书的可读性很强，还有两部专著在近年出版，即宫波:《佛家怀抱俱味禅悦：佛禅与王安石诗歌研究》，北京：中国社会科学出版社，2015 年；刘洋:《王安石诗作与佛禅之关系研究》，北京：中央民族大学出版社，2013 年。另外，王晋光《王安石论稿》(台北：大安出版社，1993 年，第 37–58 页)、李承贵《儒士视域中的佛教：宋代儒士佛教观研究》(北京：宗教文化出版社，2007 年，第 50–109 页)、张煜《心性与诗禅:北宋文人与佛教论稿》(上海：华东师范大学出版社，2012 年，第 153–278 页) 相关内容的阐述也很精彩。

或准佛教的诗歌中对某种特定语式的重复使用。这两方面迄今为止很少引起学术界的关注。

王安石集政治家、思想家、诗人于一身。在中文世界里，研究其人的著述数量惊人。近年有一本王安石研究的书目汇编收录了 1912 年至 2014 年相关的书目，长达四百余页。[6]用西方语言写成的研究著述主要集中于王氏改革政策、道德与政治思想的各个方面，及其带来的后果。[7]至于西方研究王氏诗歌的著述，则非常稀少，目前只有一本专著，是一篇以“生平与作品”模式写成的博士论文，中有大量娴熟精练且注解得体的翻译。[8]

---

6 张保见、高青青：《王安石研究论著目录索引：1912—2014》，成都：四川大学出版社，2015 年。这部庞大但并非该备无遗的书目汇编还包括硕士、博士论文，以及一些虽不专门研究王安石但以论述其内容为特色的著作。另外该汇编还收录了一些非中文的书目。

7 关于英语世界里王安石的研究，刘子健的专著《宋代中国的改革：王安石及其新政》（*Reform in Sung China, Wang An-shih [1021–1086] and His New Policies*，麻省剑桥：哈佛大学出版社，1959 年）是一座里程碑；包弼德（Peter Bol）有许多著述论及王安石。还有一些学者亦有重要研究，如史乐民（Paul J. Smith）、李瑞（Ari Daniel Levine）。关于西方学术界对王安石政治遗产的研究，有一篇简短且不全面的述评，参见张呈忠：《近三百年来西方学者眼中的王安石》，《历史理论研究》2016 年第 4 期。关于王安石本人的政论文及同代、后代对他的评论，英语世界有一部小型的翻译集，参见穆四基（John Meskill）：《王安石，现实主义的改革者？》（*Wang Anshi, Practical Reformer?*），波士顿：西斯出版公司，1963 年。

8 乔纳森 · 皮斯（Jonathan Pease）：《从桔槔到扁舟：王安石的生平与诗歌（1021—1086）》（“From the Wellsweep to the Shallow Skiff: Life and Poetry of Wang Anshi [1021–1086]”），华盛顿大学 1986 年博士学位论文。对于王安石诗歌生涯的简要介绍，参见艾朗诺：《王安石，作为诗人的政治改革家》（“Wang Anshi, the Political Reformer as Poet”），宇文所安主编：《剑桥中国文学史 · 上卷 · 1375 年之前》（*The Cambridge History of Chinese Literature, Volume I, To 1375*），剑桥：剑桥大学出版社，2010，第 399—409 页。除了皮斯的翻译，英语世界里对王安石诗歌的翻译还散见于一些诗选及其他类型的书籍中。戴维 · 亨顿（David Hinton）的《王安石的晚期诗歌》（*The Late Poems of Wang An-shih*，纽约：新方向出版社，2015 年）选诗相当广泛，但翻译常常过于脱离原诗。王健（Jan W.Walls）与李盈的《空鸟迹：王安石诗词中英本》（*Bird Tracks in the Air: Selected Poems of Wang Anshi*）（北京：新世界出版社，2019 年）则在精确与优雅之间取得了很好的平衡。

本书的格局主要为一系列个案研究。各章内容可资独立阅读，但统而观之，则又构成一幅虽非面面俱到却也多姿多彩的拼图，展现了王安石诗作及其在宋代诗歌文化中批评性的接受。本书总体的组织原则是按时间顺序来展开讨论。然而，本书并非传记性质的著述，只有在讨论问题须叙述具体背景时，才会提供一些有关王氏公私生活的内容。[9]学术界有关王氏诗歌创作生涯的分期之说各有不同，我使用二分法，以王氏 1076 年的致仕作为分水岭：前两章讨论他早期仕宦生涯中的文本，后三章讨论他的晚期作品。

第一章探讨诗歌使用论辩型翻案的诱惑与危险。该章关注 6
的文本是王安石一组两首吟咏汉代宫女王昭君（约公元前 52—前 19）的诗歌。这两首诗作于 1059 年，在王氏成长为宋代诗坛大家的历程中，或多或少有点里程碑的意味。它们之所以能够留名于世，主要是因为其中有三句话在道德上存在争议。在许多人看来，这三句话模糊了夷夏大防，甚至为那些因个人恩怨而变节叛国之徒做强词夺理的辩解。对这两首诗的批评很快就汇入一股政治批判的洪流之中，这股洪流有一个主题，即认为王安石对北宋亡于金人之手负有罪责。另外，这两首诗还被当作典例，用来证明王氏道德观念全然的邪恶不经。这些饱含争议的诗句本身已授人以柄，要想在主流正统的框架内为之辩护，几乎是不可能的。为这些诗句辩护的努力零星可见，辩护

9 关于王安石的英文传记，参见亨利·雷蒙德·威廉森（Henry Raymond Williamson）:《王安石：中国宋代的政治家与教育家（两卷本）》（*Wang An Shih: A Chinese Statesman and Educationalist of the Sung Dynasty, 2 vols.*），伦敦：亚瑟·普罗布斯坦书店，1935—1937 年;《从桔槔到扁舟：王安石的生平与诗歌（1021—1086）》。

一方主要提出两种理由：一者说这些诗句是讽刺性的，即诗句的内在意向与其字面所述截然相反；另一者说这些诗句只是直陈史实。一般来说，这些辩护都难以令人信服。

王安石这两首诗在后代引发的争议一波未平，一波又起，但在其同代五位名人的赓和之作中，却连一圈涟漪也不曾激起。在这五人看来，王氏这两首诗只是以新颖手法处理熟悉题材而已。对于那些后世所认为的大逆不道的诗句，当时并无一首和诗表现出任何不悦之意。恰恰相反，有些和诗甚至采用了与王诗相似的思想立场与修辞方式。另外还有证据表明，对于这两首诗，在宋代及后代，一直延续并发展着一种更为积极的文学性接受。这种接受处于道德批评之外,与之共存并行。在我看来，王安石这两首诗对传统道德的反叛，实为论辩型翻案的一种操练。至于那些对王氏的攻击,与其说是缘于其诗歌本身存在问题，不如说是因为攻击者心存偏见。这可以用一个简单的事实来证明，即王氏既不是第一个也不是最后一个用耸人听闻的言辞来叙述王昭君传说的人，而且，他的言辞也绝不是最出格的。尽管如此，王氏这两首诗所引发的关注还是有其道理的。它反映出翻案诗法的一个问题，即如何在诗意创新与道德规范之间取得平衡。另外，这两首诗也更加使人相信，王氏唱反调的诗法与其爱唱反调的性格交织关联。

大约在写王昭君诗的同一时期，王安石还编纂过一部唐诗
7 选本《唐百家诗选》。这部诗选遗漏了许多典范诗人，使得王氏的编纂意图与选诗标准饱受争议。在第二章里，我要将这部诗选置于由唐至元唐诗选本的传统之中观照，以此警示不要对诗歌选本与诗歌经典之间的关系做出轻率的假设。我将先对这部

选本编纂的缘起及其随之引发的争议做一番评述。关于这部唐诗选本遗漏许多唐诗名家的现象，历来有三种观点，我会一一仔细检视。第一种是编纂意图说，认为遗漏唐诗名家是王氏故意为之。尽管这一观点看起来颇为含糊且缺乏说服力，但却代表着 12 世纪初新出现的一种评论意向。此说也出现在对其他唐诗选本的品评之中，包括唐代的唐诗选本。第二种观点的兴起源于对第一种观点的直接驳斥。这种观点推测王氏选诗时之所以会出现遗漏的情况，是因为可资参考的文献来源有限。这一条件受限说与王氏的叙述颇有吻合之处，我觉得最为合理。不过此说仍然存在一些问题，对之我们恐怕永远也无法获得满意的答案。第三种观点认为在王氏的时代，唐代大家的诗作已然易于获得，没必要再予选入。这一观点被当代学者广泛接受。我却认为，由于当时刻本颇为稀缺，王氏诗选所预设的读者群不太可能轻易获得这些唐诗名家的作品。因此，王氏遗漏这些名家，不太可能是因为他们的著作已然广泛流传。

有关《唐百家诗选》的争议还有一个层面，即人们对其选诗质量的评价各执一说。有些人责备该书未能选入既选诗人的最佳作品，另一些人则指摘该书不同部分的质量高下不一。不过，有贬就有褒：有人称扬《唐百家诗选》全面涵盖了唐诗的精华，还有人认为它是王安石自身诗艺精进的催化剂。关于王氏选诗是否明智的争论，归根结底还是个人品味的问题，而品味问题无可争辩。

王安石为《唐百家诗选》撰作序文，称该书足以代表唐诗，这使问题变得更为复杂。人们对于王氏此说有不同的解读：有人认为此说允当恰切，有人认为其虚张声势，还有人认为它反

8 映了王氏刻意求异的偏执性情。我要证明的是，虽然王氏所言令人疑窦丛生，但他这部诗选并不像许多论者所说得那么特立独行，而是立足于唐诗选本之中一种持久的传统，即很少或根本不去关注著名诗人。而且，这部诗选还颇循故袭常，它的某些部分或是复制，或是深度模仿了一些更早唐诗选本的内容。诗选编纂与经典形成之间的不一致性促使我们要用更为复杂的眼光去审视这两者之间的关系。

王安石的所言所行几乎无处不备受争议。然而，在这争议翻腾的汪洋大海之中，似乎还存在着一个共识之岛，那就是论者对王安石晚期的精妙诗歌近乎一致的肯定意见。在第三章里，我要仔细考察这些诗歌在诗评界所获的赞誉，并将其与宋代所兴起的晚期风格的观念相关联。杜甫逐渐成为经典，最终被誉为中国最伟大的诗人，这是一个文化过程。我认为，晚期风格之说正是从这一过程之中演化出来的。杜诗的搜集、编纂与杜甫的经典化历程相互促进。读者渴求根据杜甫的传记来阅读杜诗，这促使人们用编年的方式整理杜诗，而此举与分体、分类整理诗人作品的做法截然不同。读者的这一渴求这还催生了一种新型的史学撰述：年谱。吕大防（1027—1097）编纂了杜甫的第一部年谱，并交代了这部年谱的双重目的：勾勒杜甫作品的历史背景，并通过少年、壮年、老年三个阶段来描述杜诗风格的演进态势。吕大防三期论的划分很大程度上是源于生理年龄的模式。依循这一模式，作者的个人风格沿着几乎预定的轨迹发展，至少对大作家而言，情况就是如此。黄庭坚（1045—1105）则与之不同，他提出前后两期论的模式，明确指出标志诗人风格转变的分水岭。杜甫移居夔州即被界定为这样的一个分水岭。黄庭坚神化了杜甫入夔以后的诗歌，而这种神化的论调自宋至今一直为人不厌其烦地重复着，并为一种更广泛的理论奠定了基础，即伟大的作家总是在他们的生命后期臻至最高境界。尽管偶遭反对，这一理论还是很快变成了不证自明的格言，并被运用到宋代许多著名诗人的身上。批评家常为这些诗人界定一个关键时刻，类于杜甫入夔之时。

与崇尚晚期风格相关联的是对早期风格的诟病。用王安石 9
的例子来说明这种关联再合适不过了：王氏的早期诗作因为直抒胸臆而遭人诟病，晚期诗作则因蕴藉精妙而备受赞誉。我要分析叶梦得（1077—1148）与孙觌（1081—1169）有关王氏诗歌的三分期之说，并仔细解读他们援引的例子。这样做不仅是为充实他们的观点，而且是希望通过这些例子来揭示一些与作品写作时间、作者身份及作者意图有关的实际问题。分析了这些问题之后，我还要检视有关王安石晚期绝句的问题。贯穿于整个 12 世纪，批评界认定王氏晚期诗作是其诗歌造诣的巅峰，而他这一时期的绝句更被视为善中之善。人们认为这些绝句偏离宋诗的潮流而更接近唐诗风范。对于王氏晚期诗作的广泛赞誉，尤其是对其晚期绝句的赞誉，在严羽（1191—1241）那里得到了凝练的表达：严羽将这一诗风概念化地总结为一种独特的“王荆公体”。在第三章的结尾部分，我要对晚期风格这一批评概念进行一番跨文化的思考。

在第四章中，我将于佛理与诗法的层面对王安石诗歌做一番简短的巡礼。该章分为两个部分。前一部分考察王安石一组二十首拟寒山的诗作。寒山是一位唐代诗人，生活年代与身份至今不详。我先概述寒山诗集之中的两类诗歌：第一类为抒情描写之诗，第二类为讽刺说教之诗。就风格而论，第一类接近于主流的古典诗作，而第二类的特点则是以白话为诗。早期的拟寒山诗通常以其抒情描写之作为蓝本。王安石的组诗则转向了讽刺说教的模式，从而建立了一个次要传统，在世俗诗人及僧侣诗人中间持续传承。后一部分考察王氏的佛教倾向如何渗入其描写钟山的诗作之中。钟山是王氏致仕归隐之地。至于王氏诗歌表述了怎样的佛教教义，以及这些教义能在多大程度上反映他本人的信仰，皆非我的兴趣所在。我的目的在于探索他用来表达或暗示这些教义的特定用语。这种特定用语有一个鲜明的特点，那就是同首诗中重复使用一个字或数个字。

第五章聚焦的文本是一首题为《君难托》的隐晦诗作，该诗描述了一名弃妇看似惯常的哀叹。然而，自 12 世纪上半叶
10 以来，人们便常将这名弃妇的哀叹解释为王安石对神宗皇帝（1067—1085 在位）的怨望之词。我的目的并非要验证、反驳或引申这一已有的解释，而是要剖析这一解释背后的话语力量。我首先会对这首诗的作者身份问题进行一番评论性的综述。其次，关于王安石与神宗之间关系的变化，历来有各种不同的记叙，我会简要讨论一下，以便为上述主题寓意式的阐释提供一个历史背景。此外，本章还有一层要思考的背景，即中国传统中弃妇的喻指。我要辨明这样一个问题：原先弃妇与逐臣之间的类比作为一种文学手段，是被用来增加作品道德深度与份量的，然而，这一类比一旦被用来解释王氏的诗作，则成了指责其品行的工具。

关于王安石的晚期诗歌还有一个推测，有人认为他的很多晚期诗作含有对朝廷的诽谤之意，不过这一推测迄今为止基本

还未引起学术界的关注。我要详细考察这样一个案例：致仕以后的王安石曾被弹劾在写给一位朋友的一首（或多首）诗中诽谤神宗。当时他的这位朋友正遭受贬谪。后来对王氏更为宽泛的指控称其晚期诗作充斥着对神宗的讥讽之言，此案可谓是这类指控的首发之声。我要将此案置于宋代诗歌与政治纠葛缠绕的史事中观照，并考察以构陷性的意图拿诗歌做文章所带来的严重后果。

王安石在宋代诗史上的定位众说纷纭，本书的尾声将对此进行一番梳理。有些人将王氏看作是宋诗典型格调的开创者，也有人视其为宋代深染唐风的杰出诗人。其间毁誉不一，既有热情的赞誉，也有严厉的贬斥。对于王氏诗作，论者各抒己见，甚至时而针锋相对。这种现象既反映出不同时期不同论者不同的价值观，也印证了王安石诗歌的千变万化与色彩斑斓。在结语之中，我将对求新与争议之间的关联做一番简短的思考。

第一章

《明妃曲》：唱反调的诱惑与危险

缘起

公元前 33 年，匈奴呼韩邪单于到汉朝宫廷朝贡。这是他第三次前来朝贡。汉元帝（公元前 48—前 33 在位）赏赐给他一名宫女，名叫王嫱，字昭君。她原是一名“良家子”，当时为待诏掖庭。后来，她为呼韩邪生了一个儿子。呼韩邪死后，她又按照匈奴的习俗嫁给了自己的继子，并育有两女。在班固（32—92）《汉书》之中，我们所能找到的有关王昭君的史事，也就仅此而已。[1] 然而，正是这一段汉代“和亲”政策下看似稀松平常的插曲，却演变成一个经久不衰的传说，令后代的中国文人浮想联翩。[2]

1 参见班固:《汉书》卷 9，北京:中华书局，1962 年，第 297 页;同书卷 94 下，第 3803 页;同书卷 94 下，第 3806 页；同书卷 94 下，第 3807 页。

2 西方语言世界里，对王昭君传说论述最全面的是邝庆欢（Kwong Hing Foon）:《王昭君：从历史到传奇中的一位中国女英雄》（*Wang Zhaojun: une héroïne chinoise de l'histoire à*

12 另外有三则史源丰富了王昭君的传说。其一是传为蔡邕（132？—192）所撰的《琴操》一书。该书中王昭君的传记更为完整，也更有文学意趣。这篇传记有如下几处重要细节为后世诗歌或明或暗地提及：昭君拥有绝世美貌，但在入宫几年里未能受到皇帝的青睐。她因而感到愤懑，自愿出嫁单于作其妾室。汉元帝亲眼见到昭君时，深为自己错过美人而后悔，但已不能收回成命。昭君后有一子名叫世违。呼韩邪死后，世违继承单于之位，欲娶昭君为妻。昭君问他想做汉人还是胡人，他回答想做胡人。昭君于是吞药自尽了。草原上的草通常看起来是黄

---

la légende）：巴黎：法兰西学院汉学研究所，1986 年。英语世界里，有关昭君传说文学性讨论的简短述评，参见伊维德（Wilt L. Idema）、管佩达（Beata Grant）：《彤管：中华帝国时代的女性书写》（*The Red Brush: Writing Women of Imperial China*），麻省剑桥：哈佛大学亚洲中心，2004 年，第 91—95 页。有关该传说各方面的讨论，参见欧阳桢：《王昭君传说：经典的建构》（"The Wang Chao-chün Legend: Configurations of the Classic"），《中国文学》1982 年第 1 期；罗吉伟（Paul Rouzer）：《闺音：早期汉语文本中的性别与男性群体》（*Articulated Ladies: Gender and the Male Community in Early Chinese Texts*），麻省剑桥：哈佛大学亚洲中心，2001 年，第 180—200 页；乌·额·宝力格：《中国边境上的蒙古人：历史与民族团结的政治》（*The Mongols at China's Edge: History and the Politics of National Unity*），马州拉纳姆：罗曼与利特尔菲尔德出版公司，2002 年，第 71—100 页；孔慧怡：《王昭君：从历史到传说》（"Wang Zhaojun: From History to Legend"），《译丛》（*Renditions*）第 59—60 期，2003 年；雷碧玮：《边界上的王昭君：前现代中国戏剧中的性别与跨文化冲突》（"Wang Zhaojun on the Border: Gender and Intercultural Conflicts in Premodern Chinese Drama"），《亚洲戏剧杂志》（*Asian Theatre Journal*）1996 年第 2 期；金葆莉（Kimberly Besio）：《性别、忠贞与王昭君传说的再现：晚明戏剧的社会影响》（"Gender, Loyalty, and the Reproduction of the Wang Zhaojun Legend: Some Social Ramifications of Drama in the Late Ming"），《经济与社会史杂志》（*Journal of the Economic and Social History*）1997 年第 2 期。中文世界里相关的研究很多。张高评发表过大量相关论文，收录在其《王昭君形象之转化与创新：史传、小说、诗歌、杂剧之流变》（台北：里仁书局，2011 年）之中。至于较近的研究专著，参见闵泽平：《文化视野中的昭君形象与意义生成》，武汉：武汉出版社，2003 年；张文德：《王昭君故事的传承与嬗变》，上海：学林出版社，2008 年。

白色的，但昭君坟墓周围却是绿草长青。[3]

第二则史源是范晔（398—445）的《后汉书》。该书包含另外两处有助诗思的细节：其一是王昭君离开汉宫之前顾影徘徊，其美貌令人惊叹。其二是昭君的继子想娶她为妻时，她曾上书汉朝皇帝，请求归汉。皇帝命她遵循胡俗，于是她又嫁给了自己的继子。[4]

第三则史源是《西京杂记》。此书传为刘歆（约公元前50—23）所撰，但基本可以确定实际成书时间要晚得多。[5] 该书引入了一个反面角色毛延寿。汉元帝后宫宫女过多，他只能通过看她们的画像来决定召幸的对象。为接近皇帝，宫女纷纷贿赂画师，以求美化她们的画像。王嫱对自己的美貌很是自信，不肯屈尊俯就去行贿赂之事，于是从未得到过皇帝的宠幸。当匈奴前来讨要一名宫女以充单于妾室之时，元帝决定把王嫱派走。临行前， 13
王嫱面见元帝，其美貌令后者销魂。懊恼的皇帝向画师发泄愤怒，将他们处死，其中就有“为人形，丑好老少，必得其真”的毛延寿。[6]

---

3 蔡邕著，孙星衍（1753—1818）辑：《琴操》卷2，范煜梅编：《历代琴学资料选》，成都：四川教育出版社，2013年，第33—34页。

4 范晔：《后汉书》卷89，北京：中华书局，1965年，第2941页。

5 倪豪士（William H. Nienhauser）认为该书大约编成于520年前后，参见氏著：《再谈〈西京杂记〉的作者》（“Once Again, the Authorship of the *Hsi-ching tsa-chi* [Miscellanies of the Western Capital]”），《美国东方学会杂志》（*Journal of the American Oriental Society*）1978年第3期。康达维（David R. Knechtges）也持相似的观点，见氏著：《〈西京杂记〉中的赋》（“The *Fu* in the *Xijing zaji*”），《新亚学术集刊》（*New Asia Academic Bulletin*）1994年第2期。

6 刘歆撰，葛洪（283—343）集，向新阳、刘克任校注：《西京杂记校注》卷2，上海：上海古籍出版社，1991年，第67页。另可参见刘义庆著，余嘉锡笺疏，周祖谟、余淑宜、周士琦整理：《世说新语笺疏》下卷上《贤媛》，上海：上海古籍出版社，1993年，第665页，不过该书未提及画师的名字。

后代认为毛延寿即是有意丑化王昭君的画师。

自石崇（249—300）《王明君辞》（《先秦汉魏晋南北朝诗》，第 642–643 页）始，王昭君就成为中国诗歌中一个固定的话题。[7] 在唐代，写过昭君诗的著名诗人有李白（701—762）、杜甫与白居易（772—846）。到宋代，昭君的传说成为诗歌唱和中的一个主题。1058 年，知扬州事刘敞（1019—1068，字原甫）曾写过一首题为《王昭君》的古体诗（《全宋诗》，第 5667 页），并将此诗寄给时在建德（在今浙江）的梅尧臣（1002—1060，字圣俞）。梅尧臣答复了一首《依韵和原甫昭君辞》（《全宋诗》，第 3290 页）。刘、梅有两位共同的朋友：江休复（1005—1060，字邻几）与韩维（1017—1098，字持国），时在汴京，也加入到这次唱和活动之中。[8] 于是刘敞又写了一首《重一首同圣俞邻几持国作用前韵》（《全宋诗》，第 5667 页）。这次唱和最终以梅尧臣作《再依韵》（《全宋诗》，第 3290 页）而结束。

刘敞于 1058 年十一月回到汴京。[9] 在此前一个月，王安石除

---

7 石崇诗中称昭君为“明君”，是避司马昭（211—265，死后被追尊为晋文帝）的名讳。至 5 世纪，“明君”又变成“明妃”，最早使用“明妃”之例至少可追溯至江淹（444—505）的《恨赋》（萧统 [501—531] 选编，吕延济（7—8 世纪）等注，俞绍初、刘群栋、王翠红等点校：《新校订六家注文选》卷 16，郑州：郑州大学出版社，2015 年，第 980 页）。关于歌咏王昭君诗作的搜集与注释，参见鲁歌等：《历代歌咏昭君诗词选注》，武汉：长江文艺出版社，1982 年；可永雪等：《历代吟咏昭君诗词曲 · 全辑评注》，呼和浩特：内蒙古大学出版社，2009 年。英文的选译文本参见《王昭君：从历史到传说》，《译丛》第 59–60 期，2003 年。

8 韩维诗诗题为《和王昭君》（北京大学古文献研究所编：《全宋诗》，北京：北京大学出版社，1991–1998 年，第 5153 页）。江休复之诗已佚。

9 张尚英：《刘敞年谱》，吴洪泽、尹波主编：《宋人年谱丛刊》第 4 册，成都：四川大学出版社，2003 年，第 2082 页。

三司度支判官。[10] 他大概在 1059 年的头几个月间抵达汴京。[11] 当 14
时梅尧臣、江休复、韩维也在汴京。刘、梅、江、韩四人中的一人极有可能给王安石看了他们上一年的唱和诗作，这继而促使王氏写下《明妃曲二首》(《临川先生文集》卷 4,《王安石全集》第 5 册，第 195—196 页)。[12] 这里颇值注意的是，龙舒本王氏文集中，该诗诗题之后有一个晦涩难解的注释："续入"。[13] 这两个字的确切含义不甚明了，既可能指王氏写这两首诗是为了"接续（续）"并"参与（入）"刘敞等四人的唱和活动，也可以理解为"续人"二字的刊误,"续人"的意思大概就是"接续他人的作品"。究竟如何，我们姑且不论，且看这两首诗的内容：

其一

明妃初出汉宫时，泪湿春风鬓脚垂。[14]

---

10 李焘（1115—1184）:《续资治通鉴长编》卷 188，北京：中华书局，1979—1995 年，第 4531 页。另可参见刘成国:《王安石年谱长编》，北京：中华书局，2017 年，第 457 页。对于中文官名的翻译，我尽可能依照贺凯（Charles Hucker）:《中国古代官名辞典》（*A Dictionary of Official Titles in Imperial China*），加州斯坦福：斯坦福大学出版社，1985 年。

11 大多数学者认为王安石直至 1059 年才抵达汴京就职，时段在当年的二月至秋季。也有观点认为王氏于 1058 年到达汴京，参见寿涌:《王安石嘉祐四年入京为度支判官说质疑》，《开封教育学院学报》2008 年第 1 期。

12 学术界总体认同上述诗作作于 1059 年，我也接受此说。不过内山精也（氏著，朱刚等译:《传媒与真相：苏轼及其周围士大夫的文学》，上海：上海古籍出版社，2005 年，第 60—70 页）认为这些诗作写于 1060 年，并将它们与王安石使辽的经历关联起来。

13 南宋时有两种王安石文集的版本流传至今。第一种是绍兴年间（1131—1163）在龙舒（在今安徽）刊刻的《王文公集》，被称为龙舒本。第二种（也是后一种）是 1151 年由王氏曾孙王珏在杭州刊刻的《临川先生文集》，被称为杭本。2017 年复旦大学出版社出版的《临川先生文集》（我在本书中使用的即是该版本）以附录形式收入了那些仅存于龙舒本中的作品，同时还吸收了龙舒本中的异文与注文。

14 此句呼应了杜甫《咏怀古迹五首 · 其三》"画图省识春风面，环佩空归月夜魂"之句，

15 低徊顾影无颜色，[15] 尚得君王不自持。
归来却怪丹青手，入眼平生几曾有?
意态由来画不成，当时枉杀毛延寿。
一去心知更不归，可怜着尽汉宫衣。
寄声欲问塞南事，只有年年鸿雁飞。
家人万里传消息，好在毡城莫相忆。
君不见咫尺长门闭阿娇，[16] 人生失意无南北。

16 其二
明妃初嫁与胡儿，毡车百两皆胡姬。
含情欲说独无处，传与琵琶心自知。
黄金捍拨春风手，弹看飞鸿劝胡酒。
汉宫侍女暗垂泪，沙上行人却回首。
汉恩自浅胡自深，人生乐在相知心。
可怜青冢已芜没，尚有哀弦留至今。

至 11 世纪 50 年代后期，王安石已然集治学才士与理政能臣之名于一身。1070 年司马光（1019—1086）在一封书信

参见杜甫著，宇文所安译:《杜甫诗》(*The Poetry of Du Fu*) 第 4 册，波士顿：德古意特出版社，2016 年，第 362–363 页。

15 此句源于范晔《后汉书》(卷 89，第 2941 页）之语:"昭君丰容靓饰，光明汉宫，顾景裴回，竦动左右。"

16 陈皇后（小名阿娇）失宠后被幽禁于长门宫。参见《汉书》卷 97 上，第 3948 页。陈皇后孩提之时，未来的汉武帝（公元前 140—前 86 在位）曾说，如果他能娶阿娇，会把她藏在金屋之中，参见佚名著，王根林校点:《汉武故事》，上海古籍出版社编:《汉魏六朝笔记小说大观》，上海：上海古籍出版社，1999 年，第 167 页。

中写道，王安石的才学享有广泛的称誉，时间已经超过三十年
了。[17]司马光所举的年数不必按字面意思来计算——否则我们
就不得不认为王氏在不到二十岁时就已然成名。[18]1046年欧阳
修（1007—1072）在写给曾巩（1019—1083）的一封书信中提
及王氏，尚认为他是相对默默无闻的人物。[19]然而五年后，陈襄 17
（1017—1080）在一封举荐信中已称道王氏以文辞、政事著称。[20]
至1056年，欧阳修在上递朝廷的一封奏状中亦将王氏的当世之
名部分归因于他的学问与文章。[21]张方平（1007—1091）曾将
王氏声名鹊起的时间追溯至嘉祐（1056—1063）初年，其说很
可能是受到欧氏这番话的影响。[22]另外，按照邢恕（11世纪）之说，
1058年王氏提点江南东路刑狱之时，就已然以“通儒”知名于世。
我们无由怀疑邢恕的这一言论。[23]王安石作为古文家的声名也日
渐隆显。1046年曾巩将王氏的一些文章呈给欧阳修阅览，欧氏
大为所动，称赞不已。他大声朗读这些文章，赏爱之情油然而起，
进而将其中多篇抄录下来，编入一部题为《文林》的文章选集

17 司马光：《与王介甫书》，曾枣庄、刘琳主编：《全宋文》第56册，上海：上海辞书出版社，合肥：安徽教育出版社，2006年，第19页。

18 司马光所谓的三十年大概是个约数，即从王安石进士及第的1042年至1070年。

19 曾巩：《再与欧阳舍人书》，《全宋文》第57册，第242页。

20 陈襄：《与两浙安抚陈舍人书》，《全宋文》第50册，第106页。

21 欧阳修：《再论水灾状》，《全宋文》第32册，第243页。

22 张方平：《文安先生墓表》，《全宋文》第38册，第301页。11世纪50年代早期，张方平对王安石已有厌恶之意，参见脱脱等：《宋史》卷318，北京：中华书局，1985年，第10359页。

23 参见朱熹（1130—1200）：《伊洛渊源录》卷1，朱杰人、严佐之、刘永翔主编：《朱子全书》第12册，上海：上海古籍出版社，合肥：安徽教育出版社，2002年，第927页。另可参见周敦颐著，陈克明点校：《周敦颐集》卷3，北京：中华书局，1990年，第83页。

之中。[24]

然而，至 11 世纪 50 年代后期，王安石在诗坛上才刚刚崭露头角。他在 1054 至 1057 年担任群牧判官之时，诗作首次引
18 起轰动。当时王氏与欧阳修及其在京城的交游圈过从甚密，创作了相当多的应景之作。1056 年欧氏主持过一场聚会，要求在座宾客根据一幅虎图各赋诗一首。王安石率先写成《虎图》一诗（《临川先生文集》卷 5,《王安石全集》第 5 册，第 203 页）。欧氏读完后叹赏不已，使得其他宾客纷纷搁笔而不敢作。[25] 拜欧阳修的认可，该诗成为王氏最早获得诗评界好评的作品之一。[26] 王安石两首昭君诗的创作同样缘于他与欧氏京城交游圈的往来。不过这两首诗引起的轰动远远超过了《虎图》，欧阳修、梅尧臣、刘敞、司马光、曾巩五位名士皆作有和诗。更重要的是，王氏这两首诗被卷入了宋代的政论话语之中，它们可被当作一则案

---

24 曾巩：《与王介甫第一书》,《全宋文》第 57 册，第 248 页。欧阳修虽然热情洋溢，但并非毫无保留。他认为王安石应该稍开阔其文，避免使用“造语”或是生硬地模仿孟子、韩愈（768—824）之类古人的文章。据南宋一则史料所载,欧阳修铨选后进所投的行卷，将之编入《文林》。参见吴子良（1197—约 1257）:《荆溪林下偶谈》卷 3,《景印文渊阁四库全书》第 1481 册，第 503 页。然而，欧氏此书现已亡佚，且书目文献未予记载。其书是否编完，如若编完，其流传范围又有多广，这些问题都不清楚。

25 李公彦（1079—1133）:《漫叟诗话》,《宋诗话辑佚》，第 362 页。

26 《虎图》收录于吕祖谦（1137—1181）编:《皇朝文鉴》卷 21，黄灵庚、吴战垒主编:《吕祖谦全集》第 12 册，杭州：浙江古籍出版社，2008 年，第 378 页。据徐俯（1075—1141）所言，王安石写作该诗借鉴了杜甫的《画鹘行》以“夺胎换骨”，参见曾季貍（1118？—？）:《艇斋诗话》，丁福保辑:《历代诗话续编》，北京：中华书局，1983 年，第 283 页。蔡絛（11—12 世纪）（氏著:《西清诗话》卷 2，张伯伟编:《稀见本宋人诗话四种》，南京：江苏古籍出版社，2002 年，第 203 页）则做了更为实际的解释，认为王氏“模取古人意”是为了在当场写诗时“纾急解纷”。邵伯温（1057—1134）（氏著，查清华整理:《闻见录》卷 9,《全宋笔记》第 2 编第 7 册，第 168 页）认为王氏《虎图》旨在对韩琦（1008—1075）进行人身攻击，但此说不可信。

例，来说明诗意创新追求与道德规范界限之间的张力。

道德上的纠纷

王安石这两首《明妃曲》之所以出名，几乎完全是因为诗中有几句充满争议的话，即前诗中的“人生失意无南北”及后诗中的“汉恩自浅胡自深，人生乐在相知心”。[27] 王回（1023—
1065）有一段评论最早表现出不满意见，载于黄庭坚对前首《明 19
妃曲》的跋文之中：

> 荆公（王安石）作此篇，可与李翰林（李白）、王右丞（王维）并驱争先矣。往岁道出颍阴，得见王深父（王回）先生，最承教爱。因语及荆公此诗，庭坚以为词意深尽，无遗恨矣。深父独曰：“不然。孔子曰：‘夷狄之有君，不如诸夏之亡也。’[28]‘人生失意无南北’非是。”庭坚曰：“先生发此德言，可谓极忠孝矣。然孔子欲居九夷，曰：‘君子居之，何陋之有？’[29] 恐王先生未为失也。”明日深父见舅氏李公择曰：“黄

---

27 在传统诗论之中，除以上诗句，仅有一联引起过注意，即王安石对毛延寿母题的处理。可参见如下文献：葛立方（？—1164，1138 年进士）：《韵语阳秋》卷 19，何文焕（1732—1809）辑：《历代诗话》，北京：中华书局，2004 年，第 643—644 页；佚名：《北山诗话》，《稀见本宋人诗话四种》，第 428 页；赵翼（1727—1814）著，江守义、李成玉校注：《瓯北诗话校注》卷 11，北京：人民文学出版社，2013 年，第 463 页。关于王安石诗中有争议诗句问题的讨论，参见张劲松：《宋代咏史怀古诗词传释研究——话语还原与传播细流考察》，贵阳：贵州大学出版社，2015 年，第 241—299 页。

28 《论语 · 八佾第三》；刘殿爵译：《论语》（*The Analects*），香港：香港中文大学出版社，1992 年，第 9 页。译者按：后注称刘殿爵所译《论语》作刘译本《论语》。

29 《论语 · 子罕第九》；刘译本《论语》，第 81 页。

> 生宜择明师畏友与居，年甚少而持论知古血脉，未可量也。”[30]

王安石与王回是多年的老友。[31]黄庭坚则比王回小二十多岁，
20 当时还是个十几岁的少年，王回不大可能在与黄庭坚的闲谈中真正言及他与王安石的严重分歧。[32]他那些近似迂腐的高谈阔论，可能是想给年少气盛的黄氏降降火气，也可能是想测试一下他的聪明才智。上述故事是以黄庭坚的角度来叙述的，整体意向是为表现自己智胜王回，而非王回批评王安石。黄庭坚才思敏捷、知识渊博，王回深为折服，最后不再坚持自己原来的观点。饶是如此，王回最初的异议仍有其意义，它向我们提供了一个信号，即在时人看来，王安石诗中的这句话似乎抹去了汉胡之间的分界。后世对王诗的批评之语喋喋不休，此为先发之声。

王安石登上政治生涯的巅峰，并成为诗坛巨擘之后，他的这两首诗很快成了学子的必读作品。与此同时，关于这两首诗

---

30 李壁（1159—1222）笺注，高克勤点校：《王荆文公诗笺注》卷6，上海：上海古籍出版社，2010年，第141–142页。

31 二王的友谊可以追溯至1046年，参见李德身：《王安石诗文系年》，西安：陕西人民教育出版社，1987年，第42页。现今的大多数读者之所以知道王回是谁，是因为1054年他与王安石共游过褒禅山，是当时与王氏共游的四人中的一位。王安石因此游而写下著名的《游褒禅山记》（《临川先生文集》卷83，王水照主编：《王安石全集》第7册，上海：复旦大学出版社，2017年，第1464页）。王安石称，他的母亲曾鼓励他与王回交友，参见《祭王回深甫文》（《临川先生文集》卷86，《王安石全集》第7册，第1507页）。对于王回上述言论的相关评论，参见《传媒与真相：苏轼及其周围士大夫的文学》，第35–39页。关于王安石、王回之间的关系，还可参见范文汲：《一代名臣王安石》，北京：中国社会科学出版社，2003年，第194–198页。

32 1059年至1062年，黄庭坚在其舅父李常（1027—1090）的帮助下游学于淮南。此事可能发生在1059年或其后不久。参见郑永晓：《黄庭坚年谱新编》，北京：社会科学文献出版社，1997年，第12页。

是否合乎道德规范，也引发了严肃的质疑，这从朱弁（1085—1144）记载的一则故事中可以窥见：

> 太学生虽以治经答义为能，其间甚有可与言诗者。一日，21
> 同舍生诵介甫（王安石）《明妃曲》，至“汉恩自浅胡自深，人生乐在相知心”“君不见咫尺长门闭阿娇，人生失意无南北”，咏其语称工。有木抱一者，艴然不悦曰：“诗可以兴，可以怨。虽以讽刺为主，然不失其正者，乃可贵也。若如此诗用意，则李陵偷生异域不为犯名教，汉武诛其家为滥刑矣。当介甫赋诗时，温国文正公（司马光）见而恶之，为别赋二篇，其词严，其义正，盖矫其失也。诸君曷不取而读之乎？”众虽心服其论，而莫敢有和之者。[33]

朱弁二十岁入太学，时间是1104年左右。[34]所以以上的故事一定发生在崇宁年间（1102—1106）。当时王安石的政治地位得到提升，元祐时期（1086—1094）的政策则遭到彻底的否定。这集中体现于1105年立元祐党籍碑之事。[35]木抱一（关于此人，除此处记载外，我们别无所知）在此背景下敢于称颂党籍碑名单之首的司马光，显示了相当的勇气。至于其他在场之人，只能默默地认同木氏之言。由这种反应，我们也能觇见当时的政

---

33 朱弁撰，陈新点校：《风月堂诗话》（与惠洪《冷斋夜话》、吴沆《环溪诗话》合刊）卷中，北京：中华书局，1988年，第111页。

34 《宋史》卷373，第11551页。

35 英语世界里，关于元祐党籍碑的讨论，参见李瑞：《语同党异：北宋晚期的党争》（*Divided by a Common Language: Factional Conflict in Late Northern Song China*），檀香山：夏威夷大学出版社，2008年，第155–157页。

治气氛。朱弁自 1128 年至 1143 年长期被金人囚禁于北地，木抱一其事是他囚禁生活即将结束之时记载下的。[36] 当时朱弁被金
22 人威逼去刘豫（1073—1143）处做官，他断然拒绝，宣称自己宁死不屈。[37] 朱弁身为使者而沦为人质，免不了浮想联翩，以当世苏武（公元前 140—前 60）自居。木抱一昔日对李陵（公元前 134—前 73）的谴责一定会引起他格外的共鸣。

关于这件轶事，有几点需要注意。首先，它最早指出了王安石两首《明妃曲》中所有存在道德问题的诗句。木抱一之言为后来许多批评者奠定了基调。其次，虽未详作阐述，但木抱一将司马光的和诗解读为对王安石之“失”直接而有意的驳斥。以后即有论者踵武木氏之说，将原本一次平平常常、和和气气的诗歌唱和说成是一场道德人品的冲突。[38] 再次，朱弁不知名的同舍生对王安石之诗的态度表明，曾有一段时间王氏那些存在争议的话被认可为技艺精湛（即“工”）的诗句。确有一些论者从纯粹文学的角度来分析这两首诗，例如胡仔（1095?—1170?）即称其“辞格超逸”。[39] 最后，据木抱一所言，司马光写过两首和诗，不过目前只有一首存世。这有两种可能，其一是司马光确实写有两首诗，另一首已然亡佚。不过这种情况的可能性极

---

36 朱弁《风月堂诗话》的自序撰于 1040 年。

37 《宋史》卷 373，第 11551 页。1030 年至 1037 年，刘豫在金人的扶持下任伪齐皇帝。关于刘豫的传记，参见《宋史》卷 475，第 13793–13802 页。

38 可参见如陈绛（16 世纪）:《金罍子》卷 31，《续修四库全书》第 1124 册，第 675 页；王士禛（1634—1711）撰，靳斯仁点校:《池北偶谈》卷 10，北京：中华书局，1982 年，第 230 页。

39 胡仔纂集，廖德明校点:《苕溪渔隐丛话》后集卷 23，北京：人民文学出版社，1962 年，第 167 页。

小，因为关于司马光另有一首和诗，并无任何其他史料的记载。其二是朱弁记录此事时记忆有些模糊，因为王安石写了两首《明妃曲》，他便想当然地以为司马光也和了两首。无论如何，我们在后文将会看到，假如司马光确实写过两首和诗，那么现存的那首应是为赓和王氏前诗而作的。

朱弁出使金国而遭囚禁，如果说他对太学居舍往事的回忆带有这一经历的印记，那么范冲（1067—1141）对王安石两首《明妃曲》的猛烈抨击就几乎肯定存在个人恩怨的因素。[40] 这里须先简单介绍一下《神宗实录》修纂及两次修订过程中发生的 23
党争事件。[41]1086 年二月，朝廷首次诏令修纂这部实录，1089 年十二月完稿，1091 年三月成书上呈。这部实录大多数的编修官在政治上反对王安石，其中既有范冲之父范祖禹（1041—1098）。用范冲的话来说，其父修纂此书“大意止是尽书王安石过失，以明非神宗之意”。[42] 至绍圣（1094—1097）元年，朝廷决定修订《神宗实录》。此次修订由王安石的追随者曾布（1036—1107）与蔡卞（1048—1117，王氏女婿）主持，数月之内完工。当时范祖禹已然不在开封，但很快遭到弹劾，罪名是在之前的

---

40 参见蔡上翔（1761 年进士）：《王荆公年谱考略》卷 7，詹大和（12 世纪）等撰，裴汝诚点校：《王安石年谱三种》，北京：中华书局，1994 年，第 332 页。

41 关于这部实录的讨论，参见谢贵安：《宋实录研究》，上海：上海古籍出版社，2013 年，第 47–69、143–163 页；胡昭曦：《〈宋神宗实录〉朱墨本辑佚简论》，《四川大学学报》1979 年第 1 期；吴振清：《北宋〈神宗实录〉五修始末》，《史学史研究》1995 年第 2 期；孔学：《王安石〈日录〉与〈神宗实录〉》，《史学史研究》2002 年第 4 期；方诚峰：《北宋晚期的政治体制与政治文化》，北京：北京大学出版社，2015 年，第 128–132 页。

42 李心传（1167—1240）编撰，胡坤点校：《建炎以来系年要录》卷 79，北京：中华书局，2013 年，第 1487 页。

实录中讪谤神宗。他由此贬官，流放数地，直至 1098 年去世。[43]

1134 年五月，高宗（1127—1162 在位）对朝中高官言及神宗、哲宗（1085—1110 在位）两朝实录充斥着不确的记载，因命范冲再行修订。[44] 该年八月，范冲觐见高宗，将绍圣初的朝政之变部分归因于蔡卞对范祖禹的怨恨：蔡卞怨恨范祖禹如实记载了王安石的所作所为，遂"言哲宗皇帝绍述神宗，其实乃蔡卞绍述王安石"。[45] 当君臣的对答转向王安石之奸的话题时，高宗提及至今仍有人认为王氏所为不谬，甚至要求重新实施其新政，他对此大惑不解。当时人心混乱，令人痛心。为了解释清楚此
24 中缘由，范冲追述了自己与程颐（1033—1107）的一次谈话。当时范冲提出王安石为害于天下者莫过于新政，程颐纠正说，新法之失朝廷一道法令即可更正，真正难以拨乱反正的是王氏"心术不正""已坏了天下人心术"。范冲虽然起初存疑，但最终还是体会到了程颐的高明之处。范冲为向高宗解释清楚程颐的观点，引及王安石后首《明妃曲》：

> 且如诗人多作《明妃曲》，以失身为无穷之恨，至于安石为《明妃曲》，则曰："汉恩自浅胡自深，人生乐在相知心。"然则刘豫不是罪过也。今之背君父之恩，投拜而为盗贼者，皆合于安石之意，此所谓坏天下人心术。[46]

---

43 《宋史》卷 337，第 10799 页。
44 《建炎以来系年要录》卷 76，第 1440 页。
45 《建炎以来系年要录》卷 79，第 1447 页。
46 《建炎以来系年要录》卷 79，第 1488 页。

范冲对王安石的谴责并不仅限于个人恩怨，还归属于一种更大范围的政论话语。这种话语出现于北宋晚期，至南宋早期达到顶点。其中心思想是，王安石要为宋朝的所有错失承担最终的责任。[47] 范冲觐见高宗时强调："天下之乱，实兆于安石。"[48] 其时发此言论者并不止于范冲一人。1129 年赵鼎（1085—1174） 25
在一封奏疏中即条列王安石新政之祸，并总结说："凡今日之患，始于安石，成于蔡京。"赵鼎指出朝廷当下最大的问题在于王氏依旧享有配飨宗庙的待遇，而蔡京（1047—1126）一派的余党则尚未肃清。[49] 1131 年八月，高宗言及王氏之罪在于实行新政，沈与求（1086—1137）补充说王氏很早就已"心术不正"，并施之于学术。其后果极为严重：王氏"悉为曲说以惑乱天下，士俗委靡，节义凋丧，驯致靖康之祸，皆由此也"。[50] 两个月后，韩璜（1130 年进士）也提出相似的论断："今日祸首，实自王安石变新法始。"[51] 1135 年八月，高宗对王居正（1087—1151）称言："天下之乱，生于安石。"[52] 1136 年末或 1137 年初，胡安国（1074—1133）在一封奏疏中谴责王氏及其党徒引发的道德混乱致使"夷狄乱华"。[53] 陈渊（1067—1145）亦将"夷狄乱华"的严重后果

---

47 关于上述修订过程的概述，参见李华瑞：《王安石变法研究史》，北京：人民出版社，2004 年，第 3–5 页。

48 《建炎以来系年要录》卷 79，第 1487 页。

49 《宋史》卷 360，第 11286 页。另可参见赵鼎：《论时政得失疏》（《全宋文》第 174 册，第 230 页）。或值注意的是，赵鼎之女嫁给了范冲之子。

50 《建炎以来系年要录》卷 46，第 976 页。

51 《建炎以来系年要录》卷 47，第 992 页。

52 《建炎以来系年要录》卷 87，第 1637 页。

53 胡安国：《进春秋传表》，《全宋文》第 146 册，第 162 页；另可参见其《春秋传序》，《全宋文》第 146 册，第 162 页。

归罪于王氏。[54] 1156 年，张九成（1092—1159）为刘安世（1048—1125）的奏议集撰写序文，亦发表了相同的攻伐之词。张九成
26 在王氏的党徒中列出了一条奸徒相承的谱系：从吕惠卿（1032—1111）到蔡确（1037—1093），再到章惇（1035—1105），再到蔡京，再到王黼（1079—1126），最终“介甫学行，使二圣北狩，夷狄乱华”。[55]

综上所述，最早有关《明妃曲》的三则评论显示了批评语调的持续升级。王回所针对只是血气方刚的黄庭坚，而且他最终放弃了自己的观点。木抱一倒是表达了严肃的反对意见，不过并未直接攻击王安石的道德人品。然而在范冲看来，王诗那几句存在争议的话却透露了他的“心术不正”，败坏了天下人的道德。木抱一说王氏的异端言论可能会对李陵的变节起到辩护作用，只是虚设之辞，范冲却实实在在述及了其同代人刘豫的叛国行为，以此大力渲染对王氏的控诉。

南宋晚期的罗大经（1226 年进士）将否定王安石《明妃曲》的意见推至顶点。罗大经气势汹汹的攻伐之词几乎涵盖了前人批评言论中所有的主题与母题。与范冲一样，罗氏在严厉谴责王氏悖逆人伦之时，也将他与前代诗人相与比较，使之相形见绌：

> 古今赋昭君词多矣，唯白乐天（白居易）云：“汉使却

54 陈渊：《与十弟书》，《全宋文》第 153 册，第 294 页。

55 张九成：《尽言集序》，《全宋文》第 184 册，第 40 页。《全宋文》所录的版本漏掉了这篇序文的最后一句话，其中有该序所撰的时间，参见陆心源（1838—1894）：《皕宋楼藏书志》卷 25，《续修四库全书》第 928 册，第 271 页。“二圣”指徽宗（1100—1126 在位）与钦宗（1126—1127 在位）。他们被金人俘虏，并被押至北地，最终在那里死去。

> 回凭寄语，黄金何日赎蛾眉？君王若问妾颜色，莫道不如宫
> 里时。”[56] 前辈以为高出众作之上，亦谓其有恋恋不忘君之意 27
> 也。欧阳公（欧阳修）明妃词自以为胜太白（李白），而实不及乐天。至于荆公云“汉恩自浅胡自深，人生乐在相知心”，则悖理伤道甚矣。[57]

罗大经对白居易与王安石的这番比较后来又被其他论者重复。[58] 在罗大经看来，上述这一联诗句只是王安石诗作（尤其是其咏史诗作）中众多悖逆言论的一例。他还举出王安石的另一首诗《宰嚭》（《临川先生文集》卷 34，《王安石全集》第 5 册，第 675 页）以为例证：

> 谋臣本自系安危，贱妾何能作祸基？
> 但愿君王诛宰嚭，不愁宫里有西施。[59]

中国传统观念视红颜为祸水，王安石这首诗刻意反驳这一
观念。罗大经列举了相当数量的史事来论证历代奸臣总是怂恿 28

---

56 上引出自白居易所写两首昭君诗的后首（彭定求等编：《全唐诗》卷 437，北京：中华书局，1960 年，第 4858 页），白氏时年只有十七岁。

57 罗大经撰，王瑞来点校：《鹤林玉露》乙编卷 2，北京：中华书局，1983 年，第 141 页。

58 例如可参见瞿佑（1341—1427）：《归田诗话》卷 1，《历代诗话续编》，第 1244 页。

59 吴国击败越国之后，吴国太宰伯嚭（？—公元前 473）收受越国文种（？—公元前 472）的贿赂，劝说吴王夫差（公元前 495—前 473 在位）饶越王勾践（公元前 495—前 465 在位）不死。勾践终得复仇，并吞并了吴国。西施是越国送给夫差的一名美女，使他沉迷于她而不理国政。关于吴越争斗的传奇故事，参见柯文（Paul A. Cohen）：《与历史对话：二十世纪中国对越王勾践的叙述》（*Speaking to History: The Story of King Goujian in Twentieth Century China*），伯克利：加州大学出版社，2010 年，第 1–35 页。

君主沉迷美色，以此谋取私利。而大臣事君，则以远声色为第一要义。此外，罗氏还列举了《商鞅》诗（《临川先生文集》卷32,《王安石全集》第5册,第645页）来说明王安石的悖逆之处：

> 自古驱民在信诚，一言为重百金轻。[60]
> 今人未可非商鞅，商鞅能令政必行。

罗大经对于这首诗的讥讽极为简短，他问道，远古的二帝三王何时施政有失？[61]为何要单单挑选商鞅作为榜样？随后他又一次比较了王安石与白居易的昭君诗，并将自己前述的批评言论作了如是的引申："推此言也，苟心不相知，臣可以叛其君，妻可以弃其夫乎？"[62]此语明显是对范冲之言更为明确的呼应。

罗大经强调，王安石有悖道德的言论并不局限于诗作，而是其"议论"之中不可或缺的一部分，而这些"议论"的特点就是"强辩"。对此，他提及王安石与唐介（1010—1069）之间有关冯道(882—954)人品的一番广为人知的争辩。王氏认为，
29 冯道为民众的利益而忍辱负重，其仁善堪比佛陀菩萨。唐介反驳说，冯道侍奉四朝十主，故其不可称为纯臣。王氏又予反驳，问道：伊尹曾五次投奔商朝的开国之君汤，五次投奔夏朝的亡

---

60 商鞅为了证明自己政令言而有信，发出告示说，只要有人将一根梁木从城的南门运到北门，就给他十金。不过没有人愿意去尝试，他又将额度提高到五十金。于是有一人运送了这根梁木，得到了相应的奖赏。参见司马迁（约公元前145—约前86）:《史记》卷68，北京：中华书局，1982年，第2231页。

61 二帝指传说中的帝王尧、舜;三王指有道之君禹、汤、文王（或武王），分别是夏朝、商朝、周朝的立国之君。

62 《鹤林玉露》乙编卷4，第186页。

国之君桀，难道他也不可称为纯臣吗？[63]

王安石与唐介的这一争辩最初由魏泰（11—12 世纪）记载。在魏泰的描述中，唐介是该场争论中最后的胜者：当唐介再次反驳说，只有心存伊尹之志，方可行伊尹之事，王氏艴然变色，但却无言以对。[64]罗大经所述的直接依据有可能来源于邵博（？—1158）的一段评论："王荆公非欧阳公贬冯道。按道身事五主，为宰相，果不加诛，何以为史？荆公《明妃曲》云：'汉恩自浅胡自深，人生乐在相知心。'宜其取冯道也。"[65]

罗大经在批评王安石之论的结尾处，重申了王氏应对北宋灭亡承担罪责的主题：

> 似此议论，岂特执拗而已，真悖理伤道也。荀卿立"性 30
> 恶"之论、"法后王"之论，李斯得其说，遂以亡秦。今荆公议论过于荀卿，身试其说，天下既受其毒矣。章、蔡祖其说，而推演之，加以凶险，安得不产靖康之祸乎！[66]

---

63 尽管伊尹最初对效忠的对象摇摆不定，但还是被当作仁者赞美，参见《孟子·告子下》。

64 魏泰撰，燕永成整理：《东轩笔录》卷 9，《全宋笔记》第 2 编第 8 册，第 65 页。

65 邵博撰，夏广兴整理：《邵氏闻见后录》卷 10，《全宋笔记》第 4 编第 6 册，第 74 页。冯道的传记参见欧阳修：《新五代史》卷 54，北京：中华书局，1975 年，第 612—615 页；英文译文参见戴仁柱（Richard L. Davis）译：《新五代史》（*Historical Records of the Five Dynasties*），纽约：哥伦比亚大学出版社，2004 年，第 439—443 页。关于欧阳修对冯道看法的讨论，参见戴仁柱此书的引言，第 xxi–xxiii 页。关于宋代文人对冯道的评价，参见路育松：《从对冯道的评价看宋代气节观念的嬗变》，《中国史研究》2004 年第 1 期。英语世界里相关的讨论，参见王赓武：《冯道：论儒家之忠》（"Feng Tao: An Essay on Confucian Loyalty"），芮沃寿（Arthur F. Wright）、杜希德（Denis Twitchett）主编：《儒家的各类人物》（*Confucian Personalities*），加州斯坦福：斯坦福大学出版社，1952 年，第 123—145 页。

66 《鹤林玉露》乙编卷 4，第 187 页。罗大经还将王安石与秦桧（1090—1155）描述为宋

徒劳的辩护

要想在儒家正统思想框架的内部为王安石那些存在争议的诗句进行辩护，几乎是不可能的，但是偶尔还是有人尝试。刘辰翁（1232—1297）从修辞的观点出发，认为范冲所引王氏的那联诗句是反讽性的："正言似反。与《小弁》之怨同情，更千古孤臣出妇，有口不能自道者，乃从举声一动出之。谓为背君父，是不知怨者也。"[67] 在《小弁》（《诗经》第一百九十七首）中，诉说者哀叹被父母抛弃。根据毛序的评论，这首诗是对西周的末代君主幽王（公
31 元前 781—前 771 在位）的一则批评，他放逐了王储宜咎。[68] 刘氏指出，宜咎被逐的遭际与昭君远嫁胡人的情形有相似之处。在佛经中，"正言似反"一语指看似与常情相悖但却能够反映真实的说法。[69]《老子》之中也有类似的表述。[70] 刘氏在反讽的意义上用及此语，意谓所寓之意与字面叙述恰恰相反。

我们再来看一看刘辰翁使用"正言似反"之语的另外两个例子，或许就会对他的见解更为了然。首先是孟浩然（689—

代的两大罪魁祸首：前者造成北方领土丢失，后者致使恢复疆土的事业失败。参见《鹤林玉露》甲编卷 3，第 49–50 页。这一描述的重述，参见唐锦（1475—1554）:《龙江梦余录》,《续修四库全书》第 1122 册，第 343 页；周容（1619—1679）:《春酒堂诗话》,郭绍虞、富寿荪编:《清诗话续编》，上海：上海古籍出版社，1983 年，第 111 页。

67 刘辰翁:《刘辰翁诗话》，吴文治编:《宋诗话全编》，南京：江苏古籍出版社，1998 年，第 9908 页。

68 《十三经注疏》整理委员会:《毛诗正义》卷 12，北京：北京大学出版社，2000 年，第 873 页。

69 任继愈（氏著:《汉—唐中国佛教思想论集》，北京：生活·读书·新知三联书店，1963 年，第 202 页注 1）将该词语追溯至《普曜经》，但它也出现在许多其他佛经之中。

70 《老子》作"正言若反"，参见朱谦之校释:《老子校释》卷 78，北京：中华书局，2000 年，第 301–303 页；刘殿爵译:《老子道德经》(*Lao Tzu Tao Te Ching*)，英国哈默兹沃斯：企鹅出版社，1963 年，第 140 页。译者按：后注称刘殿爵所译《老子道德经》作刘译本《老子》。

740）的诗作《岁除夜会乐城张少府宅》(《全唐诗》卷160，第1655页)，孟氏该诗描述除夕夜自己在一个密友家里的行乐之事，以如此一联做结：“客行随处乐，不见度年年。”依刘氏看来，这样的欢庆活动只会凸显孟氏对自身漂泊无着、岁月无情流逝的无限哀愁。因此，这一联的所寓之意与其字面叙述正好相反。[71]其次是李贺（790—816）写过的二十三首咏马绝句，刘氏于其中一首中也看出了相同的修辞手法。传统上，马被用来比喻才学之士；李贺其诗描述一匹装备精良的马在春日中踏地而行的情景，却以之来比喻志得意满的小人。[72]刘辰翁对上述两首唐诗的解读听起来固然不无道理，但他对王安石那联诗句的说法却有些牵强，尽管这得到一些现代学者的赞同。[73]刘氏大概是想说“人生乐在相知心”一句的意思其实是指王昭君了无欢乐，在胡 32
人中间也没知心之人。

刘辰翁的同代人赵文（1239—1315）从一个略微不同的角度为王安石辩护。在其《昭君词》一诗(《全宋诗》，第43236页)的序言中，赵文讲述了《琴操》版王昭君的故事，并称王诗的“汉恩自浅胡自深，人生乐在相知心”源自《琴操》的“本意”，但

71 《刘辰翁诗话》，《宋诗话全编》，第9851页。

72 《刘辰翁诗话》，《宋诗话全编》，第9896页。

73 胡汉民（1879—1936）称赞刘辰翁极有洞见，并补充说王安石此联是夹在表达悲伤之情的两联之间。参见陈衍（1856—1937）著，郑朝宗、石文英校点：《石遗室诗话》续编卷2，北京：人民文学出版社，2004年，第578页。王熙元（氏著：《古典文学散论》，台北：学生书局，1987年，第192页）也提及王氏此联的上下文，称赞刘辰翁能理解王氏的“反讽技巧”。周裕锴（氏著：《中国古代阐释学研究》，上海：上海人民出版社，2003年，第326–327页）称赞刘辰翁对“文法”的究心，认为刘氏的看法是《小弁》采用的“文法”与《明妃曲》相同。但事实上，刘氏看到王氏联句与《小弁》的相似之处只在于二者都表达了哀怨。《小弁》并非“正言似反”的例子。

读者基本上没有注意到此点。赵文的诗作重述了《琴操》的情节，不过中间有一个意味深长的变化：王昭君自愿身往匈奴，并非因为她怨恨自己受到了冷落，而是因为此举于国有益。赵文称赞昭君为边疆带来了和平，而且她还宁死不从胡俗，拒不与子通婚，以此守住了节操。在赵文的诗中，昭君以道德典范的形象示人，于此我们应可推断，赵文当是认为王氏诗中的昭君也同样是一位忠贞的女性。

顾起元（1565—1628）从史实的角度替王安石曲为辩护。他说，昭君身在胡地心在汉，杜甫、白居易及欧阳修都对她深表同情，王安石却说“汉恩自浅胡自深”，于是人们便认为王氏不是“纯臣”；然而，检视历史记载就会发现“昭君本非贞女”。所以“荆公之言未必非，诸公之言未必实也”。[74] 顾氏对之前有关昭君的种种说法嗤之以鼻，称昭君“乃淫佚之女，何云以节闻哉？”[75] 他还狠狠攻击了王达（14 世纪），因为王达曾斥责昭君没有在前往匈奴途中自杀，并哀叹她最终自杀
33 为时已晚。顾氏指摘王达“不知昭君不惟不死，且不耻为两单于妻矣”。[76]

顾起元的立场是一个道德纯粹主义者的立场。他的主要目的不是为诗人王安石提供辩护，而是对美人王昭君加以诋毁。可以想见，一旦昭君成了反面人物，人们就可以同时谴责她与王安石了。程哲（18 世纪）在比较司马光诗与王安石诗时就是

74 顾起元:《说略》卷 9,《景印文渊阁四库全书》第 964 册，第 513 页。

75 《说略》卷 9,《景印文渊阁四库全书》第 964 册，第 514 页。

76 《说略》卷 9,《景印文渊阁四库全书》第 964 册，第 514 页。王达之论参见氏著，郎菁、张社国注译:《笔畴》(与吴从先《小窗自纪》合刊),西安:三秦出版社,2006 年,第 9 页。

这么做的。他虽然肯定王诗的描述更为忠于史实，但又称言："观明妃慷慨起而自请，意已与汉绝，荆公曲恐是意中所深许。"[77]

谢肇淛（1567—1624）在描述边地幸民时提及王安石其诗，是一个颇为有趣的例子。这些幸民时常逃往胡地，已与胡人同食同语。中原地区赋税沉重、律法繁琐，与胡人的性格淳朴、凡事从简相比，可谓相形见绌。虏法虽也有贵贱之分，但是胡人颇能同甘共苦。每当他们迁移帐篷，胡主与妻妾皆能躬身劳作，故其众齐心协力、勇往直前，乃至置生死于度外。未遇战事之时，胡人则任其牛羊觅水而饮，依草而食，随处而安。总之，他们的风俗"真有上古结绳之意"。而这些幸民一旦进入中原，就会受到压榨。"王荆公所谓'汉恩自浅胡自深'者，此类是也。"[78] 谢肇淛认为王诗之中那句有道德争议的话其实忠实地反映了胡 34
人的生活方式，因而加以肯定。当然，谢氏的主要目的是对高尚的野蛮人（the noble savages）加以渲染，而并非为王诗辩护。

蔡上翔（1761 年进士）对王安石的辩护最为果断用力。他认为王氏前首《明妃曲》的后半部分仅仅是在描述昭君渴望与家人通问，并想象家人寄来了慰藉的家书。她的哀伤源于与家人的别离。他认为王回与黄庭坚的推断过于夸张，且没抓住基本要点。[79] 关于王氏后首《明妃曲》，蔡氏指责范冲没有理解"恩"的涵义；"恩"指的是君主的"爱幸"。由于昭君留在汉宫数年，

---

77 程哲：《蓉槎蠡说》卷 2，《续修四库全书》第 1137 册，第 190—191 页。

78 谢肇淛：《五杂组》卷 4，上海：上海书店，2001 年，第 80 页。《五杂组》此处及其他地方对胡人有所描述，关于对这些内容的简单讨论，参见谢和耐（Jacques Gernet）：《中国人的智慧》（*L'intelligence de la Chine: Le social et le mental*），巴黎：伽利玛出版社，1994 年，第 139—142 页。

79 《王荆公年谱考略》卷 7，《王安石年谱三种》，第 329 页。

没有承受皇帝的爱幸,所以说汉恩浅也是恰当的。与之相比,“单于喜得明妃，其恩自深，亦就其爱幸之私言之，于明妃何有倍主忘汉之嫌哉？”[80]

总的说来，蔡上翔的辩护既迂腐也无说服性，但他通过一位佚名论者之口提供了一个值得注意的观点，即假如“汉恩自浅胡自深”果真违反了“君臣大义”，那么欧阳修之辈岂会茫然不知，反而写了和诗？[81]这种推理存在严重缺陷。就其本身而言，欧氏与其他人虽写了和诗，但这并不足以证明他们对于王诗就不存在道德上的不适感。至少根据木抱一的说法，司马光就曾试图以其和诗驳斥王氏的异端邪说。尽管如此，蔡上翔还是提醒了我们和诗的重要性，而这些和诗正是理解王诗一层关键的语境。

35 和诗

鉴于欧阳修在当时的地位，可以推断他是第一个收到并回应王安石之诗的人。像王氏一样，欧氏也写了两首诗。

明妃曲和王介甫作（《全宋诗》，第 3655—3656 页）
胡人以鞍马为家，射猎为俗。
泉甘草美无常处，鸟惊兽骇争驰逐。[82]

---

80 《王荆公年谱考略》卷 7,《王安石年谱三种》，第 331 页。

81 《王荆公年谱考略》卷 7,《王安石年谱三种》，第 330 页。

82 该诗开头几句与晁错（公元前 200—前 154）对匈奴的描述非常相似，参见《汉书》卷 49，第 2285 页。

谁将汉女嫁胡儿，风沙无情貌如玉。
身行不遇中国人，马上自作思归曲。
推手为琵却手琶，[83]胡人共听亦咨嗟。
玉颜流落死天涯，琵琶却传来汉家。
汉宫争按新声谱，遗恨已深声更苦。 36
纤纤女手生洞房，学得琵琶不下堂。
不识黄云出塞路，岂知此声能断肠。

再和明妃曲（《全宋诗》，第3656页）
汉宫有佳人，天子初未识。
一朝随汉使，远嫁单于国。
绝色天下无，一失难再得。
虽能杀画工，于事竟何益？
耳目所及尚如此，万里安能制夷狄？
汉计诚已拙，女色难自夸。
明妃去时泪，洒向枝上花。
狂风日暮起，飘泊落谁家？
红颜胜人多薄命，莫怨东风当自嗟。

欧阳修将这两首诗连同他的《庐山高》一并视为自己的 37
得意之作。[84]有一次，他喝高了一点，对其子欧阳棐（1047—

83　欧阳修该句出自刘熙（200在世）《释名》对两种琵琶技艺的描述："推手前曰枇，引手却曰杷。"参见刘熙撰，毕沅（1730—1797）疏证，王先谦（1842—1917）补，祝敏彻、孙玉文点校：《释名疏证补》卷7，北京：中华书局，2008年，第228页。

84　《庐山高》的全名为《庐山高赠同年刘中允归南康》（《全宋诗》，第3628页）。该诗的翻

1113）吹嘘道，只有李白才能写出像他《庐山高》一样的诗。然而，即便是李白，也写不出他的后首昭君诗，只有杜甫才能写出。至于他的前首昭君诗，杜甫也写不出，只有他自己才能写出。[85] 这种酒后狂言自是不可当真。这则轶事的记录者叶梦得就曾挖苦地说，他那个时代的读者并未发现这三首诗有什么特别之处。[86] 欧阳修没有提及其诗原初是为赓和王安石而作，但很明显，他认为己诗远胜王诗。

欧阳修前诗的首句节奏很不顺耳，其节拍是 ×× × ×× ××，而不是标准的 ×× ×× × ×× 或 ×× ×× ×× ×。这一颠簸不平的首句之后，是一个四言句子，而诗中其他句子都是七言的。这样一个节奏不协的开端显然是为吸引人的注意力。读者或许会认为这参差不齐的节奏正好对应于胡人散漫不拘的游牧生活。从结构上看，这首诗是由胡儿驱驰骏马的辽阔草原切换到汉廷幽闭宫女的深宫后院。这种空间上的对比隐藏着一个文化上的悖论：胡人因为整日身处险恶之境，所以比汉
38 宫宫女更能欣赏明妃乐曲里的衷情。该诗最后一联清楚地阐述

译参见柯霖（Colin S. C. Hawes）：《北宋中期诗歌的社交性流动：同气相求与文人自修》（*The Social Circulation of Poetry in the Mid-Northern Song: Emotional Energy and Literati Self-Cultivation*），奥尔巴尼：纽约州立大学出版社，2005 年，第 86—88 页。

85 叶梦得撰，逯铭昕校注：《石林诗话校注》卷中，北京：人民文学出版社，2011 年，第 126—127 页。宋代另有一则史料记载欧阳修称只有韩愈才能写出他的《庐山高》，只有杜甫才能写出他的后首昭君诗，只有李白才能写出他的前首昭君诗，参见《苕溪渔隐丛话》（后集卷 23，第 166 页）所引张唐英（1029—1071）《本朝名臣传》的内容。

86 《石林诗话校注》卷中，第 127 页。不过我们也须注意到，欧阳修的后首昭君诗连同其《庐山高》被收入了吕祖谦《皇朝文鉴》卷 13（《吕祖谦全集》，第 12 册，第 205—206 页）。南宋史料中有对“耳目所及尚如此，万里安能制夷狄”一联的赞誉之词，参见佚名（13 世纪）：《北山诗话》，《稀见本宋人诗话四种》，第 428 页。

了这样的观念——只有阅历相同之人才能惺惺相惜、同病相怜。[87]从诗歌唱和的角度来看，欧阳修此处似乎是在驳斥王安石的后首《明妃曲》：王诗之中，汉宫宫女听到昭君乐曲时也为之“暗垂泪”。当然，我们也应注意到，王诗中的宫女与欧诗中的有所不同：昭君在胡地作曲之时，她们是身临其境的。

王安石的每首诗分别聚焦于一个地点：前诗是汉宫，后诗是沙漠。欧阳修则不同，他是将两个对比鲜明的空间并置于同一首诗中：前诗的焦点由胡地草原切换至汉朝宫廷，后诗则正好反向，由汉朝宫廷切换至昭君在胡地的新家。[88]欧氏的后诗更为论者称道，这主要是因为他在毛延寿一事上的道德说教。《西京杂记》的原始文本描述毛延寿“为人形，丑好老少，必得其真”。王安石则运用了翻案诗法，称绘画根本无法捕捉昭君的“意态”。王氏诗中，昭君之美的不可描摹性是一个独立的主题，[89]这与皇帝一看到倾国美人就“不自持”的负面形象并无关联。欧氏则加入

---

87 艾朗诺认为欧阳修该诗的结尾可能是在暗喻自己四年前使辽的经历，而且欧氏“可能有讽谕的目的，他意在表明，从未离朝、身受‘庇护’的官员对于很多事情茫然无知，而自己因在仕途中饱受艰辛而能洞识、理解这些事情”。参见氏著：《欧阳修的文学作品（1007—1072）》（*The Literary Works of Ou-yang Hsiu [1007-72]*），剑桥：剑桥大学出版社，1984年，第116页。傅君劢（Michael A. Fuller）则认为：“尽管该诗明确提出主要、直接的经验与次要、艺术呈现之间有所不同，但该诗的成功却出人意料地表明，即便是论证经验的必要性，这一论证本身也会为审美观念侵扰。说一首诗写得成功，本身就是一个审美的构设。”参见氏著：《走向东坡之路：苏轼诗境的发展》（*The Road to East Slope: The Development of Su Shi's Poetic Voice*），加州斯坦福：斯坦福大学出版社，1990年，第34页。

88 关于欧阳修前首昭君诗切换的讨论，参见《欧阳修的文学作品（1007—1072）》，第116页。

89 这一母题后来在宋代诗人中间反复出现，如邢居实（1068—1087）：《明妃引》，《全宋诗》，第14810页。据《宋史》（卷471，第13705页）所载，该诗为邢氏八岁时所写；又如王洋：《明妃曲》，《全宋诗》，第18937页。

39 了一个道德的维度：他借枉杀毛延寿一事来谴责中原统治者在应对外敌威胁时无能为力。然而，并无迹象表明他试图纠正王氏诗中的道德缺失。王、欧二人在处理昭君传说中这一为人熟知的母题时皆出新意，相异之处仅在于彼此新意各有不同。

王安石与司马光的相识可以追溯至 1054 年王氏担任群牧判官之时。当时司马光亦任群牧判官，对于王氏执拗的性格印象极为深刻。[90] 两人之间的友情发展得很快，并在嘉祐初期同享盛名。其时王安石、司马光、吕公著（1018—1089）与韩维并称“嘉祐四友”。[91] 1059 年王安石回京，司马光时任度支员外郎判勾院，二人重又开始交往，司马光《和王介甫明妃曲》(《全宋诗》，第 6044 页）就是其中的一个例子：

胡雏上马唱胡歌，锦车已驾白橐驼。
明妃挥泪辞汉主，汉主伤心知奈何。
宫门铜环双兽面，回首何时复来见？
40 自嗟不若住巫山，布袖蒿簪嫁乡县。
万里寒沙草木稀，居延塞外使人归。
旧来相识更无物，只有云边秋雁飞。
愁坐泠泠调四弦，曲终掩面向胡天。

---

90 司马光后来忆及包拯（999—1062）在群牧司内主持过一场欣赏牡丹盛开的聚会。包拯强劝众人饮酒。司马光向来不好酒，但也不得不从命。王安石则断然拒绝。参见《闻见录》卷 10，《全宋笔记》第 2 编第 7 册，第 198 页。

91 徐度（1135 年进士）撰，朱凯、姜汉椿整理：《却扫编》卷 2，《全宋笔记》第 3 编第 10 册，第 144 页。关于这四人的关系，参见陈元锋：《试论“嘉祐四友”的进退分合与交游唱和》，王利民、武海军编：《第八届宋代文学国际研讨会论文集》，广州：中山大学出版社，2015 年，第 50—63 页。

侍儿不解汉家语，指下哀声犹可传。
传遍胡人到中土，万一佗年流乐府。
妾身生死知不归，妾意终期寤人主。
目前美丑良易知，咫尺掖庭犹可欺。[92]
君不见白头萧太傅，被谗仰药更无疑。

王安石诗中每四行转一次韵，每次转韵，韵脚平仄交替。[93] 41
司马光的诗采用了相同的格式。如果按照木抱一的说法，司马光写有两首和诗，那么现存的这首当是前首王诗的和作。我们在此可以提一下，王诗与司马光诗在倒数第二句都使用了“君不见”这一公式化的开头，以此引入一个历史典故。在汉元帝登基以前，萧望之（？—公元前 47）曾任太子太傅。后来萧氏为权势熏天的宦官构陷，被诬以叛逆之罪，面临入狱受审，而他与元帝的私人关系并未给他提供任何庇护。结果萧氏为避免牢狱之耻而服药自尽。[94] 顺便说一句，据《琴操》所述，王昭君为避免乱伦的婚姻，也是服药自尽的。萧望之与昭君之间还有一层更为深刻的相似之处，即二者都是遭人歪曲的受害者，前者受害于歪曲的言论，后者受害于歪曲的画像。王安石与司马光诗中通过典故所传达的信息也很相似。王诗要说明昭君没有必要思念故乡，司马光诗则要说明昭君“寤人主”的期望是徒劳的——如果一位可敬大臣兼前

92 这里的“欺”字暗指毛延寿绘像之事。本章开头我们曾予提及，根据班固的记载，王昭君当时为待诏掖庭。司马光《资治通鉴》卷 29（北京：中华书局，1956 年，第 942 页）所载亦同。

93 关于王安石此诗用韵的复杂性，参见周煦良：《王安石〈明妃曲〉运用内韵和双韵的分析》，《周煦良文集》第 1 册，上海：上海译文出版社，2007 年，第 312—318 页。

94 参见《汉书》卷 78，第 3288 页。

私人导师的自杀尚不能引起皇帝的怀疑，那么区区待诏掖庭的不幸又怎能醒悟人主呢？值得注意的是，司马光其诗在主题与措辞两个层面上对元帝的描述，都与他在正史中对元帝的评断完全一致："甚矣孝元之为君，易欺而难寤也！"[95]

42 司马光并不以诗知名，但其昭君诗作还是引起了一些关注。现存史料中最早对此诗发表评论的是神宗皇帝：

> 神宗一日在讲筵，既讲罢，赐茶甚从容，因谓讲筵官："数日前，因见司马光王昭君古风诗甚佳，如'宫门铜环双兽面，回首何时复来见。自嗟不若住巫山，布袖蒿簪嫁乡县'，读之使人怆然。"时君实（司马光）病足在假，已数日矣。[96] 吕惠卿曰："陛下深居九重之中，何从而得此诗？"上曰："亦偶然见之。"惠卿曰："此诗不无深意。"上曰："卿亦尝见此诗耶？"惠卿曰："未尝见此诗，适但闻陛下举此四句尔。"上曰："此四句有甚深意？"[97]

43 吕惠卿于1069年九月除崇政殿说书。[98] 在接下来的一个月里，他为皇帝讲了第一次课。在同一个月里，司马光警告神宗，

---

95 《资治通鉴》卷28，第902页。宋代其他涉及昭君的诗作亦用萧望之的事典，具体例子可参见周必大（1126—1204）：《己丑二月七日雨中读元帝纪效乐天体》，《全宋诗》，第26717页；袁燮（1144—1224）：《昭君祠》，《全宋诗》，第31000页。

96 司马光似乎患有慢性足疾。在元祐初（1086），他因为足疾及其他疾病而免于参加各种朝仪。关于他对自己足疾的叙述，参见其《辞三日一至都堂札子》，《全宋文》第55册，第284页；《辞入对小殿札子》，《全宋文》第55册，第285页。另可参见《续资治通鉴长编》卷377，第9155页。

97 佚名撰，赵维国整理：《道山清话》，《全宋笔记》第2编第1册，第114页。

98 《宋史》卷14，第272页。

说吕惠卿是奸险之人。[99]一个月后，吕氏与司马光在皇帝面前就变法问题展开了一次激烈的辩论。至 1070 年九月，吕氏离京为父守制。[100]引文述及神宗曾与吕氏谈论司马光之诗，如果确有此事的话，则当发生在这首尾一年的时间里。鉴于神宗对吕氏与司马光之间的紧张关系有切身了解，我们不禁想问，他为何要向吕氏提及司马光十年前写的一首诗？神宗看似漫不经心地提及此诗,立刻就引起了吕氏的疑虑。这一点倒不足为怪。不过，以诗描写昭君含泪别离的情景绝非司马光之作中独有，神宗何以会被他的那几句诗深深打动，这其中的缘由尚不甚清楚。

在神宗所引的诗句中，昭君自怜自惜，在该诗末尾处，昭君则又宣示要忠贞不渝，二者之间的对比令人瞩目。但我们似也无须太过看重这一差异，仅须认识到，司马光与欧阳修一样，都是在对一个熟悉故事里的各种元素与母题加以发挥而已。在后来的宋诗之中，认为昭君留乡胜于入宫的观点反复出现。[101]饶是如此，昭君的哀伤之语仍有可能被解读为一名朝官不满自身处境的怨望之词。吕惠卿所谓的“深意”，或许就是做了这样的解读。明代学者姜南（15—16 世纪）说此为奸徒“以言语文 44
字激怒人主，以陷人于罪”，显然就是指摘吕惠卿居心叵测。在姜南看来，吕氏意欲“中伤”司马光，神宗若非睿智，早就误

99 《宋史》卷 471，第 13706 页。

100 参见陆杰：《吕惠卿年谱》，上海师范大学古籍整理研究所编：《中国传统文化与典籍论丛》，兰州：甘肃人民出版社，2014 年，第 83 页。

101 此类例子如：苏辙（1039—1112）：《昭君村》，《全宋诗》，第 9819 页；韩驹（1080—1135）：《题李伯时画昭君图》，《全宋诗》，第 16585—16586 页；王庭珪（1079—1171）：《题罗畴老家明妃辞汉图》，《全宋诗》，第 16734 页；李壁（1159—1222）：《过昭君村赋诗》，《全宋诗》，第 32320 页。

信了他的诽谤之言。[102]

有间接证据表明，王安石愉快地接受了司马光这首诗。神宗称引诗句中的“回首何时复来见”被收入王安石备受赞誉的《胡笳十八拍 · 其十》(《临川先生文集》卷 37,《王安石全集》第 5 册，第 724 页)。《胡笳十八拍》属于集句诗（即摘取前人的诗句组合成自己的诗作)。王安石被诗评家许为集句诗的巨擘,《胡笳十八拍》则被推举为其集句诗的上乘之作。[103] 假如王氏有那么一点点怀疑司马光是在指责自己的话（如木抱一所言)，那么他定然不会集此诗句。由于《胡笳十八拍》作于王氏晚年，故而可以推断，他与司马光的的政治分歧并未妨碍他品评后者的诗作。[104]

司马光的诗句还收入李纲(1083—1140)的《胡笳十八拍·其六》(《全宋诗》，第 17701–17702 页)。[105] 李纲明确表示，他采用集句体是在效法王安石。在他看来，王氏诗作胜过了蔡琰（177—250）的原创组诗。李纲说：“然此特一女子之故耳。靖康之事，可为万世悲。暇日效其体集句，聊以写无穷之哀云。”

---

102 姜南著，程德整理:《投瓮随笔》，车吉心等编:《中华野史 · 明朝卷》，济南：泰山出版社，2000 年，第 341 页。

103 严羽著，张健校笺:《沧浪诗话校笺》，上海：上海古籍出版社，2012 年，第 636 页。相关的讨论，参见衣若芬:《严谨的游戏——王安石〈胡笳十八拍〉诗论析》,《台北教育大学语文集刊》第 19 期，2011 年。王安石亦将自己《明妃曲》中的诗句编入《胡笳十八拍》集句组诗。

104 王安石退居江宁，一晚正在“坐禅”之时，创作了《胡笳十八拍》(多年来他一直试图创作这组诗，但未成功)。参见赵与时（1172—1228）著，齐治平点校:《宾退录》卷 5，上海：上海古籍出版社，1983 年，第 67 页。

105 关于李纲与文天祥（1236—1283）创作的《胡笳十八拍》，参见衣若芬:《南宋〈胡笳十八拍〉集句诗书写及其历史意义》,《浙江大学学报(人文社会科学版)》2012 年第 1 期。

李纲集句诗旨在哀悼北宋痛失于金人之手，故不难料想他对于 45
夷夏的分野与对立极为敏感。从这个意义上讲，李纲的组诗收入王氏“人生失意无南北”之句是很有意义的。他显然没觉得该句有何不妥，尽管此前王回对此句不以为然，而木抱一则表以愤慨。

这里还可提一下佚名作者题为《调笑集句》的集句词，其最早见录于曾慥（1091—1151）的《乐府雅词》。这组词中，有一首名为《明妃》，选了王安石前首《明妃曲》的第一句（“明妃初出汉宫时”）与第十四句（“好在毡城莫相忆”）。紧随其后的是一首名为《班女》的词作，选了司马光昭君诗中的一句（“回首何时复来见”）。[106] 显然，在南宋早期朋党政治的语境之外，王安石与司马光的诗作仅仅被视为对历史题材的探索。

1059 年，曾巩在太平州（在今安徽）任司法参军。[107] 我们可以推测，他因远离汴京，当是五人之中最后一位收到并赓和王安石之诗的人。他或许事先已读过一些（如果不是全部）和诗，才写下了《明妃曲二首》（《全宋诗》，第 5552 页）：

> 其一
> 明妃未出汉宫时，秀色倾人人不知。
> 何况一身辞汉地，驱令万里嫁胡儿。
> 喧喧杂虏方满眼，皎皎丹心欲语谁？ 46
> 延寿尔能私好恶，令人不自保妍媸。

106　曾慥辑，陆三强校点：《乐府雅词》，沈阳：辽宁教育出版社，1997 年，第 2 页。

107　李震：《曾巩年谱》，苏州：苏州大学出版社，1997 年，第 191 页。曾巩也可能是在 1060 年末或 1061 年初抵达汴京后写了和诗。

丹青有迹尚如此，何况无形论是非？[108]
穷通岂不各有命，南北由来非尔为。
黄云塞路乡国远，鸿雁在天音信稀。
度成新曲无人听，弹向东风空泪垂。
若道人情无感慨，何故卫女苦思归？[109]

47 其二
蛾眉绝世不可寻，能使花羞在上林。
自信无由污白玉，向人不肯用黄金。
一辞椒屋风尘远，去托毡庐沙碛深。
汉姬尚自有妒色，胡女岂能无忌心？
直欲论情通汉地，独能将恨寄胡琴。
但取当时能托意，不论何代有知音。
长安美人夸富贵，未央宫殿竞光阴。
岂知泯泯沉烟雾，独有明妃传至今。

与其他和诗相比，曾巩前诗更为明确地使用并转换了王安石诗中一些最突出的意象、母题与主题。其首句几乎是逐字移

---

108 这两句的意思是：判断毛延寿所绘画像的真实性，本可将之与原型（即王昭君）进行比较来做检验，但他的歪曲之举仍然骗过了皇帝。至于判断“无形”的是非问题，则更要困难得多。

109 《诗经》之中有两首诗，传统的诗注认为反映了一位卫国女子的乡愁。曾巩所用的当是蔡邕《琴操》（卷 1，第 25 页）中的一个事典：邵王聘卫侯之女，在卫女到达邵国之前，邵王就去世了。邵王之子想将卫女留下占为己有，将她禁锢在宫中。她不肯就范，写了一首诗作《思归引》之后就自缢了。司马迁在《史记》（卷 100，第 2734 页）中说：“夫婢妾贱人感慨而自杀者，非能勇也。”曾巩可能是在反驳司马迁的说法。

录了前首王诗的首句。对于毛延寿，王诗为取得耸人听闻的效果，以昭君美貌的不可描摹为由替其开脱。在这样的语境中，曾巩对这名画师致以谴责之词，似乎是故作陈词滥调。[110]换句话说， 48
这是对王氏翻案之诗再行翻案的一个尝试。

更值注意的是，曾巩正面回应了王安石存在争议的诗句——他在前诗中表达认同，在后诗中表达反对。曾巩以“穷通岂不各有命，南北由来非尔为”的联句赓和王氏的“人生失意无南北”。曾巩将昭君的不幸归因于她的命运，这也令人想起欧阳修后诗的最后一联：“红颜胜人多薄命，莫怨东风当自嗟。”在梅尧臣《和介甫明妃曲》（《全宋诗》，第3338页）的开头，同样也能发现对昭君命运无奈感的相似陈述：“明妃命薄汉计拙。”[111]不过，在赓和王诗的五人之中，曾巩是唯一一位明确回应王氏“无南北”之说的人。[112]

对于王安石比较汉恩、胡恩的那联诗句，曾巩则以相反的道德主张作答：“但取当时能托意，不论何代有知音。”王安石“相知心”的所指乃是一种私人关系的领域，其中的关键是“恩”，而“恩”最终会凌驾于道德义务与政治忠诚之上。“相知心”这一语词是“相知”与“知心”二词的合并。“相知”在经典中的出处是《九歌 · 少司命》中的“悲莫悲兮生别离，乐莫乐兮新相知”。该诗据说为屈原（约公元前340—前278）所作。王逸

110 以诗歌表达对毛延寿的谴责，可以追溯至侯夫人（7世纪）的《自遣诗》（逯钦立辑：《先秦汉魏晋南北朝诗》，北京：中华书局，1983年，第2739页）。另在崔国辅（726年进士）的《王昭君》（《全唐诗》卷119，第1205页）中，昭君希望汉使为她传达想处决毛延寿的愿望。

111 梅尧臣该句实质上是对欧阳修后首和诗中“汉计诚已拙，女色难自夸”一联的浓缩。

112 关于这一点，参见《传媒与真相：苏轼及其周围士大夫的文学》，第96页。

49 （89—158 在世）注曰："天下之乐，莫大于男女始相知之时也，屈原言已无新相知之乐，而有生离之忧。"[113] 如果说屈原想凸显自己饱受与君王别离的痛苦，那么王安石诗要强调的则是昭君新婚燕尔、受夫宠爱，自当欢欣。

然而，"知心"一词却会引起一段不祥的联想。它源于李陵《答苏武书》中一句对友谊的率尔评论："人之相知，贵相知心。"[114] 李陵这封书信是后人的伪作，但这点在此处无关紧要。据李周翰（8 世纪）称，这封书信是李陵为答复苏武要他回归汉朝而作。[115] 李陵决定留身异国，并极力自辩。当木抱一谴责王安石为李陵辩护之时，他很有可能想到了这封被归为李陵所写的书信。

与王安石的"知心"截然不同，曾巩的"知音"（听懂曲调之人）强调昭君对汉朝的忠诚。[116] 曾巩前诗言明，昭君以曲传情，在胡人之中没有听众，即所谓"度成新曲无人听"。这似乎与王安石产生了冲突，不过这个冲突是诗意上的，而非道德上的。曾巩肯定昭君忠心汉室，自可被理解为是在刻意反对王诗"汉恩自浅"的说法，但王、曾的这一分歧或许同样应从修辞层面而非意识形态层面来理解。[117] 换言之，王氏对传统观念进行翻

---

113 洪兴祖（1090—1155）撰，白化文等点校：《楚辞补注》卷 2，北京：中华书局，1983 年，第 72 页。

114 《新校订六家注文选》卷 41，第 2688 页。

115 《新校订六家注文选》卷 41，第 2686 页。

116 "知音"一词可以追溯至伯牙与钟子期的故事，当伯牙抚琴之时，钟子期能准确说出他的心中所想。钟子期死后，伯牙便把琴摔碎，因为再没人理解他的音乐了，参见陈奇猷校释：《吕氏春秋校释》卷 14，上海：学林出版社，1984 年，第 740 页。

117 在吟咏王昭君的诗作中，"恩"的主题及其变化十分突出。例如白居易的《昭君怨》（《全唐诗》卷 439，第 4895 页）以"自是君恩薄如纸，不须一向恨丹青"一联作结。白氏该联可能是有意针对薛道衡（540—609）《昭君辞》（《先秦汉魏晋南北朝诗》，第 2680

案，而曾巩之意则是在诗意而非道德上对王氏翻案之诗再行翻 50
案。我们前面所论曾巩对毛延寿事典的处理即是作如是解。

曾巩有关毛延寿的说教之词“丹青有迹尚如此，何况无形论是非”在此值得一提。刘克庄（1187—1269）称赞曾巩阐发了“诸家之所未发”。[118]然而，这一联与欧阳修“耳目所及尚如此，万里安能制夷狄”一联并置而观，则显得了无新意。[119]而梅尧臣《和介甫明妃曲》（《全宋诗》，第3338页）中“男儿返覆尚不保，女子轻微何可望”一联亦具异曲同工之妙。此外，梅尧臣在更早的《依韵和原甫昭君辞》（《全宋诗》，第3290页）中即使用过这种反问句：

> 在昔李少卿，听笳动悲哀。
> 壮士尚如此，蛾眉安得开？[120]

爱唱反调的性格与爱唱反调的诗法 51

朱熹（1130—1200）曾评论道：“江西士风好为奇论，耻与

页）“专由妾命薄，误使君恩轻”一联的翻案之举。

118 刘克庄撰，王秀梅点校：《后村诗话》后集卷1，北京：中华书局，1983年，第53页。人们普遍认为曾巩缺乏诗才，刘克庄则在该联中找到了明确的证据来反驳这一看法。

119 据胡寿芝（1806在世）所言，欧阳修该联在诗意上源于白居易《续古诗十首·其七》（《全唐诗》卷425，第4736页）中的“闺房犹复尔，邦国当何如”，参见胡寿芝：《东目馆诗见》卷3，《清代诗文集汇编》编纂委员会：《清代诗文集汇编》第352册，上海：上海古籍出版社，2010年，第254页。

120 另外还有一些例子表明，曾巩的昭君诗似是由梅尧臣之诗衍生而来的。曾巩的后首昭君诗最后四句以宫女与昭君相对照，呼应了梅尧臣《和介甫明妃曲》最后一联（《全宋诗》，第3338页）：“青冢犹存塞路远，长安不见旧陵荒。”

人同，每立异以求胜。”他举了两个例子。第一个例子是陆九渊（1139—1193）强说告子（公元前420—前350）的人性说高于孟子，还说荀子的性恶论发人深省、思虑缜密。[121] 第二个例子便是王安石之事。王氏曾写有一篇军事战略方面的论文，压在书房的砚台之下。一天刘攽（1023—1089）来访，正值王氏会客。刘攽直接去书房等候，看到了那篇论文，就偷偷地取而读之，默记于心。然后他便以擅入王氏书房不合规矩为由退了出来，因为当时王氏已任副宰相。随后王、刘二人在主厅相见，王氏问刘攽最近是否有所撰述。刘攽就背诵了那篇论文，只略有文字差异。王氏非常不悦，回到书房，将那篇论文撕成碎片。朱熹这样解释王氏的此番举动：“盖有两个道此，则是我说不奇，
52 故如此。”[122] 徐度（1135年进士）最早记载了这则有关刘攽恶作剧的轶事，评价道：“盖荆公平日论议必欲出人意之表，苟有能同之者则以为流俗之见也。”[123] 王安石痴迷于标新独创，徐度仅将此描述为王氏治学心态的一个特征，朱熹则更进一步，断言这种痴迷可以界说江西士人的群体心理。[124]

朱熹与陆九渊理念不同，心存芥蒂，这可能会使他对陆氏

121 黎靖德（13世纪）编：《朱子语类》卷124，北京：中华书局，1986年，第2971页。朱熹还认为爱唱反调是江西士人的文化，陆九渊对告子的偏好就是这种文化的反映，参见《朱子语类》卷20（第455页）：“大概江西人好拗，人说臭，他须要说香。”朱熹总是将陆九渊比作告子。陆氏去世以后他还哀叹“可惜死了告子”，参见《朱子语类》卷124，第2979页。在朱熹看来，陆九渊与告子多有类似之处，关于朱熹的这种看法，可参见陈荣捷：《朱子新探索》，台北：台湾学生书局，1988年，第591—593页。

122 《朱子语类》卷20，第455页。

123 《却扫编》卷中，《全宋笔记》第3编第10册，第148页。

124 朱熹另一次对江西士人的全面抨击也专门提及陆九渊与王安石，参见《朱子语类》卷139，第3302页。

的品评带上个人化的色彩，然而，绝非朱熹一人注意到王安石执迷于创新立异。例如，李壁（1159—1222）在反驳范冲指责之时，也重点提及王氏对求新的热衷："公（王安石）语意固非，然诗人务一时为新奇，求出前人所未道，而不知其言之失也，然范公（范冲）傅致亦深矣。"[125]

李壁的话颇让人觉得他是在为尊者讳，因为他承认范冲所引的王安石的那联诗句本身确有不妥之处。不过他将关注点由文本的道德规范问题转移到了诗人的心理动机，以此为王氏提供辩护。在前现代中国主流学者可接受的道德框架内，李壁的这一说法可能是最明智且最具说服力的辩护了。相较而言，赵翼（1727—1814）评论的语气则不那么富有同情意味，他说："荆公专好与人立异。"在赵翼看来，这是王安石之"性"使然。[126] 53
赵翼列举了王氏诸多诗例，中有一例便是范冲所引的那联诗句。他批评道，依此类推的话，大臣不见用于本国就投奔外国，则是理所应当的了。[127]这话听起来与范冲如出一辙。李壁为王安石开脱说，虽从道德角度来看这联诗句，确实有碍观瞻，但那只是王氏一时冲动，在诗意上力图创新，结果误入歧途。赵翼则强调说，这种冲动在王氏诗作之中随处可见。不过，这种冲动倒也并不专门甚或主要表现为耸人听闻的言论。赵翼所举的其他例子便都没有道德问题。

假如我们相信王安石极度热衷求异求新，那么他在处理历

---

125 《王荆文公诗笺注》卷 6，第 143 页。

126 《瓯北诗话校注》卷 11，第 477 页。另可参见高步瀛:《唐宋诗举要》卷 3，上海：上海古籍出版社，1978 年，第 329 页。

127 《瓯北诗话校注》卷 11，第 477 页。

史题材时用到翻案手法也就不足为奇了。论者对王氏的评价褒贬不一，有人指摘他逆言有害，有人称赞他观点新颖，尤其是对他绝句所述观点的意见更难统一。李东阳（1447—1516）即曾写道，王氏绝句“极有笔力，当别用一具眼观之”。他特别挑出王氏颇具争议的《商鞅》，认为此诗观点新颖且又“于理不觉有碍”。[128]

除了翻历史事件与历史人物之案，翻案诗法显然还展现在其他许多层面。这些层面在此无法一一备述，但我们可以说，宋诗的翻案倾向标志着一种愿望，即通过刻意指斥传统观念、反驳既定见解来标新立异。这一倾向被认为是宋诗的一个
54 显著特征。我想强调王安石爱唱反调的性格与其对翻案诗法的运用是相互结合的。固然，一方面通过王氏诗作来推论其性格，另一方面又通过王氏性格来诠释其诗作，这一做法可能有循环论证之嫌。但王氏性格强势，人们品评其诗，始终很注意突出这一特点。如果仅仅从王氏性格的角度来解释《明妃曲》中那些存在争议的诗句，当然会是一种归谬法 (reduction to absurdity)，但若全然不顾其性格的相关性，则会使我们盲然无视王氏在构思这些诗句时，其心理因素所发挥的作用。

假如说翻案诗法是宋代诗歌的一种风尚，而王安石那些耸人听闻的诗句只是这一风尚的一种表现，那么这些诗句何以会引发如此之大的争论呢？原因在于两个因素的结合。第一个因素是

---

128 李东阳撰，李庆立校释：《怀麓堂诗话校释》，北京：人民文学出版社，2009 年，第 287–288 页。周斯盛（1637？—？）亦明确称赞王安石历史题材的绝句运用了翻案手法，参见顾嗣立（1669—1722）：《寒厅诗话》，丁福保辑，郭绍虞编：《清诗话》，上海：中华书局上海编辑部，1963 年，第 91 页。

人们认为王氏的言辞越过了道德规范与雅正品味的界限。何焯（1661—1772）在论徐得之（1184 年进士）的一首诗时提出过这样的观点。徐得之感于王氏之诗“有卫律李陵之风”，故自作《明妃曲》（《全宋诗》，第 26837 页）以“反其意而为之”。[129] 徐诗突出了昭君对汉朝至死不渝的忠诚。该诗描述昭君甘愿接受一段原本令人作呕的婚姻，并通过这一描述来达到翻案的目的：

妾生岂愿为胡妇，失信宁当累明主。
已伤画史忍欺君，莫使君王更欺虏。

徐诗还称引了高辛（上古五帝之一）的事典。高辛为信守政治承诺，把自己的女儿嫁给一只狗。[130] 何焯指出“如此翻案， 55
近情而雅。”[131]

其实，咏史诗追求新颖，不必非要说一些在道德上耸人听闻的话。[132] 贺裳（1662—1681 在世）坚称王安石的两首《明妃曲》

129 《宾退录》卷 2，第 15 页。卫律（？—公元前 78？）在汉廷的靠山被处决后，逃往匈奴为官，且深得信任，参见《汉书》卷 54，第 2457 页。徐得之其诗还见载于赵与虤（1231 在世）：《娱书堂诗话》卷 2，《历代诗话续编》，第 499 页，该处未曾提及他有反驳王安石之意。

130 高辛（又称帝喾）一直被咄咄逼人的犬戎部落侵扰，他宣布有取犬戎首领吴将军首级者，即以幼女许配之。结果其犬槃瓠将吴将军的头带了回来，但高辛又对这门亲事犹豫不决了。高辛之女说服他信守然诺，参见《后汉书》卷 86，第 2829 页。

131 参见《宾退录》附录 1，第 142 页。

132 王安石本人就时常提出一些历史观点，令哪怕最古板的道德家既耳目一新，又欣然接受。这其中著名的例子有《范增》（《临川先生文集》卷 32，《王安石全集》第 5 册，第 647 页）、《谢安》（《临川先生文集》卷 32，《王安石全集》第 5 册，第 648 页）及《乌江亭》（《临川先生文集》卷 33，《王安石全集》第 5 册，第 660 页），其《乌江亭》之于杜牧（803—852）的同题绝句（《全唐诗》卷 523，第 5892 页）而言，明显是反其意而为。

"可观"，当然，他也承认王氏的翻案有点过头。在谈论同一话题时，他又诟病高启（1336—1393）《王明君》诗的翻案手法朝相反的方向走上了极端。[133] 高启诗中，王昭君让汉使转告皇帝不要处死画师，这样可以让他为傅岩画像。[134] 贺裳对此不以为然，认为高诗的道德情感本身虽然正当，但其出于像昭君这样的女流之口，则显得过于崇高了。[135] 贺裳丝毫不反对在诗中使用翻案手法。他称赞白居易吟咏昭君的绝句："似此翻案却佳，盖尤
56 为切情合事也。"[136] 我们还可征引贺裳自己的《明妃词》，至于他是否成功实践了自己宣扬的主张，则姑且不论：

汉使北来闻近事，昭仪赐死为当熊。[137]
几年残泪今朝尽，喜不当时赂画工。[138]

---

133 高启著，金檀（17—18 世纪）辑注，徐澄宇、沈北宗校点：《高青丘集》卷 1，上海：上海古籍出版社，1985 年，第 20—21 页。

134 武丁在成为商王的头三年一直沉默不语，即使在为父守丧结束后仍然如此。群臣劝促他发布政令，他解释道，之所以沉默，是因为不确定自己是否具备君主之德。武丁后来做了一个梦，梦中上帝赐予他一位良臣，可代他发号施令。武丁对梦中所见之人作了一番描述，画师据此绘制了一幅肖像。后来武丁经过全国范围的搜索，发现一名在傅岩之地版筑、名叫"说"的苦工，与肖像吻合，遂任命为宰相，结果证明其人是一名干臣。参见《十三经注疏》整理委员会：《尚书正义》卷 10《说命上》，北京：北京大学出版社，2000 年，第 293—294 页；另可参见《史记》卷 3，第 102 页。

135 王士禛揶揄高启为"三家村学究语"，见王士禛著，湛之点校：《香祖笔记》卷 1，上海：上海古籍出版社，1982 年，第 10 页。

136 贺裳：《载酒园诗话》卷 1，《清诗话续编》，第 220 页。

137 公元前 38 年，一次汉元帝在观看斗兽，有只熊破围而出，开始向皇座攀爬。众人皆逃散，只有冯媛坚定地挡住熊的去路。她因此被提升为昭仪。昭仪是一个新立的名号，在皇后之下，所有宫人之上。后来，冯媛被诬以对汉哀帝及其祖母施巫咒的罪名，于公元前 6 年服毒自尽，参见《汉书》卷 97 下，第 4005—4007 页。

138 刘会恩辑，政协丹阳市委员会、丹阳市史志办公室、丹阳市诗词楹联学会点校：《曲阿诗综　曲阿词综》卷 13，南京：凤凰出版社，2014 年，第 252 页。

王安石诗句引发争议的第二个也是更具决定性的因素是，人们在政治、道德上对王氏存在成见。这点前文已有展示。如果没有这一成见，王氏之诗恐怕不会受到如此严厉与持久的批评。在以王昭君为题材的诗歌中作耸人听闻之论，王氏既非空前，亦非绝后，而且他的言辞也绝不是最骇人的。我用几个例子来结束这一章。第一个例子是晚唐诗人王叡（859 在世）的《解昭君怨》（《全唐诗》卷 505，第 5743 页）：

> 莫怨工人丑画身，莫嫌明主遣和亲。
> 当时若不嫁胡虏，只是宫中一舞人。 57

王叡将昭君个人的不幸置于“明主”“和亲”政策的大背景之下，使得他这一修正主义的观点更易为人接受。[139] 而在吕本中（1084—1145）的《明妃》（《全宋诗》，第 18647 页）中，昭君的苦难被直接归咎于汉朝政策的失败。诗中鼓励昭君珍视并享受单于的宠爱，不要以悲伤自苦：

> 秦人强盛时，百战无逡巡。
> 汉氏失中策，[140] 清边烽燧频。

139 唐代尚有其他诗作对昭君嫁给胡人之事予以正面的评论，如张仲素（769？—819）《王昭君》（《全唐诗》卷 367，第 4137 页）；张蠙（9—10 世纪）《青冢》（《全唐诗》卷 702，第 8083 页）。关于宋代肯定和亲政策的昭君诗，参见漆永祥：《一样心事的为谁——宋人咏王昭君诗论析》，四川大学古籍整理研究所、四川大学宋代文化研究中心：《宋代文化研究》第 16 辑，成都：四川大学出版社，2009 年，第 554—557 页。

140 周朝采取“中策”来处理与匈奴的关系：当匈奴入侵时，就将其赶回去；汉朝则采取“下策”：为谋求和平而与匈奴联姻，参见《汉书》卷 94 下，第 3824 页。

丈夫不任事，女子去和亲。
君王为置酒，单于来奉珍。
朝辞汉宫月，暮随胡地尘。
58 鞍马白沙暮，旃裘黄草春。
人生在相合，不论越与秦。
但取眼前好，莫言长苦辛。
君看轻薄儿，何殊胡地人。

吕本中该诗的点睛之笔在于最后三联诗句。胡仔论其“不蹈袭”前人。[141] 周密（1232—1298）却评价说,“不脱王半山（王安石）‘人生失意无南北’之窠臼”。[142] 从道德观点来看，吕氏此诗的危言耸听并不亚于王安石，但胡仔与周密皆未对此表达不适之感。似乎唯独只有陈绛（16 世纪）诟病吕氏（与王氏）违反道德规范，他批评王、吕二人“词涉流宕，义鲜规刺，几于劝矣”。[143]

吕本中另有一首《昭君怨》(《全宋诗》,第 18264 页）曰:“宁为龙塞青青草，不作昭阳细细腰。”照此说法，选择与胡人共同生活,不仅可行,而且更佳。晁补之(1053—1110)的《题伯时画》(《全宋诗》，第 12882 页）则更令人瞩目：

59 单于射获明妃笑，劝酌蒲萄跪小胡。
不恨别宫昆莫老，应怜超乘子南夫。

141 《苕溪渔隐丛话》后集卷 40，第 330 页。

142 周密撰，黄宝华整理:《浩然斋雅谈》卷中,《全宋笔记》第 8 编第 1 册，第 164 页。吕本中更直接的灵感来源于王安石后首《明妃曲》中那联备受争议的诗句。

143 《金罍子》卷 10,《续修四库全书》第 1124 册，第 431 页。

此诗第三句用了张骞（？—公元前 113）的典故。张骞承诺乌孙的昆莫（即国王），如果乌孙国民众同意东移至浑邪之地，汉朝就会遣送一名翁主给他做夫人。[144] 此句显然是以年迈的昆莫暗喻元帝。在第四句中，呼韩邪被比作公孙楚（字子南）。徐吾犯的妹妹本已与公孙楚订婚，但公孙黑却强行送给徐吾犯一份与其妹订婚的聘礼。后来达成协议，允许徐吾犯之妹在两位公孙之间做出选择。公孙黑身穿华服而来，并陈设礼物；公孙楚则身穿军装而来，左右开弓各射一箭，然后“超乘”而去。徐吾之妹最终选择了公孙楚。[145] 这两个典故传达的意思相当令人生厌，即对昭君来说，与其同衰老的汉皇待在一起，不如嫁给阳刚的单于。

晁补之诗题中提及的李公麟（1049—1106，字伯时）的王昭君画像现已不存于世。宋代有数首诗作，似乎都是受这幅画作的启发而写的，但主题却各有不同。例如王庭珪（1079—1171）的《题罗畴老家明妃辞汉图》（《全宋诗》，第 16734 页）所关注的便是昭君催人泪下的辞国情景，以及她在草原上的悲伤。[146] 此中差异既可能是不同诗人对一幅长卷的不同部分进行描摹的结果，也可能是诗人们仅仅利用这幅画作来表述各自的观点。韩驹（1080—1135）的《题李伯时画昭君图》（《全宋诗》，第 16585–16586 页）将汉宫生活的可悲境遇与胡地生活的新机遇相互比照，提出与晁补之诗 60

144 《史记》卷 123，第 3169 页。

145 《十三经注疏》整理委员会:《春秋左传正义》卷 41，北京：北京大学出版社，2000 年，第 1325 页。

146 王庭珪诗自注称该画为李公麟所绘。

相同的观点：

> 君不见班姬奉养长信宫，[147] 又不见昭仪举袂前当熊。
> 盛时宠幸只如此，分甘委弃匈奴中。
> 春风汉殿弹丝手，持鞭却趁奚鞍走。
> 莫道单于无复情，一见纤腰为回首。

用“君不见”来引述历史教训，这一手法让我们回想到了王安石前首《明妃曲》中的修辞方式。韩驹诗中，汉朝皇帝的任性移情与匈奴单于的专注钟情形成对比，再次体现了“汉恩自浅胡自深”的观点。韩驹敦促昭君重新审视自己的处境，以便适应并享受与胡人共居的生活。

在所有吟咏王昭君传说的诗作中，王安石的《明妃曲》堪称是最为著名，且绝对是最具争议的作品。这两首诗的接受史向我们充分展示了宋代诗歌文化中求新观念、党派成见与道德
61 规范之间相互作用的情态。与王安石同代的五位名士写有和诗，他们之中无人对王氏看似异端的言论表达严肃的关切。这一点引人注目，或许可被解释为当时知识界自由氛围的一个标志。[148] 在紧随金人灭宋之后的党派言论中才开始出现对王诗的谴责之

147 班姬是汉成帝（公元前 33—前 7 在位）的宠妃，后来被控行巫咒之事。她为求自保，请求在长信宫侍奉太后，并在长信宫写了一篇赋表达悲伤。汉成帝驾崩后，她被派去守陵，最后在那里去世，参见《汉书》卷 97 下，第 3983–3988 页。

148 关于这一点，参见唐眉江:《宋代昭君诗类型及其解读》,《四川师范学院学报》2003 年第 1 期。

词，而那时华夷关系成了一个特别敏感的话题。

王安石的这两首《明妃曲》显示了论辩型翻案的诱惑与危险。一方面，翻案诗法的运用使这两首诗名声大噪，另一方面，这两诗中离经叛道的言辞也引发了持久的争议。这些争议之所以无休无止，固然与政治、道德的成见有关，不过我们同时也应承认，人们如果单纯担忧那些耸人听闻的诗句有悖道德规范与雅正品味，也不无道理。即使是对王氏不存偏见之人也会对他的言辞加以诟病。事实上，第一个提出批评意见的就是王氏的一位密友（王回）。另外，在宋代朋党政治淡出历史舞台之后，有关王诗的争议仍然经久不息，这同样事出有因。此处或许可以补充一点：有宋一代，王氏既是大诗人，又是最为举足轻重的政治家，这一地位易于使他成为那些急于自成一说的批评家的众矢之的。最后还要提及一点，那就是人们对王氏爱唱反调的个人气质与治学气质的看法，影响到他们对王氏翻案诗法的看法。我们将在下一章中看到，这一看法同样影响到人们对王氏所编《唐百家诗选》的评价。

第二章

《唐百家诗选》的传统与个性

《唐百家诗选》的生成

1059 年至 1061 年，王安石与宋敏求（1019—1079）同任三司度支判官。[1] 在这两年时间里，王、宋之间的学术合作关系促成了《唐百家诗选》的编纂。《唐百家诗选》与《明妃曲》一样备受争议。这部诗选忽略了许多大诗人，一些地方又被视为怪异不经，使得人们对于该书方方面面技术性的问题议论纷纷，包括其书的来源、编纂的时间及编纂权的归属。[2] 而这其中最权

1 关于宋敏求担任三司度支判官的任期，参见张保见：《宋敏求事迹简录》，《宋人年谱丛刊》第 3 册，第 1633 页。

2 关于这些问题的讨论，参见余嘉锡：《四库提要辨证》卷 24，北京：中华书局，1980 年，第 1567—1572 页；蔡瑜：《宋代唐诗学》，台湾大学博士学位论文，1991 年，第 390—409 页；汤江浩：《北宋临川王氏家族及文学考论——以王安石为中心》，北京：人民文学出版社，2005 年，第 363—369 页；王靓：《〈唐百家诗选〉研究》，上海师范大学硕士学位论文，2008 年，第 11—20 页；杨艳红：《王安石〈唐百家诗选〉研究》，西北大学硕士学位论文，2008 年，第 2—6 页；陈斐：《〈王荆公唐百家诗选〉版本源流考述》，《南阳师范学院学报（社会科学版）》2012 年第 11 期；张培：《王安石唐诗学研究》，河南大学博士学位论文，2011 年。

威的说法仍是王安石本人的《唐百家诗选序》(《临川先生文集》卷 84,《王安石全集》第 7 册，第 1487 页):

> 63 余与宋次道（宋敏求）同为三司判官，时次道出其家藏唐诗百余编，委余择其精者，[3] 次道因名曰《百家诗选》。废日力于此，良可悔也！虽然，欲知唐诗者观此足矣。[4]

第一章已然述及，至 1059 年，王安石已然牢固地建立了自己的学术声誉。宋敏求委托王安石编纂这部诗选（而非他自己动手），表明他对王氏的诗歌鉴赏力甚为敬重。宋敏求为这部诗选命名，使用了“选”字，进一步显示出他对王氏的敬意。除了顾陶（844 年进士）的《唐诗类选》之外，“选”字并未被广泛运用于唐诗选本的书名之中。田安（Anna Shields）推测，顾陶使用“选”字，可能是为了“强调他严格的编选标准”，但是萧统（501—531）《文选》的经典地位又使得“唐代的诗选家不愿去模仿这个书名”。[5] 如果“选”在语义上确实承载了如

---

3 根据这部诗选的书名，一般认为这里所谓“唐诗百余编”是表示超过一百名唐代诗人的诗作（或诗集）。但也有迹象表明，至少在某些情况下，一编（即由单个或许多作者撰成的一本“书”或一本“书”的一部分）包含超过一名作者的作品。

4 该序的最后一句话存在异文。陈正敏（11—12 世纪）《遯斋闲览》作“欲观唐人诗”，参见《苕溪渔隐丛话》前集卷 36，第 242 页。在宋代文献中，陈正敏所记的这一版本还见诸如《苕溪渔隐丛话》后集卷 16，第 114 页；晁公武撰，孙猛校证：《郡斋读书志校证》卷 20，上海：上海古籍出版社，1990 年，第 1064 页。《沧浪诗话》作“观唐诗者”（《沧浪诗话校笺》，第 744 页），徐度《却扫编》卷中则作“欲知唐人之诗者，眡此足矣”（《全宋笔记》第 3 编第 10 册，第 143 页）。

5 田安：《缔造选本：〈花间集〉的文化语境与诗学实践》（*Crafting a Collection: The Cultural Contexts and Poetic Practice of the 'Huajian ji'*），麻省剑桥：哈佛亚洲中心，2006 年，第 120 页注 2，第 130 页注 29。

此的语义份量，那么宋敏求采用“选”字，即相当于一种极强的认可。这与后代对这部诗选不断提出的指责形成了鲜明的比照。

诗选家惯常用序文表明他们的诗评意见，通过与过去的选
本比较,来替自己的选本做宣传或是做说明,为自己的铨选辩解， 64
并阐明自己的铨选范围与标准。诗选编完以后，他们偶尔也会对自己这部书的某些方面表达不满。然而，王安石的序文却特立独行，他表示后悔浪费时间与精力来编纂此书。据朱熹所述，王氏的这部诗选“非其用意处”，因为王氏认为不值得屈尊“区区掇拾唐人一言半句为述作，而必欲其无所遗哉”。[6] 换言之，王氏才高志大，并不太将编纂诗选当回事。的确，在编纂诗选这件事上，王氏的角色是相对被动的。他并非自告奋勇，而只是应宋敏求之请。这里还须注意，就声望而言，编辑、校勘唐代作家的作品是一回事，编纂唐诗选本则是另外一回事。北宋许多著名学者（包括王安石）从事的都是前一种工作。[7] 王氏以其《唐百家诗选》成为有宋一代首位唐诗选家。他在晚年又编纂了另一部诗选《四家诗选》，选录杜甫、韩愈、欧阳修与李白的作品。[8]

尽管王安石称自己编纂《唐百家诗选》颇“费日力”，但关

---

6 朱熹:《答巩仲至》,《全宋文》第 249 册，第 222 页。

7 参见万曼:《唐集叙录》, 北京:中华书局，1980 年;曹之:《宋编唐集考略》,《图书情报论坛》1999 年第 1 期。

8 李白被置于最后，论者常以此认为王安石对李白的品评相对较低。英语世界里的相关讨论，参见方葆珍（Paula M. Varsano）:《追寻谪仙：李白诗及其历代评价》（*Tracking the Banished Immortal: The Poetry of Li Bo and Its Critical Reception*），檀香山：夏威夷大学出版社，2003 年，第 48—57 页。《王安石年谱长编》（第 2017—2019 页）将该诗选的编纂时间系于 1082 年，且否认王氏对李白的定位存在负面的看法。

于他的编选工作到底有多严谨，不同史料互有冲突。据晁说之所述，王安石翻阅宋敏求家庭藏书之时，用标签贴在他所选的诗作之上，然后让一名小吏抄录下来。这名小吏常常将标签从王氏所选的长诗移至未选的短诗之处，而王氏生性疏散，未予
65 复核。换句话说，这部诗选的许多篇目其实是出自一名偷懒的小吏之手。[9] 此外，还有内证能够显示王氏的编纂偶会出现失误。例如，《唐百家诗选》中有一首《和徐侍郎丛篠咏》诗出现了两次，分别被归为卢象（741 在世）与蒋涣（？—795？）之作。[10] 又其书所录郎士元（756 年进士）《赠韦司直》与皇甫冉（716—769）《寄韦司直》其实为同一首诗。[11] 另外还有一些例子，其问题可能源于宋敏求提供的钞本。如其书中《冬夕寄青龙寺源公》一诗被归为郎士元之作，但方回（1227—1307）却坚称此诗乃无可之作。[12] 方回还言及王氏选录了王建（766？—？）《原上

9 《邵氏闻见后录》卷 19，《全宋笔记》第 4 编第 6 册，第 132 页。另可参见周煇（1127—？）撰，刘永翔、许丹整理：《清波杂志》卷 8，《全宋笔记》第 5 编第 9 册，第 89 页。据邵博所述，这部诗选是在王安石担任群牧判官时（1054—1057）编纂的。叶梦得（《石林诗话校注》卷中，第 93 页）亦给出了相同的系年之说。但这一系年与王氏自身的叙述相悖。周煇写道，该诗选编纂于王氏任三司度支判官之时，但实际又出自群牧司一名懒惰小吏之手。他显然是搞混了。对此，有一则关于钱谦益（1582—1664）编纂《列朝诗集》的轶事可资对照。钱谦益在其拟收录的诗作题目之下留下深深的指甲印，然后让一名小吏将之抄录下来。其指甲印常会显现在钱氏标记之页的后面数页上，尽管其印记十分模糊，小吏也抄录了这些页面上的诗作。参见阮葵生（1727—1789）：《茶余客话》卷 11，上海：中华书局上海编辑部，1959 年，第 319—320 页。

10 王安石编，任雅芳整理：《唐百家诗选》卷 1，《王安石全集》第 8 册，第 69 页，同书卷 6，第 244 页。

11 《唐百家诗选》卷 7，《王安石全集》第 8 册，第 279—280 页，同书卷 10，第 470 页。

12 方回选评，李庆甲集评校点：《瀛奎律髓汇评》卷 13，上海：上海古籍出版社，1986 年，第 475 页。该诗见载于《唐百家诗选》卷 8，《王安石全集》第 8 册，第 282 页。

新居》十三首诗中的两首，但却将诗题错录成《原上新春》。[13]

不过，另有证据表明，王安石曾仔细阅读过他所选的诗作，有时还做过校订甚至是“改进”的工作。《唐百家诗选》中有一首皇甫冉的《归渡洛水》，开头一联是“暝色赴春愁，归人南渡 66
头。”[14] 据叶梦得所述，宋敏求曾对前句第三字做出校订，作“暝色起春愁”。王安石编纂诗选时又将宋氏的订正改了回去，其理由是：“若是‘起’字，人谁不能道？”宋敏求听了甚以为然。[15] 叶梦得认为，正是缘于编纂这部诗选，王氏最早注意到以一字来点染全句。叶氏称此诗法为“以一字为工”。[16] 胡仔也谈及这一诗法，其云：“诗句以一字为工，自然颖异不凡，如灵丹一粒，点石成金也。”[17] 胡仔还引了一些例子来做说明，其中即有上述王氏对宋敏求说的话（胡仔的引文在文字上略有出入）。[18] 另外，

---

13 《瀛奎律髓汇评》卷 23，第 966 页。王建上述两诗见载于《唐百家诗选》卷 13，《王安石全集》第 8 册，第 451—452 页。《唐百家诗选》另有两种版本，其中王建诗作题为《原上新居》，而非《原上新春》。参见《唐百家诗选》卷 13，《王安石全集》第 8 册，第 451 页注 3。

14 《唐百家诗选》卷 10，《王安石全集》第 9 册，第 356 页。

15 《石林诗话校注》卷中，第 143—144 页。这表明宋敏求在将唐人诗集交给王安石之前，已然对这些文本进行了校勘。宋氏作为一位校勘家的勤勉态度颇具传奇性。他称校书如扫尘，一面扫一面生。参见沈括（1031—1095）撰，胡道静校证：《梦溪笔谈校证》卷 25，上海：上海古籍出版社，1987 年，第 824 页。另可参见朱弁撰，张剑光整理：《曲洧旧闻》卷 4，《全宋笔记》第 3 编第 7 册，第 39 页。

16 《石林诗话校注》卷中，第 103 页。关于一字之工的奇妙效果，还可参见晁补之：《题陶渊明诗后》，《全宋文》第 126 册，第 129 页。

17 该句一字不差地见载于范温（11—12 世纪）的《潜溪诗眼》（《宋诗话辑佚》，第 333 页）。关于中国传统文学批评对这种用字法的评论，参见于海洲、于雪棠：《诗赋词曲读写例话》，北京：中国文史出版社，2007 年，第 329—331 页。

18 《苕溪渔隐丛话》后集卷 9，第 64—65 页。叶梦得称王安石对宋敏求的这番议论是在编纂《唐百家诗选》的背景之下表达的，胡仔（《苕溪渔隐丛话》前集卷 36，第 242 页）则质疑此说。

上述皇甫冉之句也着实成了标举“句眼”的一个范例。[19] 王士禛（1634—1711）虽然总体上对《唐百家诗选》持极端负面的态度，但很赞赏王氏在此处独具慧眼，称：“不是临川王介甫，谁知暝色赴春愁。”[20]

67 另一个有趣的例子是王安石对王驾（890 年进士）绝句《晴景》的修订，《晴景》诗云：

雨前初见花间蕊，雨后兼无叶里花。
蛱蝶飞来过墙去，应疑春色在邻家。

这是《唐百家诗选》所选王驾四首诗中的一首。[21] 胡仔言及自己在王安石诗集中也看到过该诗，有八字之异（参见下文划线之字）[*]：

雨来未见花间蕊，雨后全无叶底花。
蜂蝶纷纷过墙去，却疑春色在邻家。[22]

---

19 例如可参见杨载（1271—1323）:《诗法家数》,《历代诗话》，第 373 页。

20 王士禛:《戏仿元遗山论诗绝句》,《渔洋诗集》卷 14，袁世硕主编:《王士禛全集》第 3 册，济南：齐鲁书社，2007 年，第 37 页。关于对王安石所作修订，及王士禛就此修订所发赞赏之言的评论，参见钱锺书:《管锥编》，北京：生活 · 读书 · 新知三联书店，2007 年，第 174 页。

21 《唐百家诗选》卷 19，《王安石全集》第 8 册，第 634 页。《全宋诗》（第 7918 页）中该诗题作《雨晴》。

* 译者按：胡仔评价王安石对《晴景》的修改云：“因为改七字，使一篇语工而意足。”（《苕溪渔隐丛话》后集卷 25，第 184 页）英文原著亦从其“改七字”之说。但比较之下，实际是改了八字。经与作者商议，正文更正为“八字之异”。

22 关于王驾原诗及王安石改作中“疑”的主语为何，我的翻译遵循了贺裳（《载酒园诗话》卷 1，《清诗话续编》，第 238 页）的说法。该诗的另一翻译参见《后来者能居上吗：宋在胡仔看来，王安石的这些改动“使一篇语工而意足”，且无损原诗的底蕴。[23] 我们并不确定王氏是在编纂《唐百家诗选》其时还是其后对《晴景》做出这些改动的，但他对所选之诗显然非常关注。

王安石抱怨编纂《唐百家诗选》耗费了太多的时间与精力， 68
对此我们应该从适当的角度来考察。此选编纂耗时一年左右。这与顾陶《唐诗类选》花费三十年相比，时间算是短暂了。这一对比颇具启发性，因为这两部诗选在体量上颇为相似：顾陶诗选有二十卷，收录 1232 首诗。[24] 王氏诗选亦有二十卷，收录 104 名作者的 1262 首诗。[25] 就准备工作而言，王氏容易得多：宋敏求的家藏有现成的诗集供他使用，而顾陶在编纂诗选前，大概要花费多年时间去搜集诗作。

这两部诗选体量相似，这一点也许会引发我们猜测：王安石是否或多或少借鉴了顾陶的选本？有宋一代，《唐诗类选》的确仍然流传颇广，被列入不少官私书目之中，如《崇文总目》、《新唐书 · 艺文志》、尤袤（1127—1194）的《遂初堂书目》、陈振孙（1211—1249 在世）的《直斋书录解题》。姚铉（967—1020）在其《唐文粹》序文中提及《唐诗类选》（与其他四部唐

人与唐诗》，《中国文学》1982 年第 2 期。

23 《苕溪渔隐丛话》后集卷 25，第 184 页。

24 顾陶：《唐诗类选序》，周绍良主编：《全唐文新编》，长春：吉林文史出版社，2000 年，第 9109 页。

25 这个数字基于复旦大学出版社 2017 年版《唐百家诗选》的目录。晁公武（《郡斋读书志校证》卷 20，第 1064 页）记载该诗选录有 108 名诗人的 1246 首诗作（他断言该诗选为宋敏求所编）。陈振孙（氏著，徐小蛮、顾美华点校：《直斋书录解题》卷 15，上海：上海古籍出版社，1987 年，第 444 页）则言有 105 名作者。胡震亨（1569—1649）（氏著：《唐音癸签》卷 31，上海：上海古籍出版社，1981 年，第 324 页）重复了晁公武的数字。

诗选本并举）时，其口气让人觉得该书相当有名。[26] 此外，吴曾
（1127—1160 在世）的《能改斋漫录》、计有功（1121 年进士）
69 的《唐诗纪事》、曾季貍（1118？—？）的《艇斋诗话》皆曾
援引《唐诗类选》。[27] 更重要的是，有明确证据显示，宋敏求的家藏书籍中亦有《唐诗类选》。[28] 因此我们颇能合理假设，王安石很有可能阅读过《唐诗类选》，至少是接触过。[29] 不过，王氏极为自负，很少愿意效法他人。王、顾诗选之间是否存在关联，我们只能做一些推测，仅此而已。

尽管王安石在《唐百家诗选序》中表达过追悔之意，但他还是很自信地宣称“欲知唐诗者观此足矣”。即便我们真的认可他成功地从宋敏求家藏的“唐诗百余编”之中“择其佳者”，该序所言听起来仍是言过其实了。特别是考虑到他的选本中许多大诗人皆未入选，这种夸张性就更为明显了。就后起的争议而言，这些未入选的诗人可以分为两个群体。前一群体是李白、杜甫、韩愈三大家——最初的批评正是因为这三大家未得入选

26　姚铉编:《唐文粹》，长春：吉林人民出版社，1998 年，第 2 页。

27　参见吴企明:《唐音质疑录》，上海：上海古籍出版社，1985 年，第 139–142 页。除了吴企明所引之例，我们或许还可提及吴幵《优古堂诗话》所引顾陶诗选中的一首诗作（《历代诗话续编》，第 277 页）及姚宽（1105—1162）《西溪丛语》（汤勤福、宋斐飞整理:《西溪丛语》卷上，《全宋笔记》第 4 编第 3 册，第 34 页）所引其诗选中的另一诗作。

28　参见曾巩:《鲍溶诗集目录序》（《全宋文》第 57 册，第 22 页）。这篇序文亦提及宋敏求藏有姚铉的《唐文粹》。李震《曾巩年谱》（第 214 页）将该序文作年系于 1054 年（仅比王安石编成《唐百家诗选》略晚几年）。

29　我们在此亦可注意，顾陶是首位推崇杜甫（对杜甫，王安石极为敬佩）的诗选家。参见卞孝萱:《冬青书屋文存》，西安：陕西人民教育出版社，2008 年，第 301–308 页。关于顾陶对杜诗的铨选，参见宇文所安:《从〈唐诗类选〉看唐人的杜甫观》（“A Tang Version of Du Fu: The *Tangshi leixuan*”)，《唐研究》（*T'ang Studies*）第 25 期，2007 年。该文亦包含对顾陶《唐诗类选序》及《唐诗类选后序》的翻译。

而发起的。后一群体是唐诗其他的典范名家，如宋之问（656？—712？）、王维（701？—761）、孟浩然（689—740）、刘长卿（705—785）、韦应物（737？—？）、孟郊（751—814）、白居易、刘禹锡（772—842）、张籍（768？—830？）、柳宗元（773—819）、元稹（779—831）、杜牧（803—852）、李商隐（约813—858）。本章后面的三个部分将探讨由这些争议而引发的三种观点。

编纂意图说 70

杨蟠（1045年进士）曾为《唐百家诗选》的一种刻本撰写过序文，最早表明三大家未得入选此书引起了不适感。在王氏序文之后，杨蟠的序文是目前所能获得的最早有关《唐百家诗选》的史料，其中保存了许多有用的信息。现全录于下：

> 诗之所可乐者，人人能为之。然匠意造语，要皆安稳惬当，流丽飘逸，其归不失于正者，昔人之所长也。思采其长而益己之未至，则非博窥而深讨之不可。夫自古风骚之盛无出于唐，而唐之作者不知几家。其间篇目之多或至数千，尽致其全编，则厚币不足以购写，而大车不足以容载。彼幽野之人，何力而致之哉！
>
> 丞相荆国王公，道德文章天下之师，于诗尤极其工，虽嬰以万务而未尝忘之。是知诗之为道也，亦已大矣。公自历代而下无不考正，于唐选百家，特录其警篇，而杜（甫）、韩（愈）、李（白）所不与，盖有微旨焉。噫！诗系人之好

> 尚，于去取之际，其论犹纷纷，今一经公之手，则帖然无复以议矣。
>
> 71 合为二十卷，号《唐百家诗选》。得者几希，因命工刻板以广其传，细字轻帙，不过出斗酒金而直挟之于怀袖中，由是人之几上往往皆有此诗矣。
>
> 予将会友以文，共求昔人之遗意而商榷之，[30]有观此百家诗而得其所长及明荆公所以去取之法者，愿以见告，因相与哦于西湖之上，岂不乐哉！元符戊寅七月望日，章安杨蟠书。[31]

为方便讨论，我将该序分为四段。第一段以对古代诗人的致敬开始。因为唐代诗人乃善中之善，所以要想提升诗歌技巧，就必须学习唐诗。然而，正如杨蟠所言，有志于作诗的一般士人不得不解决一个实际问题，即访求众多唐代诗人诗集的费用高得令人望而却步。在这样的情况下，一部铨择精当而又价格低廉的唐诗选本就成了次佳的选择。

72 第二段中，杨蟠强调王安石作为唐诗选家的出众资质，并向读者保证，该书所选皆为“警篇”。杨蟠还称王氏的铨选具有权威性，对于入选诗人的哪些诗作最能代表其特点，原先争议之声纷纷扰扰，王氏则能一锤而定音。晁说之亦曾言：“唐人众诗集以经荆公去取皆废。”[32]这能部分印证杨蟠此说。不过晁氏这话颇具讽刺意味，显现出王氏这样的权威人物所做的铨选也

---

30 该句呼应于《论语·颜渊第十二》之句：“君子以文会友”（刘译本《论语》，第117页）。

31 杨蟠：《刻王荆公百家诗选序》，《全宋文》第48册，第242—243页。

32 参见《邵氏闻见后录》卷19，《全宋笔记》第4编第6册，第132页。

会对保存唐人诗集产生灾难性的影响。对于许多唐代诗人而言，王氏的铨选可谓掌握存亡与夺之权：他们那些未入王氏法眼的诗作明显被认为没有保存价值，终致亡佚。但另一方面，也有不少人批评王氏的选本未能选入入选诗人的最佳作品，这一点我们在后文中将会看到。

杨蟠对《唐百家诗选》盛赞有加，但对一个问题的解释却轻描淡写，那就是该部选本之中“杜、韩、李所不与”，此举令不少诗评家困惑不已。据杨蟠所言，排除这三大家的原因是王安石“盖有微旨焉”。目前并无文献资料显示，在杨蟠之前有人对王氏诗选阙载三大家表示异议。在杨蟠刻印之前，此书确有可能尚未广泛流传，以至未能引起多方关注——我们随后就会看到，杨蟠强调刻印该书的主要原因便是当时该书不易求得。情况很有可能是这样的，杨蟠在准备刻印之时就已预想到阙载三大家之作应会引起质疑，于是决定先声夺人。（此可视为对预期买家的宣传：尽管书中没有三大家，但也买有所值。）尽管此处杨蟠不愿或是不能详述王氏的“微旨”究竟为何，但他这一论点还是被后来的评论者不断重复。

杨蟠序文的第三段提及《唐百家诗选》一个可悲的境遇，即该书“得者几希”。虽然杨蟠未予解释个中缘由，但其所言是可信的。这里或可提及两点因素。首先，元祐时期王安石的新政声名扫地，当时的政治形势降低了这部诗选的影响力。其次， 73
这部诗选此前尚无刻本，因此未能广泛流传。下面这个例子颇能说明《唐百家诗选》的流传颇为有限。王氏辞官之后，在自己住所的墙上抄录薛能（817？—880？）的绝句《游嘉州后溪》（《全唐诗》卷561，第6509页），其诗后两句云：“当时诸葛成何事，只合终身作卧龙。”[33] 该诗早先已被《唐百家诗选》收录。[34] 然而李錞（11—12 世纪）却以为这是王氏自己的诗作。[35] 这个认知错误表明薛能在 11 世纪晚期相对默默无闻。[36] 此外它还揭示出，由于王氏诗选当时流传极为有限，即使是受过教育的人也知之甚少。就连李壁这位对王氏诗歌最为精通的学者，似乎也误信该诗是王氏所写。[37] 另一个例子是蔡居厚（？—1125）提及王安石在《唐百家诗选》中修订了杜诗文本，然而杜诗却
74 未曾被收入此选。[38] 当然，蔡居厚可能是指《四家诗选》，他对其书很熟。[39] 或者他也可能是指王氏所编的另一部书《杜工部诗后集》。饶是如此，我们还是不能排除这一可能性，即蔡居

---

33 据《苕溪渔隐丛话》（前集卷 2，第 12 页）所称，薛能的诗名仅限于这首绝句。关于王安石致仕后最初居所的地点（即他抄录薛能之诗的地点），存在不同的描述。《王安石年谱长编》（第 1934–1935 页）认为定力院的可能性最大。译者按：英文原著中该注内容稍显含混，据作者建议，此处译文略作删节。

34 《唐百家诗选》卷 18，《王安石全集》第 8 册，第 602 页。《唐百家诗选》中该绝句的诗题作“开元观闲游因及后溪偶成二韵”。

35 王直方（1069—1109）:《王直方诗话》,《宋诗话辑佚》,第 64 页。郭绍虞（《宋诗话辑佚》，第 430 页）认为王直方征引了李錞的《李希声诗话》。在宋代的一些史料中，薛能被认为是该诗的作者，参见《邵氏闻见后录》卷 17，《全宋笔记》第 4 编第 6 册，第 121 页；吴聿（12 世纪）:《观林诗话》，《历代诗话续编》，第 127 页；《鹤林玉露》丙编卷 2，第 272 页。在另一些史料中，该诗作者身份的问题则未明确述及，参见江少虞:《宋朝事实类苑》卷 35，上海：上海古籍出版社，1981 年，第 449 页；《王荆文公诗笺注》卷 43，第 1139 页。胡仔（《苕溪渔隐丛话》前集卷 34，第 231 页）特意更正认为该诗为王安石所作的错误观点。另值注意的是，宋代史料称引薛能该绝句的首句，存在两个完全不同的版本。

36 关于这一点，参见查屏球:《名家选本的初始化效应——王安石〈唐百家诗选〉在宋代的流传与接受》，《安徽大学学报（社会科学版）》2012 年第 1 期。

37 参见李壁对《中书即事》的注释（《王荆文公诗笺注》卷 43，第 1139 页）。

38 蔡居厚:《蔡宽夫诗话》，《宋诗话辑佚》，第 384 页。我追随郭绍虞之说（氏著:《宋诗话考》，北京：中华书局，1979 年，第 135–138 页），将《蔡宽夫诗话》归为蔡居厚之作。

39 参见张忠纲等编著:《杜集叙录》，济南：齐鲁书社，2008 年，第 18 页。

厚并未真正看过《唐百家诗选》，只是根据传闻来作评论而已。

杨蟠称刻印《唐百家诗选》的目的是为了“广其传”。在刻印书籍时，传播文本总被认为比盈利具有更为崇高的目的。早在 1017 年，有人提议提高国子监所印书籍的价格，真宗皇帝（997—1022 在位）断然拒绝，他说：“此固非为利，正欲文籍流布耳。”[40] 然而，杨蟠却公然夸耀自己的刻本物有所值，言其所费不过一斗酒钱，这听起来就像是一个厚脸皮的推销员的话。据估计，一斗酒售价约一百钱，而 11 世纪 90 年代晚期平均书价是一册三百钱左右。[41] 当然，宋代酒价的波动很大，随地区、年份、品种及生产者不同而异。[42] 杨蟠刻本的价格如此低廉，要想获得厚利，就需要满足两个条件。首先是必须售出相当数量的刻本。这一目标肯定是可以达到的：自绍圣（1094—1098）以来，王安石的声誉与学术已然恢复，颇有助于形成该部诗选的有利市场。其次是生产与材料的成本必须相对低廉。傅增湘（1872—1949）指出，杨蟠的描述清楚地显示其刻印 75
的是“巾箱本”。[43] 这种小型的书册无疑降低了成本，提高了收益。

---

40 《续资治通鉴长编》卷 90，第 2082 页。在宋代印刷文化的早期，文学文本的刻印是为了广泛传播，关于这一内容的讨论，参见王宇根：《万卷：黄庭坚和北宋晚期诗学中的阅读与写作》（*Ten Thousand Scrolls: Reading and Writing in the Poetics of Huang Ting-jian and the Late Northern Song*），麻省剑桥：哈佛大学亚洲中心，2011 年，第 178–179 页。

41 田建平：《书价革命：宋代书籍价格新考》，《河北大学学报（哲学社会科学报）》2013 年第 5 期。

42 关于这一方面更为广泛的讨论，参见程民生：《宋代物价研究》，北京：人民出版社，2008 年，第 187–192 页。程民生（同书，第 371–376 页）估计书价约为一册三百钱至六百钱。汪圣铎关于宋代酒价与书价的史料汇编极便参考，参见氏著：《两宋货币史料汇编》，北京：中华书局，2004 年，第 616–617、630–631 页。

43 傅增湘：《藏园群书经眼录》，北京：中华书局，1983 年，第 1151 页。

杨蟠的促销言论语近低俗，曾偶尔遭到嘲笑。宋荦（1634—1713）即说他“语意俚浅可笑”。[44] 然而，杨蟠并非一名普通的书商，而是一位备受尊敬的诗人。其诗作有数千首之多，为欧阳修称道，他还与苏轼（1037—1101）多有唱和。[45] 王安石深赏杨蟠的一联诗句，以至在自己的一首诗作中对该联作出过回应。[46] 杨蟠对王安石极为敬重，认为王氏已然“通乎道”，表达
76 过拜王氏为师的意愿。[47] 1058 年杨蟠曾从泗州前往常州，请王氏为其亡母撰写墓志铭。[48]

在序文的结尾，杨蟠异想天开地邀请读者与他分享对王安石“去取之法”的洞见。尽管杨蟠在前文中言辞凿凿，但至此处，他显然仍纠结于王氏选诗标准及选诗质量的问题。

杨蟠序文中最有影响力的言论是他断言王安石略去三大家

---

44 宋荦:《与朱竹垞论荆公选唐诗》,《西陂类稿》卷 29,《景印文渊阁四库全书》第 1323 册，第 342 页。宋荦看到的这部《唐百家诗选》是按主题类别排列诗作的。他同样不以为然，认为如此排列是杨蟠之举，“大似三家村塾师所为”。

45 《宋史》卷 442，第 13086 页。关于欧阳修对杨蟠诗作的赞赏，参见其诗《读杨蟠章安集》,《全宋诗》，第 3714 页。《全宋诗》（第 5034—5052 页）收录有杨蟠的一百余首诗作。关于杨蟠生平与诗作的研究，参见林家骊、杨东睿:《杨蟠生平与诗歌考论》,《文学遗产》2006 年第 6 期。

46 杨蟠的这一联诗句出自其诗《陪润州裴如晦学士游金山》,《全宋诗》，第 5040 页。王安石之诗为《次韵平甫金山会宿寄亲友》(《临川先生文集》卷 22,《王安石全集》第 5 册，第 477 页）。关于王氏称赞杨蟠诗作的其他史料，参见《王直方诗话》,《宋诗话辑佚》，第 12 页;《苕溪渔隐丛话》（前集卷 37，第 251 页）所引陈正敏《遯斋闲览》。

47 王安石:《与杨蟠推官书》,《临川先生文集》卷 78,《王安石全集》第 7 册，第 1387 页。李之亮（氏注:《王荆公文集笺注》卷 41，成都：巴蜀书社，2005 年，第 1397 页）将这些书信的作年系于治平年间（1064—1066），当时王安石在金陵为母守丧。《王安石诗文系年》（第 102 页）则将之系于 1057 年，当时王氏在常州。

48 王安石:《太常博士杨君夫人金华县君吴氏墓志铭并序》,《临川先生文集》卷 99,《王安石全集》第 7 册，第 1701—1702 页。

乃是有其编纂意图。他同代的后辈人物陈正敏的《遯斋闲览》也有一个近似的论断。但陈正敏并不是像杨蟠那样纠结于王氏的去取意图，而是要明确反驳一个当时已有的解释。他先征引王安石的《唐百家诗选序》，然后写道：

> 今世所传《百家诗选》印本，已不载此序矣。[49] 然唐之诗人，有如宋之问、白居易、元稹、刘禹锡、李益（748—827？）、韦应物、韩翃（754 年进士）、王维、杜牧、孟郊之流，皆无一篇入选者。或谓公但据当时所见之集诠择，盖有未尽
> 见者，故不得而遍录。其实不然。公选此诗，自有微旨，但 77
> 恨观者不能详究耳。公后复以杜、欧、韩、李别有《四家诗选》，则其意可见。[50]

《遯斋闲览》撰于 12 世纪的最初十年，[51] 比杨蟠撰写序文要略晚数年。可以肯定，对于《唐百家诗选》何以会阙载如是之多大诗人的问题，当时已然出现了两种相悖的观点。前一观点最初由杨蟠提出，而陈正敏则在这里重申，或可称为编纂意图说。这种观点假定王安石有深奥的编纂意图。尽管陈氏指摘他人未将这一意图弄清楚，但他像杨蟠一样，对此意图也未能详述。不过，陈氏谈及《四家诗选》，倒是暗示过三大家非同凡响，需

---

49 汤江浩（氏著:《北宋临川王氏家族及文学考论——以王安石为中心》，北京：人民文学出版社，2005 年，第 365 页）认为，陈正敏所述表明了对王安石序文所言的负面意见。他还指出这篇序文未被收入龙舒本《王文公集》之中。龙舒本《王文公集》所收散文总体较少。这篇序文的阙失并不必然与其价值有关。

50 《苕溪渔隐丛话》前集卷 36，第 242 页。

51 《郡斋读书志校证》卷 13，第 591 页。

另作诗选。他还提醒人们注意,《唐百家诗选》另遗漏了其他许多唐诗名家，这一问题此前尚无人提及。陈氏的推断大概是这样的：因为那些名家一定都在王安石“当时所见之集”中，所以王氏对他们弃而不选必定是故意为之。后一种观点可称为条件受限说，我将在后文做更详细的考察。这一观点指引人们注意王氏编纂诗选时所受到的现实条件的制约，也就是说王氏所选之诗是基于并限于他所能得到的诗集。

与陈正敏相似，李纲也注意到王安石两部诗选的关系。他在给《四家诗选》所撰的跋文中，用儒家六经与其他诸子著述之间的关系作为类比来描述《四家诗选》与《唐百家诗选》之间的关系：

> 子美（杜甫）之诗,非无文也,而质胜文;永叔（欧阳修）
> 之诗，非无质也，而文胜质;退之（韩愈）之诗，质而无文，
> 太白之诗，文而无质。[52] 介甫选四家之诗而次第之，其序如
> 此。又有《百家诗选》，以尽唐人吟咏之所得。然则四家者，
> 78 其诗之六经乎？于体无所不备，而测之益深，穷之益远。百
> 家者，其诗之诸子百氏乎？不该不遍，而各有所长，时有所
> 用，[53] 览者宜致意焉。偶读《四家诗选》，因书其后。宣和庚

---

52 显然，李纲所见版本中四位大诗人的排序是杜甫、欧阳修、韩愈、李白。此与陈正敏《遯斋闲览》所记的排序相同。

53 此处暗引《庄子·天下篇》对“百家众技”有用性的描述（郭庆藩 [1844—1896?] 集释:《庄子集释》卷 10 下，北京：中华书局，1961 年，第 1069 页）。何良俊（1506—1573）在《四友斋丛说》（卷 24，北京：中华书局，1959 年，第 216 页）中，也对王安石诗选里晚唐诗人占据主导地位的现象做出过类似的辩护，认为这些诗人的作品对于把握唐诗的广度不可或缺：“虽是晚唐，然中必有主，正所谓六艺无阙者也。”

子仲夏十一日（1120年6月8日）。[54]

李纲明确表述了陈正敏暗示的内容，即王安石有意从《唐百家诗选》中排除李白、杜甫与韩愈，是因为他们高于且异于其他唐代诗人。不过李纲并未解释王氏何以会忽略陈氏所列举的如是多的其他唐诗名家。事实上，他甚至对此只字未提。另外，林光朝（1114—1178）认为王氏不选众多唐代大诗人也是有意为之：

> 《百家诗》抹一过。只有孟浩然诗，踏着实地，谢玄晖 79
> （谢朓，464—499）、陶元亮（陶渊明，365—427）辈中人，
> 名不虚得也。怪见杜子美每每起敬，子美岂下人者？如孟东
> 野（孟郊）、刘宾客（刘禹锡）、韩、柳数家，又如韦苏州（韦
> 应物）、刘长卿等辈，皆不在百家数中，却别有说。[55]

林光朝的这封便条是写给侄子的。这位侄子显然询问过《唐百家诗选》中令人疑惑的遗漏问题。在答复中，林氏仅称排除李白、杜甫的原因不同于排除其他人物。对这部诗选，他只是漫不经心地“抹一过”，这清楚地显示出除了孟浩然的诗作，他对王氏的铨选并不以为然。另值注意的是，林氏将韩愈排除出最卓越的三大家之列，而将之置于其他众多唐诗名家之中。

杨蟠、陈正敏、李纲及林光朝的论断尽管有模糊之处，但

54 李纲：《书四家诗选后》，《全宋文》第172册，第42—43页。

55 林光朝：《示成季》，《全宋文》第210册，第33页。

还是代表了出现在 11 至 12 世纪之交的一种言论。这种言论还出现在对王安石《四家诗选》的评论之中，如蔡居厚评论道：

> 子美诗善叙事，故号诗史。其律诗多至百韵，本末贯穿如一辞，前此盖未有。然荆公作《四家诗选》，而长韵律诗皆弃不取，如《夔府书怀》一百韵亦不载。[56]退之诗豪健雄放，
> 80 自成一家，世特恨其深婉不足。《南溪始泛》三篇，乃末年所作，独为闲远，有渊明风气，而《诗选》亦无有，皆不可解。公宜自有旨也。[57]

当面对“不可解”的现象时，编纂意图显然成了一些论者默认的应对之辞。我们还能看到，这种观点亦被用来解释唐人选唐诗中某些显而易见的缺陷。姚宽（1105—1162）以下一段笼统的论断就是一则明证：

> 殷璠（756 年进士）为《河岳英灵集》，不载杜甫诗。高仲武（8 世纪）为《中兴间气集》，不取李白诗。顾陶为《唐诗类选》，如元（元稹）、白（白居易）、刘（刘禹锡）、柳（柳宗元）、杜牧、李贺、张祜（约 792—约 853）、[58]赵嘏皆不收。姚合（781？—846）作《极玄集》，亦不收杜甫、李白。彼

---

56 《夔府书怀》只有四十韵。这里指的应是杜甫的《秋日夔府咏怀奉寄郑监李宾客一百韵》，《杜甫诗》第 5 册，第 192–211 页。

57 《蔡宽夫诗话》，《宋诗话辑佚》，第 393 页。

58 此处我将“祐”更正为“祜”。

必各有意也。[59]

至少对于顾陶的诗选，姚宽似乎有充分理由认为其遗漏是有意为之。顾陶在其诗选的后序中就曾提及自己存有“微志”， 81
以此来解释自己为何将元稹与白居易排除出去。不过，他的解释也揭示出他之所以排除一些大家是基于实际的情况与条件的制约，与这些诗人的优劣无关，即其“家集浩大，不可雕摘，今共无所取”。另外，有些知名诗人（如刘禹锡）未被选入，是因为顾陶编纂这部诗选之始，他们尚未离世，即便他们离世之后，其诗文集在相当长的时间里也未得流传。还有其他诗人（如杜牧）被排除，是因为他们刚刚去世，尚未来得及搜集他们的绝笔之作。[60]饶是如此，顾陶还是使用了“微志”一词，这表明该词作为一种辩解形式，一定具有可观的份量。

条件受限说

我们从陈正敏的言论中已然看到，到了12世纪头十年的时候，出现了另一种观点，与前述编纂意图说分庭抗礼。这一观

59 《西溪丛语》卷上，《全宋笔记》第4编第3册，第34页。关于殷璠对李白的忽略，高仲武对杜甫的忽略，还有人发表了相似的论断，参见袁枚：《随园诗话》卷7，北京：人民文学出版社，1982年，第230页。

60 顾陶：《唐诗类选序》，《全唐文新编》，第9109—9110页。陈尚君（氏著：《唐代文学丛考》，北京：中国社会科学出版社，1997年，第194页）认为顾陶有其编纂意图，并说顾陶提及这些客观条件，只是为排除这些诗人找借口而已，邹云湖在《中国选本批评》中呼应了陈氏的观点（上海：上海三联书店，2002年，第48页）。不过陈尚君与邹云湖皆未具体说明顾陶的意图究竟为何。

点认为《唐百家诗选》之所以排除如是之多的大诗人，是因为王安石能接触到的诗集范围有限。目前已知最早持这种条件受限说的是黄伯思（1079—1118），他为王氏诗选撰写过一篇跋文：

> 82 王公所选，盖就宋氏所有之集而编之，适有百余家，非谓唐人诗尽在此也。其李、杜、韩诗可取者甚众，故别编为《四家诗》，而杨氏（杨蟠）谓不与此集，妄意以为有微旨，何陋甚欤！[61]

黄伯思一如他的朋友李纲提及《四家诗选》，以此解释《唐百家诗选》排除三大家的原因。该解释假定王安石在11世纪60年代早期就已预期要另编一部诗选来囊括三大家。这就有点令人匪夷所思了。此外，王氏诗选何以没有注意如此众多其他的唐诗名家？对这一问题，黄氏也无法给予令人满意的解释。他假定宋敏求没有收藏这些名家的诗作，但在后面我们将会看到，这一假定也是经不起推敲的。然而，黄氏并非唯一持此观点之人。其他如朱熹也曾想当然地认为王氏“乃就宋次道家所有而因为点定耳”。[62]

朱弁像黄伯思一样，也驳斥了杨蟠，不过他驳斥的理由是王安石诗选的成书缘起纯属偶然。他说王氏曾在春明坊与宋敏求比邻而居，常向宋氏借阅藏书，“过眼有会于心者，必手录之”，[63] 直至遍读其书。后来有人得到王氏的手录本，将之刻印

61　黄伯思：《跋百家诗选后》，《全宋文》第249册，第222页。

62　朱熹：《答巩仲至》，《全宋文》第249册，第222页。

63　《风月堂诗话》卷中，第107页，

流传，并冠以《唐百家诗选》之名。朱弁认为此事发生在王氏任职馆阁之时。馆阁是学士院、集贤院、昭文馆、史馆的统称。1054 年，朝廷曾下诏令，命王安石参加馆阁之职的考试。他坚
予拒绝，后来接受了群牧判官的职务。[64] 1059 年五月，王安石 83
在度支司任职期间被授以直集贤院之职，他又反复推辞，过后方才接受。[65] 这就是朱弁所指的时期。然而，有相当有力（但并非绝对确凿）的证据表明，当时王氏并不住在宋敏求春明坊的住所之旁，而是住在显仁坊。[66] 朱弁的王、宋比邻之说有可能是基于他在汴京生活时所听到的这样一则轶事：好读之士往往移居春明坊，这样他们可以向宋敏求借书，结果周边的房租为之翻了一番。[67]

朱弁对《唐百家诗选》出处的描述与王氏本人的叙述相差甚远，不过对我们而言，重要的是他的主要观点：既然王氏最初无意编纂此选，又何谈有深奥的编纂意图呢？朱弁又说：

> 既非介甫本意，而作序者曰："公独不选杜、李与韩退之，其意甚深。"则又厚诬介甫而欺世人也。不知李、杜、韩退

---

64 关于记载此事的传统史料，参见《王安石年谱长编》，第 312–313 页。

65 《续资治通鉴长编》卷 189，第 4566 页。

66 王安石在《呈陈和叔》（《临川先生文集》卷 17，《王安石全集》第 5 册，第 398–399 页）诗序中回忆他在度支司任职期间，如何常去造访陈绎（1021—1088）在皮场街（位于显仁坊）的住宅，他们聊天聊到夜里。这篇诗序使一些学者认为王安石与陈绎住在同一条街上。参见梁建国：《北宋东京的住宅位置考论》，《南都学坛》2013 年第 3 期；孙廷林：《东京显仁坊位置考辨》，《周口师范学院学报》2015 年第 6 期。即使王、陈二人并非住在同一条街上，我们也可以合理地假设他们住在同一坊中。

67 《曲洧旧闻》卷 4，《全宋笔记》第 3 编第 7 册，第 141 页。在朱弁之前，叶梦得（《石林诗话校注》卷中，第 93 页）也称王安石借得了宋敏求所藏的所有唐人诗集。

> 之外，如元、白、梦得（刘禹锡）、刘长卿、李义山（李商隐）
> 84 辈，尚有二十余家。以予观之，介甫固不可厚诬，而世人岂
> 可尽欺哉！盖自欺耳。[68]

即便人们认同王安石有意忽略三大家之作是因为他想将之收录于《四家诗选》，仍有一个问题相当棘手，那就是朱弁曾经提及《唐百家诗选》亦忽略了其他的唐诗名家。主张王氏有编纂意图的论者无法对此做出合理的解释。很难想象杨蟠会像朱弁所说的那样，对这个问题浑然不觉，不过他终是未能（或者选择不去）解答这个问题。在朱弁看来，这些名家被忽略即是铁证，说明该部诗选成书缘起偶然，去取之间亦无章法。[69]由此可见，若说王氏有“深意”却又炮制出如此一部拙劣的选本，无异于是在诋毁他。当然，在朱弁的叙述中，王氏选诗也并非全然随机，而是择其“有会于心者”。

这里还可顺便指出，条件受限说也被用来解释某些已被王安石选入诗选的作者。方回说王安石在《唐百家诗选》中只选了玄宗（712—756 在位）的一首诗作，并做此评论：“玄宗大有好诗，而半山不及取，殆是未见其集。”[70]此处方回是在暗示宋敏求提供给王氏的资料中没有玄宗完整的诗集。

---

68 《风月堂诗话》卷中，第 107 页。

69 陈正敏亦言及缺漏其他唐诗名家的现象，但以之提出相反的观点，认为王安石是故意排除三大家的。

70 《瀛奎律髓汇评》卷 14，第 500 页。该诗为《早渡蒲关》，在《唐百家诗选》中被显著地置于起始之处。《唐百家诗选》录有玄宗的两首诗作，但方回似乎暗示只有一首见录。

唐诗名家之作的普及性 85

严羽提出条件限制说之时，引入了一种更为精细的区分。他认为唐代大家如李白、杜甫、韩愈及柳宗元未被选入是因为“家有其集”，其他诗人被遗漏则是因为“荆公当时所选，当据宋次道之所有耳”。[71] 陈振孙也认为有两种可能：其一是王安石只选“特世所罕见”之诗，而常见之诗则“不待选”；其二是“宋次道家独有此一百五集，据而择之，他不复及”。陈振孙谨慎地告诫我们不要依赖任何“臆断”。他追随朱弁之说，指出王氏诗选忽略了三大家之外的许多名家，如王维、韦应物、元稹、白居易、刘禹锡、刘长卿、孟郊及张籍，以此断然摒弃王氏排除三大家是有“深意”存焉的观点。[72]

现代学者非常认同《唐百家诗选》未选入三大家（还有其他名家）与这些诗人的诗集普及易得有关。对于陈振孙所言的常见诗“不待选”，余嘉锡斩钉截铁地认同道：“其说是也。”[73] 夏敬观认为这些唐代大诗人之所以被忽略，“是必以诸集在宋，已人手一编，其所选者次为上列诸家一等，在宋时亦尚流传未广
者也”。[74] 施蛰存赞同余、夏二人，说：“李白、杜甫、韩愈、王维、 86
白居易等大家的诗都不选入，可知编选者是因为大家、名家的诗集，人人都有，易于见到，小家诗人多，诗集流传不广，故

71 《沧浪诗话校笺》，第 744 页。

72 《直斋书录解题》卷 15，第 444 页。

73 《四库提要辨证》卷 24，第 1570 页。

74 夏敬观：《唐诗说》，台北：河洛图书出版社，1975 年，第 179 页。

专选一本第二流以下的唐诗。”[75]黄永年在重申唐代著名诗人作品普及易得时，同样认为王安石的目的在于铨选不太知名的诗人之作，“好让人们大体窥见唐诗的全貌”。[76]相同的观点在西方学者中间也能见到。余宝琳（Pauline Yu）在施蛰存评论的基础上写道，王安石的诗选“似乎是故意排除主要诗人的诗作，如李白与杜甫，因为他们的诗作在当时广为流传。”[77]艾朗诺（Ronald Egan）追随陈振孙之说，认为大诗人之所以被排除，是因为“他们的作品已有刻本广为流传”。[78]宇文所安（Stephen Owen）亦
87 认为被王氏诗选排除的那些著名诗人的诗作“可能已然广为流

75 施蛰存：《唐诗百话》，上海：上海古籍出版社，1987 年，第 773 页。

76 黄永年：《本书说明》，王安石编，黄永年、陈枫校点：《王荆公唐百家诗选》，沈阳：辽宁教育出版社，2000 年，第 1 页。相同观点的表述，参见黄炳辉：《唐诗学史述论》，上海：上海古籍出版社，2008 年，第 85—86 页；傅明善：《宋代唐诗学》，北京：研究出版社，2001 年，第 61 页。黄永年错误地断言王安石已然编纂了《四家诗话》，所以没必要再将三大家的诗作收入《唐百家诗选》。与之相同的断言还可在查清华等所撰《唐诗学史稿（增订本）》（上海：上海古籍出版社，2016 年，第 203 页）中见到。

77 余宝琳：《中国诗歌经典及其界线》（“The Chinese Poetic Canon and Its Boundaries”），乔迅（John Hay）主编：《中国文化中的各种界线》（*Boundaries in China*），伦敦：反潮流书局，1994 年，第 114 页。

78 艾朗诺：《细数海底之沙：宋代书籍与读书观念的变化》（“To Count Grains of Sand on the Ocean Floor: Changing Perceptions of Books and Learning in the Song Dynasty”），贾晋珠、魏希德（Hilde De Weerdt）主编：《中国印刷时代的知识与文本生产（900—1400）》（*Knowledge and Text Production in an Age of Print: China, 900–1400*），莱顿：博睿学术出版社，2011 年，第 40 页。陈振孙首次推测，而艾朗诺追随其说，也认为王安石在序文中的意思是，想要了解在名家以外的唐代诗人，读他的诗选就足够了。参见艾朗诺：《书籍的流通如何影响宋代文人对文本的观念》，沈松勤编：《第四届宋代文学国际研讨会论文集》，杭州：浙江大学出版社，2006 年，第 106 页。这一观点最早由梁启超阐述（梁启超：《王荆公选唐诗》，《梁启超全集》第 18 卷，北京：北京出版社，1999 年，第 5272 页）：“谓欲知此诸家以外之唐诗耳。”查屏球（《名家选本的初始化效应》）认为王氏所说的“唐诗”，并不泛指唐诗，而是指宋敏求收藏的一百多名唐代诗人的诗作。

传，宋敏求因此不会觉得自己这方面的藏书会有何特殊之处”。[79]

上述观点认为唐代大诗人之所以被排除出《唐百家诗选》，是因为其作品普及易得。然而，我们只要更为仔细地考察一番，就会发现这一观点其实很成问题。11 世纪 60 年代早期，手头宽裕且人脉宽广的学者固然可以得到唐代名家文集的钞本，然而大众读者的处境却非常不同。要使这些文集几乎可以像严羽所说的那样轻易可得，则它们必然要以刻印的方式来流传。因此必须考虑两个问题：《唐百家诗选》的对象读者是谁？当时那些被该诗选排除在外的唐代大诗人的诗集是否已然以刻本的形式面世了？

按照王安石自己的描述，《唐百家诗选》对“欲知唐诗者”来说颇有价值。这意味着这部诗选并非一部博学读者的补充读物，这类读者已然熟知唐代的名家之作，而是一部初阶读者的入门读物，这类读者需有引导才能了解唐代的诗歌。杨蟠在其序文中强调，他刻印这部诗选是要施惠于那些想博览唐诗却无资广购诗集的读者。因此，所有迹象皆表明，编纂这部诗选针对的是大众读者，而非富有、博学之辈。

对于 11 世纪 60 年代早期的大众读者而言，《唐百家诗选》中所阙失的那些唐代名家的文集不太可能那么轻易获得，韩愈、柳宗元可能（但并非肯定）是例外。目前确知，北宋时期只有十五位唐代作家的文集被刻印出来，他们是张九龄（678—

79 宇文所安：《宋人对前代文学的接受》（“The Song Reception of Earlier Literature”），魏朴和（Wiebke Denecke）、李惠仪、田晓菲主编：《牛津中国古典文学手册（公元前 1000—900）》（*The Oxford Handbook of Classical Chinese Literature [1000 BCE–900 CE]*），纽约：牛津大学出版社，2017 年，第 323 页。

740)、李白、杜甫、韦应物、陆贽(754—805)、韩愈、柳宗元、张籍、孟郊、沈亚之(?—831?)、元稹、白居易、杜牧、薛能及贯休(832—912)。[80] 王安石此选编成之前,只有杜甫、韩愈、柳宗元、薛能、贯休的文集已有刻本。因此,在绝大多数情况下,
88 王氏排除如是之多的唐代大诗人,不可能是因为他们的文集已然轻易可得。这些诗人包括李白在内,其文集迟至1080年才被刻印。[81]

另外,正如艾朗诺所提醒的那样,一名作家的文集被刻印出来,也并不一定意味着其在任何时候都能广泛流传。[82] 这里姑举二例。1003 年,张咏(946—1015)来到益州后,搜集了薛能的四百七十首诗(尽管其诗应有千余首之多)。1005 年,他让一名书商将这些诗作刻印了出来。[83] 然而,正如我们之前所见,至 12 世纪,薛能的诗名显然已黯淡下去,以至王安石抄录的那首薛能诗被有些人误作王氏自己的诗作。韩愈的例子也很能说明问题。他的文集最初于 1009 年在杭州刻印。此外还有一种蜀刻本。[84] 饶是如此,对于像少年欧阳修那样生活在文化落后地区的人而言,韩集仍然极难获得。[85]

杜甫诗集的情况在此尤值关注。杜集最初是在知苏州事王

---

80 张秀民:《中国印刷史》,上海:上海人民出版社,1989 年,第 118–123 页。

81 《唐集叙录》,第 166 页。

82 《书籍的流通如何影响宋代文人对文本的观念》,《第四届宋代文学国际研讨会论文集》,第 105 页。

83 张咏:《许昌诗集序》,《全宋文》第 6 册,第 125–126 页。

84 《唐集叙录》,第 166 页。

85 关于欧阳修对年少时偶然得到六卷本韩愈散文的记叙,参见其文《记旧本韩文后》,《全宋文》第 34 册,第 86–87 页。关于欧氏这篇题记的翻译与讨论,参见《万卷:黄庭坚和北宋晚期诗学中的阅读与写作》,第 165–166 页;《欧阳修的文学作品(1007—1072)》,第 14–15 页。

琪的主持下于1059年刻印的。据范成大（1126—1193）《吴郡志》记载，此次刻印与州治衙门大厅的翻修有关：

> 嘉祐中，王琪以知制诰守郡，始大修设厅，规模宏壮。 89
> 假省库钱数千缗，厅既成，漕司不肯除破。时方贵《杜集》，
> 人间苦无全书。琪家藏本，雠校素精。即俾公使库镂版印万
> 本，[86]每部为直千钱。士人争买之，富室或买十许部。既偿
> 省库，羡余以给公厨。[87]

这一记载有几点令人存疑之处。首先，王琪本人在杜集刻本后序中没有提及金钱的动机。当然，那也可以理解。然而，作为一个据称要竭力还清政府债务的人，王琪却表现得没有任何压力。他与另两名学者（这两人都是进士及第）在超过三个月的时间里，将所有闲暇功夫都投入到了精心校勘杜集文本的工作之中。而这一文本此前已被精校过了——王琪使用的底本是王洙（997—1057）编纂过的版本。即使在那之后，王琪又让另一名学者对整部文稿加以校对，毕事后方才送去刻印。[88]

范成大称该书售卖了一万部，这种说法也有问题，并引起过质疑。[89]不过，王水照辩称这个数字应该是真实的。[90]他征引

86 公使库的主要职能是接待来访官员，不过该机构使用可用资金刻印书籍也很常见。

87 范成大撰，陆振岳点校:《吴郡志》卷6，南京:江苏古籍出版社，1999年，第51—52页。

88 王琪:《杜工部集后记》,《全宋文》第48册，第192—193页。

89 参见《唐集叙录》，第110页;车淑珊（Susan Cherniack）:《宋代的书籍文化与文本传播》（“Book Culture and Textual Transmission in Sung China”）注92,《哈佛亚洲研究学报》（*Harvard Journal of Asiatic Studies*）1994年第1期。

90 王水照:《作品、产品与商品——古代文学作品商品化的一点考察》,《文学遗产》2007

了两则大量印刷的例子，前者在范摅（9 世纪）的《云溪友议》
90 中提及：在 847 年至 849 年之间，有一部道教传记“雕印数千本”；[91] 后者是于 1315 年及 1332 年刻印的“万部”《农桑辑要》。然而，这里须注意，宗教或技术性质书籍的刻印数量一般都会多于文学著作。没有文献记载显示，还有其他哪部文集的刻印量近似于王琪本的杜甫诗集。从技术角度来看，宋代一块书板是否能经得起一万次摹印，也很成问题。

范成大还描述了王琪的刻本是如何快速售罄的。据其描述，我们可以假设购书者（即所谓“士人”）来自当地居民，苏州以外地区的买家则寥寥无几。如果这一假设成立，我们就当来考虑号称被一抢而空的王琪本销量与苏州当时户数的比率问题。我们并不知道 1059 年苏州究竟有多少户人家，但在宋代历史进程之中，我们能掌握到苏州户数变化的一些信息。[92] 976 年，苏州共有 35249 户，其中缴纳赋税且拥有土地的主户为 27889 户，客户（即迁离自身户籍地的外来户）为 7360 户。[93] 至 1011 年，

年第 3 期。艾朗诺（《书籍的流通如何影响宋代文人对文本的观念》，《第四届宋代文学国际研讨会论文集》，第 105 页）也认为这个数字或许未被严重夸大。而另一方面，他又认为这个数字可能是“虚构”的，因为它听起来“难以置信地大”，尽管“印本数与亏欠公款的数目相符合”（氏著：《论十一、十二世纪书籍的流通》[“On the Circulation of Books during the Eleventh and Twelfth Centuries”]，《中国文学》，第 30 卷，2008 年）

91 范摅：《云溪友议》卷下，上海古籍出版社编，丁如明等点校：《唐五代笔记小说大观》，上海：上海古籍出版社，2000 年，第 1313 页。

92 关于宋代苏州的人口，参见方健：《两宋苏州经济考略》，《中国历史地理论丛》1998 年第 4 期；吴松弟：《就〈两宋苏州经济考略〉致方健先生》，《中国历史地理论丛》2000 年第 3 期。我在这里又添加了其他的史料。

93 乐史撰，王文楚等点校：《太平寰宇记》卷 91，北京：中华书局，2007 年，第 1817 页。此处及后文的数字可能包括了苏州所治之县的人口。

户数增至 66139 户。[94] 至 1070 年，增为 150000 户。[95] 至 1078
年，增为 173969 户（主户为 158767 户，客户为 15202 户）。[96]
至 1080 年，增为 199892 户。[97] 崇宁年间（1102—1106），户数 91
降至 152821 户。[98] 宣和年间（1119—1125）又激增至 430000
户。[99] 至 1184 年，则急降至 173042 户。[100] 至 1275 年，苏州有
329630 户主户。[101]

“争买”王琪本杜集的“士人”应当来自于苏州的主户。我们或可合理地估计 1059 年苏州的主户大约有 120000 户。如果我们假设购买多本杜集的富室数量不多，那么，所有刻本售出将意味着十二分之一的主户要为自己的家庭诗教花费一千钱。一千钱对于普通人家而言是一笔相当昂贵的钱款，[102] 这样看来，如此规模的狂购风潮是不太可能发生的。另外，王琪那万部杜集的刻本竟无一本留存于今，也令范成大之说更值怀疑。

---

94 朱长文（1039—1098）撰，金菊林点校:《吴郡图经续记》卷 1，南京:江苏古籍出版社，1999 年，第 7 页。

95 郏亶:《上苏州水利书》,《全宋文》第 75 册，第 377 页。

96 王存（1023—1101）:《元丰九域志》，北京：中华书局，1984 年，第 210 页。

97 《吴郡图经续记》卷 1，第 7 页。

98 《宋史》卷 88，第 2174 页。崇宁年间苏州人口的减少与 1090 年、1091 年的洪水有关，这一时期的洪水导致了苏州一半以上人口死亡。

99 孙觌:《平江府枫桥普明禅院兴造记》,《全宋文》第 160 册，第 378 页。

100 《吴郡志》卷 1，第 6 页。这一急剧的人口下降与紧随北宋灭亡之后的破坏有关。建炎年间（1127—1130），高达七成的苏州人口或被金人屠杀，或死于疾病与饥饿。参见王明清（1127—1214）撰,燕永成整理《挥麈后录》卷 10（《全宋笔记》第 6 编第 1 册，第 211 页）引钱穆（12 世纪）《收复平江记》。当时苏州总共有 500 多万人死亡。参见《建炎以来系年要录》卷 32，第 732 页;《宋史》卷 460，第 13482 页。

101 王鏊（1450—1524）:《姑苏志》,《景印文渊阁四库全书》第 493 册，第 292 页。

102 参见《作品、产品与商品——古代文学作品商品化的一点考察》,《文学遗产》2007 年第 3 期。

即便我们相信王琪真的刻印并售卖了如是多的杜集，要将1059年杜甫文集的这次初刻与一年后《唐百家诗选》中未选杜甫之事联系起来，仍然很成问题。王琪的成功固然令人瞠目，但其消息不太可能赶得及在《唐百家诗选》即将编成或行将编纂之时，穿越1850里，从苏州传到汴京王安石的耳中。最后还要说一点，那就是有证据显示，迟至11世纪70年代末，杜诗仍未达
92 到普及易得的程度,想要读其诗作的人还不得不依靠手笔誊抄。[103]

我们在这里还要提及王安石晚年编纂《四家诗选》一事，其时间大约在11世纪80年代早期。到那个时候，三大家诗集流传的范围想必比11世纪60年代早期更为广泛，因此似也降低了为这三家编纂诗选的需求。然而，唐代大诗人别集的流传与这些诗人是否出现在唐诗选本中其实无甚关联。后面我们将会更为具体地看到，宋元时期，这些诗人在诗选中地位不高是常见的现象。只有到明代往后（其时也是唐代大诗人的诗集比以前任何时候都更易获得的时期），这些诗人，尤其是盛唐诗人，才开始经常在诗选之中获得显赫的地位。

至于说宋敏求家藏仅仅拥有《唐百家诗选》所选诗人的著作，这种观点同样经不起推敲。宋敏求是一位著名的藏书家。[104]其家藏的唐代诗集在当时最为齐全，版本也最为精良。[105]一些论者如

---

103 周采泉:《杜集书录》，上海：上海古籍出版社，1986年，第270页。

104 宋家的图书收藏自宋敏求父亲宋绶（991—1040）而始，宋绶继承了其外祖父杨徽之（921—1000）的藏书。杨徽之是一名藏书家，无子，参见《宋史》卷291，第9732页。宋绶最终接手的藏书超过一万卷，后来，宋敏求接手的藏书增加到三万卷，参见《宋史》卷291，第9735、9737页。关于杨徽之、宋绶、宋敏求作为藏书家的古代史料，潘月美《宋代藏书家考》（台北:学海出版社，1980年，第42–43，67–70，89–92页）广有征引。

105 《却扫编》卷2,《全宋笔记》第3编第10册，第143页。关于宋敏求作为一名藏书家、

朱熹、陈振孙想当然地认为，除了提供给王安石看的诗集之外，宋氏家藏别无其他唐代诗集。几乎可以肯定，这种臆测是错误的。对于那些没在《唐百家诗选》中现身的重要诗人，宋氏一定藏有他们中间许多人（如果不是全体）的著作。目前已知宋氏利用家藏书籍校订过十位唐代作家的著作，他们是李白、杜甫、颜真卿（709—785）、李邕（687—747）、钱起（710—782）、孟郊、刘
禹锡、鲍溶（809 年进士）、秦系（724？—？）及李德裕（787— 93
850）。[106] 除了钱起，其他九人皆未被王氏选入诗选。换言之，这九位作者不可能是因为宋氏未藏其书之故而被王氏忽略。

最可能的情况是，宋敏求提供给王安石的只是其家藏书的一部分。宋氏为何只将某些诗人的诗集提供给王氏，而未提供其他人的诗集，这仍是一个谜，对此我们可能永远无法找到满意的答案。饶是如此，我们当有适度的信心可以认定，王氏选本中明显的阙失并非反映了他的某种编纂意图，而更有可能是外部条件所致。王氏简洁明了地解释道，他只是依照宋氏的委托，从“其家藏唐诗百余编”中“择其佳者”。他无意编纂一部全面的唐诗选本，显然也没觉得要为那些引人困惑的遗漏而致歉。所有证据都表明，宋氏（而非王氏）要为该诗选排除三大家及其他唐代大诗人负责。如果说此举构成了一种选家暴行

历史学家及唐诗编纂者的事迹，参见张富祥：《宋敏求》，张家璠、严崇东主编：《中国古代文献学家研究》，桂林：广西师范大学出版社，1996 年，第 163—173 页。

106 张佳、杨依、李寅生：《宋敏求编校整理唐人别集考论》，《唐都学刊》2011 年第 1 期。李白与孟郊著作的校订情况参见宋敏求本人在《李太白文集后序》（《全宋文》第 51 册，第 284 页）及《题孟东野诗集》（《全宋文》第 51 册，第 287 页）的说明。其同时代人亦有一则相关说明，参见苏颂（1020—1101）：《龙图阁直学士修国史宋公神道碑》，《全宋文》第 62 册，第 24 页。

(anthological atrocity), 那么宋氏应是首犯，而王氏只是漠不在意的从犯。

王安石所选之诗的质量

如果说第一波批评在于质疑王安石未将诸多大诗人选入《唐百家诗选》，那么随之而起的批评则指责他未将入选诗人的最佳诗作选入该书。蔡絛（11—12 世纪）首开先河，援引了两个
94 例子。前者关于张祜的两首诗。张祜以描述佛寺的精美诗作闻名于世，[107] 王安石选了他的《题惠山寺》(《全唐诗》卷 510，第 5821 页)。该诗有一联精巧的对句:“泉声到池尽，山色上楼多。”但忽视了张祜有另一首诗《题杭州孤山寺》(《全唐诗》卷 510，第 5818—5819 页)：

楼台耸碧岑，一径入湖心。
不雨山长润，无云水自阴。
断桥荒藓涩，空院落花深。
犹忆西窗月，钟声在北林。

蔡絛并不是说《题惠山寺》不值得被选入，而是抱怨王安石摒弃了《题杭州孤山寺》，在他看来后诗更佳。[108]

---

107 参见《韵语阳秋》卷 4，《历代诗话》，第 516 页。张祜有七首关于佛寺的诗作（包括这里的两首）见载于《文苑英华》卷 238，《景印文渊阁四库全书》第 1335 册，第 223—224 页。

108 关于赞誉这首诗的一个例子，参见陈增杰:《唐人律诗笺注集评》，杭州：浙江古籍出版社，

蔡絛的第二个例子关于贾岛（779—843）。贾岛的《送无可
上人》（《全唐诗》卷 572，第 6633 页）有一联精美的对句：“独
行潭底影，数息树边身。”贾岛称自己耗费了三年的时光去构思
此联，每每吟及，都会为之落泪。[109] 让蔡絛诧异的是，王安石 95
未选该诗，却选了贾岛的另一首诗《哭柏岩和尚》（《全唐诗》
卷 572，第 6630 页），该诗第二联云：“写留行道影，焚却坐禅
身。”[110] 欧阳修曾引用此联来说明诗人如何刻意追求精巧诗句，
以至于理有碍——读者读到此处，还以为贾岛说的是一个和尚
活活被焚。《送无可上人》与《哭柏岩和尚》出于同一诗人之手，
欧氏曾觉难以置信，称：“何精粗顿异也？”[111] 蔡絛在批评王氏之
时同样也表达了疑惑：“不知意果如何？”[112]

在刘克庄看来，王安石铨选皇甫冉及其弟皇甫曾（？—785）诗作之时，显露出鉴赏力的低下。刘氏指出，王氏选录皇甫冉的诗作超过七十首，但却忽略了其最好的诗篇，他铨录皇甫曾之诗也同样毫无道理。[113] 严羽则以近乎轻蔑的口吻批评王

2003 年，第 830 页。

109 贾岛：《题诗后》，《全唐诗》卷 574，第 6692 页。在《瀛奎律髓》中，这一联被誉为“绝唱”（《瀛奎律髓汇评》卷 47，第 1648 页），其他诗评家则并不赞同此联如此卓越，参见魏泰撰，陈应鸾校注：《临汉隐居诗话校注》卷 2，成都：巴蜀书社，2001 年，第 87 页。另可参见王世贞（1526—1590）撰，罗仲鼎校注：《艺苑卮言校注》卷 4，济南：齐鲁书社，1992 年，第 194 页。关于对这首诗其他评论的征引，参见贾岛著，黄鹏笺注：《贾岛诗集笺注》，成都：巴蜀书社，2002 年，第 82–83 页。

110 关于这首诗的翻译及对这一联的讨论，参见宇文所安：《晚唐：九世纪中叶的中国诗歌（827—860）》（*The Late Tang: Chinese Poetry of the Mid-Ninth Century [827–860]*），麻省剑桥：哈佛大学亚洲中心，2006 年，第 106–107 页。

111 欧阳修：《六一诗话》，《历代诗话》，第 269 页。

112 《西清诗话》，《稀见本宋人诗话四种》，第 220 页。

113 《后村诗话》后集卷 1，第 51 页。

氏有时专选某名作者劣不可读的诗作，并举曹唐（9 世纪）的两首诗为例，即《暮春戏赠吴端公》与《和周侍御买剑》。严羽评价前诗不够典雅，不配书于屏幛之上，只配抄在闾巷小民的外衫背面，而后诗则只配给巫师念咒用。[114]

有些论者在更广泛的层面诟病王安石编纂质量的不均衡。朱熹称《唐百家诗选》只有前面数卷尚有可观。如果他来修订
96 这部诗选，可能会删去其中一半内容。[115] 严羽也有相似的论断。不过严羽认为，前面数卷之所以选诗精良，并非因为王氏具有敏锐的评断力，而是因为这些卷中的诗作都出自盛唐——选择盛唐诗总是错不了的。另外，严羽还坚信，这前面的数卷乃是全数抄录自一部唐时的诗选（这方面更多的内容见下文）。胡祗遹（1227—1293）引用过一则佚名者的评论："后五卷，非前五卷之比，精粗固有间矣。"[116] 胡氏总结说，一位优秀诗人未必能成就为一位好的诗选家。

方回本人就是一位令人敬畏的诗选家，他对王安石诗选的看法更为复杂。[117] 一方面，他承认自己在编纂《瀛奎律髓》时受到过王氏的影响。他将雍陶（834 年进士）的《和刘补阙秋园行寓兴六首》收入《瀛奎律髓》，并写道，此六诗皆"可观"，还特别提及它们皆曾被王氏选入《唐百家诗选》。[118] 方回偶尔

---

114 《沧浪诗话校笺》，第 749 页。

115 朱熹：《答巩仲至》，《全宋文》第 249 册，第 222 页。

116 胡祗遹：《高吏部诗序》，李修生主编：《全元文》第 5 册，南京：江苏古籍出版社（凤凰出版社），1999—2004 年，第 265 页。

117 参见卞东波：《南宋诗选与宋代诗学考论》，北京：中华书局，2009 年，第 191—193 页。卞东波认为，方回对王安石的评论存在矛盾，源于方回本人作为一个选家的争强好胜。

118 《瀛奎律髓汇评》卷 12，第 433 页。雍陶的这六首诗见载于《唐百家诗选》卷 17，《王

甚至还会违背自身的判断来选诗，例如他选入许浑（791？—858？）《姑苏怀古》一诗。在方回看来，该诗非常平庸，全无“活法”可供学诗者摹习。但“以王半山多选其诗，亦不可尽捐，故取其怀古诸篇于此”。[119] 然而另一方面，方回亦毫不犹豫地诟病王氏诗选的某些内容。他对王氏所选的关于上巳节与清明节 97
的诗作颇为不屑，直言其“不甚妙”。[120] 他还责备王氏只选了五首梅花诗，其中仅有一首韩偓（844？—923？）的五律，且仅有一首五绝。[121] 对于梅花诗，方回此处诟病的并非王氏选诗的质量，而是其数量。他同样不满王氏诗选仅选了朱可久（826年进士）的一首诗。[122]

对王安石选诗质量的评判很大程度上是一个品味的问题。论者见仁见智，毁誉参半。如我们之前所见，杨蟠即向读者保证王氏非“警篇”不选。1169 年，倪仲傅在一篇序文中亦无视王氏诗选中的明显遗漏，反而称道其“拔唐诗之尤，清古典丽，正而不冶，凡以诗鸣于唐，有惊人语者，悉罗于选中”。[123]

诗选的序文作者如果同时是诗选的刻印者或重刻印者，那么他们的美誉之辞可能会别有用心。然而，对王安石选诗之精表示肯定意见者并不皆是这类论者。叶梦得即认为，王氏在与唐诗的遇合中获益颇丰，而《唐百家诗选》就是一则成功的典范，

安石全集》第 8 册，第 569—571 页。

119 《瀛奎律髓汇评》卷 3，第 111 页。许浑有三十三首诗被收入《唐百家诗选》卷 16，《王安石全集》第 8 册，第 528—547 页。

120 《瀛奎律髓汇评》卷 16，第 594 页。

121 《瀛奎律髓汇评》卷 20，第 755 页。

122 《瀛奎律髓汇评》卷 12，第 431 页；同书卷 20，第 754 页。

123 倪仲傅：《唐百家诗选序》，《全宋文》第 1241 册，第 329—330 页。

他说："荆公阅唐诗多，于去取之间，用意尤精，观《百家诗选》可见也。"[124] 在第三章中，我们将会更清楚地看到，叶梦得将王氏诗选视为其浸润唐诗的结晶，并认为该书促使王氏本人诗风的发展进入了一个新阶段。胡仔为说明王氏作为选家独具慧眼，引用了十六则例子（六联五言诗句，六联七言诗句，四首绝句），
98 这些诗句直至胡仔之时尚不为人称道，也并非诗选中那些众口交赞的警绝诗作。[125] 刘克庄虽然批评王氏没能选入皇甫兄弟最好的诗作，但还是赞扬他广纳博取高适（700—765）、岑参（715？—770）的诗作。[126] 元好问（1190—1257）对比王氏诗选与曾慥的《宋百家诗选》，认为虽然后者立意要做前者的续编，但相形之下，前者更胜一筹：

陶谢风流到百家，[127] 半山老眼净无花。[128]
北人不拾江西唾，未要曾郎借齿牙。[129]

释妙声（14 世纪）与叶梦得相似，也将这部诗选描述为王

124 《石林诗话校注》卷中，第 106 页。

125 《苕溪渔隐丛话》后集卷 16，第 114–115 页。

126 《后村诗话》后集卷 2，第 62–63 页。

127 元好问的意思是王安石选中的诗作显示出陶渊明、谢灵运（385—433）诗作中那样的优雅风范，而并非其诗选真的收录了这两名诗人的诗作。

128 "半山"是王安石的号。

129 元好问：《自题中州集后五首 · 其二》，杨镰主编：《全元诗》第 2 册，北京：中华书局，2013 年，第 204 页。关于曾慥的诗选，参见卞东波：《〈宋百家诗选〉考》，蒋寅、张伯伟主编：《中国诗学》第 8 辑，北京：人民文学出版社，2003 年，第 191–198 页。晚清学者吴汝纶（1840—1903）坚持认为，元好问是以王安石诗选作为榜样来编纂《唐诗鼓吹》的，参见其《桐城吴先生评点唐诗鼓吹》序文，李松生点校：《桐城吴先生集》第 34 册，扬州：广陵书社，2016 年，第 179 页。

安石诗歌生涯一个重要的节点："公因选唐诗，尽得诸家体制，其绝句力追唐人。"[130]

对王安石选诗质量迥然不同甚或相与抵触的见解导致了这
样一个结论，那就是品味终究是主观的。这里可再举贾岛《哭 99
柏岩和尚》为例。尽管欧阳修嘲笑其诗于理有碍，蔡絛也以王
氏选录该诗而批评其鉴赏力低下，但韦庄（894 年进士）却视
之甚高，将之选入《又玄集》中。《又玄集》共选了五首贾岛诗作，
此为其一。[131] 韦庄未选《送无可上人》，这点也开了王氏的先河。

诗选序文中的夸张言论

王安石《唐百家诗选序》阐明了其编纂选本时所受到的实际条件的制约，但这也导致了人们相当大的困惑：既然选诗范围如此有限，那他怎么可以说"欲知唐诗者观此足矣"呢？然而，王氏诗选所引发的争议伊始之时并非围绕这一言论展开的。事实上，在 13 世纪以前，王氏的这一言论从未被质疑过——即便是那些看不起这部诗选的人（如林光朝）也未质疑过。12 世纪，唯独只有胡仔一人对王氏此言做出过评论，且其意见是高度肯定的。胡仔回忆 1166 年冬日自己如何从病中康复，并反复"熟味"王氏诗选。最终"见其格力辞句，例皆相似，虽无豪放之气，而有修整之功，高为不及，卑复有余，适中而已。荆公谓：'欲

130 妙声：《东皋录》卷 2，《景印文渊阁四库全书》第 1227 册，第 179 页。

131 韦庄：《又玄集》卷中，傅璇琮编：《唐人选唐诗新编》，西安：陕西人民教育出版社，1990 年，第 623 页。

观唐人诗，观此足矣。’讵不然乎”。[132]

胡仔征引了《唐百家诗选》中许多诗句来说明其书佳句比比皆是。但我们能感觉到，胡仔之所以不厌其烦地加以阐释辩解，正是因为王安石诗选序文的言论引起了质疑。胡仔承认他
100 费时良久才全然领会到王氏选诗的精到之处。然而，并非所有人都同意王氏选诗符合“适中”的风格。例如沈德潜（1673—1769）就曾诟病王氏的编纂“杂出不伦”，称其诗选“大旨取和平之音”，但时而也会意外混入一首如卢仝（795？—835）《月蚀》诗那样的豪肆之作，从而产生了不协之音。[133]

胡仔明确支持王安石诗选序文中的言论，不过他的话听起来有点像是在曲为回护，这在宋代堪称绝无仅有。大约八十年后，严羽从另一个极端提出负面批评。严羽先假定王氏是基于宋敏求的藏书来铨选诗作的，然后写道：“其序乃言‘观唐诗者观此足矣’，岂不诬哉！今人但以荆公所选，敛衽而莫敢议，可叹也。”[134] 严羽并非首位诟病王氏诗选之人，但却是首位批评王氏诗选序文之人，不过他倒未冒昧去阐述王氏何以要在序文中发表如此华而不实的言论。后来的论者进而将王氏的言过其实与他的个性联系起来。王结（1275—1336）那首散乱的《读唐百家诗选》诗有如下诗句：

荆公选诗眼，政如经国手。
自用一何愚，美恶颇杂揉。

132 《苕溪渔隐丛话》后集卷16，第114页。

133 沈德潜：《说诗晬语》卷下，《清诗话》卷2，第556页。

134 《沧浪诗话校笺》，第744页。

骊珠时见遗，鱼目久为宝。
唐诗观此足，诬人何太厚！ 101
诬人宁此诗，感叹重搔首。[135]

比起对王安石序文的言论，王结对这部诗选本身还算比较客气。他认为这部诗选可能遗漏了一些好诗（“骊珠”），收入了一些坏诗（“鱼目”），但至少它还是“美恶”相杂的；然而，王氏序文中的言论却反映了过度且易于误导人的自信，而这种自信正是王氏作为选诗家及作为政治家的一个共同特征。王氏序文中的这一言论就像他的新政一样，皆为虚空的承诺。

批评家有时亦会将王安石诗选与其个性联系起来，这与《明妃曲》一案如出一辙。对于王氏诗选序文的言论，王士禛写道：“世谓介甫不近人情，于此可见。”[136]他认为这部诗选之所以怪癖奇特，归根结底是王氏爱唱反调的性格使然：“余谓介甫一生好恶拂人之性，是选亦然。”[137]宋荦则进一步断言，这部诗选的怪异之处不仅反映了王氏的个性，更证明了该书的确为其人所编：“荆公此选，唐贤遗弃最多，殊不满人意。或疑此非真本， 102

---

135 《全元诗》第28册，第61页。

136 《香祖笔记》卷6，第105页。

137 王士禛撰，张世林点校：《分甘馀话》卷2，北京：中华书局，1989年，第46页。在王士禛（《香祖笔记》卷6，第105页）看来，王安石诗选最有问题之处是其排除了三大家以外的唐诗名家。他认可遗漏三大家“尚自有说”。其实，他还称自己追随王安石的榜样，将李白、杜甫排除在自己的《唐贤三昧集》之外，参见王士禛：《唐贤三昧集序》，《渔阳文集》卷1，《王士禛全集》第3册，第1534页。翁方纲（1733—1818）认为，王士禛有其自身的文学目的，只不过是借王安石的先例作为借口。参见氏著：《七言诗三昧举隅》，《清诗话》，第290—291页。

不知荆公凡事孤行一意，全不犹人。此选出公手订无疑，但未尽善耳。”[138]

诗选的传统

如果我们撇开王安石诗选序文的言论，只来关注他铨选的诗作，就会发现他的诗选其实相当保守，且很循故袭常。严羽是最先注意到该书循故袭常的人之一，他写道：“王荆公《百家诗选》，盖本于唐人《英灵》《间气集》。其初明皇、德宗（779—806 在位）、薛稷（649—713）、刘希夷（约 651—约 689）、韦述（？—757）之诗，无少增损，次序亦同；孟浩然止增其数；储光羲（726 年进士）后，方是荆公自去取。”[139]

《唐百家诗选》的第一卷有五十八首诗作：明皇（即玄宗）两首、德宗一首、薛稷一首、刘希夷九首、王适（7 世纪）一首、韦述一首、卢象（8 世纪）十首、孟浩然三十三首。第二卷是高适的五十九首诗。第三卷是高适的十二首诗及岑参的五十首诗。第四卷前有岑参的三十一首诗，随后是储光羲的二十一首诗，剩下的则是崔国辅（727 年进士）的两首、崔颢（？—754）的七首、陶翰（731
103 年进士）的一首、常建（728 年进士）的三首。显然，严羽指的是前三卷的内容以及第四卷中岑参的三十一首诗。[140]

---

138 宋荦：《筠廊二笔》卷上，上海古籍出版社编：《清代笔记小说大观》，上海：上海古籍出版社，2007 年，第 1 册，第 65 页。

139 《沧浪诗话校笺》，第 743—744 页。

140 可能是为了反驳严羽，时少章（1253 年进士）极力肯定该卷中储光羲以下诗人的价值。这些诗人亦为开元、天宝年间之人，其“词旨淳雅”，值得赞誉，参见吴师道（1283—1344）：《吴礼部诗话》，《历代诗话续编》，第 611 页。

郭绍虞认为，严羽谈到王安石的循故袭常，指的是殷璠的《河岳英灵集》与高仲武的《中兴间气集》，因为这两部书常被相提并论作《英灵》《间气》。然而他这原本明智的意见存在一个问题（郭氏本人也直言不讳地承认这一问题），即这两部诗选，就我们今天对它们的了解而言，并不能印证严羽之语：殷璠的诗选并未收入严羽所提及作者的任何诗作，高仲武的诗选则未收入初盛唐时期的任何诗人。[141] 程千帆提出了另一种解释，认为王氏诗选的前面部分是基于一部唐代诗选编成的，严羽记错了这部诗选的书名，而该书现已亡佚。[142] 无论实情如何，如果我们姑且相信严羽所言——我们确也没有理由不信其言——那么当可假设《唐百家诗选》的前面部分是据一部（或两部）唐代诗选抄录而来的。王氏诗选的其他部分也有循故袭常之迹，或可间接证明这一假设。下文中我要对王氏诗选的卷六作一番考察，该卷存有十四名作者的五十五首诗。

陈振孙最先指出，王安石诗选卷六前二十四首诗作（由七位作者所作）是整体从元结（719—772）的《箧中集》那里移植来的，且次序排列完全一致。[143] 这一迹象既明示了王氏对完整抄录这部前代的诗选略无顾虑，又能印证严羽关于《唐百

141 郭绍虞：《沧浪诗话校释》，北京：人民文学出版社，1961 年，第 244 页。关于王安石诗选在所选诗人、诗作上分别与殷蟠、高仲武诗选重合的统计，参见《王安石唐诗学研究》，第 31—32 页。

142 程千帆：《唐代进士行卷与文学》，上海：上海古籍出版社，1980 年，第 59—60 页。程千帆认为，王安石诗选中的大多数诗作原初是进士科考的士子进呈给有影响力的官员的。此说主要本于赵彦卫（1163 年进士）《云麓漫钞》卷 8（《全宋笔记》第 6 编第 4 册，第 192 页）的一段叙述，但该段叙述存在问题。

143 《直斋书录解题》卷 15，第 440 页。

家诗选》前面部分的说法。我们在表 1 中将会看到,《箧中集》二十四首诗作中的十一首曾出现在早于《唐百家诗选》成书的选集之中，其中三首还出现过不止一次。

104 表 1 :《唐百家诗选》卷六诗作在之前选本中出现的情况

作者	王安石所选五十五首诗作的诗题	在之前选本中出现的情况
沈千运	感怀弟妹	
	濮中言怀	
	赠史修文	《文苑英华》卷 252,《文渊阁四库全书》第 1335 册，第 326 页。
	山中作	《文苑英华》卷 160,《文渊阁四库全书》第 1334 册，第 431 页；姚铉:《唐文粹》卷 16 下，第 177 页。
王季友	别李季友	
	寄韦子春	殷璠:《河岳英灵集》卷上，第 141 页;《文苑英华》卷 252,《文渊阁四库全书》第 1335 册,第 326 页。
于逖	野外作	
	忆舍弟	
孟云卿	古乐府挽歌	《文苑英华》卷 211,《文渊阁四库全书》第 1334 册，第 857 页。
	今别离	韦縠:《才调集》卷 6,《唐人选唐诗新编》，第 838 页;《文苑英华》卷 202,《文渊阁四库全书》第 1334 册，第 785—786 页。
	悲哉行	《文苑英华》卷 211,《文渊阁四库全书》第 1334 册，第 858 页。
	古别离	《文苑英华》卷 202,《文渊阁四库全书》第 1334 册，第 783 页。
	伤怀赠故人	
张彪	杂诗	

	神仙		
	北游远酬孟云卿	《文苑英华》卷244,《文渊阁四库全书》第1335册，第264页。	
	古别离	《文苑英华》卷202,《文渊阁四库全书》第1334页，第783页。	
赵微明	回军跛者		105
	挽歌词	《文苑英华》卷211,《文渊阁四库全书》第1334册，第856页。	
	思归	《文苑英华》卷202,《文渊阁四库全书》第1334册，第783页。	
元季川	泉上雨后作	《文苑英华》卷155,《文渊阁四库全书》第1334册，第388页。	
	登云中		
	山中晚兴		
	古远行		

上述二十四首诗作整体是由元结的《箧中集》构成。

殷遥	友人山亭	《文苑英华》卷315,《文渊阁四库全书》第1336册，第45页。
	山行	《文苑英华》卷161,《文渊阁四库全书》第1334册，第436页。
李嘉祐	晚春宴无锡蔡明府西亭	《文苑英华》卷215,《文渊阁四库全书》第1335册，第20页。
	送宋中舍游江东	《文苑英华》卷271,《文渊阁四库全书》第1335册，第485页。
	送王端赴朝	《文苑英华》卷271,《文渊阁四库全书》第1335册，第484页。
	自苏台至望亭驿人家尽空春物增思怅然有作因寄从弟纾	《文苑英华》卷298,《文渊阁四库全书》第1335册，第711页。
	题灵台县东山村主人	

		至七里滩作	《文苑英华》卷 292,《文渊阁四库全书》第 1335 册，第 663 页。
106		题前溪馆	《文苑英华》卷 298,《文渊阁四库全书》第 1335 册，第 711 页。
		送樊兵曹潭州谒韦大夫	
		送从弟归河朔	
		送王牧往吉州谒王使君	高仲武:《中兴间气集》卷上,《唐人选唐诗新编》，第 473 页;《才调集》卷 8,《唐人选唐诗新编》，第 904 页；韦庄:《又玄集》卷 1,《唐人选唐诗新编》，第 596 页;《文苑英华》卷 271,《文渊阁四库全书》第 1335 册，第 483 页。
		早秋京口旅泊章侍御寄书相问因以赠之	《文苑英华》卷 292,《文渊阁四库全书》第 1335 册，第 663—664 页。
		江湖愁思	令狐楚:《御览诗》,《唐人选唐诗新编》，第 402—403 页。
	姚系	送周愿判官归岭南	《文苑英华》卷 276,《文渊阁四库全书》第 1335 册，第 520 页;《唐文粹》卷 15 上，第 142 页。
		京口遇旧识兼送往陇州	《文苑英华》卷 218,《文渊阁四库全书》第 1335 册，第 49 页。
	雍裕之	五杂组	
		自君之出矣	
	蒋涣	和徐侍郎中书丛篠咏	《文苑英华》卷 325,《文渊阁四库全书》第 1336 册，第 134 页。
107	陈羽	送灵一上人	《文苑英华》卷 221,《文渊阁四库全书》第 1335 册，第 73 页。
		送友人及第归江南	《文苑英华》卷 276,《文渊阁四库全书》第 1335 册，第 523 页。
		伏翼洞送夏方庆	《文苑英华》卷 276,《文渊阁四库全书》第 1335 册，第 523 页。
		春日客舍晴原野望	
		公子行	

杨衡	卢十五竹亭送侄偁归山	《文苑英华》卷 316,《文渊阁四库全书》第 1336 册，第 48 页;《唐文粹》卷 15 上，第 144 页。
	哭李象	《文苑英华》卷 303,《文渊阁四库全书》第 1335 册，第 761 页。
	白纻词二首	《文苑英华》卷 193,《文渊阁四库全书》第 1334 册，第 706—707 页。
	题花树	《文苑英华》卷 323,《文渊阁四库全书》第 1336 册，第 118 页;《唐文粹》卷 18，第 221 页。
	伤蔡处士	《文苑英华》卷 303,《文渊阁四库全书》第 1335 册，第 760 页。
	送人流雷州	

注：许多诗作的诗题存在异文，作者身份也有异说，但此处并未引述这些不同的信息，因为它们对本书讨论的内容无关紧要。

《唐百家诗选》中明显嵌入之前选本的内容，显现出另外一 108
种可能性，即王安石之后的某位编纂者为补入诗选的亡佚部分而做了辑佚工作。这种假说是否成立，很大程度上取决于我们是否有强有力的证据证明《唐百家诗选》存在不同的修订本。我们曾提及晁说之之说，他认为王氏诗选中的许多诗作出自一名懒得抄写长诗的小吏之手。王士禛反对此说，指出该诗选中其实亦存长诗。[144]不过也有可能晁氏说的是该诗选一个不载长诗的版本，与五个多世纪以后王士禛所看到的版本迥然不同。13 世纪确有一些零零星星却又吊人胃口的证据。严羽热衷寻绎王氏诗选的循故袭常之迹，但却未能注意到《箧中集》在其中的清晰身影；[145]陈振孙指出《箧中集》在王氏诗选卷六的存在，

144 《分甘馀话》卷 2，第 46 页。王士禛提及诗选中录有王建更长的乐府诗。另一个值得注意的例子当是卢仝的《月蚀》。

145 时少章赞誉了该卷中的诗人——除了杨衡（790 年进士）与雍裕之（8 世纪）——因为

但显然没有认出严羽所言该诗选前面部分与某部或某几部唐代诗选存在的相似之处。这不禁使我们猜测，严、陈这两个几乎同时代的人，看到的是否是王氏诗选两种截然不同的版本？又刘克庄曾言王氏诗选“于高适、岑参各取七十余首，其次王建、
109 皇甫冉各六十余首”。[146]这个数字明显异于王氏诗选现存版本的数字，现存版本录王建诗九十二首，皇甫冉诗八十五首，岑参（715—770）诗八十一首，高适（716—765）诗七十一首。这也就是说，刘克庄的描述只符合现存版本里上述四人中一人的情况。这一差异亦使我们怀疑刘氏寓目的版本与现今存世的版本不同。另外，胡祗遹引用过一则佚名者的评论：“后五卷，非前五卷之比。”其所指的似乎是一部十卷本的王氏诗选，但陈振孙已然明言这部诗选有二十卷。再有就是刘辰翁在“点校熟复”之后，亦始“疑荆公别有选者”。[147]

这里应该提一下，宋代流传下来的《唐百家诗选》有两种迥然不同的版本。其一可称为“分人本”，该版本中的诗作在单个诗人名下，以时间先后顺序排列。其二可称为“分类本”，该版本中的诗作以主题类别分组排列。[148]陈造在比较《唐百家诗选》与曾慥的《宋百家诗选》时所指必为“分类本”，其云：“《唐

他们诗有“奇语”。参见《吴礼部诗话》，《历代诗话续编》，第611—612页。时少章似乎也未意识到王安石诗选中《箧中集》的存在。

146 《后村诗话》后集卷1，第56页。

147 参见刘将孙（1257？—？）《唐诗选序》，乐贵明：《四库辑本别集拾遗》，北京：中华书局，1983年，第509页。

148 关于这方面的讨论，参见《王安石〈唐百家诗选〉研究》，第13—33页；《〈唐百家诗选〉研究》，第11—16页。

百家诗》类以事，此诗（《宋百家诗选》）类以人。”[149] 我在这里讨论的是“分人本”可能存在不同的版本，但是实际情况是，从未有人声称看过或听说过有不同的版本。不过无论如何，任何可能存在的版本差异都不能改变这样一个事实，即王安石诗选遗漏了三大家与许多其他的盛唐大诗人。这一遗漏才是人们围绕这部诗选及其编纂意图展开争论的核心。

如果我们暂且认可目前我们所看到的《唐百家诗选》与王 110
安石当初编纂的文本基本相同，那么王氏诗选中嵌入《箧中集》一事就会令人构想出两种可能的情况。其一是《箧中集》为宋敏求提供给王氏的“唐诗百余编”中的一编。如果这一情况属实，那么我们进而可做出三点推论：（一）有时候，一“编”所收入的不止一位作者的作品；（二）“唐诗百余编”的作者也许远远不止一百人；（三）对于宋氏所提供的某些作者的诗作，王氏一首也没有选。我们能构想出的第二种情况的可能性不大，但并非绝对不可能，即《箧中集》十四名作者的诗集是分散在宋氏提供给王氏的“唐诗百余编”之中的；[150] 如果此说属实，那么王氏一定是觉得元结已然选录了这些作者的最佳诗作，并决定从其所选。

在《唐百家诗选》卷六剩余的三十首诗作之中，二十二首曾出现在更早的选本中；四首出现过不止一次。其中一首诗是李嘉祐（748 年进士）的《送王牧往吉州谒王使君》，出现过四次。总体看来，卷六中五十四首诗作中的四十六首（约 85%）可以

149　陈造：《题宋百家诗》，《全宋文》第 256 册，第 272 页。

150　这十四名作者共有一百四十一首诗作见载于《全唐诗》中。颇令人怀疑的是，在王安石的时代，这些作者的别集是否尚保存于世。

在更早的选集中找到。在很多情况下，这些诗作都是出现在《文苑英华》中。[151] 虽然这部大型诗文总集最初编成于 987 年，但目前并无确凿证据显示它曾在北宋时被刻印过。目前已知该书最早的刻印时间是 1201 至 1204 年。[152] 我们不清楚王安石是否接触过《文苑英华》的刻本亦或皇家图书馆里的钞本。饶是如
111 此，我们依然可以说，就王氏时代及其之前时代的标准与口味而言，卷六之中的绝大多数诗作皆堪入选。另外，就算我们不考虑《文苑英华》，也改变不了这样一个事实，即卷六中大多数诗作（五十四首之中的二十九首）此前曾被选入诗选。

就选诗的去取情况来说，《唐百家诗选》的做饭不乏先例。该书因不选三大家而引发争议，但其实在现存的宋以前的唐诗选本里，不选三大家的现象相当常见。虽然早在 9 世纪，李白与杜甫于群星荟萃的唐诗名家之中，已开始向超级明星的高位攀升（这方面更多的信息见于第三章），但随后的几个世纪里，他们在诗选中的位置却难以与自身的典范身份相匹配。[153] 除了

---

151 《文苑英华》的总体性质仍有争议。有些人认为它是一部类书，另一些人将它当作总集。宇文所安在《唐写本遗产：文学的个案》（“The Manuscript Legacy of the Tang: The Case of Literature”），《哈佛亚洲研究学报》2007 年第 2 期）中认为该书不是通常意义上的选本，而是 980 年宋代皇家图书馆集部每种书中约三分之一作品的集成。

152 关于这部书的刻印情况，参见凌朝栋：《〈文苑英华〉研究》，上海：上海古籍出版社，2005 年，第 51—54 页。关于该书首次刻印时间可以追溯至 1011 年的断言，参见《中国印刷史》，第 137 页。

153 若要参考一本关于传统唐诗选本的指南用书，可参见孙琴安：《唐诗选本提要》，上海：上海书店出版社，2005 年。至于较为简短的概览，可参见《唐诗百话》，第 765—783 页。关于唐人所编诗选的情况，参见《唐音质疑录》，第 127—183 页；陈尚君：《唐诗求是》，上海：上海古籍出版社，2018 年，第 653—685 页。专题性的研究参见吕玉华：《唐人选唐诗述论》，台北：文津出版社，2004 年。英语世界里的相关调查，参见柯睿（Paul W. Kroll）：《唐人选诗》（“Anthologies in the Tang”），《牛津中国古典文学手

韦庄的《又玄集》这个唯一的例外，现存宋以前的诗选没有一本同时选入李杜的诗作。《又玄集》中杜甫诗作选录最多，共七首，其次是李白，选了四首。[154] 殷璠《河岳英灵集》选有李白的十三首诗作，位居王昌龄（690？—756？）的十六首，常建、王维的十五首，李颀（735 年进士）的十四首之后。[155] 韦縠（9—10 世纪）在《才调集》序文中谈及他曾阅读李杜的诗集，但该书却连杜甫的一首诗也没选。[156] 韦縠倒是选了李白的二十八首诗作。这个数字看起来不少，但要与同书中韦庄的六十三首、温庭筠（812？—870？）的六十一首、元稹的五十七首、李商隐的四十首及杜牧的三十三首诗作相比，就显得黯然失色了。《又玄集》选入了韩愈的三首诗作，这是韩愈唯一一次在宋以前 112
的诗选中现身。总结下来可见，李白在现存宋以前的诗选中出现过三次，杜甫、韩愈各出现过一次。

在宋元时期的唐诗选本中，三大家的入选机率亦未获得明显提升。[157] 为行文论述方便，我们可将这些诗选分为三类：（一）

册（公元前 1000—900）》，第 306–315 页。另可参见余宝琳：《诗歌的定位：早期中国文学的选集与经典》（“Poems in Their Place: Collections and Canons in Early Chinese Literature”），《哈佛亚洲研究学报》1990 年第 1 期。

154　关于韦庄为其诗选所撰的序言，参见《缔造选本：〈花间集〉的文化语境与诗学实践》，第 131–141 页。

155　关于英语世界对殷璠诗选的讨论，参见柯睿：《〈河岳英灵集〉与盛唐诗的特征》（“*Heyue yingling ji* and the Attributes of High Tang Poetry”），柯睿主编：《阅读中国中古诗歌：文本、语境与文化》（*Reading Medieval Chinese Poetry: Text, Context, and Culture*），莱顿：博睿学术出版社，2015 年，第 169–201 页。该文附有殷璠序文的译文。

156　韦縠序文的翻译及讨论参见《缔造选本：〈花间集〉的文化语境与诗学实践》，第 141–148 页。

157　除了《唐百家诗选》，其他所有现存的宋代唐诗选本都是南宋时编纂的。关于这方面的讨论，参见《南宋诗选与宋代诗学考论》；陈斐：《南宋唐诗选本与诗学考论》，郑州：

现存的诗选；（二）已亡佚的诗选；（三）唐宋诗作皆选的诗选。

第一类诗选可进一步再分为三类。第一类专选风格或背景相似的特定作者的诗作。如赵师秀（1170—1219）的《二妙集》专选贾岛与姚合的诗作，李龏（1194—？）的《唐僧弘秀集》选取五十二位诗僧的五百首诗作，刘辰翁的《王孟诗评》专选王维、孟浩然的诗作。第二类专选某种或某些特定体裁的诗作。如：赵蕃（1143—1229）、韩淲（1159—1224）编纂，谢枋得（1226—1289）注释的《注解选唐诗》选了一百零一首七绝，其中无一出自三大家之手。赵师秀的《众妙集》选了七十六名诗人的二百二十八首诗作，大多数为五律，其余为七律或排律。此集不仅不选三大家，而且排除了其他著名诗人，如王昌龄、高适、韦应物、白居易、柳宗元与元稹。周弼（1194—？）的《三体唐诗》只选七绝、五律、七律，同样也排除了三大家。[158]元
113 好问的《唐诗鼓吹》选了近六百首七律，也排除了三大家及其他大诗人，如白居易与元稹。李存（1281—1354）十卷本的《唐人五言排律选》选了九百首之多的排律，其中倒有杜甫的六十一首诗作。第三类旨在反映唐诗的全貌。[159]如戴表元（1244—1310）的《唐诗含弘》按照诗体编排所选的诗作，其中选了李

大象出版社，2013 年；张智华：《南宋的诗文选本研究：南宋人所编的诗文选本与诗文批评》，北京：北京师范大学出版社，2002 年。

158 关于该选本中的诗作者，张智华（《南宋的诗文选本研究：南宋人所编的诗文选本与诗文批评》，第 174–175 页）提供了以下数字：初唐六人，盛唐十六人，中唐六十六人，晚唐五十二人。

159 我指的是那些旨在精挑细选的选本。排除了《文苑英华》（其书收录了杜甫的二百四十六首诗，仅次于所收白居易的二百七十二首诗）及像洪迈（1123—1202）《万首唐人绝句》、赵孟奎（1256 年进士）《分门纂类唐歌诗》那样的总集，这些总集旨在全面收录，而非有区别的铨选。

白的五十七首七言古诗。该书未见于任何书目著作，目前只存一个钞本，其中两册已阙，可能包含杜甫的诗作。[160] 杨士弘（14世纪）在其《唐音》序文（撰于1344年）中抱怨之前的诗选（包括王安石的诗选）对盛唐诗人鲜有选录。[161] 然而，他自己的这部《唐音》对于三大家也全然不录。

至于宋以前那些业已亡佚的唐诗选本，在绝大多数情况下，除了书名与编者之外，其他信息我们知之甚少。唯一一个重要的例外就是顾陶的《唐诗类选》，该书收入了李白与杜甫的诗作。宋元时期，这类诗选的情况则有不同，因为我们有时候可从其他来源获得相当数量的信息，例如有些诗选的序文被单独保存了下来。刘克庄两部唐诗绝句的选本就是其中之例。其一是编纂于13世纪40年代的《唐五七言绝句》，刘氏用此书来教导家中的学龄儿童。该书收录了一百首五绝，一百首七绝。刘氏的选诗标准是诗作必须“切情诣理”，至于诗作者仅仅是“匹士寒 114
女”，还是“巨人作家”，倒无所谓。李白、杜甫之诗都没有被收入《唐五七言绝句》中，刘氏解释说那是因为这二者“当别论”。[162] 十多年后，刘氏又编纂了《唐绝句续选》，收录了一百首七绝，七十首四、五言绝句，三十首六言绝句。在该书序文（撰于1256年）中，刘氏解释说他前一部诗选的标准过于严苛，许多有名的诗作都未选入。在这部续编里，他收入了李白、杜甫的诗作，但无明显迹象显示二者占据着突出的位置。[163] 李杜并

160　参见陈伯海、李定广:《唐诗总集纂要》，上海：上海古籍出版社，2016年，第235页。
161　杨士弘:《唐音序》,《全元文》第56册，第226—227页。
162　刘克庄:《唐五七言绝句序》,《全宋文》第329册，第97页。
163　刘克庄:《唐绝句续选序》,《全宋文》第329册，第142页。

未“当别论”，而是夹杂在前次未能入选的唐人之中。

柯梦得（1127—1131 在世）的《唐贤绝句》选入了三大家（还有其他许多唐诗名家），但三大家入选的诗作却屈指可数。该书选了五十四名作者的一百六十六首绝句，其中选了杜牧的二十首，这个数字明显多于所选三大家的诗作之和（李白四首，杜甫六首，韩愈八首）。[164] 或许正是这一失衡的现象，促使陈振孙如是评论柯氏之选：“去取甚严，然人之好恶，亦各随所见耳。”[165] 陈模（1209？—？）则为柯氏所选李杜诗数量过少辩护，称李杜固为“唐诗之宗师”，但他们“好绝句直是少”。[166] 林与直（14
115 世纪）的《古诗选唐》倒是一个特例，该书囊括三大家的目的就是要旗帜鲜明地纠正杨士弘《唐音》对他们的排拒。[167] 不过，林与直是要刻意与其前辈人物杨士弘针锋相对，这表明其诗选的争辩性大于常规性。

第三类诗选，也就是那些唐宋诗作皆选的宋元诗选，情况则更为复杂。《分门纂类唐宋时贤千家诗选》就属于这类。这是一部律诗选本，出现于南宋晚期或元代早期，编者不详，过去曾被认为是刘克庄所编。[168] 这部诗选对杜甫与韩愈算是兼收并

164 《郡斋读书志校证》卷 20，第 1236 页。

165 《直斋书录解题》卷 15，第 450 页，该书称柯梦得这部诗选为《唐绝句选》。

166 陈模撰，郑必俊校注：《怀古录校注》卷 1，北京：中华书局，1993 年，第 16 页。晁公武记载柯梦得的诗选共有诗一百六十六首，陈模则称其共有诗一百六十首。陈模还称柯氏诗选中李白、杜甫的诗作加起来也就八九首。他总体上对柯氏的编纂是相当肯定的：“其去取虽不能无得失，然大概多是。”

167 苏伯衡（1329—？）：《古诗选唐序》，《苏平仲集》卷 4，《景印文渊阁四库全书》第 1228 册，第 593—594 页。

168 对于这一问题详细的研究，参见李更、陈新校证：《分门纂类唐宋时贤千家诗选校证》，北京：人民文学出版社，2002 年，第 874—918 页。

蓄，对李白却很冷淡，只收录了他的五个诗句，而它们都来自
闻人祥正（13 世纪）一组二十七首的集句诗。还有一部《千家
诗》，据说由谢枋得编纂、王相（17 世纪）注释，其中李白入
选的诗作更有份量一些。该书也选了杜甫、韩愈之诗。再就是
方回的《瀛奎律髓》，该书中杜甫是诗作入选最多的诗人。方回
选了杜甫的一百五十四首五律、七十一首七律，另选了李白的
十首五律、两首七律，韩愈的九首五律、四首七律。杜甫在《瀛
奎律髓》中的显赫地位并不令人惊讶，因为方回是一名江西诗
派的热情鼓吹者，而江西诗派尊杜甫为宗。不过总体看来，《瀛
奎律髓》收录的中、晚唐诗人远远多于初、盛唐诗人。另外，
或许还可提及三十五卷的《丽泽集诗》，这部诗集有时被归为吕
祖谦（1137—1181）所编。[169] 其书前三卷诗作分别选自郭茂倩 116
的《乐府诗集》、萧统的《文选》及陶渊明的诗作。[170] 卷四至卷
十五专选唐人诗作，选了李白、杜甫（杜甫是诗作入选最多的
诗人，有两百首诗入选，占据四卷之多）及其他唐代大诗人，如
韩愈、柳宗元、白居易及元稹的诗作，卷十六以后专选宋人诗
作。特别有意思的是，该书卷十五可谓是《唐百家诗选》的浓缩，
选了二十八位诗人的六十二首诗作。[171]

169 将编者归为吕祖谦这一说法最早由方回《跋刘光诗》(《全元文》第 7 册，第 222 页）提出。相关讨论可参见祝尚书:《宋人总集叙录》，北京：中华书局，2004 年，第 142—144 页。

170 郭茂倩常被说成生活在 13 世纪（1264—1269 在世）。如果此说为确，那么《乐府诗集》与《丽泽集诗》部分重合的现象说明《丽泽集诗》非吕祖谦所编。最近的研究则认为郭茂倩生活在 11 世纪 (1041—1099)，参见马茂军:《郭茂倩仕履考》，《复旦学报（社会科学版）》2004 年第 3 期；孟新芝:《郭茂倩生活在哪个朝代》，《语文建设》2007 年第 6 期。

171 这个数字基于吕祖谦《丽泽集诗》的目录。

元代及元代以前，唐诗选本很少选录三大家（特别是李白、杜甫），这反映出当时选家较之初、盛唐诗，普遍更偏爱中、晚唐诗。这种偏好自元末以来就已为人所注意（但论者的口气通常是负面的）。杨士弘在其《唐音》的序文中写道：

> 余自幼喜读唐诗，每慨叹不得诸君子之全诗。及观诸家
> 选本，载盛唐诗者，独《河岳英灵集》。然详于五言，略于
> 七言，至于律、绝，仅存一二。《极玄》姚合所选，止五言
> 律百篇，除王维、祖咏，亦皆中唐人诗。至如《中兴间气》
> 《又玄》《才调》等集，虽皆唐人所选，然亦多主于晚唐矣。
> 王介甫《百家选唐》，除高、岑、王、孟数家之外，亦皆晚
> 117 唐人诗。[172]《吹万》以世次为编，于名家颇无遗漏，其所录
> 之诗则又驳杂简略。[173] 他如洪容斋（洪迈）、[174] 曾苍山（曾原
> 一）、[175] 赵紫芝（赵师秀）、[176] 周伯弜（周弼）、[177] 陈德新[178] 诸选，
> 非惟所择不精，大抵多略于盛唐而详于晚唐也。[179]

---

172 其实王维并未被选入《唐百家诗选》。

173 指的是高仁邱（1225—1265 在世）编纂的《吹万集》。这部诗选有 70 卷，收诗范围自古代《康衢谣》到唐末，收录全面但现已不存，参见曾燠（1759—1830）:《江西诗征》卷 21,《续修四库全书》第 1688 册，第 398 页。

174 即《万首唐人绝句》。

175 曾原一（1256 在世，字苍山）:《唐绝句》。关于曾原一为这部诗选所撰的序文，参见刘埙（1240—1319）:《隐居通议》卷 6,《景印文渊阁四库全书》第 866 册，第 61–62 页。

176 此处所指大概是赵师秀的《众妙集》，而非是他的《二妙集》。

177 即《三体唐诗》。

178 我们对于陈德新一无所知。从陈德新在这份名单中的位置可以推断，他一定是 14 世纪的人物，可能与周弼同时而相对较年轻。“德新”当是他的字，因为杨士弘对赵师秀、周弼都称字。

179 杨士弘:《唐音序》,《全元文》第 56 册，第 226–227 页。关于英语世界里对《唐音》

按照这段叙述来说，《唐百家诗选》忽视盛唐、偏爱晚唐，既非空前，亦非绝后，而只是唐诗选本中众多令人遗憾的例子之一。就连杨士弘自己的诗选也忽略了三大家。他解释道：“李、杜、韩诗世多全集，故不及录。”这话听起来极像杨蟠、 118
陈振孙关于《唐百家诗选》遗漏三大家的解释之语。杨氏承诺会续编李白、杜甫的诗集（以及古体诗及乐府体诗集），“以便学者”。[180]

杨士弘的序文提倡盛唐，这标志着诗选家思考唐诗的一个转折点。不过，直至高棅（1350—1423）编纂《唐诗品汇》之后，李白、杜甫（以及一般盛唐诗人）才在唐诗选本中站稳脚跟。[181]与杨士弘一样，高棅在其书序文（撰于1393年）中表达了对前辈选家的不满：

> 载观诸家选本，详略不侔。《英华》以类见拘，《乐

及其他几部元末至清代唐诗选本的简要讨论，参见《中国诗歌经典及其界线》，《中国文化中的各种界线》，第115–123页。另可参见李惠仪：《前代文学在元明清时期的文本传播》（“Textual Transmission of Earlier Literature during the Yuan, Ming, and Qing Dynasties”），《牛津中国古典文学手册（公元前1000—900）》，第325–341页。

180 杨士弘编选，张震辑注，顾璘（1486—1545）评点，陶文鹏、魏祖钦点校：《唐音评注》例言，保定：河北大学出版社，2006年，第27页。

181 《唐诗品汇》收录了620名诗人的5769首诗作（后来又增加了10卷，有61名诗人的954首诗），高棅的这一编纂是汇编而非选本。他在《凡例》的一开始（高棅编纂，汪宗尼校订，葛景春、胡永杰点校：《唐诗品汇》，北京：中华书局，2015年，第17页）就声明了这一点。后来他在这一汇编的基础上，编纂了一部体量较小的20卷的诗选，题为《唐诗正声》。这部更具铨选性的诗选凸显了盛唐诗，其中李白、杜甫被作为最具代表性的诗人。

府》为题所界，[182]是皆略于盛唐而详于晚唐。他如《朝英》[183]
119 《国秀》[184]《箧中》《丹阳》[185]《英灵》《间气》《极玄》《又玄》《诗府》[186]《诗统》[187]《三体》《众妙》等集，立意造论，各该一端。[188]

182　高棅指的可能是李昉（925—996）的《文苑英华》与郭茂倩的《乐府诗集》。这两部书皆被列入高棅的《引用诸书》。他在此处的描述亦符合这两部汇编。然而，此二书皆非唐诗选本。李昉书的内容始于6世纪初（萧统的《文选》止于此时）；其铨选的诗歌（包括歌行）在全书1000卷中占据了200卷（高棅自己提及了这一点）。郭茂倩对诗歌的搜集涵盖了自汉代至初唐的乐府诗，以及一些自上古至五代的歌谣。高棅提及的其他诗选，大致是按时间顺利排列的。这似乎说明《英华》《乐府》是宋以前的选集。还有一种可能性是，李、郭二书之所以首先被提及，是因为它们相对于其他书而言规模宏大。

183　《朝英集》是唐代开元年间（713—742）一部三卷本的诗选，收录了张九龄、韩休（672—739）、崔沔（673—739）、王翰（710年进士）、胡皓及贺知章（659—744）在送别张孝嵩出塞的场合所写的诗作，参见欧阳修、宋祁：《新唐书》卷60，北京：中华书局，1975年，第1622页。

184　芮挺章的《国秀集》。

185　殷璠已佚的《丹阳集》。该书中有20首诗（外加12句残句）为《唐人选唐诗新编》所辑（第83–98页）。

186　这里指的可能是毛直方（约1279在世）业已亡佚的《诗宗群玉府》，该书出现在高棅的《引用诸书》中。不过，在其他语例中，高棅提及此前的诗选，皆称其原初书名的头两字或末两字，所以，他将毛直方此书称为《诗宗》而非《诗府》，应当更为合理。另一种可能性是，这里指胡器之（13—14世纪）的《诗府骊珠》（亦佚）。对这部诗选的赞语，参见吴澄：《诗府骊珠序》，《全元文》第14册，第269页；《次韵饯胡器之挟诗府骊珠游江左浙右二首》，《全元诗》第14册，第276页。胡器之这部诗选及《朝英集》未被列入高棅的《引用诸书》。

187　高棅的《引用诸书》列举了刘应几（13—14世纪）的《古今诗统》。李诩（1506—1593）《戒庵老人漫笔》卷8（北京：中华书局，1982年，第315页）中也提及刘应几其书。另有史料提及刘辰翁是《古今诗统》的编纂者。参见杨慎（1488—1559）撰，王大厚笺证：《升庵诗话新笺证》卷12，北京：中华书局，2008年，第719页；黄虞稷（1629—1691）撰，瞿凤起、潘景郑点校：《千顷堂书目》卷31，上海：上海古籍出版社，2001年，第763页。

188　高棅：《唐诗品汇》总叙，第8页。

高棅对之前诗选倾向晚唐表示不满，与杨士弘遥相呼应。他称赞杨氏诗选“别体制之始终，审音律之正变”，于此“得唐人之三尺矣”。[189] 不过他也举出了杨氏诗选中一长串的缺点，其
中第一点就是排除李白与杜甫。王偁（1370—1415）在其《唐 120
诗品汇》序文（撰于 1394 年）中重复了高棅的许多话，且特别提及《唐百家诗选》，称其表征了诗选传统的严重缺陷：

> 选唐诗者非一家，惟殷璠之《河岳英灵》、姚合《极玄集》，有以知唐人之三尺。然璠、合固唐人也，而选又专主于五言，以遗乎众体，寂寥扶疏，不足以尽其玄奥。下此诸家所选，皆私于一己之见；见之陋，则选之得其陋者。虽以王荆公号称知言，而《百家选》偏得晚唐刻削为奇，盛唐冲融浑灏之风在选者，戛戛无几，他盖可知矣。[190]

王偁这段叙述表明，博学、敏锐如王安石这样的学者也会为自己的偏好所误，无法编出一部公允持平的诗选。他还呼应了高棅对杨士弘的评断，并认为杨氏的未竟之志直到高棅手里才告完成。胡应麟（1551—1602）所勾勒的唐诗选本的谱系与王偁所述颇为相似：

> 唐至宋、元，选诗殆数十家，《英灵》《国秀》《间气》《极玄》，但辑一时之诗；荆公《百家》，缺略初、盛；章泉（赵

---

189 《唐诗品汇》总叙，第 8 页。

190 王偁:《唐诗品汇》叙，第 3 页。

> 蕃）《唐绝》，仅取晚、中。至周弼《三体》，牵合支离；（元）
> 121 好问《鼓吹》，薰莸错杂；数百余年未有得要领者。独杨伯
> 谦（杨士弘）《唐音》颇具只眼，然遗李、杜，详晚唐，
> 尚未尽善。盖至明高廷礼（高棅）《品汇》而始备，《正声》
> 而始精。[191] 习唐诗者必熟二书，始无他歧之惑。[192]

杨士弘、王偁与胡应麟在提及《唐百家诗选》时，既未推断王安石的编纂意图，也未细究王氏编纂时受到的实际条件的制约，更未详讨王氏的乖僻个性。他们只是对王氏诗选的特点进行了历史化的思考，认为该书既受到唐诗选本传统的影响，也代表着这一传统。该传统可以追溯至唐代本身，并延续至元代。这一历史化的评价立场在明代以降颇为普遍。王士禛曾反复论述《唐百家诗选》与王氏爱唱反调的个性的关联，饶是如此，当他推测王氏选诗貌似失衡的原因时，也同样意识到了该书的历史代表性："宋人选唐诗，大概如此。意初唐、盛唐诸人之集，更五代乱离，传者较少故也。"[193]

122 王安石的《唐百家诗选》植根于并反映了唐诗选本的传统。这种传统肇始于有唐本朝，一直延续至并贯穿了元代。在这个

---

191 这里指高棅的《唐诗正声》。胡应麟赞扬了高棅在《唐诗正声》中大胆而明智的选择，参见其《诗薮》外编卷 4，上海：上海古籍出版社，1979 年，第 191 页。

192 《诗薮》外编卷 4，第 190—191 页。

193 《香祖笔记》卷 2，第 32 页。宇文所安（《宋人对前代文学的接受》，《牛津中国古典文学手册（公元前 1000—900）》，第 323 页）认为："9 世纪的诗人（在王安石诗选中）占据主导地位，可能是因为当时所保存的钞本主要是 9 世纪诗人的作品。"王士禛（刘大勤编：《师友诗传续录》，《清诗话》，第 152 页）在回答其门人刘大勤的提问时，曾提及王安石诗选遗漏三大家的背后有两个更多的因素：其一是三大家的作品数量过多，难以铨选；其二是三大家的诗文集已然单独刊行。

传统中，大诗人的作品往往入选不足，甚或被完全忽略。[194] 于此，我想下一个初步的结论，这个结论或许会促使我们用更为复杂的眼光来审视诗选在经典建构中的作用：我们今天所知的唐诗经典很大程度上是在宋代（尤其是在 11 世纪后 70 年）确立的，但就像唐人选唐诗一样，宋代的唐诗选本在建构这些经典的过程中所发挥的作用充其量也只是微乎其微。对于那些现今认为的最伟大的诗人而言，情况更是如此。[195] 在唐代大诗人经典化的过程中，许多宋元时期的唐诗选本并非只是单纯地参与、贡献，而是与时人对晚唐诗的偏好息息相关，且通常是这一偏好的直接产物。诗坛巨擘如李白、杜甫之辈被神化之后，诗坛气氛愈渐沉闷。对于这一局面，这些诗选不啻充当了一种反抗甚或是颠覆的力量。[196] 那些最显赫的诗人在唐诗选本中的形象不够耀 123
眼，这一点不应被当作唯一的，甚至是主要的标准来衡量特定历史时期里这些诗人在文学及文化上的地位。有宋一代层次分

---

194 即便在元代以后，唐诗选本不收大诗人的情况也并不罕见。但元代以后的诗选与元代以前的不同之处在于，在一些最著名、最有影响力的诗选中，这些诗人获得了显赫的地位。

195 李白、杜甫与王维这些大诗人在元代以后的唐诗选本中崛起，关于这一情况，参见《中国诗歌经典及其界线》，《中国文化中的各种界线》，第 117—123 页。

196 这里可举赵师秀编纂的两部唐诗选本为例。赵师秀是永嘉四灵之一，其他三人为徐玑（1162—1214）、徐照（？—1211）及翁卷（1215 在世）。（他们之所以有此称呼，是因为他们皆来自永嘉，且每人的字或号中皆有“灵”字。）四灵及其追随者反对江西诗派推崇杜甫，转而以晚唐诗人贾岛、姚合为宗。赵师秀的《二妙集》专选这两位诗人的作品，明显是服务于四灵的诗学宗旨。赵氏的《众妙集》排除了李白、杜甫、韩愈及其他唐诗名家，也可以理解为是有意作出反对他们统领地位的姿态。赵氏的两部诗选皆收录了很高比例的五言律诗——四灵偏爱这一短小的诗歌形式。江西诗派中人号称以杜诗为典范，试图创作一种奔放而豪肆的诗风（这一尝试并不成功），四灵反对此举。五律只有 40 个字，赵师秀对此颇感幸运，他说如果再加一字，就不知如何是好了。参见刘克庄：《野谷集序》，《全宋文》第 329 册，第 85 页。

明地建构起了唐诗经典的体系，其背后真正的塑造力主要表现在诸如别集编纂、校勘这样的学术努力之中，另外还表现在其他诸多种类的文本之中，如散文作品（包括别集的序跋文字）、私人书信、诗话、笔记、论诗诗（包括以唐代诗人画像为题的诗作）以及官方唐史中关于文学的综述与作家的列传。

第三章

晚期风格

杜甫的经典化 124

作为中国最伟大的诗人，杜甫经典化的过程大约始于其亡故四十年之后。[1] 813 年，元稹应杜甫之孙的请求为杜甫撰写墓志铭，以集大成的赞誉之词来界说杜甫的诗才："尽得古今之体势，而兼昔人之所独专。"元稹同时还对李白、杜甫诗歌的高下进行了品评比较，这一点尤有开创意义。他认为李白在"壮浪

---

1 中文世界里杜甫经典化的研究数量极多。英语世界里相关的讨论，参见周杉：《再思杜甫：文学上的伟大与文化的背景》(*Reconsidering Tu Fu: Literary Greatness and Cultural Context*)，剑桥：剑桥大学出版社，1995 年，第 1—59 页；郝稷：《杜甫（712—770）及其诗歌在帝制中国中的接受》(*The Reception of Du Fu [712–770]and His Poetry in Imperial China*)，莱顿：博睿学术出版社，2017 年。关于宋人对杜甫的接受，参见蔡涵墨（Charles Hartman）：《唐代诗人杜甫与宋代文人》("The Tang Poet Du Fu and the Song Dynasty Literati")，《中国文学》，第 30 期，2008 年。陈珏：《制造中国最伟大的诗人：杜甫在宋代诗歌文化中的建构（960—1279）》("Making China's Greatest Poet: The Construction of Du Fu in the Poetic Culture of the Song Dynasty [960–1279]")，普林斯顿大学 2016 年博士学位论文。

纵恣”之风、模写物象能力及创作乐府歌诗方面，也许与杜甫旗鼓相当，但要说到撰述长达百联的排律，李白则大为逊色。[2]

125 元稹还关注到杜诗的道德价值。815 年他给白居易去信，忆及自己年轻时曾得杜诗数百首，对这些诗作蕴含的“兴寄”与完美的诗艺留有深刻印象。[3] 白居易答复元稹，强调了诗歌的社会政治功能，但认为李白、杜甫在这方面都无足称道：李白虽然才华横溢，但如要在其诗作中寻找风雅的“比兴”格调，则十不存一。杜甫虽然在诗歌形式与技巧上优于李白，但其作品的道德价值亦颇轻微：在杜甫诗作（有一千余首）之中，社会批评的作品不过三四十首。[4]

韩愈 816 年作《调张籍》诗（《全唐诗》，第 3814—3815 页），可能就是批判元稹对李杜的高下之评。[5] 韩诗称那些“谤伤”李杜之人就像意欲撼动大树的蝼蚁。韩愈夸张地描写了李杜的诗力，并对他们的平生坎坷做了一番异想天开的推测，说上帝是故意让李杜受苦，以此迫使他们吟哦不辍。韩愈还幻想自己能生出双翅去寻找两位已逝的诗人，与之同游。

---

2 元稹：《唐故工部员外郎杜君墓系铭》，《全唐文新编》，第 7387 页。元稹在赞誉杜甫排律的同时，也宣扬了自己与白居易最近的排律习作。810 年，白居易写有排律《代书诗一百韵寄微之》，元稹和以《酬翰林白学士代书一百韵》（《全唐诗》卷 405，第 4519—4521 页）。谢思炜（氏著：《〈代曲江老人百韵〉诗作年质疑》，《清华大学学报（社会科学版）》2004 年第 2 期）认为元稹的《代曲江老人百韵》大约也是写于这一时期。

3 元稹：《叙诗寄乐天书》，《全唐文新编》，第 7374 页。两年后，元稹又在《乐府古题序》（《全唐诗》卷 418，第 4604 页）中称赞杜甫的乐府诗对于时事的描写。宇文所安（《从〈唐诗类选〉看唐人的杜甫观》，认为元稹读的是樊晃（740 年进士）的《杜工部小集》。

4 白居易：《与元九书》，《全唐文新编》，第 7623 页。

5 韩愈此诗与元稹品评李杜之语的关联，最先为魏泰《临汉隐居诗话》指出（《临汉隐居诗话校注》卷 1，第 21—22 页）。

9 世纪 20 年代兴起的杜诗热并未持续多久。杜甫的影响力
在唐五代时期相当有限。至宋代立朝的前五十年里，这一情况
基本未变。当时宋初三体占据诗坛的主导地位，其中没有一种
是效法杜甫的。“白体”之号用于 10 世纪后半叶诗坛的领军人
物如李昉（925—996）、徐铉（916—991）及王禹偁（954—
1001），他们多方模仿白居易之诗。“晚唐体”之号则用于一群 126
流品驳杂的诗人，既有林逋（967—1028）、魏野（960—1019）
这样的山林隐士，也有寇准（961—1029）这样的高官达贵，
他们在贾岛、姚合的诗作中寻找灵感。最后，“西昆体”诗人
奉李商隐典故密集的诗歌为圭臬。[6]“西昆体”之号来源于《西
昆酬唱集》，这是一部 1005 年前后由杨亿（974—1020）编纂
而成的诗选，收录十七名秘阁同僚的诗作，杨亿之作亦在其中。
据说杨亿颇为轻视杜甫，视其为“村夫子”。[7]

11 世纪 30 年代，有些著名学者开始收集、编纂杜甫的作品，于是杜甫在问鼎中国诗坛的进程中又获得了新的动力。11 世纪 30 年代初期，苏舜钦（1008—1048）从一部杜甫诗集中挑拣出三百首诗作，这些诗作不存于杜诗的旧集。几年后，他又获得了另一部诗集，其中有八十多首诗作前所未见。他将新发现的诗作合编为一部单独的诗集。1036 年苏舜钦为这部诗集作序，充满信心地宣称这些诗作不可能是他人所写，因为它们全都显现出杜甫那清晰可辨且无法模仿的“豪迈哀顿”之风。[8]这一信

6　方回《送罗寿可诗序》(《全元文》第 7 册，第 51 页）最早提出宋初三体之说。在方回之前，已有诗评家谈及“西昆体”与“白体”。方回最先明确指出宋初诗坛还存在“晚唐体”。

7　刘攽：《中山诗话》，《历代诗话》，第 288 页。

8　苏舜钦：《题杜子美别集后》，《全宋文》第 41 册，第 72 页。

心满满之论基于这样一种信念，即杜诗具有独特风格与动人之处，当然，不同的诗评家描述杜诗的这一独特性，所用的术语不尽相同。

1047 至 1050 年，王安石在知鄞县任上曾获得约 200 首世
127 所不传的杜诗，遂以其别为一集。1052 年王安石为这部诗集作
序，他像苏舜钦一样对这一文本的真实性充满信心。他说读过这些诗后“予知非人之所能为，而为之实甫者，其文与意之著也”。[9] 王氏对杜甫经典化最大的贡献在于他的《杜甫画像》诗（《临川先生文集》卷 9,《王安石全集》第 5 册, 第 261–262 页）。该诗可能写于 1054 年。[10] 这是一份奠基性的文本，将杜甫树立为道德楷模兼诗学大师：

> 吾观少陵诗，为与元气侔。
> 力能排天斡九地，壮颜毅色不可求。
> 浩荡八极中，生物岂不稠？
> 丑妍巨细千万殊，竟莫见以何雕锼。
> 惜哉命之穷，颠倒不见收。
> 青衫老更斥，[11] 饿走半九州。
> 128 瘦妻僵前子仆后，攘攘盗贼森戈矛。
> 吟哦当此时，不废朝廷忧。

---

9 王安石:《老杜诗后集序》,《临川先生文集》卷 84,《王安石全集》第 7 册，第 1483 页。关于晚宋学者判断某诗是否为杜甫所作的例子，参见《杜甫（712—770）及其诗歌在帝制中国中的接受》，第 20–22 页。

10 关于该诗的作年，参见《王安石年谱长编》，第 303–304 页。

11 唐代八品及九品官（最低品阶）官服的颜色为青色，参见刘昫等:《旧唐书》卷 45，北京：中华书局，1975 年，第 1953 页。

常愿天子圣，大臣各伊周。[12]

宁令吾庐独破受冻死，不忍四海寒飕飕。[13]

伤屯悼屈止一身，嗟时之人死所羞。[14]

所以见公画，再拜涕泗流。

惟公之心古亦少，愿起公死从之游。

这首诗的第一部分（第一至八句）概述杜诗气贯长虹、包
罗万象，而其诗艺则难以领会、不可模仿。元稹最初阐述过这
一主题。正如艾朗诺所言，王诗此处是在“暗示诗歌乃自行其是，
不服从于任何更宏大的意识形态及说教的目的”。[15] 王诗的第二
部分（第九至二十二句）则为杜甫的伟大之处引入了一个新的
层面，展现出他忠君爱民的道德典范形象。杜甫心怀苍生，与“时 129
之人”沉溺于自我哀怜形成鲜明对比。王诗的最后一联诗句让
人想起了韩愈之诗的结尾，但二者有一个关键的区别：韩愈的
语气听上去明显是异想天开，王安石则一本正经。

王安石此诗被誉为评价杜甫的最切之论。欧阳修也曾为杜甫画像题过一首诗。他读过王诗以后，深表钦佩，承认王诗远胜己诗。[16] 胡仔称赞王诗凸显了杜诗的道德维度及其在艺术上

12　伊指的是伊尹，周指的是周公，二人皆是上古时代贤臣的典范。

13　这两句是对杜甫《茅屋为秋风所破歌》(《杜甫诗》第 3 册，第 42—43 页）最末两句的改写。

14　此处的翻译从龙舒本，以“我”代“死”。译者注：原书中此句的英文译文是：Alas! How ashamed I feel about people these days。

15　《王安石，作为诗人的政治改革家》，《剑桥中国文学史·上卷·1375 年之前》，第 404 页。

16　欧阳修:《与王文公》，东英寿考校，洪本健笺注:《新见欧阳修九十六篇书简笺注》，上海：上海古籍出版社，2014 年，第 56 页。欧阳修诗《堂中画像探题得杜子美》(《全宋诗》，第 3753 页）写于 1050 年，参见《风月堂诗话》卷上，第 101—102 页。

的卓越。[17] 刘克庄称该诗是对杜诗最好的评论。[18] 黄震（1213—1281）言其“公当”。[19] 仇兆鳌则认为王诗显示了对杜甫“人品心术”及“学问才情”的深切体认,“后世颂杜者,无以复加矣”。[20]

编年、分期及风格演进

苏舜钦在其杜集序文中哀叹道，尽管杜甫的传记提及有一部六十卷本的杜甫诗集，但目前杜诗只存二十卷。而且这些诗作没有经过学者编纂，以至“古律错乱，前后不伦”。他打算获得足够的杜诗之后，就将其分为古体与近体诗两类，然后于每类之
130 下再以诗歌写作的前后顺序加以编排。[21] 该计划虽未能付诸实施，但却是按照一种新的编纂准则来制定的。编纂诗集的传统惯例是分体或分类。元稹即曾想过以“体别相附”来编纂杜诗，当然，他因身体多病且性情懒惰，并未实际措手。[22] 樊晃（740 年进士）编纂过一部六卷本的杜集，收诗 290 首，按“各以事类”来编排这些诗作。[23] 直至苏舜钦，编年体始成为诗集编纂的一个指导原则。[24] 其后杜诗的编年本在有宋一代才逐渐流行起来。

---

17 《苕溪渔隐丛话》前集卷 11，第 72 页。

18 《后村诗话》新集卷 1，第 152 页。

19 黄震撰，王廷洽整理:《黄氏日抄（五）》卷 64,《全宋笔记》第 10 编第 10 册，第 354 页。

20 仇兆鳌:《杜诗详注》附编，北京：中华书局，1979 年，第 2268 页。

21 《题杜子美别集后》,《全宋文》第 41 册，第 72 页。

22 《唐故工部员外郎杜君墓系铭》,《全唐文新编》，第 7387 页。

23 樊晃:《杜工部小集序》,《全唐文新编》，第 5601 页。苏舜钦在 1036 年所写的序文中有可能就是指樊晃所收的杜诗。

24 苏舜钦以诗体与编年相结合的编纂方式在唐代有零星的先例。如白居易、元稹编纂己诗时，就大致按时间顺序来排列每种形式与主题的诗作。

1039 年王洙首次采用编年的原则编纂杜诗。他的这一版本
有 18 卷，其中有 399 首古体诗及 1006 首近体诗。王洙本中每
一体的诗作都按照编年来编排。[25] 1052 年王安石编纂的杜集极
有可能也采用了相同的方式。黄伯思最先以编年作为唯一准则
来编纂杜诗。黄氏遵循苏轼的建议，不分古今之体，专以编年
顺序编排杜诗。这一做法的目的是使读者“知子美之出处及少
壮老成之作，灿然可观”，并能欣赏杜诗如何“句法理致，老而
益精”。[26] 我们后面将会看到，在黄伯思的时代，认为杜诗老而 131
益精的观念已然成为共识。

传统做法按分类及分体来编排文本，而编年体这一新做法反映出对传统的不满态度。编年体很快就被人用来编纂杜集之外的诗人诗集，1068 年宋敏求利用王溥（922—982）、魏万（760 在世）收藏的李白诗作，将 998 年乐史（930—1007）本的李白诗集从二十卷扩充为三十卷。编纂时，他仅仅是“沿（乐史本）旧目而厘正其汇次”，尚未考虑这些诗作的编年。[27] 后来曾巩得到宋氏本，又做了一番至关重要的修订，即“考其先后而次第之”。[28]

杜诗的编年本反映了一种强烈的愿望，即人们想根据杜甫

25　王洙:《杜工部诗集序》,《全宋文》第 23 册，第 12 页。

26　李纲:《重校正杜子美集序》,《全宋文》第 172 册，第 21 页。李纲提及他曾考虑编纂一部编年本的杜甫诗集，不过因身体欠佳、事务繁忙并未真正实施。有迹象显示，苏轼搜集、整理己诗也是按时间顺序排列的，且未将之分为古体与近体两大类。参见《苕溪渔隐丛话》后集卷 28，第 212 页。

27　宋敏求:《李太白文集后序》,《全宋文》第 51 册，第 284 页。关于对宋敏求这一编纂之事的不同论析，参见房日晰:《关于乐史本〈李翰林集〉》,《天府新论》1986 年第 2 期。不过宋敏求的版本显然没有进行编年。

28　曾巩:《李白诗集后叙》,《全宋文》第 57 册，第 349 页。

生平来阅读杜诗。杜甫本人对自身生活持续而细致的描述在一定程度上激发并滋养了这种愿望。根据杜甫生平来阅读杜诗的方法催生了杜甫的年谱，而年谱又反过来为这一阅读方法提供了动力。[29] 11 世纪 80 年代初，吕大防（1027—1097）编成了编年本的杜甫诗集与韩愈文集。他还为韩愈、杜甫各写了一部年谱，并撰跋文如下（撰于 1084 年 12 月 13 日）：

132 > 予苦韩文、杜诗之多误，既雠正之，又各为《年谱》，以次第其出处之岁月，而略见其为文之时。则其歌时伤世、幽忧切叹之意，粲然可观。又得以考其辞力，少而锐，壮而肆，老而严。非妙于文章，不足以至此。[30]

年谱作为史学撰述的一种新式体裁，由吕大防开创。吕氏界说了年谱的双重目的，即为文本提供历史背景并揭示作家风格或“辞力”的演变。吕氏自己的著述并未全然达到这两个目的。[31]它只为杜甫五十八年人生中的二十年提供了很零星的细节，远不足以使读者“略见其（杜甫）为文之时”。而且其年谱中只收录了五十三首杜诗,因此读者也很难领会杜甫“辞力”的演变。然而，吕氏却有一个见解堪称中国文学思想中具有革命性的观

---

29 关于年谱、编年体诗集与诗史观念的关联，参见浅见洋二著，金程宇、冈田千穗译:《距离与想象：中国诗学的唐宋转型》，上海：上海古籍出版社，2005 年，第 280—334 页；吴洪泽:《宋代年谱考论》，四川大学 2006 年博士学位论文，第 26—27 页。

30 吕大防:《杜工部韩文公年谱后记》,《全宋文》第 72 册，第 209 页。年谱虽然最初作为编年本文集的附录出现，但很快就被编入了未编年本的文集之中。

31 关于吕大防这一著述的诸多错误，参见朱东润著，陈尚君编:《中国传叙文学之变迁》，上海：复旦大学出版社，2016 年，第 179—181 页。

点，即作家风格的发展随着时间推移是有迹可循的。在吕氏之前，诗评家常常以静态且单一的观点来描述诗人的风格，苏舜钦之说就是此中典型例证，他以“豪迈哀顿”来描述杜甫诗风，似乎杜诗风格一成不变。

吕大防提出的年谱双重目的论引导了后代人物的年谱编纂。1135 年文安礼在一篇跋文中阐述道，他编纂柳宗元的年谱，“庶可知其出处与夫作文之岁月，得以究其辞力如何也”。[32] 黄大舆 133
（约 1095—1160）为韩愈与柳宗元所编的一部三卷本年谱亦基于“文章有老壮之异”的信念。黄氏在其谱上卷为自己设定了这样的任务：“取其诗文中官次年月可考者，次第先后，著其初晚之异也。”[33]

宋人为本朝作家编纂的年谱之中亦能见到这种双重目的论。1161 年陈辉嘱咐其子陈晔撰述陈襄年谱，附于陈襄文集之后，“庶几（陈襄）生平游宦岁月之先后，与夫壮志晚节，诗文之辞力，晓然可见”。[34] 1173 年郑良嗣为其父郑刚中（1088—1154）的文集作序，阐述道：“仍以年谱冠于篇首，庶几览者按谱玩辞，得以见出处之大致。”[35] 1196 年胡柯为欧阳修的年谱作序，称赞欧氏三部更早的年谱“岁列其著述，考文力之先后”。[36]

32　文安礼：《柳文年谱后序》，《全宋文》第 186 册，第 115 页。

33　《郡斋读书志校证》卷 20，第 1080 页。

34　陈晔：《古灵先生年谱跋》，祝尚书：《宋集序跋汇编》卷 8，北京：中华书局，2010 年，第 383 页。

35　郑良嗣：《北山集序》，《全宋文》第 254 册，第 344 页。

36　胡柯：《欧阳文忠公年谱序》，《宋集序跋汇编》卷 6，第 229 页。

134 晚期风格论的兴起

吕大防将杜甫的诗作（及韩愈的散文）划分为青年、壮年及老年三个阶段，主要是基于生理学模式。按照这种模式，作家（至少是大作家）的风格演进遵循着一个可被预测的轨迹（从“锐”到“肆”，再到“严”）。1100年黄庭坚在致王蕃的一封信中提出了一种不同的划分模式。他建议王蕃提防“奇语”，须将“理”作为导向，因为理胜则辞顺。他接着写道：“观杜子美到夔州后诗，韩退之自潮州还朝后文章，皆不烦绳削而自合矣。”[37]

黄庭坚提出的前后两期论迥异于吕大防的三期论。首先，在吕氏看来，一个作家“辞力”的演进与其从青年到壮年再到老年的生理过程平行同步。而以黄氏所述，作家风格的转变则深深植根于，甚至是取决于其社会政治体验——一些重大事件被认定是其艺术上的分水岭，如766年杜甫移居夔州。其次，吕、黄二人描述晚期风格的用语不同。吕氏所谓的“严”主要指形式、技艺上的严谨，而黄氏所倡导的则是一种自由合律（free conformity to law）的特性。“不烦绳削而自合”一语令人想起孔子的名言，即孔子七十岁时“随心所欲不越矩”，[38] 达到了生
135 平道德修养的至境。再次，吕氏使用的三个形容词都是褒义的。

---

37 黄庭坚:《与王观复书 · 其一》,《全宋文》第104册，第297页。“绳削”指的是木匠用的准绳与斧头。

38 《论语 · 为政第二》；刘译本《论语》，第11页。“不烦绳削而自合”一语源于韩愈《南阳樊绍述墓志铭》(《全唐文新编》，第6576页）赞誉樊宗师（766？—824）之语。韩愈所论的是樊宗师总体的著述，黄庭坚则特指杜甫的晚期风格。黄庭坚在《题意可诗后》(《全宋文》第106册，第188页）中还用该语描述了陶渊明的诗作。

不过尚不能绝对断定“严”代表着最高的诗学理想。[39] 在黄氏的前后两期论中，则有一个更明确且更突然的变化层次：“后”呈现的是一次飞跃，并非由“前”逐渐演进而来。“前”“后”两者的关系是对比，而非渐进。在黄庭坚之前，确实没有一个诗评家对杜甫早期与晚期的诗歌做出过如此鲜明的划分。[40]

这里或须注意一点：杜甫本人就是最早提出晚期风格话题的人物之一。[41] 这在他对庾信（513—581）的评论中有所显示。554 年庾信被梁朝宫廷派遣出使西魏的长安，后被扣留在那里，度过余生。杜甫认为痛苦的煎熬造就了庾信晚期作品的感伤情怀：“庾信平生最萧瑟，暮年诗赋动江关。”[42] 而这一特有的人生经历（包括梁朝的灭亡）亦造就了庾信晚期诗歌风格的成熟：“庾信文章老更成，凌云健笔意纵横。”[43] 杜甫偶尔也会对朋友与熟人表达类似的赞扬。[44] 尤值注意的是，杜甫还曾暗示自己随着年龄 136
的增长，诗风也发生了变化。761 年杜甫五十二岁，此年他写的一首诗中有如下诗句：

39　吕大防所撰的年谱并未对杜甫夔州以后的岁月显示出特别的兴趣。他对 766 年杜甫事迹的记载总共只有三个字：“移居夔”。其后的内容只有两个短小条目，一个有 9 个字，另一有 19 个字。参见吕大防:《杜诗年谱》，蔡志超校注:《宋代杜甫年谱五种校注》，台北：万卷楼图书股份有限公司，2014 年，第 7–8 页。周采泉（《杜集书录》，第 805 页）写道，吕大防所撰年谱的不同部分原先是置于一部已佚杜集不同卷的开头，不过，并无证据表明吕氏所撰年谱的原初形态比我们今天看到的内容更为详尽。

40　参见方回《跋曹之才诗词三摘》（《全元文》第 7 册，第 213 页）之语：“老杜诗世无敢优劣，惟山谷独谓夔州后诗不烦绳削。”

41　相关的讨论，参见蒋寅:《杜甫与中国诗歌美学的“老”境》，《文学评论》2018 年第 1 期。

42　杜甫:《咏怀古迹五首 · 其一》，《杜甫诗》第 4 册，第 361–362 页。

43　杜甫:《戏为六绝句 · 其一》，《杜甫诗》第 3 册，第 112–113 页。

44　如杜甫即有诗《寄薛三郎中璩》（《杜甫诗》第 5 册，第 96–97 页）赞誉薛璩诗才老而愈盛，体力老而愈强。

为人性僻耽佳句，语不惊人死不休。
老去诗篇浑漫兴，春来花鸟莫深愁。[45]

尽管上述第四句存在歧义，但杜甫的大致意思还是明确的，那就是他早期迷恋奇瑰辞藻，到了晚年作诗才即兴抒情。这一自述可能与吕大防对杜甫“老而严”的描述相矛盾。不过，767年杜甫又在一首诗中告诉我们，他“晚节渐于诗律细”。[46]

人们或许可以得出这样的结论：在杜甫的晚期风格中，谨守诗律与率性抒情是同一问题的正反两面。[47]对此，有一点很重要，那就是我们当注意杜甫的这些言论只限于特定场合，与其时代中更为广泛的文学批评思想毫无牵扯。杜甫无意于阐明一个连贯的理论，我们也无须根据他的只言片语来构建一个理论。然而，宋代关于晚期风格的言论却表现出一个明确的倾向，其在理论上不断程式化，并发展成愈发僵硬的教条。这一倾向可
137 以追溯至黄庭坚，登峰造极者则属方回。[48]在诗歌评论上，方回以黄氏为准则。他对此毫不讳言：

山谷（黄庭坚）论老杜诗，必断自夔州以后。试取其自

45 杜甫：《江上值水如海势聊短述》，《杜甫诗》第 3 册，第 16–17 页。

46 杜甫：《遣闷戏呈路十九曹长》，《杜甫诗》第 5 册，第 68–69 页。

47 为了调和杜甫的不同说法，仇兆鳌（《杜诗详注》卷 18，第 1603 页）断言“漫兴”（仇氏本作“漫与”）意为由勤学苦练而具有的那种不假思索、一挥而就的写作技巧。

48 这一倾向是否起源于宋人对于“理”（结构、方式、规则）的关注（或至少是受其推动），颇值探索，不过我在此处无法参与讨论这一问题。黄庭坚对诗“法”的探索反映了当时一种文化与思想的倾向，即于“日常生活中无数纷至沓来的事情中寻求某种恒常与连贯的法则”，参见《万卷：黄庭坚和北宋晚期诗学中的阅读与写作》，第 2 页。关于方回，我们当注意到他在思想上是一名理学学者，对朱熹极为钦慕。

> 庚子至乙巳六年（760—765）之诗观之，秦陇剑门行旅跋涉，浣花草堂居处啸咏，所以然之故，如绣如画。又取其丙午至辛亥六年（766—771）诗观之，则绣与画之迹俱泯。赤甲白盐之间，以至巴峡、洞庭、湘潭，莫不顿挫悲壮，剥落浮华。[49]

方回沿袭黄庭坚之说，将766年作为杜甫诗歌创作的转折点。杜甫曾用“沉郁顿挫”一语来描述扬雄（公元前53—18）与枚皋（公元前140在世）的文辞。[50]此语的原意到底为何尚有争议，但后世的诗评家惯常使用它来界说杜甫的总体风格，尤其是他的晚期风格。当然，至于这样做是否恰当就另当别论了。方回还将对杜甫这一案例的说明拔高到一定的理论高度，138
称：“善为诗者，由至工而入于不工，工则粗，不工则细；工则生，不工则熟。”这里的悖论或可追溯至《老子》中的一则名言“大巧若拙”，[51]但其更直接的来源则是黄庭坚所谓的“但熟观杜子美到夔州后古律诗，便得句法。简易而大巧出焉，平淡而山高水深”。[52]

方回在描述杜诗越老越精时，教条化的倾向显露得淋漓尽致。他说：“大抵老杜集，成都时（759—765）诗胜似关辅时（750—759），夔州时（766—768）诗胜似成都时，而湖南时（768—

49　方回：《程斗山吟稿序》，《全元文》第7册，第90—91页。

50　杜甫：《进雕赋表》，《全唐文新编》，第4120页。

51　《老子校释》卷45，第183页；《老子道德经》，第106页。

52　黄庭坚：《与王观复书·其二》，《全宋文》第104册，第297页。王若虚（氏著，霍松林点校：《滹南诗话》卷2，北京：人民文学出版社，1962年，第518页）推测黄庭坚高抬句法是想挑战苏轼，因为黄氏无法与苏轼的“迈往”相比，所以他要“高谈句律”。关于黄氏对苏轼忽视句法的批评，参见《韵语阳秋》卷2，第497页。

770）诗又胜似夔州时，一节高一节，愈老愈剥落也。”[53]“剥落”是佛教中一个常见的隐喻，指的是一种去华存质、去粗存精的过程。[54]黄庭坚曾用此语描述自己如何随着年龄增长而日益成熟，自然而持续地摆脱了浮华的赘语。[55]到了方回的时代，“剥落”已然成为一个常见的诗评用语。[56]前述黄庭坚以夔州为界限，将杜甫诗歌生涯划分为两大时期。方回则划为四个时期：“老杜诗，
139 自入蜀后又别，至夔州又别，后至湖南又别。”[57]依照杜甫移居之事来阐述杜诗不同阶段的细微差别，看起来有些繁琐机械，不过如纪昀（1724—1805）所论，此说也只是黄庭坚前后两期论的一个衍生物而已。[58]

12 世纪初，晚期风格的言论异军突起、蓬勃发展，论者拔高杜甫抵夔之后诗歌的现象即属于这类言论。[59]黄庭坚所言很快成为至理名言。陈善（1160 年进士）曾明确呼应黄氏，他写道：“观子美到夔州以后诗，简易纯熟，无斧凿痕，信是如弹丸矣。”[60]前后两期论的划分模式很快被运用到对宋代作家的品评之

---

53 《瀛奎律髓汇评》卷 10，第 325 页。

54 参见钱锺书：《谈艺录》，北京：中华书局，1984 年，第 14 页。

55 参见任渊（1090?—1164）注所引黄庭坚《与王子飞书》（黄庭坚著，任渊、史荣 [12—13 世纪]、史季温 [1232 年进士] 注，黄宝华点校《山谷诗集注》卷 14，上海：上海古籍出版社，2003 年，第 345 页）。

56 例如可参见姜夔：《白石道人说诗》，《历代诗话》，第 682 页。

57 《瀛奎律髓汇评》卷 20，第 780 页。

58 方回本人认为黄庭坚对杜甫论述颇具权威性，参见其《程斗山吟稿序》，《全元文》第 7 册，第 90 页。

59 关于这一主题的讨论，参见周裕锴：《宋代诗学通论》，上海：上海古籍出版社，2007 年，第 346—354 页。

60 陈善撰，查清华整理：《扪虱新话》，《全宋笔记》第 5 编第 10 册，第 71 页。陈善此处所用的譬喻出自谢朓（464—499）对王筠（481—549）诗的描述：“圆美流转如弹丸。”

中，批评家为宋代作家也确定了一个类同于夔州的转折点。胡仔认为："东坡自南迁以后，诗全类子美夔州以后诗，正所谓'老而严'者也。"[61] 方回引述佚名氏的说法做了一个相似的类比："子美夔州后诗，东坡岭外文，老笔愈胜少作，而中年亦未若晚年也。"[62] 刘克庄将移居夔州后的杜甫与退居金陵后的王安石相提并 140
论，认为二者皆是诗人晚年仍保持创作活力的例子。[63] 元好问则说杜甫移居夔州后的诗作、白居易退居香山后的诗作、苏轼贬谪海南后的诗作"皆不烦绳削而自合"。[64]

即使在宋人并未明确提及杜甫夔州诗的时候，黄庭坚前后两期论模式的影响也依然可见。吕本中将秦观（1049—1100）贬谪南方说成他诗歌创作的转折点："少游过岭后诗，严重高古，自成一家，与旧作不同。"[65] 许顗（1091—？）论述王安石退居钟山、苏轼谪居海南后所创作的诗歌精美绝伦，可与李白、杜甫、陶潜、谢灵运（385—433）之诗相媲美。[66] 宋孝宗谈及苏轼作品时说他"放浪岭海，侣于渔樵。[67] 岁晚归来，其文益伟。波澜老成，无所附丽"。[68] 楼钥（1137—1213）着重强调陈与义（1090—

参见李延寿（7 世纪）：《南史》卷 22，北京：中华书局，1978 年，第 609 页。

61 《苕溪渔隐丛话》后集卷 30，第 226 页。胡仔此处沿袭了黄庭坚的前后两期论，但对晚期风格的描述却与吕大防如出一辙。

62 《瀛奎律髓汇评》卷 16，第 615 页。

63 刘克庄：《刘圻父诗序》，《全宋文》第 329 册，第 79 页。

64 元好问：《陶然集诗序》，《全元文》第 1 册，第 315 页。

65 《郡斋读书志校证》卷 19，第 1017 页。

66 许顗：《彦周诗话》，《历代诗话》，第 383 页。

67 "岭海"指的是广东与广西地区，其地北临五岭，南面大海。

68 宋孝宗：《苏轼文集赞》，《全宋文》第 236 册，第 299 页。宋孝宗描述苏轼之文所用的"波澜"一词出自杜甫诗《敬赠郑谏议十韵》"波澜独老成"一语（《杜甫诗》第 1 册，第 76—77 页）。宇文所安（《杜甫诗》第 1 册，第 77 页注 2）对此解释道："文章的行文被比作'波

1138）在北宋灭亡以后的经历："参政简斋陈公（陈与义）少在
141 洛下已称诗俊。南渡以后，身复百罹，而诗益高，遂以名天下。"[69]
刘克庄同样将陈与义风格的转变归因为朝廷南移的痛苦遭遇：陈氏备受赞誉的五绝《墨梅》尚是少作；[70]至建炎年间（1127—1130），陈氏在湖南避难时经历了长途跋涉，之后"诗益奇壮"，风格"以简洁扫繁缛，以雄浑代尖巧"。[71]

黄庭坚的案例尤值注意，因为他将前后两期论的模式也运用到了自己的身上。1103年，即黄氏去世两年之前，他给侄子写了封信，回顾了自己的创作生涯。绍圣之前，他不懂作诗的诀窍，所写的东西都很可笑。直到绍圣以后，他才开始懂得如何写诗。[72] 1093年九月，太皇太后高氏（1032—1093，译者按：本书后文按惯例称其为高太后）薨，宋哲宗亲政，改元绍圣。不久之后，黄氏被控在编修《神宗实录》时讪谤朝廷，因此获罪而被贬至黔州，接下来的七年间在四川各地度过。因此，黔州之于黄氏就像夔州之于杜甫。黄氏的自述可能对其外甥徐俯（1075—1141）有所启发，因为徐俯的自叙中即有一个类似的
142 说法，说自己"作诗至德兴，方知前日之非"。[73] 1139年徐俯致仕，移居德兴，两年后在那里去世。

我们还可顺便提一下，黄庭坚对自己的书法生涯也有类似

澜'，随势而变。"

69　楼钥：《增广笺注简斋诗集序》，《全宋文》第264册，第140页。

70　这些绝句曾引起宋徽宗的注意，参见葛胜仲：《陈去非诗集序》，《全宋文》第124册，第343页。

71　《后村诗话》前集卷2，第26—27页。

72　黄庭坚：《答洪驹父书・其二》，《全宋文》第104册，第301页。

73　《艇斋诗话》，《历代诗话续编》，第293页。

的叙述。1099年黄氏抄录过杜甫的一首诗作，在其后的跋文中他回忆自己始从周越习书，其后二十年间无法摆脱周氏的凡俗之气；后来观摩了苏舜元（1006—1054）与苏舜钦的书法，才学会欣赏“古人笔意”；最后来到黔州，看到张旭（675？—750？）与怀素（725—785）的真迹，才得以“窥书法之妙”。[74]然而，黔州时黄氏对自己“意到笔不到”的书法作品仍不完全满意。1098年他自黔州前往戎州，途中受到船夫划桨姿势的启发。此后，他虽对古代的书法大家尚难以望其项背，但终可“意之所到，辄能用笔”。[75]彼时他始觉自己在黔州的书法极为“可憎”。[76]黄庭坚同样重视苏轼晚期的书法作品，认为苏轼的早期作品已然祛却“尘埃气”，而其晚期作品更“造微入妙”。[77]苏轼贬谪黄州是其书法艺术生涯一个变革性的时刻，此后他“掣笔
极有力”；其书法变得独特不凡，赝品极易辨识。[78]对于那些认 143
为苏轼书法晚期不如早期的学者，黄氏嗤之以鼻。[79]

黄庭坚回首往事，将黔州作为自己创作的转折点，有些许讽刺的意味。其实在黔州的四年里，黄氏经历了一段诗歌创作的枯竭期——他在这一时期词作数量飙升，但诗作只有十九首存世。[80]饶是如此，论者还是遵循了黄氏的说法：蔡絛认为黄

74　黄庭坚:《书草老杜诗后与黄斌老》,《全宋文》第106册，第307页。

75　黄庭坚:《跋唐道人编予草稿》,《全宋文》第107册，第35页。据李之仪（1048—1117）之说，黄庭坚晚年自信自己最好的草书作品可与怀素相比，参见李之仪:《跋山谷草字》,《全宋文》第112册，第130页。

76　黄庭坚:《书右军文赋后》,《全宋文》第106册，第230页。

77　黄庭坚:《论子瞻书体》,《全宋文》第107册，第89页。

78　黄庭坚:《跋东坡思旧赋》,《全宋文》第106册，第339页

79　黄庭坚:《题苏子瞻元祐题目帖》,《全宋文》第106册，第333页。

80　参见莫砺锋:《唐宋诗歌论集》，南京：凤凰出版社，2007年，第399页；伍联群:《北

氏自黔州归来后“诗变前体”；[81] 任渊（1090？—1164）称赞黄诗内篇体现了“晚年精妙之极”；[82] 胡仔引用一名佚名论者之说，称黄氏贬谪黔州之后，“句法”极高，笔力豪纵；[83] 王应麟（1223—1296）评论道：“山谷诗，晚岁所得尤深。”[84] 还有人用诗句来褒奖黄诗：周紫芝（1081—1155）有一联诗句云：“天为少陵增秀句，
144 故教迁客上瞿塘。”[85] 王十朋（1112—1171）也有相似的一联云：“天遣来黔涪，诗鸣配子美。”[86] 林希逸（1193—1271）诗亦称黄氏“笔意尤工是晚节”，只是未特别提及黔州。[87]

魏了翁（1178—1237）采用更细微的分期法将黄庭坚的诗歌生涯分为三期：黄氏三十多岁赠诗给苏轼时，志向已然显异常人，然而其时诗作“犹是少作也”；元祐早期是黄氏诗歌生涯的中期，其时他“与众贤汇进，博文蓄德，大非前比”；元祐中期至元符年间（1098—1100）经历的苦难是黄氏诗歌生涯的晚期，其时他“阅理益多，落叶就实，直造简远，前辈所谓黔州以后句法犹高”。[88] 魏了翁虽然遵循吕大防三期论的模式对黄

宋文人入蜀诗研究》，成都：巴蜀书社，2010 年，第 360–366 页。其实黄庭坚自己也曾多次提及，自元祐以来，他因为身缠疾病及才思枯竭，诗歌创作逐渐减少，参见其《与王立之承奉帖》，《全宋文》第 105 册，第 22 页；《答黎晦叔书》，《全宋文》第 104 册，第 336 页。

81 《西清诗话》，《稀见本宋人诗话四种》，第 208 页。

82 任渊：《山谷内集诗注序》，《宋集序跋汇编》，第 703 页。

83 《苕溪渔隐丛话》后集卷 32（第 254 页）引佚名《豫章先生传赞》。

84 王应麟撰，翁元圻（1751—1826）等注，栾保群、田松青、吕宗力校点：《困学纪闻》卷 18，上海：上海古籍出版社，2008 年，第 1971 页。

85 周紫芝：《读涪翁黔南诗作》，《全宋诗》，第 17130 页。

86 王十朋：《续访得七人 · 黄太史》，《全宋诗》，第 22863 页。

87 林希逸：《读黄诗》，《全宋诗》，第 37232 页。

88 魏了翁：《黄太史文集序》，《全宋文》第 310 册，第 32 页。

诗进行分期，但其评论框架却源于黄氏对杜甫晚期风格的论述。他所谓“落叶就实，直造简远”，很大程度上就是复述黄氏的“简易而大巧出焉”。

前后两期论的模式在散文批评中也时有显现。后人所尊奉的“唐宋八大家”中有六位是宋人，而韩淲将两期论运用到其中五人的身上。在他看来，《醉翁亭记》标志了欧阳修的文章写
作开始进入“极老”之境；《雪堂记》对于苏轼也同样是一个里 145
程碑，此后苏文“殊无制科气象”；王安石退居金陵以后，“笔力极高古矣”；曾巩拜见欧阳修后，文章“迥出于诸人之上”；苏洵（1009—1066）文集中之所以无一篇显出“斧凿痕”，是因为他已将自己的少作焚烧殆尽。[89]

1046年欧阳修创作《醉翁亭记》，其年三十九岁；1082年苏轼写出《雪堂记》，其年四十五岁；1077年王安石致仕，其年五十六岁；1041年曾巩见到欧阳修，其年只有二十二岁。上述的时间点表明风格的转变可以在作家一生的任何时期发生。不过上述对苏洵的称引却有不同，它表明韩淲的思路同样也建立在生理年龄少、老之分的基础上。这种二分法在观念上的影响极大，人们往往会不假思索地将风格的转变与作家进入晚年关联起来。孙奕（1126—？）曾详细阐述过“老而工诗”的观念，就是一个很能说明问题的例子：

> 客有曰：“诗人之工于诗，初不必以少壮老成较优劣。”余曰：“殆不然也，醉翁（欧阳修）在夷陵后诗，涪翁（黄庭坚）

89　韩淲撰，张剑光整理：《涧泉日记》卷3，《全宋笔记》第6编第9册，第123页。

> 到黔南后诗，比兴益明，用事益精，短章雅而伟，大篇豪而
> 146 古。如少陵到夔州后诗，昌黎在潮阳后诗，愈见光焰也。不然，
> 少游何以谓《元和圣德诗》于韩文为下，与《淮西碑》如出
> 两手？盖其少作也。”[90]

到了 12 世纪下半叶，夔州、潮州与黔州已被分别确立为杜甫、韩愈与黄庭坚创作生涯的分水岭。孙奕为证明“老而工诗”的观念放之四海而皆准，将欧阳修也作为一则例证，但此论颇为牵强。1036 年欧阳修迁谪夷陵时还不满三十岁。807 年韩愈写下潮阳诗时已然三十九岁（韩愈的《平淮西碑》撰于 818 年）。换言之，韩愈到三十九岁还犹是“少”时，欧阳修则在三十岁之前已经臻于“老成”了。

晚期风格理论的对立面观点

孙奕的那位“客”代表着一种对“老而工诗”之说不以为然的观点。这一观点的引领者是朱熹。时人对杜甫夔州诗致以过誉之词已蔚然成风，朱熹则对此提出批评，认为杜甫此期的诗作“郑重烦絮”，与其早期诗作相比大为逊色。[91] 朱熹承认黄庭坚有一些洞见，但十分鄙薄后来那些鹦鹉学舌的论者。对于杜甫移居夔州之事，朱熹的评价与黄氏截然相反：“杜甫夔州以

90 孙奕撰，侯体健、况正兵整理:《履斋示儿编》卷 10,《全宋笔记》第 7 编第 3 册，第 118 页。秦观的评论最初见载于陈师道:《后山诗话》,《历代诗话》，第 309 页。

91 《朱子语类》卷 140，第 3326 页。

前诗佳;夔州以后自出规模，不可学。”[92] 其中原因在于杜甫“晚
年横逆不可当，只意到处便押一个韵”。相比之下，他的早期诗 147
作“分明如画”。[93]

对于某些诗人在其晚年能臻于最佳境界的说法，朱熹并不反对，他只是不满于那些盲目附和黄庭坚的人。其实，朱熹亦非最先批评杜甫“郑重烦絮”的人。叶梦得即曾诟病杜甫《八哀诗》中的某些诗作，称“其病盖伤于多也”。叶氏曾删去这些诗作中的一半诗句，然后才感觉“方为尽善”。[94] 刘克庄也认为这组诗中的一些诗作“多芜词累句”。[95]

朱熹的散文观与诗歌观类同,也认为“人老气衰,文亦衰”。[96] 他以这种准生理学的立场断言一个人写作的“气格”在三十岁前即已确定，[97] 并将老年人的文章比作秃笔写下的字：二者皆无“锋锐”可言。[98] 朱熹以欧阳修为例，指出欧氏曾大力提倡古文，但到晚年，年老力衰，难以为继，为某人诗集撰序时即重蹈故辙，又使用了骈文。[99] 韩淲也认为欧氏晚年散文有所退化，难与其壮

---

92 《朱子语类》卷 140，第 3324 页。

93 《朱子语类》卷 140，第 3326 页。

94 《石林诗话校注》卷上，第 47—48 页。叶梦得对杜甫《八哀诗》的批评为后来的许多诗评家所复述(《石林诗话校注》卷上,第 49—50 页注 4)。饶宗颐(氏著:《论杜甫夔州诗》,《饶宗颐二十世纪学术文集》第 2 册，台北：新文丰出版公司，2003 年，第 98 页) 认为朱熹受到了叶梦得的影响。须注意的是，叶氏评论的是杜甫特定的诗作，而朱熹批评的是杜甫夔州时期整体的诗歌创作。

95 《后村诗话》新集卷 1,第 155 页。刘克庄几乎一字不差地重复了叶梦得的评论,参见《后村诗话》后集卷 2，第 59 页。

96 《朱子语类》卷 139，第 3311 页。

97 《朱子语类》卷 139，第 3301 页。

98 《朱子语类》卷 139，第 3302 页。

99 《朱子语类》卷 139，第 3311 页。朱熹（《朱子语类》卷 139，第 3289 页）还提及柳宗

年时的作品比肩。[100] 王安石亦曾语宋神宗云:“欧公文章晚年殊
148 不如少壮时。”[101] 当然,王氏这里主要是就文章内容而言。另外,朱熹还批评过苏轼晚年的文章内容“信笔胡说”。[102] 文章的内容与风格固然不同,但这二者之间常又存在关联。这点在韩淲对苏辙(1039—1112)的批评之语中可以见出端倪:“文字晚年多泥老佛之说,笔势缓弱无统。”[103]

行文至此,我们或许要稍微偏离一下主题,来关注一下朱熹的书法观。朱熹的书法观与当时盛行的晚期风格论极为契合,与他自身的晚年诗文创作观却反差分明,这一点相当有趣。朱熹认为黄庭坚书法中“宜州书最为老笔”。[104]1103 年黄氏被谪至宜州,两年后去世。黄氏曾说自己于 1098 年前后书法造诣登峰造极,朱熹却将其巅峰时刻推迟至其生命的最后岁月。朱熹亦赞赏朱敦儒(1081—1159)的书法“老笔尤放逸”,[105] 还称赞过徐铉的“老笔”。[106] 朱熹为张孝祥(1132—1170)的早逝感
149 到痛惜,原因之一就是“使其老寿,更加学力,(书法)当益奇

元也有相似的情况。柳宗元作为古文的实践者,晚年偶尔也会转向骈文的写作。

100 《涧泉日记》卷 3,《全宋笔记》第 6 编第 9 册,第 124 页。

101 《曲洧旧闻》卷 4,《全宋笔记》第 3 编第 7 册,第 40 页。

102 《朱子语类》卷 140,第 3326 页。

103 《涧泉日记》卷 3,《全宋笔记》第 6 编第 9 册,第 124 页。关于苏辙作为一名散文家晚年文笔衰颓的讨论,参见朱刚:《唐宋“古文运动”与士大夫文学》,上海:复旦大学出版社,2013 年,第 387—389 页。

104 朱熹:《跋山谷宜州帖》,《全宋文》第 251 册,第 131 页。

105 朱熹:《跋黄山谷帖》,《全宋文》第 251 册,第 131 页。

106 朱熹:《跋徐骑省所篆项王亭赋后》,《全宋文》第 251 册,第 152 页。关于徐铉的“老笔”,还可参见《梦溪笔谈校证》卷 17,第 553 页。或可注意的是,“老笔”既可指某一作者晚年的文学作品,也可指其晚年的书法作品。

伟”。[107]此外，朱熹还观摩过蔡襄(1012—1067)的许多书法作品，认为其“行笔结构”的变化很大，“以年岁有蚤晚，功力有浅深”。由此，他同意朱敦儒“字随年长”的论断。[108]

朱熹对杜甫的夔州诗总体持否定态度，这在宋代肯定是少数派的立场。[109]有宋一代，朱熹的附和者中唯一值得注意的人物是刘辰翁。刘辰翁认为杜甫“夔后语言多乱杂”，[110]还指摘黄庭坚鼓吹杜甫的晚期诗作，认为那些诗作其实亦“多杂乱，无复语次”。[111]至明清时代，又有一些学者呼应朱熹之说。胡应麟就指出，诗人年轻时风格尚未形成，至老则做派过于放纵无度，“惟中岁工力并到，神情俱茂，兴象谐合之际，极可嘉赏”。胡氏以杜甫为例，论说他自中年始（即其入蜀之后）诗作“皆篇篇合作，语语当行，初学所当法也”；夔州以后则诗作“过于奔放”，以至“视其中年精华雄杰，往往如出二手”。[112]申涵光（1618—1677）也表达了相同的观点，认为杜甫中年诗作“静练有神”，
晚年诗作则显“颓放”。[113]纪昀承认杜甫一生都在创作杰出诗篇， 150
但同样指出“若综其大凡，则晚岁语多颓唐，精华自在中年耳”。[114]

107　朱熹：《跋张安国帖》，《全宋文》第251册，第131页。

108　朱熹：《跋蔡端明写老杜前出塞诗》，《全宋文》第251册，第120页。

109　不过对杜诗各个方面加以诟病的论者也大有人在，参见蒋寅：《杜甫是伟大诗人吗：历代贬杜论的谱系》，《国学学刊》2009年第3期。我在此关注的是对杜甫晚期诗作的评论。

110　张溍(1621—1678)撰，聂巧平点校：《读书堂杜工部诗文集注解》卷17，济南：齐鲁书社，2014年，第1191页。

111　《读书堂杜工部诗文集注解》卷19，第1279页；另可参见同书卷15，第969页。

112　《诗薮》外编卷2，第360页。

113　田雯：《古欢堂杂著》，《清诗话续编》，第720页。

114　《瀛奎律髓汇评》卷10，第325页。关于纪昀以“颓唐”来描述杜甫晚期风格的其他例子，参见同书卷2，第53页；卷10，第357页。纪昀还将苏轼、刘克庄的晚期风格描述为“颓唐”，参见同书卷14，第519页。

我们在结束讨论晚期风格理论的对立面观点之前，或可提一下欧阳修的一段自述。欧氏曾试图模仿常建《题破山寺后禅院》（《全唐诗》卷 144，第 1416 页）中的“竹径通幽处，禅房花木深”，然而终归失败。欧氏少时就喜欢这联诗句，曾试图仿写，但很长时间未能写成。后来他于 1068 年十月来到青州，其地的山居景致宛若他在仿写常建诗时脑中浮现的影像，但终连一个字也写不出来。这一挫折使他自疑“将吾老矣，文思之衰”。[115]

尊老抑少

孙奕在阐述“老而工诗”的观念时，曾称引过秦观对韩愈
151 少时之作《元和圣德诗》与老成之文的代表作《平淮西碑》的高下品评。[116] 在对王安石诗作的评论中，这种尊老抑少的观点表现得最为突出。叶梦得的以下描述即是一个经典例证：

> 王荆公少以意气自许，故诗语惟其所向，不复更为涵蓄。如“天下苍生待霖雨，不知龙向此中蟠”，又“浓绿万枝红一点，动人春色不须多”，“平治险秽非无力，润泽焦枯是有材”之类，皆直道其胸中事。后为群牧判官，从宋次道尽假唐人诗集，博观而约取，晚年始尽深婉不迫之趣。乃知文字

115　欧阳修：《题青州山斋》，《全宋文》第 34 册，第 94 页。

116　苏辙也曾批评过韩愈此诗中有些情绪不符合道德规范，且多有不堪入目的细节，参见苏辙：《诗病五事》，《全宋文》第 96 册，第 56 页。在晚期风格的概念掌控宋代诗评话语之前，韩愈《元和圣德诗》《平淮西碑》这两篇著述皆受到高度赞誉，可参见穆修（979—1032）：《唐柳先生集后序》，《全宋文》第 16 册，第 31 页。

> 虽工拙有定限，然亦必视初壮，虽此公，方其未至时，亦不能力强而遽至也。[117]

叶梦得将王安石的诗歌生涯一分为三。他认为王氏早期诗
风的特点是直抒胸臆；中期诗风的特征未予说明，只言其归功 152
于借助宋敏求家的藏书而沉浸于唐诗的阅读；最后指出致仕标志着王氏晚期诗风的开端，这一阶段达到了“深婉不迫”的理想境界。大致说来，叶氏这一三分法可以追溯至吕大防，但二者也有显著不同。在吕氏看来，社会阅历与生理成长相互关联，但又各有分别：前者决定作品内容，后者则在塑造作家风格方面发挥着更为关键的作用。而在叶氏看来，一个诗人成长的任何阶段里，生理年龄与社会阅历共同决定着他的风格。对于吕氏而言，社会阅历主要指作家社会政治生活的体验。叶氏则更为侧重作家文学修养的作用——王安石诗歌生涯的第一次转变即源于他与唐诗的密切接触。或许叶、吕二人之间最耐人寻味的差异在他们对所叙诗人诗风变化的描述。吕氏以三期论描述杜甫诗风的发展，所用的形容词都是肯定性的，而叶氏对王安石则流露出扬老抑少的态度。

孙觌在给曾慥的一封信中，对王安石的诗作也做了类似的评价。[118] 这封书信对其时代的文学品味做了一番散漫的批评，

---

117 《石林诗话校注》卷中，第 93 页。

118 孙觌这封书信是在收到曾慥的《宋百家诗选》之后所写的，而该书编纂于 1148 年至 1151 年之间。关于《宋百家诗选》的编纂时间，参见陆三强:《曾慥三考》，黄永年主编：《古代文献研究集林》第 2 辑，西安：陕西师范大学出版社，1992 年，第 214–215 页；《南宋诗选与宋代诗学考论》，第 228–229 页。

而王氏早期诗作的流行便是这种品味的一例：

> 153 荆公竹诗："人言直节生来瘦，自许高才老更刚。"雪诗："平治险秽非无德，润泽焦枯实有才。"《送李璋下第》："才如吾子何忧失，命属天公不可猜。"世人传诵，然非佳句。公诗至知制诏乃尽善，归蒋山乃造精微。其后《再送李璋下第》《和冲卿雪诗》，比少作如天渊相绝也。[119]

北宋末年至南宋最初的几十年间里，叶梦得、翟汝文（1076—1141）、汪藻（1079—1154）、孙觌四人组成了一个相互标榜、主导文坛的小圈子。[120] 虽然其中叶、孙二人就王安石诗歌生涯的中期究竟始于何时略存分歧，但几乎可以肯定，孙觌信中所言是在呼应叶氏。当然，以尊老抑少的态度评价王氏诗作，并不局限于叶氏的交游圈，它所反映的其实是文学批评中一个正在形成的共识。如李公彦（1079—1133）亦曾评价王氏晚期诗作"精深华妙，非少作之比"。[121]

孙觌批评王安石的早期诗歌，原因是这些诗歌很流行。当时诗评界有一种焦虑感，担心王氏早期诗歌的流行可能会使其卓越的晚期诗作晦而不显。这种焦虑感在叶梦得的交游圈里尤为严重。王氏的早期诗作与晚期诗作在当时流传极不均衡，更加剧了这种焦虑感。汪藻曾为王安石的一部别集作了一篇跋文，对这种不均衡的现象有所记载。这部别集原初由祝廷（1079 年

---

119 孙觌：《与曾瑞伯书》，《全宋文》第 159 册，第 55 页。

120 龚明之撰，张剑光整理：《中吴纪闻》卷 7，《全宋笔记》第 3 编第 7 册，第 261 页。

121 《漫叟诗话》，《宋诗话辑佚》，第 362 页。

进士）于 1100 年代初编纂刻印，[122] 收录了王氏晚年大约一百首
诗作、十篇表文及启文，后来被从学于王氏的周彦直重印。徐 154
俯记述称，黄庭坚阅读该集诗作时，对每一句诗都击节叫好。然而在宋廷南渡后的二十年里，汪藻却一直无法获得该集。后来他读到王氏一部叫《临川前后集》的文集，在其中认出了祝廷本别集中的数十首诗（祝廷所辑的表文与启文已然不存）。他选出这些诗作，编成一部单独的诗集，在某种程度上是为纠正当时这样一个令人遗憾的局面："今人谓荆公诗皆其少作，而此老笔无人辨之，尤怅然也。"[123]

现代学者在讨论王安石早期诗作有欠成熟这一问题时，常常征引的主要例证有《省兵》(《临川先生文集》卷 12,《王安石全集》第 5 册，第 307 页)、《兼并》(《临川先生文集》卷 4,《王安石全集》第 5 册，第 198 页)、《发廪》(《临川先生文集》卷 12,《王安石全集》第 5 册，第 307—308 页）等议论性较强的作品。然而，我们在此必须澄清，叶梦得与孙觌关注的并非是此类直抒己见的古体诗，而是近体诗，包括律诗与绝句。仔细考察叶、孙二人引用的诗作，有助于我们更好地理解他们究竟在王氏早期诗作中发现了哪些欠缺，另外也可以揭示有关这些诗作一些实际问题，如写作时间、作者身份及作者意图等。[124]

122　祝廷编纂这部别集的确切时间现已不得而知。因为该书是祝廷在淮南路学事司任职期间编纂的，所以其时间可被限定在 1103 年（该年朝廷正式设置各路学事司）至黄庭坚的卒年 1105 年之间。朝廷置各路学事司之事，参见《宋史》卷 167，第 3971 页；龚延明：《宋史职官志补正》，杭州：浙江古籍出版社，1991 年，第 454—456 页。

123　汪藻：《跋半山诗》,《全宋文》第 157 册，第 239 页。

124　关于对上述叶梦得所引三诗这些相关问题的详细讨论，参见《北宋临川王氏家族及文学考论——以王安石为中心》，第 369—376 页。

之前所引叶梦得的那段话中，第一联诗句出自王安石两首《龙泉寺石井》绝句的前首(《临川先生文集》卷 33,《王安石全集》第 5 册，第 657 页)：

155 山腰石有千年润，海眼泉无一日干。[125]
天下苍生待霖雨，不知龙向此中蟠。

这首绝句写于 1047 年，当时王安石不到三十岁。[126] 此诗后两句流传甚广，后来有人模仿王氏的书法风格将其题刻于龙泉寺内（所刻文字略有差异）。[127] 诗中的蟠龙隐身自匿，其惠泽人间的能量尚未释放，叶梦得显然在这条隐龙的形象中看到了王氏的自比之意。“霖雨”一词暗用武丁（约公元前 1250—前 1192 在位)向傅说发号施令的语典:“若岁大旱,用汝作霖雨。”[128] 我们因此可以合理地推测，王氏在此句中乃是以傅说自许。[129]

---

125 古人认为井水与海相连，因此“海眼”是井的一个譬喻。

126 童强（氏著:《王安石诗歌系年补正》,莫砺锋编:《周勋初先生八十寿辰纪念文集》,北京：中华书局，2008 年，第 360 页）、刘成国（《王安石年谱长编》，第 173–174 页）皆将该诗系于 1047 年。汤江浩（《北宋临川王氏家族及文学考论——以王安石为中心》，第 372 页）、高克勤（氏著:《王安石与北宋文学研究》，上海：复旦大学出版社，2006 年，第 101 页)则认为该诗作于 1048 年左右。李德身将其系于 1043 年(《王安石诗文系年》，第 32–33 页）及 1058 年（同书，第 111 页），可能有误。

127 施宿（1164—1222):《会稽志》卷 8,《景印文渊阁四库全书》第 486 册,第 156–157 页。

128 《尚书正义》卷 10《说命上》，第 294 页；理雅各（James Legge）译:《书经》(*The Shoo King, or the Book of Historical Documents*),《中国经典》(*The Chinese Classics*）第 3 卷，第 252 页。王安石还有《雨过偶书》一诗同样用到“霖雨”一词（《临川先生文集》卷 20,《王安石全集》第 5 册，第 440 页）:“谁似浮云知进退，才成霖雨便归山。”译者按：后注称理雅各所译《书经》作理译本《尚书》。

129 李师中（1013—1078）曾在舒州为王安石建造傅岩亭，但这一奉迎之举未能取悦王氏，参见《东轩笔录》卷 6,《全宋笔记》第 2 编第 8 册，第 45 页。

然而，当我们转向王安石这两首绝句的后首时，上述对蟠龙寓意性的解读就难站住脚了：

> 人传湫水未尝枯，满底苍苔乱发粗。
> 四海旱多霖雨少，此中端有卧龙无？ 156

前诗责怪天下苍生不知井中藏龙，而在后诗中，龙本身是否存在却受到了质疑，因为面对大旱，龙表现得无能为力。从这一意义上讲，后诗是对前诗的翻案之作。前诗中龙与王安石之间的类比关系无法延续到后诗。对读之下，此二诗更像是习作，而非是真正的自我表达。[130] 后诗作为翻案文本，既然是翻前诗之案，则当压过前诗，成为最终定论。叶梦得想当然地认为王氏前诗是"直道其胸中事"，显然是忽视了后诗。当然，一联诗句也可以脱离原始诗境而重获新生，这种情况并不罕见。

叶梦得引用的第二联诗句，其原诗全文现已不存。叶氏认为"红一点"是王安石以物自喻的又一例证。但这联诗句的作者身份、写作时间与作者意图都存在很多不确定性。[131] 据陈正敏说，此联出自一首唐诗，王氏曾将其抄录于扇面之上。[132] 周

130　汤江浩（《北宋临川王氏家族及文学考论——以王安石为中心》，第 372 页）认为在宋诗中，像王安石前首《龙泉寺石井》第二联那样的修辞很常见，王氏不敢自比为龙（龙为皇帝的象征）。汤江浩将该诗视为无甚寓意的即兴之作，并诟病叶梦得选择该诗作为王氏早期诗风的典例。刘成国（《王安石年谱长编》第 174 页）却认为该首绝句表达了王氏的志向，且是其早期诗风的代表。

131　关于该诗作者身份问题各种不同的说法，参见《石林诗话校注》卷中，第 94—95 页注 2；《北宋临川王氏家族及文学考论——以王安石为中心》，第 369—370 页。

132　参见方勺（1066—？）撰，许沛藻、燕永成整理：《泊宅编》，《全宋笔记》第 2 编第 8 册，第 5—6 页；《苕溪渔隐丛话》前集卷 34，第 229 页。

紫芝的记述则称此联是王安石之弟王安国（1028—1074）所作，这一说法基于一则似乎颇为权威的史料。[133]不过，宋代的大多数史料还是将其归为王安石之作。至于写作时间，赵令畤
157 （1061—1134）认为此联出自王氏的少作。[134]王直方（1069—1109）则说是王氏在翰林学士任期内（1068—1069）所作，这在叶梦得的分期之中属于“中期”。[135]至于作者意图，几乎唯有叶氏一人将此联视为王氏的自我表达。其他宋代学者则倾向于将之解读为王诗中一种鲜有所见、一闪而过的浪漫情怀。[136]南宋有一则史料记载，宋徽宗（1100—1126在位）曾用此联作为绘画主题考核宫廷画师。诸画师皆费尽心机地描绘各式各样的花草，而获胜者则画了一个女子，斜倚在绿柳中的栏杆之上。[137]

叶梦得所举的第三例出自王安石《次韵和甫咏雪》(《临川先生文集》卷20，《王安石全集》第5册，第437页)：

奔走风云四面来，坐看山垄玉崔嵬。
平治险秽非无德，润泽焦枯是有才。
势合便疑包地尽，功成终欲放春回。

---

133 周紫芝:《竹坡诗话》,《历代诗话》，第343页。

134 赵令畤撰，孔凡礼整理:《侯鲭录》卷3,《全宋笔记》第2编第6册，第89页。

135 《王直方诗话》,《宋诗话辑佚》,第3页。据王直方所述,王安石在翰苑之中看到一丛石榴，其中只发一花，因而即兴咏出此联。王安石于1067年九月除翰林学士，直至1068年四月方才抵京莅职，1069年二月即被擢为参知政事。

136 例如可参见《侯鲭录》卷3,《全宋笔记》第2编第6册,第89页。牟巘(1227—1311)《缪淡圃诗文序》(《全宋文》第355册，第280页)一文注意到王安石这一联诗句中的风韵与其不苟言笑的性格不相协调。

137 俞文豹（1240在世）撰，许沛藻、刘宇整理:《吹剑续录》,《全宋笔记》第7编第5册，第97页。

寒乡不念丰年瑞，[138] 只忆青天万里开。 158

以雪来表现一种净化万物且使万物相融的力量，有着悠久的传统。[139] 王安石以雪来象征德才兼备。[140] 惠洪（1071—1128）认为该诗传达了王氏“革历世因循之弊，以新政化”的渴望。[141] 楼钥同样在该诗中读出了王氏在变法时期的政治志向。[142] 在这种解读中，雪成为王氏的化身，他那些惠民的变法举措每每被目光短浅的大众误解。[143] 王氏一直坚信普通人只顾眼前利益，读者基于他的这一信念，更易于认为此诗是在喻指时事。[144] 早在 1047 年，王氏即曾哀叹：“夫小人可与乐成，难与虑始。”[145] 159

---

138 冬季的雪通常被认为是一年丰收的预兆。

139 《管锥编》，第 2381–2382 页。

140 刘安（公元前 179—前 122）《淮南子》（刘文典集解，冯逸、乔华点校：《淮南鸿烈集解》卷 20，北京：中华书局，1989 年，第 683 页）用“平险除秽”一语来描述道德典范人物如伊尹、周公、孔子，王安石诗在这里作“平治险秽”，文字略有不同。黄震认为该诗第二联前句更适于描写才能，后句更适于描写美德，参见《黄氏日抄（五）》卷 64，《全宋笔记》第 10 编第 10 册，第 355 页。

141 惠洪：《冷斋夜话》卷 4，《稀见本宋人诗话四种》，第 43 页。

142 岳珂（1183—1243）撰，许藻、姚铭整理：《桯史》卷 11，《全宋笔记》第 7 编第 3 册，第 293 页。贺裳认为该诗传达了王安石对反对其政策者的愤懑之情，参见《载酒园诗话》又编，《清诗话续编》，第 419 页。

143 这一解读已被现代学者广泛接受并重申，参见夏敬观：《王安石诗》，台北：台湾商务印书馆，1961 年，第 76–77 页；周锡韨：《王安石诗选》，香港：三联书店，1983 年，第 118 页；刘乃昌、高洪奎：《王安石诗文编年选释》，济南：山东教育出版社，1992 年，第 112–113 页；刘成国：《变革中的文人与文学——王安石的生平与创作考论》，杭州：浙江大学出版社，2011 年，第 75 页。《王安石年谱长编》（第 1341 页）将该诗作年具体系于 1071 年。

144 相关的讨论，参见《北宋临川王氏家族及文学考论——以王安石为中心》，第 374–376 页。

145 王安石：《上杜学士言开河书》，《临川先生文集》卷 75，《王安石全集》第 7 册，第 1343 页。关于普通人无法预见长远利益的传统表述，参见蒋礼鸿：《商君书锥指》卷 1，北京：

当宋神宗提及民众颇为新政的一些举措所苦时，王氏答道："祁寒暑雨，民犹怨咨，此岂足恤也。"[146]然而，汤江浩却强有力地证明，此诗第二联描写雪的修辞特征在王氏诗作中很是常见，因此，硬要在此诗中解读出有关变法时期政治形势暗喻之意，实为牵强之举。[147]我们这里还须指出，将此诗解读为暗喻时事会带来另一个问题，那就是如果该诗可以追溯至 11 世纪 60 年代晚期至 70 年代晚期王氏在朝掌权之日，那么它就不能算是一则彰显王氏早期诗风的例子。

孙觌所引关于李璋的那一联出自《李璋下第》(《临川先生文集》卷 22，《王安石全集》第 5 册，第 473 页)：

> 浩荡官门白日开，君王高拱试群材。
> 学如吾子何忧失，命属天公不可猜。
> 意气未宜轻感概，文章尤忌数悲哀。
> 160 男儿独患无名尔，将相谁云有种哉？

这首诗中咄咄逼人的口气与叶梦得所举数例正相吻合，但此诗所谈的是李璋而非王安石的才华。该诗第二联似是将李璋的科场失意说成是运命使然。王氏四十岁前后的诗作倒着实是

中华书局，1986 年，第 2 页。

146 《续资治通鉴长编》卷 270，第 6620 页。另可参见司马光撰，邓广铭、张希清整理：《涑水记闻》卷 16，《全宋笔记》第 1 编第 7 册，第 314 页。李焘将这番君臣对答系于 1075 年十一月；司马光的记载则称其事发生在 1073 年十一月。王安石暗引了《尚书》的语典（《尚书正义》卷 19《君牙》，第 621 页；理译本《尚书》，第 580–581 页）："夏暑雨，小民惟曰怨谘，冬祁寒，小民亦惟曰怨谘。"

147 《北宋临川王氏家族及文学考论——以王安石为中心》，第 373–376 页。

一贯主张顺天应命，至少是随遇而安。[148] 然而，该诗开头两句却毫不含糊地指出主试官乃当朝皇帝，对李璋这样的才士意外落榜要负最终的责任。尾联中所用的两个典故更使得诗中言辞耸人听闻。其一为孔子的语典："君子疾没世而名不称焉。"在《论语》中，该句之前有一句云："君子病无能焉，不病人之不己知也。"[149] 这两句话是互相平衡的。但王氏在此却只说君子担忧死后无名。尾联还进而将孔子对追求名声的肯定与陈胜（？—公元前 208）、吴广（？—公元前 208）的煽动言论相提并举，近乎离经叛道。陈胜、吴广曾说："壮士不死则已，死即举大名耳，王侯将相宁有种乎？"[150] 孙觌之所以反感该诗，不仅因为该诗是非不明的道德观念令他甚觉不适，而且因为其直白的表述方式有违他的审美取向。

叶梦得、孙觌在阐述王安石早期诗风时所举的五例之中，最能说明问题的是一联关于竹子的诗句，此联出自《与舍弟华藏院此君亭咏竹》（《临川先生文集》卷 22，《王安石全集》第 5 册，第 466—467 页）：

> 一迳森然四座凉，残阴余韵兴何长。 161
> 人怜直节生来瘦，自许高材老更刚。
> 曾与蒿藜同雨露，终随松柏到冰霜。

---

148 参见丁四新：《性相近也，习相远也——王安石性命论思想研究（下）》，《思想与文化》第 13 辑，2013 年，第 172—175 页。关于王安石的命运观念，还可参见胡金旺：《苏轼王安石的哲学建构与佛道思想》，北京：中央编译出版社，2015 年，第 121—129 页。

149 《论语 · 卫灵公第十五》；刘译本《论语》，第 153 页。

150 《史记》卷 48，第 1952 页。

烦君惜取根株在，欲乞伶伦学凤凰。[151]

这首诗可能写于1038年前后，当时王安石还是个十几岁的少年。[152]其弟王安国时年十岁，也就此写过一首诗（现已佚）。[153]此君亭之名出自王徽之（338—386）的事典：王徽之暂居别人的空屋，却不辞辛劳地在那里种植竹子。人问其故，他回答说
162 自己不能一日无“此君”相伴。[154]竹子是四季长青的植物，令人联想到坚韧不拔的道德精神。另外，竹子中空还象征着虚怀若谷的胸怀。在王安石诗中，竹子象征美德与才能，就像《次韵和甫咏雪》中的雪一样。黄震由该诗第二联看到了王氏自小就志向非凡的迹象。[155]但在孙觌看来，王氏运用如此直白易辨的象征手法，正显露出审美上的一种缺陷。

曾有一则逸闻表明，王安石晚年对自己的这联诗句感到不安，尽管（或者更确切地说是因为）该联颇受追捧。[156]当人们直接向他称赞该联时，他表现出不悦之意。一次他与王安国一

---

151 伶伦奉黄帝之命制作了十二个不同音阶竹管乐器，制定了音律。其中六个属阳，被称为律；六个属阴，被称为吕，前者模仿凤鸣，后者模仿凰鸣，参见《吕氏春秋校释》卷5，第284–285页。

152 参见王晋光:《王安石诗系年初稿》,马尼拉:德扬公司,1986年,第1–2页。刘成国（《王安石年谱长编》，第88页）将该诗系于1040年。李德身（《王安石诗文系年》，第174页）将之系于1066年，可能有误。

153 王安国自小便是神童，他十一岁时就已撰有数十篇各类体裁的作品，以此成就文名，参见王安石:《王平甫墓志》,《临川先生文集》卷91,《王安石全集》第7册，第1585页；曾巩:《王平甫文集序》,《全宋文》第58册，第2页。

154 《世说新语笺疏》下卷上《任诞》，第759页。

155 《黄氏日抄（五）》卷64,《全宋笔记》第10编第10册，第355页。

156 该联所受追捧的一则表现是刘敞的诗作《建业华藏院此君亭》(《全宋诗》,第7230页)。刘敞此诗即受到该联的启发。

同坐在此君亭中，凝视着题写在匾额上的这联诗句，叹息自己的少作流传过广，现在已经不能追改了。王安国将其兄的追悔比作扬雄之悔。扬雄曾摈弃其少时的赋作，其事闻名于世。[157]根据李壁的判断，该联的问题在于“语无含蓄风韵，故当悔之”。[158]纪昀即曾说过，咏物诗如无“比兴”手法就会显得肤浅，但如“比兴”手法过于明显，也同样会显得肤浅。[159]

如果上述逸闻属实，那么有宋一代，王安石有可能是第一位明确表示悔其少作的大诗人。而这种自我否定很快就成为一种文化现象。[160]如前所述，黄庭坚晚年也曾对自己绍圣之前的诗作不屑一顾。据其兄黄大临所言，黄庭坚年轻时写有一千 163
多首诗，中年时烧掉了其中的三分之二。[161]焚弃旧稿这一戏剧化的行为在唐代即有先例。[162]至宋代，这一行为变得越来越普遍，常常意味着作家决心选择新的创作方向。陈师道（1053—1101）遇到黄庭坚之后，烧掉了自己曾写的数千首诗，自此

157　曾慥:《高斋诗话》,《宋诗话辑佚》, 第 496 页。关于扬雄其事，参见扬雄著，汪荣宝义疏:《法言义疏 · 吾子》，北京：中华书局，1987 年，第 45 页，扬雄的追悔源于对其少作道德价值观的疑虑，王安石的追悔则源于审美的考虑。

158　《王荆文公诗笺注》卷 33，第 830 页。

159　参见《瀛奎律髓汇评》卷 35，第 1425 页。

160　相关的讨论，参见浅见洋二撰，朱刚译:《“焚弃”与“改定”——论宋代别集的编纂或定本的制定》,《中国韵文学刊》2007 年第 3 期。

161　叶梦得撰，徐时仪整理:《避暑录话》卷 10,《全宋笔记》第 2 编第 10 册，第 272—273 页。

162　据说李白一生曾三拟《文选》，但结果皆不满意，他烧掉了几乎全部拟作，只留存两篇赋文，参见段成式（803?—863）撰，许逸民校笺:《酉阳杂俎校笺》前集卷 12，北京：中华书局，2015 年，第 900 页。杜牧在《献诗启》(《全唐文新编》, 第 8854 页）中提及其曾将自己大多数诗作焚弃。据杜牧外甥裴延翰（？—885）所言，杜牧在去世前一年烧掉了自己的大多数著述，只留存两到三成的作品，参见裴延翰:《樊川文集序》, 杜牧:《樊川文集》，吴在庆校注:《杜牧集系年校注》，北京：中华书局，2008 年，第 1 页。

成了黄氏的追随者。[163]1162年，三十五岁的杨万里（1127—1206）烧掉了自己此前的所有诗作（共计一千多首），因为它们是江西诗派的风格。杨氏在陈师道、王安石及晚唐诗人那里找到了新的诗歌典范，于是舍弃了江西诗风。[164] 1219年，三十三岁的刘克庄烧掉了自己之前的数千首诗，只保留了一百首。[165]此外还有作家焚烧自己散文作品的事例。苏洵在读过古人之文后，发现古人出言用意与己迥异，故烧掉了自己的旧日之文（有
164 数百篇之多）。[166] 刘清之（1113—1189）在遇见朱熹之后，也烧掉了自己的旧文，由此转向义理之学。[167] 徐霖（1214—1261）更是一个极端。他尚在十三岁时，为专心研治六经，烧掉了自己所写的所有文章。[168]

走向“王荆公体”

孙觌提及王安石有《再送李璋下第》《和冲卿雪诗》，以之

---

163 陈师道:《答秦观书》,《全宋文》第123册，第285页。

164 杨万里:《诚斋江湖集序》,《全宋文》第238册，第218页。关于对杨万里该篇序文的讨论，参见傅君劢:《漂流江湖：南宋诗歌与文学史的难题》(*Drifting among Rivers and Lakes: Southern Song Dynasty Poetry and the Problem of Literary History*)，麻省剑桥：哈佛大学亚洲中心，2013年，第187–190页。有些人烧掉自己的早期诗作可能仅仅是因为在编纂自己的作品时精益求精。陈师道终其一生，凡见到旧稿有不满意处即予焚弃，参见谢克家（？—1134）:《后山居士集序》,《全宋文》第145册，第319页。贺铸（1052—1125）与之相似，每三年检视旧稿，将那些他认为无价值的篇什予以焚弃，参见贺铸:《庆湖遗老诗集序》,《全宋文》第124册，第48页。

165 刘克庄著，辛更儒笺校:《刘克庄集笺校》卷1，北京：中华书局，2011年，第1页。

166 苏洵:《上欧阳内翰第一书》,《全宋文》第43册，第27页。

167 《宋史》卷437，第12956页。

168 《宋史》卷425，第12678页。

作为他晚期诗作“精微”风格的例证。我们在王氏文集中无法找到标有上述具体诗题的诗作。不过其集中存有两首赓和吴充（1021—1080）的以雪为题的诗作:《和吴冲卿雪》(《临川先生文集》卷5,《王安石全集》第5册，第204—205页）及《和冲卿雪诗并示持国》(《临川先生文集》卷5,《王安石全集》第5册，第205—206页）。这两首诗很有可能是1055年，时年三十五岁的王氏差不多于同一时刻、同一场合所写的。[169] 二诗都是二十八句的五言律诗，辞藻铺张，甚至时显奇幻之风，显现出韩愈之诗的特点，而非王氏晚期诗作的品质。因此孙觌所指不太可能是这二者或二者之一。孙觌所引题作《再送李璋下第》的诗作固已不存，但王氏另有一首《送李璋》(《临川先生文集》卷21,《王安石全集》第5册，第453页）却很有可能即是孙氏所指：

湖海声名二十年，尚随乡赋已华颠。
却归甫里无三径，[170] 拟傍胥山就一廛。 165
朱毂风尘休怅望，青鞋云水且留连。
故人亦见如相问，为道方寻木雁篇。[171]

169 《王安石诗文系年》(第95页)将上述两诗的作年系于1056年。《王安石年谱长编》(第349页)《王安石诗文编年选释》(第38页)则将之系于1055年。

170 陆龟蒙（？—881）退隐甫里（在苏州附近）以后过着亦农亦士的生活，自号“甫里先生”，参见陆龟蒙:《甫里先生传》,《全唐文新编》，第9729页。

171 该句典故出自《庄子·山木》(《庄子集释》卷7上，第667—668页）：有一棵大树因为百无一用，所以樵夫手下留情，但有一只鹅却因为不会嘎嘎鸣叫而被人宰杀。当庄子被问及对此取何立场时，他回答说自己将处身于有用（材）与无用（不材）之间。

与中国传统中那些大量写给落第士人的诗作相比，此诗无甚特别之处。引起孙觌注意的可能是其相对平静且老成的语气。这与王安石写给李璋前一首诗中那咄咄逼人、愤愤不平的语气对比鲜明。

叶梦得对王安石诗晚期风格的阐述比孙觌更为详细。他特别关注王氏经营对句时于各个层面如何遣词造句：

> 166 王荆公晚年诗律尤精严，造语用字，间不容发。然意与言会，言随意遣，浑然天成，殆不见有牵率排比处。如“含风鸭绿鳞鳞起，弄日鹅黄袅袅垂”，读之初不觉有对偶。至“细数落花因坐久，缓寻芳草得归迟”，但见舒闲容与之态耳。而字字细考之，若经櫽括权衡者，其用意亦深刻矣。尝与叶致远（叶涛）诸人和头字韵诗，往返数四，其末篇有云：“名誉子真矜谷口，事功新息困壶头。”以谷口对壶头，其精切如此。后数日，复取本追改云：“岂爱京师传谷口，但知乡里胜壶头。”[172] 至今集中两本并存。[173]

叶梦得着重阐述了王安石诗艺成就的三个层面：精巧的遣词、微妙的互文性及精切的对偶。其技艺施展于此三层面，均无斧凿之迹可寻。叶氏所引四联诗句中的第一联出自《南浦》（《临川先生文集》卷 27，《王安石全集》第 5 册，第 554 页）：

---

172 这两个版本的对句出自《次韵酬朱昌叔五首》（《临川先生文集》卷 26，《王安石全集》第 5 册，第 639—642 页）。朱明之（1049 年进士，字昌叔）是王安石的妹婿。叶梦得显然是将他与王安国的女婿叶涛（1050—1110，字致远）搞混了。

173 《石林诗话校注》卷上，第 12 页。

南浦东冈二月时，物华撩我有新诗。
含风鸭绿鳞鳞起，[174] 弄日鹅黄袅袅垂。 167

该诗第二联的对仗显而易见，以至于我们或许会诧异何以叶梦得坚持说初读之下几乎察觉不出。这里叶氏显然是指王氏"造语用字"中不易察觉的精细之处。"鸭""鹅"皆属水禽类，"绿""黄"皆为颜色词，它们两两之间标准的对偶关系极易辨识。但该联还有更为微妙的对仗方式："鸭绿"（鸭头的深绿色）代指碧水，[175] 而"鹅黄"（小鹅绒羽的淡黄色）则代指正在发芽的嫩柳。这种代语的使用在当时受到高度评价，惠洪即曾写道："用事琢句，妙在言其用，不言其名耳。"[176] 王安石晚期诗作偏好使用包含颜色词的代语，如其诗有"缲成白雪桑重绿，割尽黄云稻正青"一联，"白雪""黄云"分别代指蚕丝与小麦。[177]

174　我将《临川先生文集》中的"粼粼"录作"鳞鳞"，是为与叶梦得所引的文本保持一致。"鳞鳞"写法的引文还出现在《临汉隐居诗话》(《临汉隐居诗话校注》卷 2，第 99 页）《冷斋夜话》（卷 4，《稀见本宋人诗话四种》，第 37 页）之中。

175　关于王安石对代语的运用，参见梁明雄：《王安石诗研究》，台北：花木兰文化出版社，2010 年，第 91—94 页。关于宋诗中代语运用的倾向，参见《谈艺录》，第 247—250 页。关于佛教对代语运用的影响，参见周裕锴：《绕路说禅：从禅的诠释到诗的表达》，《文艺研究》2000 年第 3 期。关于宋词中代语的运用，参见沈义父（1237—1243）著，夏承焘笺注：《乐府指谜笺释》（与张炎 [1248—1320？] 著，夏承焘注《词源注》合刊），北京：人民文学出版社，1963 年，第 61 页。关于评论代语的汇编文献，参见《诗词技法例释类编》，第 704—706 页。

176　《冷斋夜话》卷 4，《稀见本宋人诗话四种》，第 37 页。惠洪征引《南浦》的第二联作为例子。刘辰翁（《刘辰翁诗话》，《宋诗话全编》，第 9926 页）则告诫说，只有将这一手法融入整首诗作的"句法"之中才有效果。

177　王安石：《木末》，《临川先生文集》卷 27，《王安石全集》第 5 册，第 556 页。王氏还还将这一联用在另一诗作《壬戌五月与和叔同游齐安》之中（《临川先生文集》卷 29，《王安石全集》第 5 册，第 583 页）。关于对王氏《南浦》《木末》二诗运用代语的评论，

168 王安石造语之工甚而精细到文字偏旁的层面，其《南浦》就是一例，该诗中以“鳞鳞”与“袅袅”这两个描述性的叠字配对。[178] 中国诗歌里，鱼与鸟的对仗有着悠久的传统，可以追溯至《诗经》。[179] 王氏诗作中有大量以“鱼”对“鸟”的例子。[180] 这里值得注意的是王氏用“鳞”字的鱼字旁与“袅”字的鸟字旁作对，构成了一种称为“侧对”的对仗关系。[181] 王氏显然对于该联的精湛技艺甚为自负，称其“几凌轹造物”。[182]

169 叶梦得所引的第二联出自《北山》(《临川先生文集》卷 28，

参见《履斋示儿编》卷 10,《全宋笔记》第 7 编第 3 册，第 115 页。

178 关于王安石对描述性叠字的运用，参见王晋光:《王安石诗技巧论》，西安：陕西人民出版社，1992 年，第 91—118 页；梁明雄:《王安石诗研究》，第 78—81 页。

179 例如可参见《诗经》第一百八十四首诗《鹤鸣》、第二百零四首诗《四月》、第二百三十九首诗《旱麓》、第二百四十二首诗《灵台》。至于鱼、鸟对仗出现在早期散文中的例子，则可参见《庄子》中《逍遥游》《大宗师》《胠箧》《至乐》《庚桑楚》诸篇(《庄子集释》卷 1 上，第 1 页；卷 1 上，第 93 页；卷 3 上，第 275 页；卷 4 下，第 359 页；卷 6 下，第 621 页；卷 8 上，第 774 页)。

180 例如可参见《仲明父不至》,《临川先生文集》卷 1,《王安石全集》第 5 册,第 150 页;《次韵舍弟江上》,《临川先生文集》卷 4,《王安石全集》第 5 册,第 187 页;《次韵昌叔岁暮》,《临川先生文集》卷 14,《王安石全集》第 5 册，第 352 页;《宿雨》,《临川先生文集》卷 15,《王安石全集》第 5 册，第 356 页;《舟夜即事》,《临川先生文集》卷 17,《王安石全集》第 5 册，第 363 页;《次韵酬徐仲元》,《临川先生文集》卷 17,《王安石全集》第 5 册，第 392 页;《次韵吴仲庶省中画壁》,《临川先生文集》卷 18,《王安石全集》第 5 册，第 416 页;《次韵吴季野再见寄》,《临川先生文集》卷 20,《王安石全集》第 5 册,第 437 页;《和舍弟舟上示沈道源》,《临川先生文集》卷 21,《王安石全集》第 5 册，第 462 页;《和微之林亭》,《临川先生文集》卷 23,《王安石全集》第 5 册,第 486 页;《寄蔡氏女子二首·其二》,《临川先生文集》卷 2,《王安石全集》第 5 册，第 158—159 页。

181 瞿蜕园与周紫宜(氏著:《学诗浅说》，北京：当代中国出版社，2018 年，第 213 页)征引该句,句中叠字“袅袅”作“裹裹(“裹”为“袅”的异体字),他们认为“鱼”与“马”构成侧对。

182 《王直方诗话》,《宋诗话辑佚》，第 61 页。“造物”在《王荆文公诗笺注》(卷 41，第 1046 页)中作“春物”。关于王安石对于这首绝句的自负,还可参见《临汉隐居诗话校注》卷 2，第 99 页。

《王安石全集》第 5 册，第 573 页）：

> 北山输绿涨横陂，直堑回塘滟滟时。
> 细数落花因坐久，缓寻芳草得归迟。[183]

这一联诗句展现了王安石如何通过“檃括”与“权衡”来增强诗作之中微妙的互文性。“檃括”原指蒸矫木料曲直的工具，在文学批评中，指对前人文本进行改编或赋予新意，使之符合自身创作的主旨。“权衡”原意为秤，“权”为秤锤，“衡”为秤杆。这里是指经营对句时调节对仗的语词元素。颇具讽刺意味的是，虽然叶梦得强调王安石的“檃括”技艺，但却闭口不谈被王氏改编的原作。宋代其他学者对此也是各有见解。[184] 最终人们勉强达成了一个共识，认为原作是王维诗《从岐王过杨氏别业应教》（《全唐诗》卷 126，第 1265 页）中的一联：“兴阑啼鸟缓，坐久落花多。”[185]

王维诗中“落花”二字皆是草字头，虽在一句诗内造成了 170

183 皮斯极为精妙地分析了这首绝句前两句“活力四射”与后两句“安静清幽”之间的比照：“前段是山岳，后段是王安石；前段是自然的荣光，后段是个人的享受；前段是喷涌的水流，后段是凋落的花朵；前段活力勃发，后段凝神深思；前者洋溢青春，后者步入老境。而每次前后二者又都互相融合。”不过，在这首绝句中，“青春与老境”的比照似并不存在。参见《从桔槔到扁舟：王安石的生平与诗歌（1021—1086）》，第 560—561 页。

184 参见《苕溪渔隐丛话》前集卷 36，第 241 页；《王荆文公诗笺注》卷 42，第 1090 页；张表臣（11—12 世纪）：《珊瑚钩诗话》卷 2，《历代诗话》，第 464 页；《艇斋诗话》，《历代诗话续编》，第 282—283 页。

185 王维此诗前四句又见于一首题为《昆仑子》的乐府诗，只是文字略有差异，参见洪迈编：《万首唐人绝句 · 五言绝句》卷 21，北京：文学古籍刊行社，1955 年，第 2700 页；郭茂倩编：《乐府诗集》卷 80，北京：中华书局，1979 年，第 1123 页。

视觉上的对称感,但这纯粹是出于偶然。王安石以“落花”对“芳草”，在两句之间造成视觉上的对称感，则很可能是有意为之。此外，王安石还以“缓”对“细”。这同样也在两句之间营造出了视觉上的对称感，这两个字都有绞丝旁。(“缓”字也出现在王维那联诗的第一句，但在视觉上并未与其他字形成对称的意义。)正如吴开（1097—1132 在世）所言，王安石此联虽源自王维，但“其辞意益工”。[186]

叶梦得所引第三联出自王安石《次韵酬朱昌叔五首 · 其五》(《临川先生文集》卷 17,《王安石全集》第 5 册，第 391 页)：

乐世闲身岂易求，岩居川观更何忧。[187]
放怀自事如初服，买宅相招亦本谋。[188]
名誉子真矜谷口，事功新息困壶头。
171 知君于此皆无累，长得追随圹埌游。[189]

---

186 《优古堂诗话》,《历代诗话续编》,第 266 页。郭绍虞(《宋诗话考》第 60—61 页)认为《优古堂诗话》的作者是毛开（1116—？）。又有人猜测该书是元明时代晚期的一部著作，参见陈应鸾:《〈优古堂诗话〉非毛开、吴开所撰补考》,《四川大学学报》2010 年第 4 期。不过，吴开对王安石这一联诗句的评论见载于吴曾撰，刘宇整理:《能改斋漫录（上)》卷 8 “沿袭”,《全宋笔记》第 5 编第 3 册，第 237 页，吴曾此书成书于 1162 年，那么这一评论一定出现在这个时间之前。

187 “岩居川观”描写的是隐士的生活，参见《史记》卷 79，第 2423—2424 页。

188 李壁（《王荆文公诗笺注》卷 3，第 72 页）注称，王安石在其诗《寄朱昌叔》(《临川先生文集》卷 2,《王安石全集》第 5 册，第 166 页）中提到过在江南山中购买住宅的打算。《王安石诗文系年》将该诗系于 1060 年。

189 “圹埌”语典出自《庄子》,参见《庄子集释》卷 3 下《应帝王》,第 293 页;华兹生(Burton Watson）译:《庄子全集》(*The Complete Works of Zhuangzi*)，纽约：哥伦比亚大学出版社，2003 年，第 56 页。其文云:“厌，则又乘夫莽眇之鸟，以出六极之外，而游无何有之乡，以处圹埌之野。”

叶梦得在“谷口”与“壶头”的对仗中看到了王安石高超的诗艺。这两个地名中，每一字都与其对仗之字形成复杂的对称关系。从语音上讲，“谷”与“壶”押韵，“口”与“头”押韵。从类别上讲，“口”与“头”匹配，皆指身体的一个部分。依照“借对”原则，“谷”与“壶”也能形成类别的对称关系：“壶”与“湖”同音，“湖”“谷”同属地理类；此外，“谷”“鼓”（深底锅）同音，“鼓”“壶”皆为容器，属于器物类，亦可成对。[190]

与“谷口”“壶头”相关的历史人物可以追溯至汉代。汉成帝（公元前 32—前 6 在位）统治时期，郑朴（字子真）是一位在谷口耕地的隐士，但声名传至京城，并在那里得到了最高的声誉。[191]马援（公元前 14—49）因征战得胜而获封新息侯。然而，公元 48 年他却在一次讨伐中战败于壶头山，次年就病逝了。马援去世后，其爵位被朝廷褫夺。[192]王安石用典作对，讲究典 172
故的出处原文出自同一历史时代，且 / 或属于同种体裁的史料，深为叶梦得赞赏。叶氏的评论中引及王氏本人对此的阐述：

190　关于唐宋诗歌中“借对”的例子，参见《苕溪渔隐丛话》前集卷 23，第 154—155 页。司马相如《上林赋》中有一段文字用带“水”的偏旁描述上林苑中的河流，对此可参见康达维：《赋：一篇古体赋》（“Fu Poetry: An Ancient-Style Rhapsody [Gufu]”），蔡宗齐主编：《如何阅读中国诗歌：导读集》（*How to Read Chinese Poetry: A Guided Anthology*），纽约：哥伦比亚大学出版社，2008 年，第 78—80 页。（康达维关注的是双声叠韵字，但这些双声叠韵字的视觉效果也很明显。）沈约（441—513）《郊居赋》中有一段文字显示出“对声音与义符的自觉操控”，对此可参见马瑞志（Richard B. Mather）：《诗人沈约（441—513）：隐侯》（*The Poet Shen Yüeh [441–513]: The Reticent Marquis*），新州普林斯顿：普林斯顿大学出版社，1988 年，第 203 页。

191　《法言义疏》卷 8，第 173 页；《汉书》卷 72，第 3056 页。

192　《后汉书》卷 24，第 843—844 页。

> 荆公诗用法甚严，尤精于对偶。尝云，用汉人语，止可以汉人语对，若参以异代语，便不相类。如“一水护田将绿去，两山排闼送青来”之类，皆汉人语也。此法惟公用之不觉拘窘卑凡。如“周颙宅在阿兰若，娄约身随窣堵波”，[193] 皆因梵语对梵语，亦此意。尝有人面称公诗“自喜田园安五柳，但嫌尸祝扰庚桑”之句，以为的对。[194] 公笑曰：“伊但知柳对桑为的，然庚亦自是数。”盖以十干数之也。[195]

173 上文所引的第一联诗句有一处异文，出自王安石《书湖阴先生壁》两首绝句（《临川先生文集》卷 29，《王安石全集》第 5 册，第 588 页）的前首：

> 茆檐长扫静无苔，花木成畦手自栽。
> 一水护田将绿绕，两山排闼送青来。

该诗第二联对景观做了拟人化的描写。柔和、蜿蜒的曲水显现出宇宙阴性的一面，为田地提供保护性的环抱。[196] 山则体现出阳性的一面，显得更为有力，在呈现青色之时，甚至还有些咄咄逼人。江南的“绿水青山”自是为人熟知，而王诗描写

---

193 该联有一处异文，见于《与道原游西庄过宝乘》，《临川先生文集》卷 29，《王安石全集》第 3 册，第 582 页。

194 该联有一处异文，见于《次韵酬徐仲元》，《临川先生文集》卷 17，《王安石全集》第 3 册，第 392 页。

195 《石林诗话校注》卷中，第 118 页。

196 关于宋诗中的拟人化修辞，参见《宋代诗学通论》，第 110—111 页；萧驰：《中国诗歌美学》，北京：北京大学出版社，1986 年，第 159—167 页。

其景的高超之处则在于以两则难被察觉的典故作对，且此二典故出自同一历史时代、同一史料文本。前则典故可由“护田”一语见出，这是汉朝在其西部边境的一项举措，那里成百上千的田卒在使者校尉的领导下劳作，“护田积粟”，为汉廷派往西域诸国的使者提供给养。[197] 后则典故可由“排闼”一语见出，樊哙曾“排闼”而入汉高祖的宫禁，敦促他处理一个紧急情况。[198]

不懂以上两个隐晦典故的读者也可以欣赏这联诗句。[199] 但 174
对叶梦得而言，要想掌握王安石的诗法是何等谨严，必要条件是不仅要看出其对句中这两个典故，还要辨识二者出处原文在时代及体裁上的一致性。但若是一味标举这种一致性，那么平庸甚或枯索的诗句也会被谬加赞誉，前引王氏所写的有关僧人慧约（453—535）的那联诗句便是一例。慧约俗姓娄，周颙（420—？）是慧约的崇拜者，在钟山建了一座寺庙，供慧约在其处主持。[200] 王诗只以“阿兰若”（寂静修行处）与“窣堵波”（佛塔）这两个梵语语词作对，谈不上有什么出奇之处。[201]

叶梦得所引的第三联诗句以两个人名形成主要的对仗关系：

---

197 《史记》卷 123，第 3179 页。

198 《史记》卷 95，第 2659 页。诗评者通常会追随李壁之说，在班固《汉书》（卷 96 上，第 3874 页；卷 41，第 2072—2073 页）中查找典故出处。然而李壁之说有误，这有两个原因：其一，《史记》成书早于《汉书》，且为其史源；其二，“护田”二字未曾出现在《汉书》之中。

199 关于这一点，参见钱锺书：《宋诗选注》，北京：人民文学出版社，1997 年，第 43—44、48 页。

200 参见道宣（596—667）著，郭绍林点校：《续高僧传》卷 6，北京：中华书局，2014 年，第 183 页。

201 王安石另有一例诗作以梵语对仗，参见《朱朝议移法云兰》，《临川先生文集》卷 26，《王安石全集》第 5 册，第 538 页。

陶渊明在家门前种了五棵柳树，自号“五柳先生”；庚桑楚在畏垒居住三年以后，那里的民众开始享受丰收。民众想把他当作神来崇拜，但庚桑楚听说后却殊为不快。[202] 这联诗句以人名偶对，并不像叶氏征引的前两联那样表现出时间上与体裁上严格的一致性。值得注意的是该联在第二义上的对偶性：“柳”与“桑”皆属树木、植物之类，而“五”与“庚”（十天干中的第七）皆为数字。

叶梦得的关注点是王安石的近体诗，包括八句的律诗及绝句。在 12 世纪，论者逐渐将王安石的绝句视为他诗歌的最高成就。不过，这类论述在文本流传过程中颇有舛误，考究下来，黄庭坚的《跋王荆公禅简》（《全宋文》第 106 册，第 219 页）竟是这类论述的初始文本：

> 175 荆公学佛，所谓“吾以为龙又无角，吾以为蛇又有足”者也。[203] 然余尝熟观其风度，真视富贵如浮云，不溺于财利酒色，一世之伟人也。暮年小语，雅丽精绝，脱去流俗，不可以常理待之也。

这篇跋文开头温和地嘲笑了王安石对禅宗的理解有点四不像，接着又肯定了他高尚的人格，最后则赞扬王氏晚年所写禅简的典雅文辞。很明显，此处“小语”是指王氏的书简。然而，自 12 世纪头几十年开始，“小语”就经常被误引为“小诗”。第

---

202 《庄子集释》卷 8 上《庚桑楚》，第 769—771 页。

203 此为东方朔（公元前 154？—前 93？）描述壁虎之语，参见《汉书》卷 65，第 2843 页。此处意指王安石的禅宗理念并不正统。

一个误引来自惠洪，其云：“荆公暮年作小诗，雅丽精绝，脱去流俗，每讽味之，便觉沆瀣生牙颊间。”[204] 这句话的后半部分不见于黄庭坚的《跋王荆公禅简》，而是逐字移录自黄氏有关陶渊明与谢灵运诗作的一篇跋文。黄氏曾手书陶、谢之诗，并撰写了这篇跋文。[205] 惠洪所言很可能是黄氏上述两篇跋文的拼凑。此语本该见载于其《冷斋夜话》之中，但该著现存的所有版本 176
皆未记载，这就使相关文本流传的情况变得更为复杂了。惠洪此语最早出现在成书于 1148 年的《苕溪渔隐丛话》前集之中。

有间接证据表明黄庭坚确实对王安石绝句的评价很高。吴说（12 世纪）称他曾见过黄庭坚赠送胡直孺（1073—1149）的书法钞本，抄写的是杜甫与王安石的绝句。吴说还听说黄氏钞本的序言有一句话，大意是：“古今绝句，造微入妙，无出二家之右。”[206] 无论黄氏是否真的发过此论，吴说肯定是受了不小的影响。吴说编纂过一部三卷本的诗选，书名有些误导性，叫作《古今绝句》，其实书中所选只限杜甫与王安石的诗作。而且所选王诗占据两卷半的篇幅，共六百一十三首诗，主要是王氏晚年所写。相形之下，书中杜诗的份量就轻多了，只有一百三十二首，仅占第一卷的前半卷。

惠洪用“小诗”一词时，指的是近体诗，但并不专指绝句。[207] 而当胡仔引述惠洪对黄庭坚的引述时，其意中所指显然是王安

---

204 《苕溪渔隐丛话》前集卷 35 引惠洪《冷斋夜话》，第 234 页。

205 黄庭坚：《跋与张载熙书卷尾 · 其三》，《全宋文》第 106 册，第 201 页。

206 吴说：《跋古今绝句》，《全宋文》第 181 册，第 170 页。

207 例如惠洪（《冷斋夜话》卷 3，《稀见本宋人诗话四种》，第 30 页）即曾用“小诗”一词指他自己所写的一首五律。

石的绝句，尤其是五绝。这由胡仔所引的六个例子可以见出。这些绝句是王安石晚期风格的佳例，值得全部引用。

南浦（《临川先生文集》卷 26,《王安石全集》第 5 册，第 531 页）

南浦随花去，回舟路已迷。
暗香无觅处，日落画桥西。

177 染云（《临川先生文集》卷 26,《王安石全集》第 5 册，第 525 页）

染云为柳叶，[208] 剪水作梨花。
不是春风巧，何缘有岁华。

午睡（《临川先生文集》卷 26,《王安石全集》第 5 册，第 526 页）

檐日阴阴转，床风细细吹。
翛然残午梦，何许一黄鹂。

蒲叶（《临川先生文集》卷 26,《王安石全集》第 5 册，第 539 页）

蒲叶清浅水，杏花和暖风。
地偏缘底绿，人老为谁红？

---

208 该句指绿水之中云的倒影被风吹动。

题舫子（《临川先生文集》卷 26,《王安石全集》第 5 册，第 538 页）

爱此江边好，留连至日斜。
眠分黄犊草，坐占白鸥沙。

题齐安壁（《临安先生文集》卷 26,《王安石全集》第 5 册，第 526 页）

日净山如染，风暄草欲薰。
梅残数点雪，麦涨一川云。

这些绝句之中的自然小品渗透着王安石的闲适之情（偶然
也夹杂着些微的幽默感）。胡仔形容这些诗作“真可使人一唱而 178
三叹也”。[209] 胡仔对王氏诗语的简洁印象特别深刻，这种简洁是短小如五绝之诗成功的关键。胡仔将《题舫子》的第三句“眠分黄犊草”与卢仝《山中》（《全唐诗》卷 389，第 4391 页）的后两句进行比较：

饥拾松花渴饮泉，偶从山后到山前。
阳坡软草厚如织，困与鹿麛相伴眠。[210]

胡仔注意到王安石一个五言诗句就能完全涵盖卢仝两个七言诗句所描写的内容，其云：“岂不简而妙乎？”[211]

---

209 《苕溪渔隐丛话》前集卷 35，第 234 页。

210 通常认为该诗为卢纶（739？—799？）所撰，参见《全唐诗》卷 279，第 4174 页。

211 《苕溪渔隐丛话》后集卷 11,第 87 页。惠洪以《题舫子》第二联为例来说明“造语法”，释普闻（1130 在世）界说王安石、苏轼、黄庭坚各自不同的成就，亦将惠洪引述黄氏之语中的“小诗”理解为王氏的绝句。他认为苏轼的优势在于其古体诗的“豪逸大度”，黄氏的优势在于律诗的“老健超迈”，而“荆公长于绝句，闲暇清癯”。[212]普闻还将杜甫与这三位宋代诗人进行了有趣的比较，指出杜诗
179 是“备于众体”，而苏、黄、王的成就则限于各自特定的体裁与风格。[213]王安石的特长有三方面的限定：体裁上限于绝句，风格上限于“闲暇清癯”，时间上限于晚年。

普闻先引了号称是黄庭坚对王安石“暮年小诗”所发的评语，又引了王安石诗《送和甫至龙安微雨因寄吴氏女子》(《临川先生文集》卷 30,《王安石全集》第 5 册,第 614 页。译者按：吴氏女子即王安石之女，适吴安持，从夫姓）来做说明。该诗手法娴熟地比照了他两次送别家人渡江前往京城的场景：

> 荒烟凉雨助人悲，泪染衣巾不自知。
> 除却春风沙际绿，一如看汝过江时。

龙安是金陵西北边的一个渡口。该诗确切的写作时间尚不确定。[214]可以确定的是，王安石送别其弟王安礼（1034—1095，

参见惠洪：《天厨禁脔》，《稀见本宋人诗话四种》，第 132–133 页。

212 普闻：《释普闻诗话》，《宋诗话全编》，第 1426–1427 页。

213 关于杜甫以后时代中不同诗人各擅其体的现象，参见孙仅（969—1017）：《读杜工部诗集序》，《全宋文》第 13 册，第 307 页。另可参见蒋寅：《家数 · 名家 · 大家——有关古代诗歌品第的一个考察》，《东华汉学》第 15 辑，2012 年，第 177–212 页。

214 《王安石年谱长编》（第 1999 页）将该诗作年系于 1079 年，《王安石诗文系年》则系之于 1082 年。我觉得后者更具说服力。

字和甫）的地点与他此前送别其女的地点相同。这两次送别的季节（及风景）可能并不相同，但别离的伤感之情却别无二致。一个僧人竟然挑出如此一首抒写世俗情感的诗作，很惹人瞩目。就其语气而言，此诗可能有点过于伤感，不能代表王氏晚年绝句的总体风貌。但普闻的评论方法却值得注意。普闻不像叶梦得、孙觌那样纵向比较王氏的晚期作品与早期作品，而是将王诗的体裁、风格与苏轼、黄庭坚诗加以横向对比。在这种横向对比中，180
风格虽然不全然取决于体裁，但却与体裁紧密相连。王氏的“闲暇清癯”最适合以绝句的形式展现，同理，苏轼的“豪逸大度”最适合以古体诗的形式展现，而黄氏的“老健超迈”则最适合以律诗的形式展现。

评价王安石绝句最常见的参照点是“唐人”。宋代学者常用该词指代中晚唐诗人。[215]张邦基（1131 在世）即是如此，他曾写道：“七言绝句，唐人之作往往皆妙，顷时王荆公多喜为之，极为清婉，无以加焉。”[216]杨万里也有类似的观点：“五、七字绝句最少，而最难工，作者亦难得四句全好者，晚唐人与介甫最工于此。”[217]曾季狸称王安石是绝句两大家之一，另一位是杜牧。[218]刘辰翁特别看重王氏的五绝，说：“五言绝，难得十首好者，荆公短语长事，妙冠古今。”[219]方回则对诗评家在这方面的共识

215　参见《谈艺录》，第 125 页。

216　张邦基（1131 在世）撰，金圆整理：《墨庄漫录》卷 6，《全宋笔记》第 3 编第 9 册，第 83 页。

217　杨万里：《诚斋诗话》，《历代诗话续编》，第 141 页。

218　《艇斋诗话》，《历代诗话续编》，第 299 页。

219　《刘辰翁诗话》，《宋诗话全编》，第 9925 页。

作了总结:“绝句唐人后惟一荆公，实不易之论。”[220]

181 杨万里尤值注意。他不仅多次对王安石绝句做出评论，而且对这些绝句深有体味。据他自述，他最初学习江西诗派诸君之作，然后学习陈师道的五律，再后学习王安石的七绝，最后学习“唐人”（即晚唐诗人）绝句。后来在1178年正月初一，他经历了一番顿悟，最终告别了自己昔日所效法的这些唐宋诗歌。[221]杨氏在顿悟之后不久写下这首《读唐人及半山诗》(《全宋诗》，第26184页）:

不分唐人与半山，无端横欲割诗坛。
182 半山便遣能参透，犹有唐人是一关。

杨万里的学诗新法重视对诗歌直观且即时的领悟，而非循序渐进地研习古人的模式，这让人想到了南宗禅。不过他的顿悟并不意味排拒王安石或晚唐诗人，相反，他由衷欣赏他们的诗作。1190年末杨氏写下《读诗》(《全宋诗》，第26489页),

220 方回:《送俞唯道序》,《全元文》第7册，第28页。

221 杨万里:《诚斋荆溪集序》,《全宋文》第238册，第219页。对杨万里该序的整篇翻译，参见《漂流江湖：南宋诗歌与文学史的难题》，第201—203页。已有学者从禅宗与诗歌关联的角度对该序做出了讨论，参见施吉瑞（J. D. Schmidt）:《杨万里诗歌中的禅意、幻象与顿悟》(“Ch’an, Illusion, and Sudden Enlightenment in the Poetry of Yang Wan-li”),《通报》(*T’oung Pao*）1974年第4期；林理彰:《中国诗歌批评中的顿悟与渐进：对禅诗譬喻的考察》(“The Sudden and the Gradual in Chinese Poetry Criticism: An Examination of the Ch’an-Poetry Analogy”)，葛瑞格（Peter N. Gregory）主编:《渐悟与顿悟：中国思想中开悟的途径》(*Gradual and Sudden: Approaches to Enlightenment in Chinese Thought*),檀香山:夏威夷大学出版社,1987年，第399—400页。

表述了自己的这番欣赏之意：

船中活计只诗编，读了唐诗读半山。
不是老夫朝不食，半山绝句当朝餐。

此外，1192 年他写下《答徐子材谈绝句》(《全宋诗》，第 26545 页）回顾了自己学诗的心路历程：

受业初参且半山，终须投换晚唐间。
国风此去无多子，关捩挑来只等闲。[222]

杨万里在这里又肯定了循序渐进的学诗课业，而非直截了当的顿悟：他以王安石的绝句作为初阶，随后以晚唐诗作为中级水平，最后提升至《诗经》，将之作为诗歌的终极真理。

在 12 世纪后半叶，尽管仍偶有不同意见，王安石晚年绝句至高无上的地位已然牢不可破。建康府曾赞助刊印过一部《半山老人绝句》的集子（使用了三十八块刻印的书板），由此可见王氏晚期绝句是如何大受欢迎。[223] 此外还可提及，北宋末至少出现过两种王氏晚年的作品集：除了祝廷所编的诗文集之外，还有王氏密友陈辅编刻的一部两卷本的《半山集》。[224] 吴说的《古今绝句》大约也是在这个时期出现的。正是在这种背景下，严

222　关捩（字面意思是可触发的机械装置）为禅宗的一个譬喻，喻指消除领悟障碍的紧要关口。

223　周应合：《景定建康志》卷 33，南京：南京出版社，2009 年，第 858 页。

224　参见陆游（1125—1210）：《跋半山集》，《全宋文》第 222 册，第 391 页。

183 羽使用了“王荆公体”这个词。严羽所谓的“体”指涉各类义涵，包括诗歌体裁、诗歌形式、时期风格、群体风格及个人风格。[225]严羽有关“王荆公体”的全部说明都在他对这一术语所下的一个小注当中，其注曰：“荆公绝句最高，其得意处，高出苏、黄、陈之上，而与唐人尚隔一关。”[226]

严羽的小注概括了人们对王安石诗评价的两个要点。第一个要点是说王诗的精华在于其晚年绝句。[227]有些人如杨万里与张邦基，对王氏七绝评价最高。其他人如胡仔、刘辰翁，最看重其五绝。严羽似乎属于第二类。首先，他认为五绝这种形式最具挑战性。[228]其次，他特别强调王氏五绝具备其他宋代诗人所无的独特性：“五言绝句，众唐人是一样，少陵是一样，韩退之是一样，王荆公是一样，本朝诸公是一样。”[229]其意即谓，在五绝这种形式中，王氏之于其他宋代大诗人，就像杜甫、韩愈
184 之于其他唐代大诗人一样。换言之，王氏偏离了典型的宋诗风格（就像杜、韩偏离了典型的唐诗风格一样）。

严羽小注的第二个要点是说，若要对王安石绝句做出最恰

---

225 对于“体”的简要说明，参见宇文所安：《中国文学思想读本》（*Readings in Chinese Literary Thought*），麻省剑桥：哈佛燕京学社，1992 年，第 592 页；杨明：《体》，傅璇琮等主编：《中国诗学大辞典》，杭州：浙江教育出版社，1999 年，第 45—46 页。

226 《沧浪诗话校笺》，第 240 页。关于“王荆公体”，莫砺锋有一个影响深远的研究，参见《唐宋诗歌论集》，第 236—260 页。

227 当然，这里也有例外。赵令畤（《侯鲭录》卷 7，《全宋笔记》第 2 编第 6 册，第 259 页）记载了苏轼的如下看法：“荆公暮年诗始有合处。五字最胜，二韵小诗次之，七言诗终有晚唐气味。”叶适（1150—1223）（氏著：《习学记言序目》卷 47，北京：中华书局，1977 年，第 707 页）称王安石七言绝句“纤弱”。

228 在严羽看来，近体诗难于古体诗，绝句难于八句的律诗，七律难于五律，五绝难于七绝，参见《沧浪诗话校笺》，第 468 页。

229 《沧浪诗话校笺》，第 507 页。

切的评价，就须以唐人诗作为参照。当然，批评家对王氏在绝句史上地位的看法不尽相同。严羽明确表示王氏与唐人相比仍稍逊一筹。这种评价之前杨万里就曾道及，当然，杨氏的语气听来更具褒奖性。陈模则在承认王氏是“本朝绝句好者”的同时，给出了一个更微妙的评价：王氏的“工丽”超越了唐人，在“闲适风韵姿态”方面与唐人平分秋色，但与“唐人意在言外有余味”及李商隐“打隔诨之体”的风致相比仍有不足。陈模用“唐人”指代晚唐诗人，认为“晚唐唯绝句好”。[230] 然而，目前尚不明了严羽在“王荆公体”小注中所使用的“唐人”，到底指的是晚唐诗人，盛唐诗人，除杜甫、韩愈以外的唐代诗人，抑或所有唐代诗人。

跨文化的思考

我想在四个方面对作为文学艺术批评概念的晚期风格做出跨文化的思考，以此当作本章的结尾，这四个方面是：（一）晚期风格观念的历史性；（二）晚期风格观念的适用范围；（三）晚期风格的决定性品质；（四）晚期风格的缘起与形成。

在对老年抱以歧视态度的历史陈述中，作家生涯的最后阶段被描述为没落与衰朽的时期，以此为参照，会更加凸显宋代晚期风格观念的历史性。5 世纪有三位著名诗人的轶事是这类歧视性陈述的突出代表。鲍照（414—466）晚年为文采用“鄙 185

230 《怀古录校注》卷 1，第 16 页。根据陈模的判断，晚唐诗人的“五言八句”“多萎弱，无气骨，无含蓄余味”。关于李商隐的“打隔诨之体”，参见余恕诚：《赋对李商隐诗歌创作的影响》，《文学遗产》2004 年第 5 期。

言累句”，以避免拆孝武帝（454—464 在位）的台，因为孝武帝曾宣称自己的写作技艺无人能及。然而当时人们都认为鲍照已然“才尽”。[231] 任昉（460—508）被尊为文章家，但他不愿屈从俗流之见，甘认己诗不如沈约（441—513），于是致力于诗歌创作，以期胜过沈约一筹，但其诗作用典过多，语言缺乏流畅，“于是有才尽之谈矣”。[232] 其实，鲍照与任昉并非真正“才尽”。鲍照所为是政治上的自保之举，任昉则是因为文学的自傲态度而误入歧途。饶是如此，他们同时代人想当然的结论还是泄露了一个心照不宣的假说，即认为人到老年就会才思枯竭。这一假说在江淹（444—505）的传说中体现得最为充分。江淹五十多岁时，做了一个改变其人生的梦。梦中有一人要江淹归还一枝让他保管多年的五色彩笔，江淹照办之后就再也写不出好诗了。所以人皆谓“江淹才尽”。[233] 江淹自此成为晚年“才尽”的典型人物。

在西方，晚期风格作为一个文学艺术批评的概念，是随现代主义而兴起的，因此其起源要晚近得多。19 世纪中叶以前，人们普遍认为创造力在壮年即已达到顶点，以后就开始衰退。各式各样“人生阶段”（Ages of Man）的理论模式一成不变地将老年视为衰败期。然而，19 世纪中叶开始流行起一种观念，认为伟大作家与艺术家的晚期作品表现出某些异于（且胜于）

231 此事发生在 456 年鲍照除朝官之后，参见沈约：《宋书》卷 51，北京：中华书局，1974 年，第 1455 页。

232 《南史》卷 59，第 1455 页。

233 钟嵘（468？—518？）著，曹旭笺注：《诗品笺注》，北京：人民文学出版社，2009 年，第 184 页。

往昔的审美特质。至 20 世纪初，“晚期风格”已被确立为“一 186
个不言自明的概念，是天才的印证，是一种超历史的现象”。[234]

正如中国宋代晚期风格的观念是杜甫经典化的延伸一样，西方晚期风格的理论也是从对贝多芬、歌德这两位经典大家的重新评价中发展出来的。格尔格 · 西默尔（Georg Simmel，1858—1918）关于达 · 芬奇《最后的晚餐》的论文就是较早的一例：

> 在某些最伟大的艺术家身上，老耄之年会带来一个新的发展，似乎是要在他们衰老的过程中，显示出他们艺术上最为纯粹的部分。他们已不再讲究形式的严谨以及感性的魅惑，也不像以往那样全神贯注于身边的万事万物。他们的作品中剩下来的只是一些粗犷的线条，而这些正是他们的创造力最深刻、最切身的迹象，比如说歌德的《浮士德·第二部》，

234 戈登 · 麦克马伦（Gordon McMullen）、萨姆 · 斯迈尔斯（Sam Smiles）:《晚期风格及其反对意见：艺术、文学、音乐论文集》（*Late Style and Its Discontents: Essays in Art, Literature, and Music*）导论，牛津：牛津大学出版社，2016 年，第 3 页。（译者按：关于宋代晚期风格的理论，本书作者曾发表过一篇中文论文，对所征引的西方理论多有翻译，此处直接移录自作者的译文，参见杨晓山:《论宋代的晚期风格理论》，张月、陈引驰主编:《中古文学中的诗与史》，上海：复旦大学出版社，2020 年，第 171 页。后文对作者译文每有移录，必会注明，并简称为杨译。）关于上述时间点，存在一个略有不同的说法，参见迈克尔 · 哈钦（Michael Hutcheon）、琳达 · 哈钦（Linda Hutcheon）:《晚期风格面面观：片面的晚期风格观念中的年龄歧视》（“Late Style[s]: The Ageism of the Singular”）（《抛砖引玉：人文艺术的跨学科研究》[*Occasion: Interdisciplinary Studies in the Humanities*]2012 年第 4 期）：“晚期风格的历史作为一个批评概念，虽然最初在古典主义与文艺复兴时期就得到了阐述，但我们目前所说的晚期风格的观念，是 20 世纪初才出现，而这一概念的形成是建立在一系列早期德国唯心主义与浪漫主义思想家的作品之上的。”

> 以及贝多芬的最后的六部弦乐四重奏作品。老年会把凡夫俗子蚕食而尽，使他们身上无用的和本质的东西同归于尽。但是有些伟人却有幸承受自然赋予的更高使命：自然一方面在摧毁，一方面也通过摧毁的手段来达到去伪存真的目的。[235]

上述引文有三点值得注意。首先，西默尔认为艺术家的天赋得以在晚年时产生结晶，这一现象只是出现在“某些最伟大的艺术家身上”。对于一般人而言，晚年只不过是衰亡期。其次，在西默尔的描述中，晚期风格显示了自然如何“通过摧毁的手段来达到去伪存真的目的”，这让人想起方回将诗笔愈渐老成比作“剥落”的过程。再次，西默尔从目的论的角度推断最伟大的艺术家肩负着自然赋予的“更高使命”，这中间有一种神秘主义的倾向。这一倾向在中国的批评传统中通常是不存在的。人们或许会想到韩愈曾经叙及上帝故意让李白、杜甫受挫（意即
187 迫使他们吟诗），但那只是韩愈故作异想天开。况且，韩愈指的是李杜的毕生诗作，而非专指他们的晚年作品。

由于晚期风格只是在相对较少（且几乎只是男性）的天才身上展现出来，其在批评论述中的适用范围显得相当有限。但在西方传统中，晚期风格却被广泛用于音乐、文学与美术批评中。据说，出自不同历史时期与文化背景中的伟大艺术家、作曲家、作家如提香、莎士比亚、伦勃朗、贝多芬、歌德、易卜

---

235 格尔格·西默尔撰，布丽吉特·库佩斯（Brigitte Kueppers）、阿尔弗雷德·威利斯（Alfred Willis）译:《列奥纳多·达·芬奇最后的晚餐》（“Leonardo da Vinci’s Last Supper”），《列奥纳多·达·芬奇学院学报》（*Achademia Leonardi Vinci*）1997 年第 10 期。译者按：此处译文移录自杨译，第 171 页。

生、毕加索与斯特拉文斯基，“在其晚期作品中都有共同之处”。[236] 哈弗洛克·艾利斯（Havelock Ellis，1859—1939）对罗丹艺术风格演进的阐述就是一个很能说明问题的例子：“他（罗丹）起初是一个惟妙惟肖的写实主义者，在此早期阶段，他的作品曾经引起反感，因为这些作品被说成是和照片相差无几。后来，在他一生最活跃，也是最长的一个阶段里，他采取刻意夸张的手法，为了达到艺术效果而突出物体自然的比例，在光亮和阴影之间游移不定，从而形成了一种特殊的风格。久而久之，这一阶段也结束了。随之而来的是他一生的最后一个阶段，其作品所呈现的是硕大、简单的体状，任何与现实相似之处都被柔化、淡化了，从而飘飘然地滑入一种庞大而朦胧的梦境。”[237]

在艾利斯的三期论中，罗丹早期“惟妙惟肖”的写实主义风格发展为中期（也是最长的时期）的“刻意夸张”，并在晚期风格中达到了象征主义的巅峰，与现实已无直接关系。罗丹作品的演变是由客观现实到主观梦境的过渡。对艾利斯而言，罗丹并非特例：“所有艺术大家都遵循类似的过程。”“次要的艺术家”或“只具才干的艺术家”则无法像罗丹那样做到内心化的转向，“因为随着年岁的增长，他们更加强调的只是自己对外在世界的观照，而他们在早年就已经开始致力于呈现这种观照了”。[238] 艾利斯还以米开朗基罗的最后一个作品《隆达尼尼圣殇》

---

236 《晚期风格及其反对意见：艺术、文学、音乐论文集》导论，第 3 页。译者按：此处译文移录自杨译，第 172 页。

237 哈弗洛克·艾利斯：《印象与评论：第三（最终）系列，1920–1923》（*Impressions and Comments: Third [and Final] Series, 1920—1923*）. 波士顿：康斯特布尔有限公司，1924 年，第 5–6 页。译者按：此处译文移录自杨译，第 177–178 页。

238 《印象与评论：第三（最终）系列，1920—1923》，第 6 页。

（*Rondanini Pietà*）为例，来说明“超卓的艺术家”的晚期作品。以往很多艺评家都认为这座雕像尚未完成，且显现出其创作者“倦怠、精力衰退、手不应心而心智减弱”。艾利斯却给出不同的阐释，认为：“这位艺术家固然丧失了其早年的写实能力，但
188 随之也抛弃了其早年对写实能力的喜好。然而，他失去了这种写实能力之后，却获得了对世界的一种更博大、更精深、更具象征意义的掌控。”[239] 艾利斯还列举了众多画家的例子：提香、伦勃朗、哈尔斯、透纳、卡里埃。在诗歌方面，莎士比亚的最后几部戏剧则是晚期风格典型的例子：这些戏剧“如此的松散，如此的没有戏剧性，有时如此的流畅而有时又如此的不连贯，如此的充满了细腻的心声而又缺乏诗歌的外在形式，如此的充满了精致到超凡入圣的天国气氛，而又如此的富有人情味”。[240]

相比之下，中国宋代晚期风格的观念则似乎受局限得多。其局限性表现在三个层面。其一，这种观念主要应用于文学批评，当然，其在书法评论中也很重要，如前所述的黄庭坚与朱熹的例子。[241] 其二，在文学批评中，晚期风格的观念仅限于诗歌与散文

---

239 《印象与评论：第三（最终）系列，1920—1923》，第 7—8 页。译者按：“却获得了……”一句译文移录自杨译，第 178 页。

240 《印象与评论：第三（最终）系列，1920—1923》，第 6—7 页。（译者按：此处译文移录自杨译，第 178 页。）艾利斯还提及雪莱与济慈，尽管他们二人皆是在相对年轻的时候就去世的（分别为四十岁与二十六岁）。人们在此或许会推断，晚期风格并不局限于老年艺术家。然而，上述艾利斯对罗丹的阐述却说明情况并非如此。在西方文论中，老年风格（Altersstil）与晚期风格（Spätstil）之间的关联与区别是一个尚未完全解决的问题。相关的个案研究，参见戈登·麦克马伦：《莎士比亚与晚期作品的观念：死亡边缘的作者身份》（*Shakespeare and the Idea of Late Writing: Authorship in the Proximity of Death*），剑桥：剑桥大学出版社，2007 年。

241 这方面更为详细的讨论，参见《论宋代的晚期风格理论》，《中古文学中的诗与史》，第 174—177 页。

这两种经典体裁（小说与戏剧被排除在外，因为整个前现代时期它们的地位通常较低）。其三，在这两种经典的文学体裁中，还有更进一步的限制：晚期风格几乎只体现在狭义的诗与古文上。[*]

至于晚期风格的决定性品质，我们可以先来看一下西奥多·阿多诺（Theodor Adorno）论文《贝多芬的晚期风格》（“Late Style in Beethoven”）的开篇，该文虽篇幅短小但却影响深远：

> 不同凡响的艺术家，其晚期作品的成熟性和水果的成熟性不同。通常来说，这些作品不是圆柔的，而是皱痕累累，甚至是千疮百孔。它们没有甜香味，而是苦涩多刺，让人无法见而喜之。古典主义美学习惯性地要求艺术品要和谐，而这些作品所缺乏的正是这种和谐。它们所显示的更多的是历史的痕迹，而不是生长的痕迹。按照一般的观点来解释，这些作品乃无所顾忌的主体性的产物，或者更确切地说，是一 189
> 种放诞不羁的“人格”的产物。这种人格为了自我表现而击碎了各种形式上的约束，把和谐转化为不和谐，而这种不和谐是由其自身痛苦所导致的。这种人格的精神已获得解脱，使它能以一种唯我独尊的自信，对感性的魅力不屑一顾。在这种解释中，晚期作品被排挤到艺术的边缘地带，与文献记录为邻。事实上研究贝多芬最晚期作品的著作就很少不提及他的生平和命运，似乎面对人类死亡现象的神圣性，艺术理论就应该放弃自己的权利而让位于现实。[242]

---

* 译者按：按作者的特别提示，此处的诗不包括词、曲，古文不包括骈文。

242 西奥多·阿多诺：《贝多芬的晚期风格》，《音乐论集》（*Essays on Music*），伯克利：加州大学出版社，2002 年，第 564 页。译者按：此处译文移录自杨译，第 179—180 页。

晚期风格与古典主义的审美理想背道而驰，表面看来有些令人生厌。阿多诺由这一特点出发，反驳了传统所认为的晚期风格为艺术天才自然成长之表现的观点。他认为这种观点将艺术降格为记录艺术家心路历程的文献。他坚持要将艺术家的晚期风格与其晚年生活区分开来，倡导回到对艺术品形式特征的专业性分析。

爱德华·萨义德（Edward Said）深受阿多诺的影响。他概述了艺术创作晚期特征的两种类型。第一类是“一种特别的成熟，一种崭新的融合和宁静的精神，这种精神常常表现为对日常现实的一种神奇的转化”。[243] 第二类（与阿多诺对晚期风格的描述相呼应，也是萨义德真正兴趣所在）“不是和谐或融合，而是固执、艰涩、化解不了的矛盾”。[244] 萨义德之说是一个突出的例子，可以说明晚期风格“被描述成两种模式：或曰淡定、融合、圆满；或曰烦躁不安、缺乏和谐、离经叛道；有时候又会很奇怪地说二者在晚期风格中兼而有之”。[245] 说到底，“艺术家晚期作品哪

---

243 爱德华·萨义德：《论晚期风格：一反常规的音乐与文学》（*On Late Style: Music and Literature against the Grain*），纽约：众神图书公司，2006 年，第 6 页。译者按：此处译文移录自杨译，第 181 页。

244 《论晚期风格：一反常规的音乐与文学》，第 7 页（译者按：此处译文移录自杨译，第 181 页）。萨义德第二类型晚期风格的概念有一个明确的先例，即肯尼思·克拉克（Kenneth Clark）对老年艺术家的心理描述，在克拉克的描述中，老年艺术家受制于“孤独感、神圣的愤怒感，这种感觉逐渐发展为……一种超验的悲观主义，怀疑理性而信任直觉”。从“更为狭义的风格观来看”，老年艺术是“从现实主义表现手法中撤退出来，对常规的技巧显得不耐烦，而渴望在艺术手段上获得一种通贯融合，就像一幅作为有机体的画作，其中每个部分都共享了完整的生命”。参见克拉克：《走向衰老的艺术家》（“The Artist Grows Old”），《代达罗斯：美国艺术与科学学院学报》（*Daedalus: Journal of the American Academy of Arts and Sciences*）2006 年冬季第 1 期。

245 《晚期风格及其反对意见：艺术、文学、音乐论文集》导论，第 3–4 页。译者按：“或

些特点值得赞扬，哪些特点值得批评，归根结底还是由批评家 190
的审美价值来决定的。格尔格·西默尔那样的人会欣赏作品的完整性、连贯性和综合性，在他们看来，老年是一个重估、总结和巩固的时期。但是像萨义德或阿多诺那样有马克思主义色彩的现代主义者则看重作品的支离破碎性、不和谐以及不调和（或者说调和的不可能性）”。[246] 无论怎么说，晚期风格都是“为了推广某种意识形态、修辞理论和启蒙教学而建立的一种人为的观念。它不是艺术或者人生的内在体现，而是在一些先入为主的模式中阅读和欣赏作品的方法”。[247]

萨义德所描述的两类互为矛盾的晚期风格似乎能在杜甫对自己晚年诗作既“诗律细”又“浑漫兴”的描述中找到对应。杜甫的自述为宋人对晚期风格的对立表述设定了范围。“诗律细”后来演变为吕大防所谓的“老而严”。例如，胡仔描述杜甫夔州诗及苏轼谪居南方之诗时，就引及吕氏此语。叶梦得描述王安石晚年“诗律尤精严”，也是此中之意。叶氏还将王氏晚年诗作描述为“深婉不迫之趣”，这又得到许多人的呼应，如李公彦、胡仔、释普闻与张邦基。杜甫的“浑漫兴”后来则演变为黄庭坚所谓的“不烦绳削而自合”。元好问后又引用黄氏此语来描述杜甫的夔州诗、白居易的香山诗及苏轼的海南诗。不过，杜甫晚年诗作“浑漫兴”的一面也招致过朱熹、刘辰翁、胡应麟直

曰淡定……”一句译文移录自杨译，第 181 页。

246 《晚期风格面面观：片面的晚期风格观念中的年龄歧视》，《抛砖引玉：人文艺术的跨学科研究》2012 年第 4 期。译者按：此处译文移录自杨译，第 181 页。

247 《莎士比亚与晚期作品的观念：死亡边缘的作者身份》，第 5 页。译者按：此处译文移录自杨译，第 181−182 页。

至申涵光的负面评价。

按照西默尔、艾利斯等西方批评家的理论，晚期风格归根结底是艺术家的天才在其生命最后阶段的自然显现。还有一种相关的理论，其关注点是艺术家的某些创伤性经历，而这些经
191 历加深了艺术家的死亡意识。[248] 萨义德将晚期风格界说为一种“新的表达方式”，这种表达方式是“伟大艺术家”的“作品与思想”在其“接近生命末端”时所获得的。[249] 在萨义德的这一理论里，我们可以瞥见大限将至之感对艺术家来说具有何等的意义。上述两种意见中，晚期风格皆被认为“受限于艺术家特定的生理与心理环境”。[250]

中国宋代的诗评家则就晚期风格的缘起提出两个假设。其一是吕大防的三期论，认为晚期风格与（伟大）作家迈向晚年的生理过程及生平经历息息相关。叶梦得在有关王安石晚年诗作的论述中强调文学的修养、学识的积累，这是吕大防的三期论的一个变种。其二是黄庭坚的前后两期论，认为人生中的某个重大事件是诗人臻至晚期风格的标志，如杜甫迁居夔州、曾

---

248 参见《晚期风格及其反对意见：艺术、文学、音乐论文集》导论，第 3–4 页。由于残疾往往是一种严重的创伤体验，以至有人认为音乐中的晚期风格本质上九是残疾风格，参见杰索佩·施特劳斯（Jesopeh N. Strauss）:《残疾与音乐中的“晚期风格”》（“Disability and ‘Late Style’ in Music”），《音乐学学报》（*Journal of Musicology*）2008 年冬季第 1 期。这一观点在杰索佩 · 施特劳斯《不同寻常的节拍：音乐中的残疾》（*Extraordinary Measures: Disability in Music*）（牛津：牛津大学出版社，2011 年）中得到了扩展。人们由此或许会想到司马迁写给任安（？—公元前 91）那封著名的信。信中他提及创伤经历，包括身体残缺，如何为古人提供写作的动力，参见《史记》卷 62，第 2735 页。不过，司马迁所说的是写作的动机与疗效，而并非晚期风格。

249 《论晚期风格：一反常规的音乐与文学》，第 6 页。

250 《晚期风格及其反对意见：艺术、文学、音乐论文集》导论，第 4 页。

巩拜谒欧阳修、陈师道遇见黄庭坚、白居易退居香山、王安石退居钟山。政治上遭遇贬谪尤其常被视为晚期风格形成的催化剂，如韩愈被贬潮州，欧阳修被贬颍州，苏轼被贬黄州、惠州及儋州，黄庭坚被贬黔州。晚期风格理论中有关贬谪的观念与当时流行于世的“穷而后工”之说颇为吻合。[251]

251　“穷而后工”一语最先为欧阳修《梅尧臣诗集序》(《全宋文》第 134 册,第 52 页）所用。不过这一观念有更久远的历史，参见巩本栋:《“诗穷而后工”的历史考察》,《中山大学学报（社会科学版）》2008 年第 4 期。关于宋人对此观念的不同意见，参见管琴:《宋代“穷而后工”论之异说考》,《文艺研究》2016 年第 12 期。关于这一观念跨文化的对比，参见钱锺书:《七缀集（修订本）》，上海：上海古籍出版社，1994 年，第 119—138 页。

第四章

从寒山到钟山：佛理与诗法的简短巡礼

寒山诗的类别 192

在归为杜光庭（850—933）所撰的《仙传拾遗》中，对于寒山诗有这样一句总结性的话：“多述山林幽隐之兴，或讥讽时态，能警励流俗。”[1]这句话提供了一个框架，由此可将寒山诗划分为两大类别：第一类为抒情描写之诗，表现寒山在山中的隐逸生活，第二类可称为讽刺说教之诗。[2]就风格而言，第一类诗

1　引自李昉等编:《太平广记》卷 55，北京：中华书局，1961 年，第 338 页。关于对上述引文所属整篇文章的翻译与讨论，参见罗吉伟:《寒山之上：寒山诗的佛学解读》(*On Cold Mountain: A Buddhist Reading of the Hanshan Poems*)，西雅图：华盛顿大学出版社，2016 年，第 42—44 页。现存寒山诗集有三百余首诗（其中有一小部分据说是其同人拾得所作），很有可能是出于众家之手。为行文方便，本文将这些诗一律视为寒山所作。

2　这一分类的理念类似于入矢义高的作法（氏著，王洪顺译:《寒山诗管窥》,《古籍整理与研究》第 4 编，北京：中华书局，1989 年，第 233—252 页）。入矢义高称寒山第一类诗为“诗人”之作，第二类诗为“宗教者”之作。他热衷于阐释第一类诗与魏晋之诗的相似之处。他征引的诗例不同于我在这里讨论的抒情描写之诗。张伯伟（氏著:《寒山》，吕慧鹃、刘波、卢达编:《中国历代著名文学家评传续编》，济南:山东教育出版社，1989 年，

193 虽说并不总是近似，但却倾向于主流的古典诗歌。寒山诗集中的第二百八十三首即是一则显例：

> 今日岩前坐，坐久烟云收。
> 一道清溪冷，千寻碧嶂头。
> 白云朝影静，明月夜光浮。
> 身上无尘垢，心中那更忧？[3]

此诗第一联暗指坐禅之事，烟云消散象征心中疑虑困惑的消除。[4]随后两联依然延续着直意与喻意的相得益彰：溪流象征净化心灵的力量，而与崇高山峰相对应的则是主体已然提升的意识。停云象征内心的宁静，明月象征禅悟。[5]此诗前三联展现出自早至晚的光阴流逝，以此来表现主人公坐禅时间之久。最后一联概述身心之间的完美和谐。[6]从体式上讲，该诗二、三

第 611 页）认为寒山诗还有第三类，即那些以自传方式呈现自己生活的诗作。但我并未将之纳入考察的范围，原因有二：一是这类诗的数量较少，二是这类诗未能引发后人的模仿。

3 寒山著，项楚校注：《寒山诗注（附拾得诗注）》，北京：中华书局，2000 年，第 744 页。寒山诗的编号出自这一版本。寒山诗的英文全译本共有三种，罗吉伟的译本是最新的，即《寒山拾得丰干诗》（*The Poetry of Hanshan[Cold Mountain], Shide, and Fenggan*），波士顿：德古意特出版社，2017 年。

4 关于唐诗之中的坐禅主题，参见萧丽华：《从王维到苏轼——诗歌与禅学交会的黄金时代》，天津：天津教育出版社，2013 年，第 27—64 页。

5 关于寒山诗中月亮与溪水的意象，参见钱学烈：《碧潭秋月映寒山——寒山诗解读》，北京：中央编译出版社，2009 年，第 242—244 页。

6 对该诗的讨论，参见陈引驰、陈婧：《诗歌与禅悟：王维与寒山》（"Poetry and Buddhist Enlightenment: Wang Wei and Han Shan"），蔡宗齐主编：《如何在语境中阅读中国诗歌：上古至唐代的诗歌文化》（*How to Read Chinese Poetry in Context: Poetic Culture from Antiquity through the Tang*），纽约：哥伦比亚大学出版社，2018 年，第 219 页；钟玲：《文

两联用语精妙、对仗工整，而夹裹它们的一、四两联则句法更为自由流转，措辞也更浅白。从形式上讲，此诗属于古风式律诗， 194
这类诗作符合律诗的大多数规范，但平仄声调却时有逾矩之处。[7]

至于寒山诗集的第二类诗歌，其风格有如是几个特点：采用白话口语的表达法，某些语词会重复出现，使用朴实的明喻及暗喻，其诙谐之语颇具俚俗风味。寒山诗集中的第三十六首就很能体现上述特点：

东家一老婆，富来三五年。
昔日贫于我，今笑我无钱。
渠笑我在后，我笑渠在前。
相笑傥不止，东边复西边。[8]

此诗摆弄着一系列两相对立的情状，并凸显着它们的变动不居，如“贫”对“富”、“昔”对“今”、“渠”对“我”、“前”对“后”、“东边”对“西边”。这其中“前”与“后”的对立颇有一种俚俗的机智。“前”与“后”既是时间上的对立，也是空间上的对立。从时间上来讲，“我”笑“渠”于“前”，“渠”笑“我”于“后”。从社会地位的角度来说，要想居于人“前”，则必须有“钱”。最后一句中也是类似的俏皮话：“东边”指那名老妇（其屋舍位

本深层：跨文化融合与性别探索》，台北：台湾大学出版中心，2018 年，第 72 页。施蛰存(《唐诗百话》，第 581 页）认为这首诗的措辞与句法在中唐诗歌中很典型，但他断言该诗的主题与佛道无关，恐失于武断。

7　参见《碧潭秋月映寒山——寒山诗解读》，第 256–257 页。关于古风式律诗的体式，参见王力：《汉语诗律学》，上海：上海教育出版社，1979 年，第 449–463 页。

8　《寒山诗注（附拾得诗注）》，第 99 页。

于叙述者“我”的居所之东），“西边”指“我”。此诗诗意很简单：富裕（“在前”）与贫穷（“在后”）是可变的，因此也都是短暂的。诗中四至七句的第二字重复使用了“笑”字，显露出“渠”
195 与“我”相互嘲笑是多么地可笑，因为财运反复无常、转瞬即逝。此诗重复用字的情况颇值注意，这种重复不仅出现在王安石拟寒山的诗歌中，在王氏晚期那些或显或晦寄寓佛理的山水诗中也很常见。

上述两类寒山诗的价值究竟孰高孰低，一直众说纷纭。一般而言，西方学者偏爱第一类诗。如阿瑟·魏理（Arthur Waley）看重“（寒山）诗歌的神秘主义”以及寒山的寓意，认为寒山“在更大程度上是一种精神境界的代称，而非一个地名”。[9] 又如华兹生（Burton Watson）欣赏寒山诗集中那些“语气很有个性，且极具文学魅力”的作品，贬斥其讽刺说教之诗“只不过是对世俗愚行的常规讽刺或佛教布道之说”。[10] 华兹生认为寒山诗的精华在于那些“对其山居与生活所作的无与伦比的描述。那些对自然界的生动的描绘……同时还寓指着他自身的心灵探索及其所臻之境”。加里·斯奈德（Gary Snyder）翻译过二十四首寒山诗，其中绝大多数都聚焦于寒山，而寒山有时是一个实实在在的地点，有时则是一种宗教的象征。[11] 宇文所安认

9 阿瑟·魏理译:《27首寒山诗》（“27 Poems by Hanshan”），《文汇》（*Encounter*）1954年第3期。

10 华兹生译:《哥伦比亚中国诗选：早期至十三世纪》（*The Columbia Book of Chinese Poetry: From Early Times to the Thirteenth Century*），纽约：哥伦比亚大学出版社，1984年，第259页；华兹生译:《寒山：唐代诗人寒山的百首诗作》（*Cold Mountain: 100 Poems by the T'ang Poet Hanshan*）导言，纽约：哥伦比亚大学出版社，1970年，第10页。

11 加里·斯奈德译:《寒山诗》（*Cold Mountain Poems*），加州伯克利：对位出版社，2013年。

为寒山诗集含有“一些唐代最上乘的宗教诗”，并强调说“其中最令人难忘的是那些描写寒山的诗歌，而在这些诗歌当中，寒山既是一个地点，也代表着一种精神境界”。[12]

中国学者却更看重寒山的说教诗，主要是因为这类诗运用
了口语的表达方式。[13] 钱锺书赞赏这类诗“反复譬释，言俚而旨
亦浅”。[14] 孙昌武将寒山诗分为“主观”与“客观”两类，前一
类指的就是讽刺说教之诗。他认为这类诗直白地表达了寒山的
思想与观点，因此是“主观”的。至于抒情描写之诗被称作“客观”
的原因，则在于这类诗的焦点是寒山在山中的隐逸生活。孙昌 196
武认为寒山的客观诗作颇为浅薄，其主观诗作虽用语“浅俗朴
野”，但却不失“泼辣、率直、新异”。[15] 项楚也将寒山诗分为“隐
逸”与“化俗”两类。[16] 前者在描写自然风光时常常追求创造一
种禅境，后者则倾向用口语传达道德与宗教的说教内容。

项楚融合上述两类的特点，对寒山诗的总体风格做了如下

12　宇文所安：《文化唐朝》（“The Cultural Tang”），《剑桥中国文学史·上卷·1375 年之前》，第 319 页。

13　当然，这也有例外。例如施蛰存（《唐诗百话》，第 581 页）就选择第二百八十三首寒山诗代表寒山的最佳作品，这是一首抒情描写之诗。

14　《谈艺录》，第 225 页。

15　孙昌武：《禅思与诗情》，北京：中华书局，1997 年，第 266 页。韩禄伯（Robert G. Henricks）（《寒山诗全注全译》[*The poetry of Han-shan: A Complete, Annotated Translation of Cold Mountain*] 导论，奥尔巴尼：纽约州立大学出版社，2005 年，第 12 页）持相反意见：“人们对（寒山）诗中口语的运用有点小题大做了。寒山集中很多诗——我认为是大多数诗——都是用精良的文言文写成的。”韩禄伯认为寒山的独特之处在于“经常使用既新鲜又引人注目，还富有戏剧性的意象，而传统诗歌只是在既定场景中摆弄老套的义符，这确实使得寒山诗显得卓尔不群”（同书，第 13 页）。

16　《寒山诗注（附拾得诗注）·前言》，第 14 页。

界说:“不拘格律，直写胸臆，或俗或雅，涉笔成趣。”[17]对于项楚的面面俱到，罗时进持有异议。他认为应将寒山集中那些体貌驳杂之诗的总体特征与更为鲜明的寒山体区分开来。罗时进列举了一系列形式特征与主题取向来描述寒山体:(一)体式以五言为主;(二)使用浅白或“非诗化”的表达方式，有意与中国古典诗歌的主流立异;(三)反复使用暗喻或明喻;(四)表述的哲理通晓易懂;(五)追求古淡。[18]对于上述条目，我们或可挑剔某些内容(如古淡)，但总体来说，在本章后面部分探研王安石拟寒山诗作时，它们仍不失为有用的参考。

197 从称引到拟作

9世纪后半叶，唐诗中首次出现对寒山的称引。其最早之例出自贯休(832—912)诗《寄赤松舒道士二首·其一》(《全唐诗》卷830，第9630—9631页):[19]

不见高人久，空令鄙吝多。
遥思青嶂下，无那白云何。

---

17 《寒山诗注(附拾得诗注)·前言》，第14页。这句话一字不差地又见于项楚等:《唐代白话诗派研究》，成都:巴蜀书社，2005年，第206—207页。

18 罗时进:《唐代寒山体的内涵、形成原因及后代接受》，秋爽、姚炎祥主编:《寒山寺文化论坛论文集》，上海:上海古籍出版社，2009年，第92—94页。

19 小林太市郎(氏著:《禅月大师的生涯与艺术:中国艺术论篇1》，东京:淡交社，1974年，第54—55页)将该诗作年系于858年或稍后。田道英(氏著:《释贯休研究》，四川大学2003年博士学位论文，第8—9页)追随此说。胡大浚(氏注:《贯休诗歌系年笺注》，北京:中华书局，2011年，第873页)则将之系于晚得多的873年。

子爱寒山子，歌惟乐道歌。[20]
会应陪太守，一日到烟萝。

因为舒道纪（即诗题中的“赤松舒”）是一名道士，所以该
诗颇可证明寒山最初是道士所瞩目的人物。“寒山子”中的“子”
是道教尊长者名号常见的后缀字。[21] 除此而外，“寒山子”之号
还出现在李山甫（860—880 在世）诗《山中寄梁判官》（《全唐 198
诗》卷 643，第 7369 页）之中：

归卧东林计偶谐，柴门深向翠微开。
更无尘事心头起，还有诗情象外来。
康乐公应频结社，寒山子亦患多才。
星郎雅是道中侣，[22] 六艺拘牵在隗台。[23]

20　据说许多禅师都曾写过《乐道歌》，参见孙昌武：《佛教文学知识讲解与阅读》，石家庄：河北省佛教学会，2000 年，第 211 页；伯兰特 · 佛尔（Bernard Faure）：《正统性的意欲：北宗禅之批判系谱》（*The Will to Orthodoxy: A Critical Genealogy of Northern Chan Buddhism*），加州斯坦福：斯坦福大学出版社，1997 年，第 102 页。入矢义高（《寒山诗管窥》，《古籍整理与研究》第 4 编，第 235 页）指出，这里的“道”既可指佛教也可指道教的终极真理。

21　关于舒道纪，参见陶敏：《全唐诗人名考证》，西安：陕西人民教育出版社，1996 年，第 1033 页。关于“子”这一称号的内涵，参见孙昌武：《禅思与诗情》，北京：中华书局，1997 年，第 252–253 页。关于寒山与道教的关联，亦可参见《寒山诗管窥》，《古籍整理与研究》第 4 编，第 234 页。杜光庭《仙传拾遗》中那篇文章的内容显示，道家也曾将寒山据为己有，参见《寒山之上：寒山诗的佛学解读》，第 43–44 页。

22　星郎为郎官的别称，参见《后汉书》卷 643，第 2076 页。

23　六艺指礼、乐、射、御、书、数。隗台是燕昭王（公元前 311—前 280 在位）为郭隗所建的高台，为彰显求贤若渴之心，参见《史记》卷 34，第 1558 页。

东林寺是庐山上的一座寺院，曾由慧远法师（334—416）主持。慧远创立了著名的白莲社，这一佛教社团致力于往生西方净土。谢灵运（康乐公）初见慧远之后即对其极为敬服，在东林寺建了一座露台，用来翻译《涅槃经》，又开凿了一方池塘，在其中种植白莲花。然而，慧远仍以谢氏心中尚存杂念而拒绝接收其加入白莲社。[24] 上诗之中的梁判官因身陷官场而无法入山与李山甫同游，情况与谢氏因心存杂念而被拒入社颇为相似。由此可见，诗中的寒山代表了一种与官场生涯相对立的生活方式。

199 921年齐己（864—943？）前往蜀地，途中被荆南节度使高季兴（858—929）挽留，在江陵担任龙兴寺的僧正。齐己厌倦于这一职事的礼节俗务，写下一组十五首诗表达不满。这组诗每首皆以“莫问”一语开头，故组诗总题作《渚宫莫问诗一十五首》。[25] 组诗中的第三首提及寒山（《全唐诗》卷842，第9511页）：

> 莫问休行脚，南方已遍寻。
> 了应须自了，心不是他心。
> 赤水珠何觅，[26] 寒山偈莫吟。
> 谁同论此理，杜口少知音。

---

24 陈舜俞（？—1074）:《庐山记》,《景印文渊阁四库全书》第585册，第215页。

25 赞宁（919—1001）:《宋高僧传》，北京：中华书局，1987年，第751–752页；另可参见齐己这组诗的序文（《全唐诗》卷824，第9511页）。古楚国的渚宫在江陵。

26 黄帝游览赤水之时丢失了珍贵的玄珠，参见《庄子·天地》,《庄子集释》卷5上，第414页。

由这首诗作，我们颇能推测寒山的偈诗已然一定程度地流
行于佛教徒中间，不过齐己似乎反对这一潮流，坚持认为审视
自己的内心才能获得真知。10 世纪时出现了拟寒山诗的作品，
这亦反映出寒山在佛教界的流行情况。[27] 第一位创作此类拟作的
禅师是清凉泰钦（909？—974）。他有十首《拟寒山》诗，基 200
本上皆是模仿寒山的抒情描写之诗。[28] 其中第一首诗云：

今古应无坠，分明在目前。
片云生晚谷，孤鹤下遥天。
岸柳含烟翠，溪花带雨鲜。
谁人知此意，令我忆南泉。[29]

与前引寒山诗集中第二百八十三首诗相同，泰钦此诗也是一首古风式律诗。此诗首尾两联较口语化，中间两联较为典雅。中间两联骈偶对仗，其中的自然意象象征禅悟的喜悦情怀，与前引寒山诗如出一辙。在佛教圈子里，泰钦的这组诗歌为拟寒山诗建立了一些特定的惯例：其一，拟作采取组诗的形式，但各诗之间并无明显的排序结构；其二，拟作偏爱五言八句的诗

27 曹山本寂禅师（840—901）现已亡佚的《对寒山子诗》中有与寒山诗相“对”的解经诗，不过目前并不清楚其诗在多大程度上模仿了寒山诗的风格。相关的讨论参见张伯伟：《禅与诗学》，北京：人民文学出版社，2008 年，第 296—302 页。

28 其《拟寒山 · 其八》则是一个明显的例外。

29 陈尚君辑：《全唐诗续拾》卷 44，《全唐诗补编》，北京：中华书局，1992 年，第 1390 页。圆悟克勤禅师（1063—1135）（弘学、李清禾、蒲正信整理：《碧岩录》[与《心要》《语录》合刊]，成都：巴蜀书社，2006 年，第 73 页）认为该诗最后一句暗指南泉普愿禅师（784—834）的一句话：“学道之人，如痴钝者也难得。”

歌体式，基本符合律诗的规范；其三，拟作中间两联的自然图景象征主体的禅悟之境。汾阳善昭禅师（947—1024）作有十首《拟寒山诗》，其中第三首很能体现上述这些惯例：

红日上东方，霞舒一片光。
201 皎然分万象，精洁涌潮冈。
蝶舞丛花拆，莺啼烟柳茂。[30]
孰能知此意，令我忆南阳。[31]

该诗与上引泰钦之诗惊人相似，这里就不再赘述了。

新的取向

1082年，王安石曾给女儿写过一首书信体诗《寄吴氏女子》（《临川先生文集》卷1，《王安石全集》第5册，第148–149页）。吴氏女子自1076年王安石致仕以后就一直未能见过他，写家书表达深深的思家之情。王安石以诗劝慰她应当知足，并列举了一大串原因，如他们父女间时常能够通信，其夫身居官位，其子学业有望，其女正成长为一名淑女，其有一个叔父在朝任职，另一叔父则常来探亲，其父母享受的待遇很好，其父尤其喜欢乡村的宁静生活。这首闲聊式的诗歌以如下数语结束：

---

30 泰钦另外还有一首诗也用到舞蝶、啼莺这两个客观物象喻指禅悟的喜悦，参见《全唐诗续拾》卷44所录第四首泰钦诗（第1390页）。

31 汤华泉辑撰：《全宋诗辑补》，合肥：黄山书社，2016年，第281页。南阳在这里最有可能是指南阳慧忠禅师（677—775），但具体指南阳慧忠何事却不清楚。

姑示汝我诗，知嘉此林坰。
末有拟寒山，觉汝耳目荧。 202
因之授汝季，季也亦淑灵。

上引第三句指的是王安石的《拟寒山拾得二十首》（《临川先生文集》卷 3，《王安石全集》第 5 册，第 173—177 页）。[32] 正是这组诗作，使拟寒山诗的风格由抒情描写之诗转向了讽刺说教之诗。该组诗的诗题同时提及寒山与拾得，这一点颇值注意，因为归为拾得所作的诗歌并不像寒山诗那样品类多样，几乎都是说教诗。在王氏的整组诗作中，第一首（《临川先生文集》卷 3，《王安石全集》第 5 册，第 173 页）颇具代表性：

牛若不穿鼻，岂肯推人磨。
马若不络头，随宜而起卧。
干地终不涴，平地终不堕。
扰扰受轮回，只缘疑这个。

佛教的四谛之一认为痛苦的根由缘于欲望，该诗以俚俗的譬喻与口语的表达方式来传达此一理念。其前两联列举了生活中为人熟知的家畜之例：牛马正是缘于对饲料的欲求，所以只能被迫违反天性去劳作，因此失去了自由。该诗以“这个”一语作结，表述方式非常俗白。王安石这一用法是有意要模仿寒山说教诗的口语化表达。据说“这”字作为指示代词，最早就

32　关于王安石这组诗各首的佛理思想，参见《出入自在——王安石与佛禅》，第 224—233 页。

203 是出现在寒山、拾得诗集之中的，这在当时明显是一种较新的表达方式。[33] 王氏组诗的第六首（《临川先生文集》卷 3，《王安石全集》第 5 册，第 174 页）中所用的“这”字也是这样的语例：

人人有这个，这个没量大。
坐也坐不定，走也跳不过。
锯也解不断，锤也打不破。
作马便搭鞍，作牛便推磨。
若问无眼人，这个是甚么。
便遭伊缠绕，鬼窟里忍饿。

该诗第三至六句在相同的位置连续重复使用了“也”字与“不”字，颇令人想起前引第三首寒山诗中四次重复使用了“笑”字。另外还有一个情况虽略显隐蔽，但依然引人瞩目，那就是“这个”一语与“便”字在诗中皆重复用了三次。如是重复的语例在王安石组诗中频频出现。后面我们还将看到，这种语例在王氏有关钟山的诗作中也很常见。

王安石诗歌的口语化还体现在句法层面，其诗明显有使用

33 陈治文：《近指指示词“这”的来源》，《中国语文》1964 年第 6 期。第八首拾得诗（《寒山诗注 [附拾得诗注]》，第 842 页）中有一个例子：“不省这个意，修行徒苦辛。”项楚注（同书，第 843 页注 2）称“这个意”等同于“个中意”，皆指佛法。另可参见项楚对寒山诗第一百零五首的注释（同书，第 283 页注 4）。关于“个中意”，参见《寒山诗全注全译》，第 161 页注 4。白居易、元稹之诗曾偶尔如此使用“这”字。到宋代，“这”字的这一用法主要局限于宗教诗。这些诗作不是僧人写的，就是写给僧人的。不过有一个例外，即吕惠卿的《解日字谜》（《全宋诗》，第 8344 页）。在宋代其他史料文献中，也能见到“这”字的这一用法，相关的案例引述，参见翟灏（1754 年进士）著，陈志明编校：《通俗编》卷 33，北京：东方出版社，2012 年，第 614 页。

主从结构句式的倾向。一联之中，“若”“只缘”“便”等连词使
前后两句语义更为连贯畅通。而在中国古典诗歌中，描述性的 204
前后对句通常是并列结构的，两句之间的关系一般为互补或对比，而非顺承或因果。王诗的句法与之反差分明。该诗中牛马的譬喻来自《庄子》：“牛马四足，是谓天；落马首，穿牛鼻，是谓人。”[34] 王氏将日常口语的表达方式与博学的典故征引相结合，这一特点贯穿于他的组诗之中。[35] 组诗中的第四首（《临川先生文集》卷 3，《王安石全集》第 5 册，第 173—174 页）就很能说明问题：

风吹瓦堕屋，正打破我头。
瓦亦自破碎，岂但我血流。
我终不嗔渠，此瓦不自由。
众生造众恶，亦有一机抽。
渠不知此机，故自认愆尤。
此但可哀怜，劝令真正修。
岂可自迷闷，与渠作冤仇。

该诗的整体义旨相当直白，谓人就像是坠瓦一片，行动间没有任何的自由意志，理解人之缺乏自由意志是消解人间纷争的关键所在。该诗的前六句是对《庄子》中一语的呼应。[36] 而前

---

34 《庄子 · 秋水》（《庄子集释》卷 6 下，第 590—591 页）；《庄子全集》，第 183 页。

35 关于此点，参见谢思炜：《禅宗与中国文学》，北京：中国社会科学出版社，1993 年，第 147—148 页。

36 《庄子 · 达生》（《庄子集释》卷 7 上，第 636 页；《庄子全集》，第 199 页）云：“复仇者

205 两句更暗指庆诸禅师（807—888）的一语。有一名僧人向庆诸请教菩提达摩西来何意，他回答道："空中一片石。"[37] 僧人对他的这一回答施以拜礼。庆诸随即问他是否已然明白，他说还不明白。庆诸云："赖汝不会，若会即打破你头。"[38] 该诗第七、八句又引用了《楞严经》的语典来加强人身不由己这一主题：

如世巧幻师，幻作诸男女。
虽见诸根动，要以一机抽。
息机归寂然，诸幻成无性。[39]

王安石组诗发其嚆矢，使拟寒山诗的写作转向白话式的风格与说教性的主题。这很快成为拟寒山诗的一个次要传统。我们可以通过比较两首送别诗来展现这一转变。这两首诗都明言是拟寒山诗，前诗为雪窦重显禅师（980—1052）的《拟寒山送僧》（《全宋诗》，第 1643 页），作年比王氏组诗早数十年：

择木有灵禽，寒空寄羽翼。

不折镆干，虽有忮心者不怨飘瓦，是以天下平均。"

37 初入佛门的僧徒在与禅师对话时，常以"祖师西来意"这一问题开场。禅师对此问题的回答有不同类型，吴言生《吴言生说禅·壹·经典禅语》（北京：商务印书馆国际有限公司，2013 年，第 30—32 页）对之有明晰的阐释。

38 道原（10—11 世纪）著，顾宏义译注：《景德传灯录译注》卷 15，上海：上海书店，2010 年，第 1085 页。这是禅宗公案的一则典例，庆诸晦涩难明的答语可以有多种解释。当然，人们如不知庆诸这一典故，也完全能够理解该诗。

39 智旭（1599—1655）撰，徐尚定、于德隆点校：《楞严经文句》卷 6，北京：线装书局，2016 年，第 292 页；陆宽昱译：《楞严经》（*The Śūraṅgama Sūtra*），伦敦：莱德出版社，1966 年，第 85 页。译者按：后注称该书作陆译本《楞严经》。

不止蓬莱山，冥冥去何极。

此诗的意象与格调甚至比前引泰钦、善昭之作更符合主流 206
诗歌。雪窦重显在赞誉、赠别僧人的同时，还优雅、雄辩地传达了这样一种理念，即佛教寻求超度远胜于道教追求长生不老（蓬莱山是仙人所居之地）。另值注意的是，此诗是一首简短的绝句，这在拟寒山诗中颇为罕见。此外，重显此诗是一首单独的诗作，而非组诗中的一首。

北磵居简禅师（1164—1246）《拟寒山送明达二侍者归蜀》（《全宋诗》，第 33247 页）的格调与风格皆与前诗迥然不同：

不住有佛处，不住无佛处。[40]
万里一条铁，[41] 孤鸾无伴侣。[42]
无处不蹉过，有处还却步。

40　有一名僧徒向从谂禅师（778—897）请教去南方学习佛法之事，他说："你去南方，无佛处不住，有佛处也急须走过。"参见文远（9 世纪）记录，张子开点校：《赵州录》卷中，郑州：中州古籍出版社，2001 年，第 68 页。这句话的大意是，人不应执着于某个特定的地方或观念。

41　尽管许多禅师在不同语境中都用过"万里一条铁"的表述，但这句话的确切含义并不很明晰。其大致意思是真理（铁一般的真理？）无论何地何时都恒常不变。我在这里将"一条铁"意译为一条铁杖（A single iron staff）或锡杖（khakkhara），锡杖指顶端带有铁环的棍杖。据说得道高僧可以乘锡杖而飞，因此有"飞锡""飞杖锡"之说，飞锡亦可喻指托钵僧。

42　该句呼应了宗杲（1089—1163）《佛灯珣和尚赞》（《全宋诗》，第 19406 页）中"孤鸾无伴侣，师子不同群"之句。

207 挂角少羚羊，[43] 枯桩多死兔。[44]
达也二十九，兴尽复回首。[45]
简也四十余，寸长竟何有。
人皆笑我愚，我愚学未就。
扑碎古菱花，孰与分妍丑。[46]

居简以文才著称，所作的高雅诗篇不逊于同时代的世俗诗
208 人。然而，这首诗却故意写得松散拉杂，读起来就像是一篇格言杂录，其中不少诗句直接摘自早期文献。此诗广用典故，但反而增强了口语感，这是因为这些典故所本的早期文献本身就采用了白话或口语。诗中采取说教语气，不禁令人猜测可能是因为两名赠诗对象的社会地位及宗教地位都较卑微。居简称他

---

43 羚羊夜晚睡觉时为躲避捕食性动物，会将其弯角挂在树上，参见陆佃（1042—1102）著，王敏红点校：《埤雅》卷 5，杭州：浙江大学出版社，2008 年，第 43 页。

44 该句的事典出自《韩非子》（韩非 [？—公元前 233] 著，王先慎集解，钟哲点校：《韩非子集解》卷 19，北京：中华书局，2003 年，第 442—443 页）：一个农夫的田里有一个树桩，一只兔子撞到树桩上死了。于是农夫等在树桩旁边，想等到同样的情况发生，这样可以再获得一只兔子。居简该联的意思是寻求开悟时不能执着于任何事物。

45 这句话是说侍者达很快就要归蜀了。此中典故出自《世说新语》（《世说新语笺疏》下卷上《任诞》，第 759 页；马瑞志译：《世说新语（第二版）》（*Shih-shuo Hsin-yü: A New Account of the Tales of the World, 2nd ed.*），安娜堡：密歇根大学中国研究中心，2002 年，第 419 页）：王徽之在某个雪夜忽然想起一个朋友，决定去拜访他。他整晚乘舟方才到达朋友那里。然而他刚至门口就不再进去，而是随即返程。当被问及何以如此时，王徽之答道：“吾本乘兴而行，兴尽而返。”译者按：后注称马瑞志所译《世说新语（第二版）》作马译本《世说新语》。

46 这里的菱花指六边铜镜，其反射的阳光看起来就像是一朵菱花，参见《埤雅》卷 15，第 152 页。这种六边铜镜被称为菱花镜，其背面常饰以菱花的纹样。在佛教文献中，菱花镜象征可以反照万物但却不为物牵绊污染的能力。居简该句所本的直接语典似乎是宏智正觉禅师（1091—1157）《普贤菩萨章》（《全宋诗》，第 19792 页）“妙应通身无向背，古菱花不染媸妍”之句。

们为“达也”“简也”，听起来颇有些许调侃且倨傲的意味。这一称呼的方式模仿了《论语》里孔子对其学生的称呼。孔子提及某个学生，往往在其名字之后加一个虚词“也”。[47] 另外，该诗押仄韵也增强了一种道貌岸然的说教口气。[48]

在王安石的引领下，拟寒山诗的写作转向讽刺说教之诗一途。这一趋势在世俗作者之中也很明显。以下是曹勋（1098？—1174）两首《效寒山体》的前首（《全宋诗》，第 21101 页）：

嗟我世间人，有山只暂聚。
富贵空中花，遇合风里絮。
夜夜植业种，朝朝奔苦趣。
佛有妙莲花，读取平等句。

有学者曾征引曹勋此诗，将之作为台州诗人白话诗传统 209
的一个例子。[49] 该诗的主题与风格颇令人想起寒山诗集中的第一百七十二首：

我见世间人，茫茫走路尘。
不知此中事，将何为去津？

47　不过，杜甫也曾以这样的方式称呼过李白，参见宇文所安：《传统中国的诗歌与诗学：世界的征兆》（*Traditional Chinese Poetry and Poetics: Omen of the World*），麦迪逊：威斯康辛大学出版社，1985 年，第 213—214 页。

48　居简另有两首告别诗《拟寒山送洪州因上人省母》（《全宋诗》，第 33247 页）《拟寒山送吉州寿侍者奔父母丧》（《全宋诗》，第 33248 页），其使用仄韵的效果与此类同。

49　参见姚惠兰：《宋南渡词人群与多元地域文化》，上海：东方出版中心，2011 年，第 38—40 页。

荣华能几日，眷属片时亲。
纵有千斤金，不如林下贫。[50]

就拟作数量而言，慈受怀深禅师（1077—1132）作有一百五十首《拟寒山诗》组诗（《全宋诗》，第16096–16116页），为前人所不及。[51] 怀深为这组诗撰有序文（撰于1130年3月26
210 日），阐述了他对寒山诗之精髓的看法。该文开篇即称寒山与拾得其实是文殊与普贤菩萨。经过如此一番神化，寒山、拾得诗歌中的说教之辞不啻于神谕。寒山拾得体诗的特点号称“易晓而深诫”。怀深自己的诗“虽语言拙恶，乏于文彩”，但他正是希望以此广传佛家先圣之教。[52]

怀深认识到寒山、拾得的说教诗题材广泛，但认为其中最重要的主题是反对杀戮，尤其是反对为食肉而杀戮。他征引了两个例子，其中之一是寒山诗集的第七十首：

人吃死猪肉，猪吃死人肠。

---

50 《寒山诗注（附拾得诗注）》，第450页。姚惠兰（《宋南渡词人群与多元地域文化》，第39页）认为曹勋此诗直接模仿了第一百七十二首寒山诗。另外，曹勋还有诗《谢彭大夫惠寒山诗三首》（《全宋诗》，第21105页）显示出与寒山其诗相同的主题与风格，不过他并未明确说明该诗模仿了寒山。

51 怀深在其组诗的序文中称该组诗有一百五十首之多，而目前存世的是一百四十八首。居简在《修慈受开山塔疏》（《全宋文》第299册，第58页）中提及慈受曾“拟寒山千偈”，但目前尚不清楚此“千”字是否是实指其数。另外，据说广教守讷禅师（1047—1122）曾“拟寒山诗数百篇”，参见李弥逊（1089—1153）：《宣州昭亭山广教寺讷公禅师塔铭》，《全宋文》第180册，第366页。不过这些拟作皆已亡佚。长灵守卓禅师（1065—1124）有《拟寒山四首》（《全宋诗》，第14529–14530页）存世，不过其数量与慈受的组诗相比，就显得微不足道了。

52 怀深：《拟寒山诗序》，《全宋文》第151册，第298–299页。

猪不道人臭，人反道猪香。
猪死抛水里，人死掘地藏。
彼此莫相食，莲花生沸汤。[53]

怀深的仿作亦毫无意外地出现了相同的主题。他的第 211
二十一首《拟寒山诗》(《全宋诗》，第 16098 页）云：

猪狗啖人粪，人啖猪狗肉。
臭秽都不知，薰蒸境界熟。
身口既不净，诸天多努目。
自新宜早为，况是光阴速。

该诗与上引寒山诗的相似之处不言而喻，在此无须赘述。

刘克庄曾比较过王安石与怀深的拟寒山诗，认为王氏是大手笔，其拟作几乎超过了原作，怀深只是一介僧人，不过其拟作亦“逼真可喜”。[54] 刘克庄引及王氏《拟寒山拾得二十首》中的第二首（《临川先生文集》卷 3，《王安石全集》第 5 册，第 173 页）：

53　正文所引该诗的文本出自怀深《拟寒山诗序》。在《寒山诗注（附拾得诗注）》（第 191—192 页）中，该诗的文本存在重要的异文。该诗最后一句的意思是，当众生不再食肉，佛法（莲花为其象征）就大行于世了。梅维恒（Victor H. Mair）《中世纪白话汉语中的文字》（“Script and Word in Medieval Vernacular Sinitic”）（《美国东方学会杂志》1992 年第 2 期）更为具体地解释了该句：“莲花象征着阿弥陀佛天堂之中的重生，寒山显然希望这种重生能取代汤沸肉食的人间世界。”罗吉伟（《寒山之上：寒山诗的佛学解读》，第 76 页）则认为该诗的部分意思是：“人类自以为高于万物，然而这种优越感在此被横加摧折”。

54　《后村诗话》后集卷 2，第 109 页。

我曾为牛马，见草豆欢喜。
又曾为女人，欢喜见男子。
我若真是我，只合长如此。
若好恶不定，应知为物使。
堂堂大丈夫，莫认物为己。

该诗描述众生存在一如诸般幻相，在无休无止的轮回中受到困扰，以此划定了“物”与“我”之间的本质区别。这呼应
212 了《楞严经》中的一句名言：“一切众生，从无始来。迷己为物，失于本心。”《楞严经》认为众生获得救赎的关键在于超越“物”：“若能转物，则同如来。”[55] 从风格的角度来看，此诗五至八句每句都有一个连词，颇能体现使用主从结构句式的倾向。五、七两句都用了“若”字，而第七句则完全打破了诗句的正常节奏，其节拍是 × ×× ××，听上去像是散文。刘克庄另引及怀深组诗第一百三十九首的前四句（《全宋诗》，第 16113 页），该诗所述的轮回观念与上引王诗颇有相似之处：

奸汉瞒淳汉，淳汉总不知。
奸汉作驴子，却被淳汉骑。

有内证显示，怀深读过且受启于王安石的组诗。在此可举怀深组诗的第六十六首（《全宋诗》，第 16104 页）为例，该诗阐述了心识重于书本知识的观点：

---

55 《楞严经文句》卷 2，第 79 页；陆译本《楞严经》，第 38 页。

人云我聪明，识尽天下理。
逐日弄精魂，长年钻故纸。
自家一个心，殊不知落地。
及乎死到来，看你无巴鼻。

该诗第二句逐字移录自王安石《拟寒山拾得二十首》第七首（《临川先生文集》卷 3，《王安石全集》第 5 册，第 178 页）的第二句：

我读万卷书，识尽天下理。 213
智者渠自知，愚者谁信尔。
奇哉闲道人，[56] 跳出三句里。[57]
独悟自根本，不从他处起。

王安石此诗第一句暗用了杜甫一番著名的自述。杜甫自称在读破“万卷”书之后，提笔作诗如有神助。[58] 此外，人们由该句还能想到王安石曾为自己无书不读而自豪不已。[59] 而如今，王

56　该句所指最可能是永嘉玄觉禅师（665—713）《证道歌》的开头两句：“君不见绝学无为闲道人，不除妄想不求真。”参见《景德传灯录译注》卷 30，第 242 页。此外，该句还呼应了《老子》（《老子校释》卷 20，第 76 页；刘译本《老子》，第 76 页）“绝学无忧”一语。

57　颇有禅师创设各式各样的“三句”开悟法。不过王安石这里所用的“三句”似乎是泛指佛教教义文献，而非任何一种特定的开悟模式。

58　参见杜甫：《奉赠韦左丞丈二十二韵》（《杜甫诗》第 1 册，第 50—51 页）：“读书破万卷，下笔如有神。”

59　参见王安石：《答曾子固书》，《临川先生文集》卷 73，《王安石全集》第 6 册，第 1314 页。王安石曾斥责其政治对手读书不够，此事颇为人传扬，参见《邵氏闻见后录》卷 20，《全

氏此番自豪感已然不存，转而认识到从书本阅读中获取的“天下理”是不够的，人须认清自己的内在本质方能开悟。王氏晚年在钟山居住盘桓的各种体验是他的另一个开悟之源；或者说，这些体验至少让他获得了一种他所称作“闲”的心灵境界。

214 钟山心影

唐顺宗（805—806 在位）曾问询禅师佛光如满：

> 佛从何方来？灭向何方去？
> 既言常住世，佛今在何处？

面对顺宗的这一偈颂，如满答道：

> 佛从无为来，灭向无为去。
> 法身等虚空，常住无心处。[60]

上述这番对答在修辞与主题上都为王安石两首对话体绝句《即事》(《临川先生文集》卷 3,《王安石全集》第 5 册,第 172 页）提供了典范：

宋笔记》第 4 编第 6 册，第 138 页。

60 《景德传灯录译注》卷 6，第 410 页。“无心”指未被思想情感占据的心胸，对万事万物都开放。

其一
云从钟山起，却入钟山去。
借问山中人，云今在何处？

其二
云从无心来，还向无心去。
无心无处寻，莫觅无心处。

王安石的《即事·其二》或可解读为对如满无心之说的反 215
驳。禅宗传统中，这种思想层面上的翻案手法至早可追溯至慧能（613—713）对神秀（606—706）所作偈颂的回应之辞。禅宗五祖弘忍（600—674）命弟子每人作诗一首，表达对佛陀教义的洞见。神秀以弘忍的继承人自居，作偈诗一首如下：

身是菩提树，心如明镜台。
时时勤拂拭，勿使惹尘埃。

慧能口占偈诗回应神秀。弘忍随即选中慧能作为他的继承人。慧能偈诗云：

菩提本无树，明镜亦非台。
本来无一物，何处惹尘埃？[61]

61　慧能（638—713）著，郭朋校释：《坛经校释》，北京：中华书局，2012 年，第 12、16 页；马克瑞（John McRae）译：《六祖坛经》（*The Platform Sutra of the Sixth Patriarch*），加州伯克利：沼田佛典翻译与研究中心，2000 年，第 20、22 页。

方回称后人运用翻案诗法，皆祖述于慧能这首偈诗。这话肯定是夸大其词了。不过，他提醒我们注意禅宗传统中翻案手法的运用却不无道理。[62]不管怎么说，王安石的《即事·其二》与如满其诗之间的关系一如慧能偈诗与神秀偈诗之间的关系。

王安石两首《即事》诗中引人注目地重复使用了某些字词，
如前诗中的“山”“云”及后诗中的“无心”（前诗的最后一字“处”
216 亦两见于后诗，其中之一也是在诗的结尾）。这种重复在顺宗、
如满对答的偈诗里已昭然可见，只是在王诗里有过之而无不及。这种重复曾经引起某些论者的不耐烦，他们认为此一现象代表了宋诗中议论化的不良倾向。胡云翼认为《即事 · 其二》中的每句话都有“无心”一词，就像是在不停地念咒，他反问道：“这怎样能说是诗呢？”[63]钟敬文也认为该诗不过是一首老套的偈诗，“只可以供和尚们去念念”。[64]王水照则说该诗之中“物只是禅理没有形象力的躯壳”。[65]

我们姑且不论上述品评意见的价值，在此更须注意这样一个事实，即唐诗普遍避免在同首诗中重复用字，而这种重复在宋诗中却司空见惯。[66]王安石诗重复用字的现象尤为明显，引起

---

62 方回：《名僧诗话序》，《全元文》第 7 册，第 82 页。

63 胡云翼：《宋诗研究》，成都：巴蜀书社，1993 年，第 12 页。

64 钟敬文：《听雨楼诗话》，《钟敬文文集》，合肥：安徽教育出版社，2002 年，第 3 册，第 66 页。钟敬文倒是承认王安石《即事 · 其一》颇有诗趣，这可能是因为其诗写到了云，而云作为钟山中的可见之物，既保留了物质的具体性，又具有易于辨识的象征意义。

65 王水照：《宋代诗歌的艺术特点和教训》，《文艺论丛》1978 年第 5 期。王安石以云作为“无心”的象征，受到了陶渊明的影响，对于这一观点，李剑锋《元前陶渊明接受史》（济南：齐鲁书社，2002 年，第 263—264 页）持更为赞同的态度。

66 蔡正孙（1239？—？）：《诗林广记》前集卷 15，北京：中华书局，1982 年，第 77 页。

了相当大的关注。[67] 他早在退居钟山之前，诗作中就已重复用字了。《天童山溪上》(《临川先生文集》卷 34，《王安石全集》第 5 册，第 678 页）即是一个相关的早期例子，该诗前三句“溪”“树”二字重复出现了几次：

溪水清涟树老苍，行穿溪树踏春阳。
溪深树密无人处，唯有幽花渡水香。 217

这首绝句作于 1047 年，王安石时年仅 27 岁，在知鄞县任上。当年王安石走访鄞县时去过禅宗的一处圣地天童山，在山中著名的景德寺住过一晚。[68] 不过，直至王氏退居钟山以后，重复用字的现象才时常出现在他描写山水的诗句里，而这种描写常又充盈着禅宗的旨趣。王氏这类诗作中，有些禅宗主题相当明显，如前引《即事》，而另一些则只是暗示而非直陈宗教旨意，如其绝句《定林所居》(《临川先生文集》卷 30，《王安石全集》第 5 册，第 616 页）。该诗首句重复使用“绕”字，且每句都有“溪”“山”二字：

屋绕湾溪竹绕山，溪山却在白云间。

67　参见《王安石诗技巧论》，第 180—187 页；梁明雄：《王安石诗研究》，第 76—78 页。杨万里诗重复用字受到王安石的影响，关于此点，张瑞君《杨万里评传》(南京：南京大学出版社，2001 年，第 189—191 页）的讨论颇有参考价值。关于中国诗歌传统中有意重复用字的现象，参见蒙智扉、黄太茂编著：《奇诗怪联趣谈》，南宁：广西民族出版社，1991 年，第 122—126 页。

68　参见王安石：《鄞县经游记》，《临川先生文集》卷 83，《王安石全集》第 7 册，第 1462—1463 页。

临溪放艇倚山坐，[69] 溪鸟山花共我闲。

定林寺位于钟山，是王安石致仕以后时常盘桓的地方。寺中住持专辟一屋供王氏休息、修习及会客之用。王氏许多诗作都曾着重描写或是提及定林寺，这些诗作常常或明或暗地传达了宗教旨趣。杜松柏一一对应地阐释过该诗的佛禅思想。他认
218 为第一联意在暗示“体用一如”，“体”“用”二者都是通过“色界事物”来表现的，第二联中溪边停泊的小艇象征“摄用”，倚山而坐则象征“归体”。最后一句中，自然物象（溪、鸟、山、花）与主观自我“皆自性之作用”。[70]

杜松柏将此诗中的形象语言与宗教旨趣一一关联起来，可能失于过度简化或僵化，无法全然令人信服。但是该诗的精神底蕴的确引人注目。诗中最后一句提及“闲”字，即是一个标志。王安石另有《游钟山》(《临川先生文集》卷 30，《王安石全集》第 5 册，第 616 页)，也是一个例子：

终日看山不厌山，买山终待老山间。[71]
山花落尽山长在，山水空流山自闲。

该诗重复用字的现象比前两诗更甚：每句都有两个“山”字（另外，前两句各有一个“终”字）。诗中首句还浓缩地化用

69 “艇”字在《王荆文公诗笺注》(卷 44，第 1180 页）中作“杖”字。

70 杜松柏:《禅学与唐宋诗学》，台北：新文丰出版公司，2008 年。第 538 页。

71 “买”字有一处异文作“爱”，由是该句作“爱山终待老山间”，参见《王荆文公诗笺注》卷 44，第 1181 页。

了李白诗作《独坐敬亭山》(《全唐诗》卷 182，第 1858 页）的第二联：

> 众鸟高飞尽，孤云独去闲。
> 相看两不厌，只有敬亭山。

李、王二诗中，李白是坐在一个固定的位置凝眸静观，王安石 219
则是在山间漫步，视野更为灵动。李诗之中，山与人之间的关系是相互凝视（而相互取悦），王诗的第二句则提及了一桩买卖。1075 年王安石二度为相时开始计划在钟山附近购地造屋，不过迟至他致仕后的 1079 年春季才真正开始营建。[72] 建成以后的屋宅位于金陵东城门至钟山路途的中点，因此得名“半山园”。[73] 王诗提及购地之事，并含蓄地驳斥了竺道潜（286—374）对支遁(314—366)的驳斥。支遁通过中间人想买竺道潜的岇山之地，竺道潜答道：“未闻巢（巢父）、由（许由）买山而隐。”[74]

李壁注释王安石《游钟山》第二联时引及灌溪志闲禅师(？—895）的一联诗句：“闲花一任风吹落，留得青山在即休。”[75] 王诗与志闲是否有关尚存很大疑问，不过有一点很清楚，那就是在王安石与志闲的诗中，落花的纷繁易逝都更衬托了山的从容平静。李壁征引志闲其联，明显是在暗示，王氏将钟山与落花、

72　王安石《送张拱微出都》(《临川先生文集》卷 5，《王安石全集》第 5 册，第 207 页）提及他计划在金陵购地造屋。

73　王安石对半山园营建之事的描述，参见其诗《示元度》,《临川先生文集》卷 1，《王安石全集》第 5 册，第 146–147 页。

74　《世说新语笺疏》下卷下《排调》，第 802 页；马译本《世说新语》，第 445 页。

75　《王荆文公诗笺注》卷 44，第 1181 页。

流水对照并置，具有一层佛理的底蕴。杜松柏的相关解读则更为详尽，他认为钟山及王氏思居其地的愿望“象征自性妙体及
220 禅人开悟后之圣境”。第二联中的山成为自性妙质长存不朽的化身，与“色界如山花之凋落”形成比照。[76]

半山园的生活并非不受外界的诱惑，王安石的《两山间》（《临川先生文集》卷1，《王安石全集》第5册，第154页）对此有所揭示。该诗共十二句，其中有九句出现了“山”字：

自予营北渚，数至两山间。
临路爱山好，出山愁路难。
山花如水净，山鸟与云闲。
我欲抛山去，山仍劝我还。
只应身后冢，亦是眼中山。
且复依山住，归鞍未可攀。

《游钟山》中，钟山的平静与落花、流水的变动是对照并置的，而此《两山间》则如前引《定林所居》，其中所有的自然物象（花、水、鸟、云）彼此协调统一。诗中俗世的诱惑与两山的召唤存在着张力，但王安石决心要“依山住”，也就化解了这种张力。王氏下此决心，或可视为在表达要坚守自性之真的意愿。

221 不过，从根本上讲，人与自性的和谐共处并不取决于具体有形的位置或环境，王安石到头来还是没有“老山间”。1084年春，王安石重病一场，显然是中风，整整有两天时间无法说话。

76 《禅学与唐宋诗学》，第537—538页。

等他恢复过来以后，开始担心自己终究会丧失说话能力，于是决定趁尚能言语之时把要说的话都说出来。他先简短地对妻子说了一番夫妻之情的道理，然后对叶涛（1050—1110，王安国的女婿）表达了平生在“闲文字”上耗费过多时力的追悔之意，并劝导叶涛研习佛经。他对自己病中失态略感尴尬，称自己“虽识尽天下理，而定力尚浅”。[77] 或许是以为自己大限将至，王氏决定舍半山园为寺。他上疏乞请皇帝赐予该寺名额，此请得许，御赐寺名“报宁”。后来，王氏完全康复过来，就在金陵城中赁了一处住宅，再未给自己建造宅邸。[78]

王安石移居城中数月之后，又重游半山旧园。途中遇雨，到达后雨即停止，他由此写下两首绝句《题半山寺壁二首》（《临川先生文集》卷 3，《王安石全集》第 5 册，第 169 页）：

其一

我行天即雨，我止雨还住。

雨岂为我行，邂逅与相遇。 222

其二

77　朱熹《三朝名臣言行录》卷 6（《朱子全书》第 12 册。第 548—549 页）引《荆公语录》“识尽天下理”这一句，似乎能让我们想到王安石第七首拟寒山诗的第二句。

78　《续资治通鉴长编》卷 346，第 8314 页；《东轩笔录》卷 12，《全宋笔记》第 2 编第 8 册，第 94 页。王安石向朝廷的乞请之辞参见《临川先生文集》卷 43，《王安石全集》第 6 册，第 824—825 页；其乞请得许之后的谢表参见《临川先生文集》卷 60，《王安石全集》第 6 册，第 1122 页。据邵伯温（《闻见录》卷 11，《全宋笔记》第 2 编第 7 册，第 187 页）所述，王安石曾在恍惚间看到其子王雱（1044—1076）像囚犯一样镣铐加身，于是舍宅为王雱祈福。

寒时暖处坐，热时凉处行。
众生不异佛，佛即是众生。[79]

上述两诗的整体结构是前诗叙述具体经历，后诗发表抽象议论，与本部分开头所引《即事》诗如出一辙。途中遇雨之事还颇能令人联想起王安石第四首拟寒山诗中主人遭遇坠瓦之事。当然，王氏遇雨应是确有其事，而非杜撰。另外，王氏以其旧居之名来称呼报宁寺，表明他还未能适应故园的性质已然变化。

惠洪曾对王安石晚年与佛教的密切接触有过一番极具启发意义的叙述：

223 王文公（王安石）罢相，归老钟山。见衲子必探其道学，尤通《首楞严》。[80]尝自疏其义。其文简而肆，略诸师之详，而详诸师之略，非识妙者莫能窥也。每曰："今凡看此经者，见其所示'性觉妙明，本觉明妙'，知根身器界生起不出我心。窃自疑今钟山，山川一都会耳，而游于其中无虑千人，岂有千人内心共一外境耶？借如千人之中，一人忽死，则此山川何尝随灭。人去境留，则经言山河大地生起之理。不然，何

---

79 《王安石诗文系年》将这两首诗作年系于 1084 年秋。

80 王安石是第一位为《楞严经》作注的世俗学者。张煜《心性与诗禅：北宋文人与佛教论稿》（第 186–207 页）最先汇编了王氏注释《楞严经》的条目，后收入《王安石全集》第 4 册。关于《楞严经》在北宋文人中的流行程度，参见周裕锴：《诗中有画：六根互用与出位之思——略论〈楞严经〉对宋人审美观念的影响》，《四川大学学报（哲学社会科学版）》2005 年第 4 期。

以会通称佛本意耶？”[81]

王安石所引之语出自《楞严经》的这段话：“佛言：富楼那，如汝所言，清净本然，云何忽生山河大地？汝常不闻如来宣说，性觉妙明，本觉明妙？”[82]蕅益智旭禅师（1599—1655）指出，这段话的中心思想是：“性觉本觉，只有二名，终无二体。”[83]富楼那虽常能聆听佛言，但仍未领会佛之意旨。王安石则将关注的重心转到“内心”与“外境”的关系，他坚持认为“外境”比“内心”更为重要，这表现出他一贯爱唱反调的性格特点。至于他将钟山看作一个永存实体，独立于形形色色、转瞬即逝的主体体验之外，是否符合“佛本意”，其实无关紧要。真正的 224
紧要处在于王氏的这一看法影响并充实了其晚年的许多诗作。这些诗作形成了一个独特的诗歌类型。其修辞特点是同一首诗内反复出现某些字词。在语体语域上，该类型介于王氏另外两类诗作之间：前一类是像其拟寒山诗那样明显口语化的说教诗；后一类是其清新自然的山水诗。批评家往往将后一类诗视为王氏晚期风格的代表作。

81　惠洪撰，夏广兴整理：《林间录》卷中，《全宋笔记》第9编第1册，第237–238页。

82　《楞严经文句》卷4，第170页；陆译本《楞严经》，第85页。

83　《楞严经文句》卷4，第170页。

第五章

《君难托》：类型惯例与党派政治

王安石诗《君难托》(《临川先生文集》附录,《王安石全集》 225
第 8 册，第 1734–1735 页）云：

> 槿花朝开暮还坠，[1] 妾身与花宁独异?
> 忆昔相逢俱少年，两情未许谁最先。
> 感君绸缪逐君去，成君家计良辛苦。
> 人事反复那能知，谗言入耳须臾离。
> 嫁时罗衣羞更着，如今始悟君难托。
> 君难托，妾亦不忘旧时约。

该诗现已被解读为王安石对神宗皇帝的怨望之词：诗中男子婚 226
前的求爱之举喻指神宗求才若渴，急于征召王安石入朝效力。

---

1 槿花日发晚谢，被用来象征夫妻之间恩爱的短暂，参见程千帆、缪琨选注:《宋诗选》, 上海：古典文学出版社，1958 年，第 29 页。

王氏曾反复谢绝神宗之前两朝皇帝的征召，却为神宗的诚意打动，于是离开江宁前往汴京。王氏尽心尽力地管理国家政务（“成君家计”），然而却遭致诽谤，被迫去职。神宗终不可靠，王氏虽颇感痛惜，却仍然声称对君臣二人曾共有的政治理想（“旧时约”）坚贞不二。[2]

对于这首诗作，本章并不准备提出新的阐释，也不试图论证或是反驳上述寓意性的解读，而是希望阐明塑造上述寓意性解读的话语力量。我将首先检视该诗的作者身份及作者意图这类技术问题，然后在三重历史背景中考察该诗：（一）有关王安石与神宗关系变化的叙述；（二）对中国诗歌传统中弃妇的诠释；（三）宋代解诗之道与党派政治的交织缠绕。

作者身份与作者意图

我们讨论王安石《君难托》最方便的起点是李壁的注释。李壁对该诗中各种母题、意象与措辞的出处加以说明之时，曾引及三首唐人描写弃妇的乐府诗。[3] 李壁由该诗第二联“忆昔相
227 逢俱少年，两情未许谁最先”追溯至张籍《白头吟》（《全唐诗》卷 382，第 4286 页）中“忆昔君前娇笑语，两情宛转如萦素”一联；由其第五句“感君绸缪逐君去”联想到白居易《井底引银瓶》

2 《从桔槔到扁舟：王安石的生平与诗歌（1021—1086）》（第 444–446 页）对有关该诗不同可能的阐释进行了精辟而持平的讨论。

3 《王荆文公诗笺注》卷 21，第 509–510 页。李壁对前两首诗的引用见载于“庚寅增注”，已有学者指出《王荆文公诗笺注》中的“补注”与“庚寅增注”皆出自李壁之手，参见巩本栋：《论〈王荆文公诗李壁注〉》，《文学遗产》2009 年第 1 期。

(《全唐诗》卷 427，第 4708 页）中“感君松柏化为心，暗合双鬟逐君去”一联；[4] 又以其结尾类比了陆龟蒙（？—881）《古意》(《全唐诗》卷 627，第 7199 页）中“君心虽澹薄，妾意正相托”一联（该联有两处异文）。除此而外，人们或许还能由王诗内容联想到其他诗作。如其第六句“成君家计良辛苦”就颇能令人想到张籍《别离曲》(《全唐诗》卷 382，第 4281 页）中“成君家计良为谁”一句。

值得注意的是，李壁的主要目的并非要将《君难托》归入弃妇诗的行列，而是要反驳一则当时已有的说法：“或言，此诗恐作于神考（神宗）眷遇稍衰时。然词气殆不类平日所为，兼神考遇公终始不替，况大臣宜知事君之义，必不为此怨尤也。”[5]

我们于此要提出三个议题：《君难托》的作者身份、王安石与神宗之间的关系以及大臣用诗歌来表达对君主的不满是否恰当。李壁感觉该诗“词气”不类王氏平日之诗而怀疑非其所作。李壁深谙王诗，对于他这一直觉性的评论，我们不可轻易地置之不理。陆宰（1088—1148）就极力主张该诗为王安国所作，对该诗是王安石致仕以后所写的说法不屑一顾，斥为“浅丈夫”之见。[6] 王安国的形象似乎颇有些该诗作者的影子，《宋史》本 228

4 松柏在冬日亦能保持长青，故象征着坚定不移的决心。女子婚嫁时会将两鬓的发辫绾在脑后。

5 《王荆文公诗笺注》卷 21，第 509 页。

6 陆游撰，李昌宪整理：《家世旧闻》卷中，《全宋笔记》第 5 编第 8 册，第 249 页。在现代学者对《君难托》作者身份问题的讨论中，陆宰的主张并未引起太多的关注。不过也有例外，参见龚延明、李裕民：《宋人著作辨伪》，朱瑞熙、王曾瑜、蔡东洲主编：《宋史研究论文集》第 11 辑，成都：巴蜀书社，2006 年，第 425—426 页；另可参见李裕民：《宋史考论》，北京：科学出版社，2008 年，第 219 页。

传记载他行止放荡不羁，深溺声色享乐。[7] 王安国欣赏花蕊夫人（？—976）多愁善感的《宫词》，并煞费苦心地保存、推广其作。[8] 王安石曾批评晏殊（991—1055）写作耽于感官享受的小词，与其宰相的身份不相匹配，而王安国则为晏殊申辩。[9]

王安国死后不久，家人就将他的文学著述整理成集，有一百卷之多。[10] 不过，直至南宋初期，该集才始由其曾孙王烨刊印。[11] 王安国文集有不同版本，流传时间皆颇长久，然而，除陆宰之外，无人提及在这些版本中曾见到过《君难托》。王安石文集中固然有几首诗可以有把握地确认是王安国所作，但也有一些号称是王安国的诗作，其实为王安石所写。即使在陆宰之言中，我们也可以清楚见出，该诗是两存于王氏兄弟文集之中的。故陆宰之论只是孤证，并非定谳。李壁明显不知陆宰将该诗归为王安国之作，他甚至可能都未曾接触过王安国的文集。[12] 饶是如此，李壁在处理王安石文集中诗歌作者身份问题之时，还是
229 于三则案例中提到过王安国。简略地来看一下这些案例，会有助于我们了解李壁是如何处理王安石文集中那些暗含男女情愫

7 《宋史》卷 327，第 10558 页。

8 王象之（1163—1230）撰，李勇先点校：《舆地纪胜》卷 174，成都：四川大学出版社，2005 年，第 5093 页；另可参见文莹（11 世纪在世）撰，郑世刚整理：《湘山野录》，《全宋笔记》第 1 编第 6 册，第 76 页。

9 《东轩笔录》卷 5，《全宋笔记》第 2 编第 8 册，第 34 页。

10 曾巩：《王平甫文集序》，《全宋文》第 58 册，第 2 页。《宋史》卷 280《艺文志》（第 5370 页）及王安石《王平甫墓志》（《临川先生文集》卷 91，《王安石全集》第 7 册，第 1585 页）中记录过一部六卷本的王安国文集。关于相关问题的详细讨论，参见《北宋临川王氏家族及文学考论——以王安石为中心》，第 70–75 页。王安国现存诗作不足 50 首，其中并无内容可使我们倾向于相信或否认他为《君难托》的作者。

11 《瀛奎律髓汇评》卷 1，第 38 页。

12 《瀛奎律髓汇评》卷 1，第 38 页。

的诗歌的。第一则案例是《即席》(《临川先生文集》卷 31,《王安石全集》第 5 册，第 619 页)：

曲沼融融泮尽澌，暖烟笼瓦碧参差。
人情共恨春犹浅，不问寒梅有几枝。

有人说该诗亦为王安国所作，李壁之注引及此说，但并未做任何评论。[13] 他之所以对此说不置可否、漠然视之，很可能是因为该诗之于王安石诗歌总体的“词气”没有任何不同寻常之处，而且其第二联的修辞还相当典型地反映出王安石对于凡夫俗子的蔑视之意。第二则案例《临津》(《临川先生文集》卷 33,《王安石全集》第 5 册,第 659 页)的情况就不同了,其中问题严重：

临津艳艳花千树，夹径斜斜柳数行。
却忆金明池上路，红裙争看绿衣郎。

龙舒本中，该诗是王安石《次韵和甫春日金陵登台》两首中的
后首。[14] 宋代朝廷赏赐进士及第者每人一件绿袍，进士们穿上绿 230
袍，在京城之中游街，引得许多女子旁观。[15] 如果该诗是王安石

13 《王荆文公诗笺注》卷 45，第 1191 页。

14 龙舒本中这两首《次韵和甫春日金陵登台》并不同韵，也并非以同一诗体写成，因此它们不太可能是在同一场合写的。译者按：作者特别追加了一个意见，即《临川先生文集》中,《次韵和甫春日金陵登台》与《临津》为两首完全不同的诗作，龙舒本显误。但它却可引发读者推测《临津》与王安礼有关。

15 参见徐松（1781—1848）辑，刘琳等校点：《宋会要辑稿 · 选举二 · 贡举二》，上海：上海古籍出版社，2014 年，第 5265 页。

写给王安礼的，那么其第二联可被解读为对新晋进士荣耀时刻的叙述。[16] 然而，李壁却认为这首绝句与王安石的诗风迥异，断言该诗实为王安国所作，被错归为王安石的作品。[17] 这一说法的首创者是蔡絛。[18] 而据王直方记载，欧阳修曾疑惑王安石这样一个谈性色变者何以会写出这样一首诗。[19] 胡仔即据这一记载，认为蔡絛之说有误。[20] 直到今天，该诗作者身份的问题在学者中间仍然悬而未决。[21]

第三则案例是李壁疑为王安国所作的《上元夜戏作》(《临川先生文集》卷 33，《王安石全集》第 5 册，第 664 页)：

马头乘兴尚谁先，曲巷横街一一穿。
尽道满城无国艳，不知朱户锁婵娟。

尽管诗题言明该诗是一首游戏之作，但所述内容毕竟是上元节夜登徒子游荡京城寻花觅柳之事。这足以让李壁"疑此平甫(王

16 王安礼与其兄王安石、王安国不同，以英俊姿容著称，他的这一特点自然会引起女性的瞩目。关于王安礼的姿容，参见《宋史》卷 327，第 10557 页。

17 《王荆文公诗笺注》卷 47，第 1276 页。

18 《西清诗话》，《稀见本宋人诗话四种》，第 217 页。

19 《王直方诗话》，《宋诗话辑佚》，第 37 页。

20 《苕溪渔隐丛话》前集卷 34，第 232 页。自宋代以降，王直方这一叙述还被一些其他的史料文献记载并接受。

21 郭绍虞(《宋诗话辑佚》，第 37 页)与汤江浩(《北宋临川王氏家族及文学考论——以王安石为中心》，第 303—304 页)赞同王直方、胡仔之说。李德身(《王安石诗文系年》，第 322—323 页)、李燕新(氏著:《王荆公诗探究》，台北:文津出版社，1997 年，第 56 页)、刘方(氏著:《汴京与临安：两宋文学中的双城记》，上海：上海古籍出版社，2013 年，第 22—26 页)则追随蔡絛之说。

安国）作”。[22]

我对王安石文集中任何一首诗歌的作者身份都无意置喙，只是想指出，诗评家将《君难托》一类诗歌指为王安国之作，是受到了这样一种刻板印象的引导，即王安石有点像清教徒。周紫芝记载的两个例子很能说明问题。[23] 前例是罗竦曾告诉周紫芝他看过王安石亲笔写过的一首小词：

> 留春不住，费尽莺儿语。满地残红宫锦污，昨夜南园风雨。
> 小怜初上琵琶，[24] 晓来思绕天涯。不肯画堂朱户，春风自在杨花。

罗竦很疑惑王安石何以会写出这首词。周紫芝则怀疑该词实为王安国所写。[25]

后例是沈肇曾告诉周紫芝，有两联被归为王安石所作的诗 232
句其实是王安国写的：“浓绿万枝红一点，动人春色不须多”；“春色恼人眠不得，月移花影上阑干”。因沈肇与王安国第二子王斿

22 《王荆文公诗笺注》卷 47，第 1286 页。蔡絛（《西清诗话》，《稀见本宋人诗话四种》，第 217 页）亦持此说，他的这一观点同样早于李壁而发。

23 《竹坡诗话》，《历代诗话》，第 343 页。

24 冯小怜是北齐倒数第二任国君也即腐败的高纬（565—576 年在位）的宠妃，她精于琵琶演奏，参见李延寿：《北史》卷 14，北京：中华书局，1974 年，第 530 页。

25 该词被归为王安国所撰的观点，参见《王安石诗文系年》，第 326 页；王继如等：《中国古典文学史料学》，北京：北京大学出版社，2008 年，第 204–205 页。也有学者认为该词可能为王安石所作，参见《王安石与北宋文学研究》，第 46 页；来云：《欧阳修、苏舜钦、王安石诗文拾遗》，复旦大学古籍整理研究所：《中国古典文学丛考》第 2 辑，上海：复旦大学出版社，1987 年，第 136 页；在唐圭璋所编的《全宋词》（卷 208，北京：中华书局，1965 年，第 216–217 页）中，该词两见于王安石、王安国名下。

是亲戚关系，故周紫芝对沈肇此言信以为真。[26] 然而，这两联诗句就像前述的词作一样，其作者身份的问题仍难解决。本书第三章曾述及第一联，其所属的诗作已然亡佚。宋代大多数论者认为作者为王安石，不过对其创作意图的解释有所不同。第二联则出自《夜直》(《临川先生文集》卷 31,《王安石全集》第 5 册，第 626 页)。[27] 除去沈肇之说，其他宋代史料都将该诗归为王安石之作，此一情况与第一联颇为相似。[28] 历来学者都倾向将稍具浪漫情调的作品从王安石文集中删除出去，何文焕（1732—1809）对此有过一句精辟的评论：“学究腐儒，屏绝绮语。一或有之，必为之辨。”[29]

李壁之后，关于《君难托》作者身份问题的争议就逐渐平
233 息了。批评家将目光转向了该诗的寓意。1214 年魏了翁写过一篇序文，赞扬李壁能对王安石诗作的谬误之处做出允当的评论。他举出数例，其中提及《君难托》的第四联“人事反复那能知，

26 周紫芝提及沈肇为王旊家的女婿。傅林辉（氏著：《王安石世系传论》，武汉：长江文艺出版社，2000 年，第 188 页）认为沈肇为王安国之婿。来云（《欧阳修、苏舜钦、王安石诗文拾遗》,《中国古典文学丛考 · 第 2 辑》，第 136 页）则认为沈肇为王旊之婿。从周紫芝生卒年来看，来云之说为确。

27 曾季貍（《艇斋诗话》,《历代诗话续编》，第 293 页）认为该诗“似小词”，可能是觉得该诗带有艳情成分。李德身（《王安石诗文系年》，第 326–327 页）根据周紫芝所载沈肇之说，坚持认为《夜直》的真正作者是王安国。

28 例如可参见《诚斋诗话》,《历代诗话续编》，第 137 页；叶寘（12—13 世纪）撰，汤勤福整理：《爱日斋丛钞》卷 4,《全宋笔记》第 8 编第 5 册，第 405 页；谢维新（13 世纪）：《古今合璧事类备要》前集卷 41,《景印文渊阁四库全书》第 939 册，第 335 页；祝穆（12—13 世纪）：《古今事文类聚》前集卷 6、卷 29,《景印文渊阁四库全书》第 925 册，第 95、474 页。“月移花影上阑干”一句还出现在释绍嵩（13 世纪）的集句诗《次韵吴伯庸竹间梅花十绝 · 其二》(《全宋诗》，第 38645 页）中，诗中该句的作者被标注为王安石。

29 何文焕：《历代诗话考索》,《历代诗话》，第 815 页。

谗言入耳须臾离”，认可李壁之注“明君臣始终之义理以返诸正”。[30]魏氏其意可能是指李壁“大臣宜知事君之义，必不为此怨尤也”这一评语。这里需要注意两点：其一，魏氏并未质疑《君难托》的作者身份，尽管这个问题是李壁评语的中心议题；其二也是更重要的一点，魏氏虽也认为该诗中的怨言有违道德，但他忽略了李壁评语的语境，并理所当然地认为该诗喻指王安石与神宗之间的关系。

13 世纪还出现了对王安石怨望之意背后的历史细节的种种猜测。熊禾（1247—1312）的猜测给予了王安石较多的同情：

> 神宗即位，召公（王安石）参大政。公每以仁宗末年事 234
> 多委靡舒缓，劝上变风俗，立法度。上方锐于求治，得之，不啻千载之遇，公亦感激，知无不为。后公罢相，吕惠卿欲破坏其法，张谔、邓绾之徒更相倾撼。上虽再召公秉政，逐惠卿等，而公求退之意已切，遂以使相判江宁，此诗（《君难托》）疑此时作也。[31]

《君难托》是一首寄寓之作，这一点在熊禾的笔下已是不争之论。他所说的“疑”，并非是对该诗的寓意有所怀疑，而只是对导致《君难托》成篇的前因后果持谨慎的态度。在王安石与神宗的关系之中，熊禾将王氏描述为正面的形象，并暗示诗中的怨望之意针对的是吕惠卿之流。这一暗示相当怪异，其意即

30 魏了翁：《临川诗注序》，《全宋文》第 310 册，第 12—13 页。

31 《诗林广记》后集卷 2，第 224 页。熊禾似乎在总体上相当赞同王安石的诗作。他还曾反驳苏辙，为王氏诗作《兼并》辩护，参见《诗林广记》后集卷 2，第 214 页。

谓王氏是用弃妇的形象喻指自己遭到了门生故吏的背叛，对此人们恐怕很难找到一则类似的诗例。熊禾断言吕惠卿想废除新法，此说亦颇荒谬：吕氏在王氏首度罢相期间一直坚持维护新法，由是而得到了“护法善神”的绰号。[32]

刘埙（1240—1319）评论《君难托》时亦提及吕惠卿：“详其词旨，似怨望裕陵（宋神宗）者。岂非罢政居钟山时，为吕惠卿谗毁不能堪而赋邪？”[33] 熊禾怀疑该诗为王安石二度罢相以后所作，刘埙则将该诗的写作时间界定为王氏首度罢相之时，不过他也认为王氏是遭到吕惠卿不断诽谤之后才写下该诗的。[34]
235 然而，刘埙明确指出诗中的怨望之意是针对神宗的：“裕陵荆公君臣之交古今所少，一旦施设既谬，卒负圣心，至于怨望如此。”[35] 刘勋与熊禾之间尽管存在分歧，但他们有两点一致：其一，《君难托》是王氏罢相以后所写；其二，王氏该诗以寄寓的方式表现了他与神宗的关系。下面我们就来谈一谈王氏与神宗之间的关系。

大臣与君主

李壁很自信地认为王安石无由对神宗存有怨望之意，因为

32 《宋史》卷 327，第 10548 页。

33 《隐居通议》卷 8，《景印文渊阁四库全书》第 866 册，第 91 页。

34 现代学者中，王晋光（《王安石诗技巧论》，第 85—86 页）追随熊禾的系年之说，李德身（《王安石诗文系年》，第 227 页）与薛顺雄（氏著：《王荆公〈泊船瓜州〉诗析论》，台湾大学中国文学研究所编：《宋代文学与思想》，台北：学生书局，1989 年，第 102 页）追随刘埙的系年之说。

35 《隐居通议》卷 8，《景印文渊阁四库全书》第 866 册，第 91 页。

神宗对他的眷顾“始终不替”。然而，李壁的推论未能认清个人恩惠与政治信任之间的分别。我们可以注意到，神宗对于资深的旧党大臣也曾予以厚待，但并未在政治上委以重任。[36]要批评李壁的这一疏失，其最佳方法或许是引述其父李焘（1115—1184）之语：“安石更定法令，中外争言不便，上（神宗）亦疑之，而安石坚持之，不肯变。其后天下终以为不便，上亦不专信任。安石不自得，求引去，遂八年不复召，然恩顾不衰。”[37]

按照李焘的说法，虽然神宗与王安石之间的政治纽带不断 236
松解，但神宗对王安石的眷顾之情却始终未变。而且，王安石在改革初期得到过神宗的全力支持，这是各个政治派别的共识。陆佃（1042—1102）对此的叙述最为热情洋溢：

> 熙宁之初，锐意求治。与王安石议政意合，即倚以为辅，一切屈己听之，更立法度，拔用人才……盖自三代而后，君相相知，义兼师友，言听计从，了无形迹，未有若兹之盛也。[38]

当然，神宗与王安石的一致立场也使一些人感到沮丧。苏轼曾指责曾公亮（999—1078）未能公开反对王安石。曾公亮则叹息说公开反对徒劳无益，因为“上与安石如一人”。[39]神宗自身的言论也使人加强了这番印象。1072年五月，当王氏乞请

---

36 关于此点，参见罗家祥：《宋代政治与学术论稿》，香港：华夏文化艺术出版社，2008年，第173—178页。

37 《续资治通鉴长编》卷353，第8457页。

38 陆佃：《神宗皇帝实录叙论》，《全宋文》第101册，第205页。

39 《续资治通鉴长编》卷215，第5238页。

离朝之时，神宗对他言道："自古君臣如卿与朕相知极少。"[40]次月，王氏再请离朝，神宗又对他抚慰有加，说他们君臣之间不存"纤毫疑贰"。[41]

237 然而，有迹象表明，王安石二度为相期间，他与神宗的关系发生了变化。王安石曾对密友叹息称，如果他的建议有一半被神宗采纳就知足了。[42]王氏致仕以后，君臣之间的疏离感并未减弱。当时朝廷在未征求其意见的情况下就进行了官制改革，他得知以后勃然变色。[43]对于自己不能再参与决策过程，他一定深感痛苦。[44]刘安世将王氏与神宗关系的变动描述为神宗政治成熟的结果：起先，神宗将王氏当作朋友对待，竭力包容其执拗的性格；元丰（1078—1085）初期，神宗"德已成"，能够区分清楚君臣之间的等级差异，由是，此期的情况与熙宁初期大相径庭。[45]

神宗的眷顾本身对王安石来说意义不大。王氏致仕以后，

40 《续资治通鉴长编》卷 233，第 5661 页。

41 《续资治通鉴长编》卷 234，第 5692 页。

42 《续资治通鉴长编》卷 278，第 6803–6804 页。可能早有迹象显示神宗已然厌倦王安石了。据说蔡确（1037—1093）早在 1073 年就察觉到了这一点，参见《宋史》卷 471，第 13698–13699 页；《续资治通鉴长编》卷 242，第 5899–5900 页。

43 晁说之：《论神庙配享札子》，《全宋文》第 130 册，第 21 页。另可参见《朱子语类》卷 128，第 3070 页；徐自明（1200—1220 在世）撰，王瑞来校补：《宋宰辅编年录校补》卷 8，北京：中华书局，1986 年，第 495 页。

44 不过神宗从未偏离王安石开创的改革道路。即使是官制改革，神宗的举措也符合王氏帮助建立的根本治国原则，参见余英时：《朱熹的历史世界：宋代士大夫政治文化的研究》，北京：生活 · 读书 · 新知三联书店，2004 年，第 257–258 页。从熙宁到元丰时期，神宗官制改革的努力具有连续性，关于这一点，参见龚延明：《中国古代职官科举研究》，北京：中华书局，2006 年，第 289–306 页。

45 刘安世述，马永卿（1109 年进士）编，王崇庆（1484—1565）解：《元城语录解》，《景印文渊阁四库全书》第 863 册，第 363 页。

神宗得知他没有足够钱财应付开支，于是赏赐他两百两黄金。王氏起初很高兴，以为自己要被召回朝廷。然而，得知敕使的真正使命后，希望变为了失望。他谢绝赏赐，将之捐给定林寺。神宗听说王氏的反应以后极为不悦。[46] 在王氏自己的著述中，我们也能见出君主施予大臣政治信任与私人恩惠之间的区别。其诗《贾生》(《临川先生文集》卷 16,《王安石全集》第 5 册，第 374 页）从相反的角度对这种君臣关系做了说明： 238

一时谋议略施行，谁道君王薄贾生？
爵位自高言尽废，古来何啻万公卿。

李商隐写过一首题为《贾生》的绝句（《全唐诗》卷 540，第 6208 页）。他在诗中哀叹皇帝向贾谊（公元前 200—前 168）只问“鬼神”而不问“苍生”之事，贾谊的政治才华因此被浪费。王安石作此翻案之诗，认为贾谊虽遭流放，但并未被皇帝慢待，因为汉文帝（公元前 180—前 157 在位）采用了他的策略。[47] 那些身至高位但进言尽废之辈反倒成了王氏嘲笑的对象。

在王安石的诸多著述中，日记遭致仔细的审查，人们在其中寻找对神宗的不敬之词。赵令畤在王氏日记中见到过自吹自擂与亵渎君主之语：“其间论法度有不便于民者，皆归于上；可

46 《侯鲭录》卷 3,《全宋笔记》第 2 编第 6 册，第 217 页；另可参见叶梦得撰，徐时仪整理:《石林燕语》卷 10,《全宋笔记》第 2 编第 10 册，第 141 页。有人将此事解读为王安石偏好怪异与极端的行为，参见《论神庙配享札子》,《全宋文》第 130 册，第 21 页。杨时指责王安石拒收皇帝赏赐有违礼仪，参见杨时（1053—1135）撰，林海权点校:《杨时集》卷 13，北京：中华书局，2018 年，第 360 页。

47 这一观点的表述最先见于《汉书》卷 48，第 2265 页。

以垂耀于后世者，悉已有之。”[48] 陈瓘（1057—1121）原是王氏的追随者，后来转而激烈批判王氏。他在王氏其他著述之中也发现了罪证：“臣今取三经义考安石及雱解经之微意，[49] 先论其
239 时，然后以日录合之，讥薄之言藏于经义，诋诬之语肆于私史。”[50]

陈瓘将王安石的诽谤言论分为两类：一类言论“肆于”其私人日录之中，另一类则“藏于”其公开撰述之中。[51] 陈瓘通过搜寻“微意”而罗织罪状，这是宋代党争中拿诗歌做文章的一种相当常见的手段，对此我在后文中会做详细的考察。不过在这之前，我要简要回顾对《君难托》寓意解读另一重可能的背景，那就是中国传统中弃妇的寓意。

中国诗歌之中的弃妇

弃妇作为中国诗歌中的一种人物类型，最先出现在《诗经》里。在传统的注解中，女子与其丈夫或情人之间的疏离常被用
240 来比喻贤臣与君主之间关系的恶化。例如，我们可以来看一看《柏

---

48 《侯鲭录》卷 3，《全宋笔记》第 2 编第 6 册，第 217 页。

49 “三经义”指《周官新义》《诗经新义》《尚书新义》三书，合为《三经新义》。

50 《续资治通鉴长编》卷 154，第 5685 页。我们不清楚陈瓘究竟举了哪些例子来支撑他的指控。王安石对《正月》（《诗经》第一百九十二首诗）的评论被指为对神宗的批评，当代学者对此有所论析，参见李之鉴：《王安石哲学思想初论》，北京：中国文联出版社，1999 年，第 341 页。

51 “日录”指熙宁年间王安石对其与神宗之间交谈内容所作的记录，据说王氏退居金陵后对这些记录进行过编纂。“日录”现已亡佚，不过自其成书后，宋人多有征引，这些征引尚存于各类宋代史料之中。现代学者基于史料，对这些征引进行了汇编，参见王安石原著，孔学辑校：《王安石日录辑校》，成都：四川大学出版社，2015 年；王安石撰，顾宏义、任仁仁、李文辑录：《熙宁奏对日录》，《王安石全集》第 4 册。现代学者认为陈瓘对“日录”的描述存在偏见，参见孔学：《王安石日录辑校》绪言，第 1–3 页。

舟》(《诗经》第二十六首诗)。古今都有学者将该诗看作一名妻子的怨言。如朱熹称："妇人不得于其夫，故以柏舟自比。"[52] 闻一多也认为诗中的诉说者是"嫡见侮于众妾"者。[53] 然而，毛诗序却训释其诗云："言仁而不遇也。卫顷公之时，仁人不遇，小人在侧。"[54] 相似的例子还有《遵大路》(《诗经》第八十一首诗)：

遵大路兮，掺执子之袪兮，无我恶兮，不寁故也。
遵大路兮，掺执子之手兮，无我魗兮，不寁好也。[55]

毛传训释其诗云："思君子也。庄公失道，君子去之，国人思望焉。"[56] 在情事与政事相类比的大框架中，诗中个体的情人恋语被说成是群体的政治诉求。毛传对此诗阐释的奇特之处，在于 241
其认为诗中用弃妇口吻进行申诉的是一国之民众(而非贵族)。另值一提的是，王安石对《诗经》的阐释大体上符合毛诗序的传统。[57]

---

52 朱熹：《诗集传》卷 2，《朱子全书》第 1 册，第 422—423 页。

53 闻一多：《风诗类抄》，孙党伯、袁謇正主编：《闻一多全集》第 4 册，武汉：湖北人民出版社，1993 年，第 513 页。

54 理雅各译：《诗经》(*The She King, or the Book of Poetry*)序言附录 1《小序》，《中国经典》，第 4 卷，第 67 页。张洪海《诗经汇评》(南京：凤凰出版社，2016 年，第 64—69 页)汇录了二十九部前现代经解著作对该诗的阐述。译者按：后注称理雅各所译《诗经》作理译本《诗经》。

55 理译本《诗经》，第 133—134 页。

56 理译本《诗经》序言附录 1《小序》，第 50 页。

57 王安石对《柏舟》与《遵大路》的评论见于王安石纂，程元敏辑录，张钰翰校理：《诗经新义》，《王安石全集》第 2 册，第 381—382、432 页。王安石总体上倾向于追随毛序，关于此点，参见方笑一：《北宋新学与文学——以王安石为中心》，上海：上海古籍出版社，2008 年，毛诗序将弃妇与不受重用的贤臣相类比，以此确保《诗经》中那些在道德理念上站不住脚的文本能合乎正典的规范。[58] 据上述两例所示，毛传通常由两部分构成：第一部分概述诗章总体的意思，第二部分为之提供某种具体的历史背景。毛传虽会点名提及反面人物（昏君），但对正面主角（贤臣）通常予以匿名。对《离骚》的评注则有所不同：假借弃妇身份的匿名贤臣的人物类型消失了，取而代之的是一个号称为历史上的真实人物——屈原。屈原的故事最先出现在贾谊《吊屈原文》的序文中：屈原是楚怀王（公元前 328—前 299 在位）的贤臣，起先受到怀王的信任，后遭到诽谤而被流放。在流放期间，他创作了《离骚》，以此抗议对自己的不公，最后投湘江的支流汨罗江自尽。《离骚》的文本错综复杂、层次繁复，但在上述这个屈原的传记框架中，却通过第一人称的抒情主人公之口被统一了起来。屈原由是成为一个原型人物，无数中国作家在他的身上看到了自己的抱负与挫折。贾谊告诉我们，他在凭吊屈原的同时也是在“自喻”。[59]

贾谊只是关注屈原的道德品质，王逸则更引发人们注意《离
242 骚》比喻性的语言，特别是类比性的暗喻：“善鸟香草，以配忠贞；恶禽臭物，以比谗佞；灵修美人，以媲于君；宓妃佚女，以譬贤臣。”[60] 洪兴祖（1090—1155）对此解释说，美女的形象既可

第 61–66 页。

58 当然，毛传对于弃妇题材的诗作，除了上述比喻性的阐释，还有其他取向的阐释。如《氓》（《诗经》第五十八首诗）描述了诗中诉说者与其夫关系的蜕变，婚前丈夫对其追求有加，婚后则弃而不顾。毛传将该诗解读为道德上讽刺，参见理译本《诗经》序言附录 1《小序》，第 46 页。

59 《新校订六家注文选》卷 60，第 3934 页。

60 《楚辞补注》卷 1，第 2–3 页。

喻“君”，也可喻“善人”，屈原则用以“自喻”。[61] 在中国道德与政治的语境中，情事与政事之间的类比是有先例的。例如，在《易经》的二元宇宙观中，坤卦同时代表“地道也，妻道也，臣道也”。[62] 卫德明(Hellmut Wilhelm)对此论述道：“根据《易经》的象征意义，阴阳关系象征着臣与君的关系。因此情事常被用来象征君臣之交。” [63] 自汉代以降，文学文本中逐臣与弃妻（抑或弃妾）的对应关系相当常见。[64]

汉乐府诗中，弃妇形象亦常常出现，但人们对其一般不作比喻性的解读。这些诗歌被当作真正的民歌，并因直率抒情的特点而受到重视。它们对弃妇心路历程的描述很大程度上摆脱了例行强加给《诗经》经典文本的道德解读。汉乐府诗作者的 243
姓名往往已佚，这也使人们难以根据个人传记或特定的历史背景对其做寓意性的解读。然而，文人乐府诗的情况则不然，寓意性的解读不仅可行，而且诱人。曹植（192—232）的《七哀》

---

61 《楚辞补注》卷 1，第 6 页。

62 《十三经注疏》整理委员会:《周易正义》卷 1《坤·文言》,北京:北京大学出版社,2000 年，第 37 页；理雅各译:《易经》(*The I Ching*)，纽约：多佛出版社，1963 年，第 420 页。译者按：后注称理雅各所译《易经》作理译本《易经》。

63 卫德明（Hellmut Wilhelm）:《学者的挫折感：论“赋”的一种型式》(“The Scholar’s Frustration: Notes on a Type of ‘Fu’”)，费正清（John K. Fairbank）主编:《中国的思想和制度》(*Chinese Thought and Institutions*)，芝加哥：芝加哥大学出版社，1957 年，第 401–402 页注 46。战国时代的陈轸曾将夫妻关系与君臣关系相类比，他的这一修辞手法载于刘向（公元前 77—前 6）集录，范祥雍、范邦谨笺证:《战国策笺证》卷 3，上海：上海古籍出版社，2006 年，第 224 页；另可参见《史记》卷 70，第 2300 页。

64 例如可参见马融（79—166）《长笛赋》(《新校订六家注文选》卷 18，第 1058 页)、祢衡（173—198）《鹦鹉赋》(《新校订六家注文选》卷 13，第 824 页)、鲍照（416？—466）《山行见孤桐诗》(《先秦汉魏晋南北朝诗》，第 1310 页)、王僧孺（465—522）《何生姬人有怨诗》(《先秦汉魏晋南北朝诗》，第 1274 页)。

(《新校订六家注文选》卷 23，第 1442 页）就是一个很好的例子：

明月照高楼，流光正徘徊。
上有愁思妇，悲叹有余哀。
借问叹者谁？言是宕子妻。
君行逾十年，孤妾常独栖。
君若清路尘，妾若浊水泥。
浮沉各异势，会合何时谐？
愿为西南风，长逝入君怀。
君怀良不开，贱妾当何依？[65]

8 世纪初的五臣注（《新校订六家注文选》卷 23，第 1441–
1442 页）根据字面意思解读该诗，认为诗中所叙是一名妻子与
入伍丈夫的离别之情。吕向（721—742 在世）认为曹植作此诗
是“为汉末征役别离妇人哀叹”。吕延济（7—8 世纪）亦在同
一阐释框架内分析该诗第九至十句的“尘”与“泥”：“言尘随
244 风之飘扬，比夫从征不息。泥在浊水之下，以自比。”张铣针对
最后一联写道：“夫行十年，复恐志改，故云君怀不开，我当何
所依据。”李周翰解释第十三、十四句中“西南”之意时，似乎
特意固守字面意义：“西南，坤地。坤，妻道。故愿为此风，飞
入夫怀。”李周翰遵循《易经》，将“坤”定义为“妻道”，但避
而不提“坤”也代表“臣道”——提及这一类比关系就不可避

65 关于该诗的讨论，参见缪文杰：《汉末与晋代的〈七哀诗〉》（“The ‘Ch’ i ai shih’ of the Late Han and Chin Periods”），《哈佛亚洲研究学报》，第 33 卷，1973 年。

免地会使读者对诗中妻子的怨言进行寓意性的解读。

8世纪的学者对曹植《七哀》只做字面意思上的解读，刘履（1317—1379）的解读则与之反差分明。他将该诗置于曹植与其兄曹丕（187—226）疏离关系的背景中，如此分析其主题的寓意：曹丕为魏国的开国君主，与曹植虽为一母所生，但登基以后，兄弟两人便地位悬殊，曹植“故特以孤妾自喻，而切切哀虑也。其首言月光徘徊者，喻文帝（曹丕）恩泽流布之盛，以发下文独不见及之意焉”。[66] 在刘履的阐释中，诗中夫妻的分离是兄弟疏离的隐喻。诗中提及“西南风”，他据此认为该诗是曹植在雍丘时所写。雍丘位于魏都的西南，223年曹植获封雍丘王，在该封地一直待到227年。然而需要注意的是，汉魏诗歌中，“西南”这样的复合名词，通常只有其中一字实指方向，另外一字则只是充数而已。[67]

刘履的解诗方式说明人们对文人诗中弃妇形象的阐释发生
了普遍的转变。杜审言（645？—708）的《赋得妾薄命》(《全 245
唐诗》卷62，第733页）是一首极常规的宫怨诗，抒写了一名宫女失宠后的寂寥之情：

草绿长门掩，苔青永巷幽。
宠移新爱夺，泪落故情留。
啼鸟惊残梦，飞花搅独愁。
自怜春色罢，团扇复迎秋。[68]

66　刘履：《文选补注》，《风雅翼》，《景印文渊阁四库全书》第1370册，第27页。

67　余冠英：《汉魏六朝诗论丛》，上海：古典文学出版社，1956年，第45页。

68　该句的典故出自归为班婕妤（公元前46—前6）所撰的《怨诗》(《先秦汉魏晋南北朝诗》，

诗题表明，该诗作于日常交游的场合之中，其时杜审言最可能身处宫廷。然而，唐汝询（1624 在世）却在没有任何证据的情况下径认为该诗是杜审言流放峰州（今越南境内）时所写，且是喻指他与皇帝之间的关系。唐氏还进而做了一番更为广泛的概括：“唐人流放，每托意于宫闱。”[69]

在曹植与杜审言的诗作中，比喻之义既可说是诗歌文本所固有的，也可说是论者阐述所施予的。然而，颇有一些唐诗案例，作者已然明言诗中的弃妇形象有其寓意。白居易《陵园妾》(《全唐诗》卷 437，第 4706）描述一名宫女遭遇诽谤，被遣送至皇
246 家陵园孤独度日。就像对待所有五十首《新乐府》诗一样，白居易给该诗诗题也加了一个小注，以说明其写作意图。该诗小注有两个版本：其中一个字数较少，仅说该诗之作是为“怜幽闭也”；另一个字数较多，赋予了该诗以寓意：“托幽闭，喻被谗遭黜也。”阐释该诗时到底应该采用哪个版本，不同学者尚存分歧。[70] 白居易另有一首《太行路》(《全唐诗》卷 426，第 4694 页）则不存在这样的分歧。该诗详细比较了维系丈夫恩情的困难与太行山路行旅的艰难。白居易的小注声明他想“借夫妇以讽君臣之不终也”。假如此注所述尚不够清晰，那么该诗结尾则对其

第 117 页）。

69 唐汝询（1624 在世）编选，王振汉点校：《唐诗解》卷 31，保定：河北大学出版社，2001 年，第 746 页。孙涛（17—18 世纪）《全唐诗话续编》(《清诗话》，第 652 页）逐字重复了唐汝询此评。另可参见王尧衢（18 世纪）注，单小青、詹福瑞点校：《唐诗合解笺注》卷 7，保定：河北大学出版社，2000 年，第 311 页。

70 陈寅恪（氏著：《元白诗笺证稿》，上海：上海古籍出版社，1978 年，第 266—267 页）认为字数较多的版本为确，朱金城（氏著：《白居易集笺校》，上海：上海古籍出版社，1988 年）则对陈氏之论持谨慎态度。

寓意有更为明确的说明：

> 不独人间夫与妻，近代君臣亦如此。
> 君不见左纳言，右纳史，朝承恩，暮赐死。[71]
> 行路难，不在水，不在山，只在人心反覆间。

至王安石时代，无论是从创作诗歌还是从阐释诗歌的角度 247
来看，弃妇的形象作为逐臣的喻指已然得到固化。但王安石《君难托》的相关阐释却呈现出一个重要的曲折。人们对弃妇诗寓意性的解读通常是为给诗歌增加道德份量，否则这些诗就不过是女性的怨词而已。与此相反，宋人在对《君难托》做比喻性的解读时，其旨意是为质疑该诗道德上的正当性，并以此诟病王氏。至于王氏本人写作该诗是否真有此寓意（甚至他是否写过该诗），抑或以此寓意来解读该诗是否合理，这些问题皆不重要。我在下文中要说明的是，这种以寓意解诗之举是党争中拿诗歌做文章的手段之一。

从政治的诗歌到诗歌的政治

各种历史记载都表明，党争作为宋代政治一层挥之不去的阴影，始于 11 世纪 30 年代范仲淹（989—1052）与吕夷简（979—1044）之间的交锋。1033 年冬，时任右司谏的范仲淹强烈反对皇帝废黜郭皇后（1012—1035），而吕夷简则被普遍认为是

71 关于这段内容可能指涉的具体历史人事，参见《元白诗笺证稿》，第 176–178 页。

此废黜之事的谋划者。范氏因为犯颜直谏而遭外放，[72]后于 1036 年被召回朝廷。[73]经历数年外贬生活之后，范氏并未变得老于世故，反而更加直言不讳。吕氏为对付范氏，设下一计，任命范氏为权知开封府事，希望将他调离朝廷的权力中心，使之从此身陷烦剧的行政事务。[74]然而此计并未奏效：范氏干练地履行职责，并继续投身朝廷政事。此外，他还上呈了一幅百官图，指责吕氏在人事问题上有偏袒之举。

248 1036 年范、吕二人在迁都问题上产生争议，加剧了彼此的不和。为应对辽人入侵的威胁，孔道辅（985—1039）提议迁都洛阳。吕夷简反对此议，建议改大名府为陪都，以此向敌方宣示武力。范仲淹也反对孔道辅之议，但建议加强洛阳的储备，这样朝廷可在急难之时迁至彼地。皇帝以此询问吕氏，吕氏断然否绝范氏之议，并轻蔑地称其迂阔无实。作为回击，范氏一连上呈四份奏议弹劾吕氏，其中有些内容甚至涉及人身攻击。吕氏则指控范氏三项罪状：一为越职论政，二为荐引朋党，三为离间君臣。范氏又上奏议反击，但最终失利，又遭外放。[75]

范仲淹的去职引起人们极大的愤慨。余靖（1000—1064）陈请朝廷收回成命，理由是对范氏责罚过严。朝廷却也将之外放。尹洙（1001—1047）自请离都，以此作为抗议，朝廷很快应允。[76]欧阳修也加入了这场纷争，写了一封书信责备右司谏高

72 《续资治通鉴长编》卷 113，第 2648 页。

73 《续资治通鉴长编》卷 116，第 2724 页。

74 《续资治通鉴长编》卷 117，第 2766 页。

75 《续资治通鉴长编》卷 118，第 2783—2784 页。

76 《续资治通鉴长编》卷 118，第 2785—2786 页。

若讷（997—1055）未能履行言事之责。高若讷将该信呈送朝廷，欧氏遂成为第四名外放者。[77] 欧阳修去都之前，僚友为他举行了几次饯别会。最后一次饯别会设在祥源寺。[78] 众人在此痛饮两日之后，蔡襄写了一组诗作，共五首，题曰《四贤一不肖》（《全宋诗》，第 4748–4750 页），以此颂扬外放官员的德行，并对高若讷致以嘲讽。[79] 其诗传扬一时，蔡襄年纪轻轻就成了政治名
人。[80] 这组诗作是蔡襄介入党争的标志。更重要的是，它们还是 249
宋代朋党政治中本意性利用诗歌的开端。

七年之后，即 1043 年，吕夷简致仕。范仲淹集团的另一名政敌夏竦（985—1051）亦卸去枢密使之职。范仲淹则跻身政府高层，而这一阶层中的杜衍（978—1057）、韩琦（1008—1075）、富弼（1004—1082）都是他的支持者。另外，欧阳修、余靖、王素（1007—1073）及蔡襄被命为谏官。[81] 政治钟摆摆向范氏集团一端，这一令人心潮澎湃的局势促使性情乖僻的石介（1005—1045）写下《庆历圣德颂》一诗（《全宋诗》，第 3400–3402 页）。尽管该诗模仿《诗经》中高雅的颂体诗，以板滞而高古的四言句式写就，但其党派言论更为激烈，毫

77 《续资治通鉴长编》卷 118，第 2786–2787 页。

78 关于欧阳修个人的记述，参见其《于役志》，欧阳修著，李逸安点校：《欧阳修全集》卷 125，北京：中华书局，2001 年，第 1898 页。

79 参见《续资治通鉴长编》卷 118，第 2786–2787。

80 关于蔡襄这组诗歌的流行情况，参见《宋史》卷 320，第 10397 页；王辟之（1032—？）撰，燕永成整理：《渑水燕谈录》卷 2，《全宋笔记》第 6 编第 1 册，第 21 页；《涑水记闻》佚文，《全宋笔记》第 1 编第 7 册，第 217 页。

81 欧阳修、余靖、王素担任谏官之后，蔡襄写有贺诗《喜欧阳永叔余安道王仲仪除谏官》（《全宋诗》，第 4789 页）。这三人将该诗上呈朝廷，举荐蔡襄，建议将其也擢至谏官之列，此请不久后即得许可，参见《涑水记闻》卷 4，《全宋笔记》第 1 编第 7 册，第 46 页。

无掩饰。诗中将范氏、富弼比作夔与契，对夏竦则大加挞伐，甚而称之为“大奸”。[82]石介这番抨击之词耸人听闻，让一些受其称赞的人都感到震惊与恼怒。范仲淹即对韩琦抱怨说，他们的大计会毁于石介这样的怪人手中，韩琦深以为然。[83]孙复（992—1057）则向石介警示恶兆，说该诗会为他招致灾祸。[84]

夏竦为了报复，就散布言论称朝中围绕范仲淹已然形成了一个朋党。他更改了石介写给富弼一封书信的文辞，使其读起来像是石介在劝富弼废黜皇帝。[85]另外，宦官蓝元震（？—
250 1077）亦向皇帝上递奏章，指控蔡襄所得的职任是“四贤”因其八年前所写之诗而给予的同党之馈。蓝元震警告说，范氏一党膨胀如此之快，几年后恐怕就要主宰朝廷了。[86]尽管皇帝将信将疑，但富弼、范氏非常不安，自请外放。[87]

范仲淹去朝之后，他的政敌并未满足。王拱辰（1012—1086）为将范氏盟友彻底清除出朝，兴起了所谓的“奏邸狱”。[88]1044年十一月，苏舜钦率领一群下级官员在进奏院祠

82 夔是传说中的君主舜的乐官，参见《十三经注疏》整理委员会：《礼记正义》卷38《乐记》，北京：北京大学出版社，2000年，第1281页。契辅佐大禹治水，后被大禹任命为司徒，参见《史记》卷3，第91页。

83 袁褧（12世纪）撰，俞钢、王彩燕整理：《枫窗小牍》卷上，《全宋笔记》第4编第5册，第219页。

84 欧阳修：《徂徕石先生墓志铭》，《全宋文》第35册，第36页。

85 《续资治通鉴长编》卷150，第3637页。

86 《续资治通鉴长编》卷148，第3582页。

87 《续资治通鉴长编》卷150，第3637页。

88 “奏邸狱”的相关讨论，参见沈松勤：《北宋文人与党争：中国士大夫群体研究》，北京：人民出版社，1998年，第117—125页。

神，之后循旧例招来官妓举办了一次酒宴，并以售卖进奏院旧纸所得的资财支付酒宴的费用。王拱辰以贪污罪弹劾与事官员。苏舜钦被判有罪，予以革职。其他一众人等也因道德不端受到处罚。据信，王拱辰咬住苏舜钦其事不放的目的是想削弱范仲淹及其支持者的力量。苏氏的岳父杜衍是范仲淹的盟友，范氏亦推荐过苏氏在朝任职。另外，王益柔（1015—1086）有一首诗《傲歌》也被牵扯入“奏邸狱”，该诗尚有一联存世：“醉卧北极遣帝扶，周公孔子驱为奴。”王益柔此诗与前述蔡襄、石介之诗不同，他并非有意要挑起争论，而只不过是年轻人的酒后狂言而已。饶是如此，他还是被扣上了“谤讪周、孔”的罪名，宋祁（998—1061）、张方平（1007—1091）甚至要求判其死罪。韩琦则提醒皇帝此案背后有政治动机：王益柔之父王曙（963—1034）是范仲淹的支持者，且曾举荐过欧阳修担任官职。王益柔则是通过范氏举荐而得到集贤殿校理之职的。[89] 王益柔的被罪使范氏及其同盟者再次遭受打击。“奏邸狱”之于本章的意义，在于此案涉及北宋党争之中构陷性地拿诗歌做文章打击政敌的手段。[90]

宋代党争里，诗歌本意性的用途与构陷性的用途于乌台诗案中交织一处。1079 年四月，苏轼甫至湖州就向朝廷上递了一封谢表。[91] 这封谢表是一篇例行的官样文章，然而其中却有一点例外：苏轼在文中将自己描述为一名政治上的不合时宜者，不

---

89 该案的细节见载于《续资治通鉴长编》卷 153，第 3715—3716 页。据苏舜钦《与欧阳公书》（《全宋文》第 41 册，第 66 页）所述，王益柔诗中所谓的谤讪之词还被说成“谤及时政”。

90 关于此点，参见《北宋文人与党争：中国士大夫群体研究》，第 125 页。

91 苏轼：《湖州谢上表》，《全宋文》第 86 册，第 124—125 页。

察时事且跟不上“新进”的步伐。王安石拔擢过一批人，用以推行新政，“新进”即指称这批人。何正臣以苏轼的这一言论作为证据，弹劾他攻击时政、讪谤皇帝。[92] 另外，此前数年，苏轼在杭州写过一些诗作，被编纂为一部小型诗集，舒亶（1042—1104）从中寻绎推究，又进一步提供了苏轼更多的罪证。苏轼由此被捕，下狱四个多月后被流放黄州。

乌台诗案受到学术界的广泛关注。[93] 而我在此只想重申一点，即该案作为一则典例，既体现了对诗歌本意性的利用，又展现出对诗歌构陷性的利用。那些控告苏轼的人所引的诗作，有的明显是在批评朝政，有的则似乎并无政治意义。之于前者，苏轼五首《山村》绝句的第三首（《全宋诗》，第 9174 页）颇能说明问题：

252 老翁七十自腰镰，惭愧春山笋蕨甜。
岂是闻韶解忘味，[94] 迩来三月食无盐。

92 朋九万：《东坡乌台诗案》，四川大学中文系唐宋文学研究室编：《苏轼资料汇编》，北京：中华书局，1994 年，第 579—580 页。

93 中文世界里对乌台诗案的研究数量庞大。英文世界里也颇有研究从不同角度对该案作出讨论，参见艾朗诺：《苏轼的言、象、行》（*Word, Image, and Deed in the Life of Su Shi*），麻省剑桥：哈佛大学东亚研究委员会、哈佛燕京学社，1994 年，第 27—53 页；蔡涵墨：《1079 年的诗歌与政治：苏轼的乌台诗案》（“Poetry and Politics in 1079: The Crow Terrace Poetry Case of Su Shih”），《中国文学》1990 年第 12 期；蔡涵墨：《苏轼的审判：其判决作为宋代司法实践之一例》（“The Inquisition against Su Shih: His Sentence as an Example of Sung Legal Practice”），《美国东方学会杂志》1993 年第 2 期；王宇根：《诗歌作为社会批判手段之局限性：再论 1079 年苏轼的文字狱》（“The Limits of Poetry as Means of Social Criticism: The 1079 Literary Inquisition against Su Shi Revisited”），《宋辽金元研究杂志》（*Journal of Song-Yuan Studies*），第 41 卷，2011 年。

94 孔子听到《韶》乐非常入迷，以至三月不知肉味，参见《论语 · 述而第七》。

舒亶指控该诗第二联讽刺神宗大力推行的盐法。[95]苏轼承认自己确是想批评盐法过于严苛。[96]

至于对苏轼诗歌构陷性的利用，则可用围绕其诗《王复秀才所居双桧二首 · 其二》(《全宋诗》，第 9169 页）的一件趣事来说明：

> 凛然相对敢相欺，直干凌空未要奇。
> 根到九泉无曲处，世间惟有蛰龙知。

用大树比喻人的卓越禀赋，这一传统由来已久。苏诗用这两棵桧树来比喻王复的道德操守与未得赏识的才华，或许也投射了自我的形象。然而王珪（1019—1085）在与神宗的一次面晤中，却称此诗包藏不臣之心："陛下飞龙在天，轼以为不知己，而求之地下之蛰龙，非不臣而何？"神宗几句话就把王珪直接堵了 253
回去："诗人之词，安可如此论，彼自咏桧，何预朕事？"[97]

---

95 《东坡乌台诗案》,《苏轼资料汇编》，第 580 页。

96 《东坡乌台诗案》,《苏轼资料汇编》，第 585 页。

97 《石林诗话校注》卷上，第 36 页。王珪此举不符合他的性格。作为宰相，他因敦默寡言而闻名当时。据王巩（1048？—1117？）(氏著，戴建国整理:《闻见近录》,《全宋笔记》第 2 编第 6 册，第 26 页）记载，王珪后来承认，他对此诗寓意的解读源于舒亶之说。在叶梦得的记述中，该事发生于案件审判期间，在王巩的记述中，该事则发生于苏轼谪居黄州之时。苏轼的咏桧诗在审判期间未被御史台使用，王复也未牵涉其中。不过，据胡仔（《苕溪渔隐丛话》后集卷 30，第 223 页）记载，苏轼在狱中曾被一名狱吏审问"根到九泉无曲处，世间惟有蛰龙知"一联有无讽刺之意。苏轼答称其意与王安石《龙泉寺石井二首·其一》"天下苍生待霖雨，不知龙向此中蟠"一联相同。这表明审判期间，该诗至少曾被提及。相关的详细讨论，参见方健:《北宋士人交游录》，上海：上海书店出版社，2013 年，第 615–618 页。无论该事发生于何时，都能说明北宋党争对于诗歌构陷性的利用。

神宗是个聪明的读者，不会真的相信苏轼是在“自咏桧”。王珪着意对该诗过高解读（overinterpretation），神宗则有意过低解读（underinterpretation），二者之间存在着一个阐释学意义上模糊的灰色地带。乌台诗案发生前不久，何琬（1053年进士）弹劾王安石，即是体现此灰色地带的一个例子。[98] 1078年，时
254 任权江南东路转运判官的何琬弹劾王安石的门生吕嘉问，[99] 对其提出两项指控：其一是违章修建，其二是违反司法规程。[100] 第一项指控称吕嘉问非法拆除秦淮河上的一座桥，用其建材为一名与吕家颇有渊源的僧人建了精义堂。[101] 第二项指控牵扯到王

---

98 据《瀛奎律髓》（《瀛奎律髓汇评》卷17，第697页）记载，何琬是苏轼、黄庭坚的密友，但在他们现存的著述中，并无这方面的佐证。不过苏轼的许多密友，如李之仪（1035—1117）、毛滂（1060—？）、张舜民（1065进士）、释道潜（1043—1114）、秦观（1049—1110）、陈师道（1053—1112），都与何琬有诗歌唱和之事。一则更后的史料则称何琬与王安石有过诗歌唱和，参见周荣椿修，潘绍诒纂：《处州府志（1877）》，上海书店出版社编：《中国地方志集成·浙江府县志辑》第63册，上海：上海书店出版社，1993年，第608页。程师孟（1015—1092）除知越州事，当时官员、士人赋诗相赠，计有125首之多，在此事中，王安石与何琬的诗歌生涯或有间接的交集。这些赠诗收录于黄康弼（11世纪）所辑《续会稽掇英集》，王安石的赠诗见载于该书卷2（《续修四库全书》第1682册，第473–474页），何琬的赠诗见载于该书卷4（《续修四库全书》第1682册，第483页）。李定为这些赠诗写有序文（《续修四库全书》第1682册，第467页，又见于《全宋文》第75册，第129页），提及这些赠诗作于1077年程师孟除知越州事之时。该书中的一些诗作清楚地表明其写作背景确是如此。但王安石诗题为《程公辟转运江西》（《临川先生文集》卷19，《王安石全集》第5册，第430页），李壁对该诗的注释称1066年程师孟除江西转运副使（其他传统史料则称其除江西转运使）。现代学者普遍接受该诗作于1066年，参见《王安石诗文系年》，第169页；《唐宋诗歌论集》，第242页；《王安石诗文编年选释》，第97页；《王安石年谱长编》，第723–724页。龙舒本中，王氏该诗题作《寄江西程公辟》，这表明该诗写于程氏到任江西以后。

99 转运判官有责任代表朝廷监督地方官员，参见戴扬本：《北宋转运使考述》，上海：上海古籍出版社，2007年，第163–187页。

100 《续资治通鉴长编》卷293，第7145页；同书卷294，第7161–7162页。

101 王安石作有《精义堂记》一文，嘱蔡卞手书其文，并上呈神宗，参见佚名撰，桂第子译注：《宣和书谱》卷12，长沙：湖南美术出版社，1999年，第230页。

安石。王安石二度为相时曾派“本家使臣”俞逊翻修其在江宁的住宅，以便自己最终致仕后居住。[102] 但后来王氏控告俞逊在翻修过程中偷盗钱物。当时知江宁府事处理此案，耽搁了一年有余。后来吕嘉问接任知江宁府事，迅速了结了其案。目前尚不清楚吕氏在此案中究竟违反了哪些规程。[103]

有人把何琬的弹劾内容泄漏给了王安石与吕嘉问。于是二 255
人上章自辩，吕嘉问还反诉何琬有不法之举。何琬则要求追查泄漏劾词之事。此案最终以吕氏自江宁被贬至润州了结。大约半年后，即1079年四月，吕氏又自润州被贬至临江军。这年秋天，他自润州前往江西，中途在江宁逗留，前去拜访王安石。王氏在其逗留期间写了几首诗。告别之际，“安石饯送嘉问，赋诗以赠之，琬又尽录其诗而奏之曰‘讽刺交作’”。[104] 我们不知道究竟是哪首诗作被控“讽刺交作”，但引文提及何琬“尽录其诗”，这说明该诗相对较长。当然，也可能何琬指的是吕氏逗留期间王氏所写的若干首诗，何琬将之尽数抄录了下来。这里中文原文的意思有点模棱两可。沈钦韩（1775—1831）认为何琬所指的诗作是《与吕望之上东岭》（《临川先生文集》卷1，《王安石全集》第5册，第151页）：

---

102 参见王安石：《与沈道原舍人书·其一》（《临川先生文集》卷75，《王安石全集》第7册，第1340页）。李之亮将该信作年系于1077年，参见其《王荆公文集笺注》卷38，第1310页；《王安石诗文系年》（第238页）则将之系于1075年。

103 有人或许会认为吕嘉问理应回避此案，因为其子吕安中娶了王安石之子王雱的女儿。然而，这一段婚姻一定是很久以后才缔结的，因为王雱之女直到1074年才出生。换言之，当时吕、王二族尚未联姻。不过王雱之女与吕安中有可能在成婚很久之前就已订婚。

104 《续资治通鉴长编》卷293（第7145页）引陈瓘《尊尧余言》。

靖节爱吾庐，[105] 猗玗乐吾耳。[106]
256 适野无市喧，吾今亦如此。
纷纷旧可厌，俗子今扫轨。
使君气相求，[107] 眷顾未云已。
追随上东岭，俯仰多可喜。
何以况清明，朝阳丽秋水。
微云会消散，岂久污尘滓。
所怀在分衿，藉草泪如洗。

沈钦韩在注释倒数第二联时详叙了何琬弹劾的事件。[108] 这一联的意象具有为人熟知的指涉之意：在传统的比喻手法中，云指代宫廷中皇帝（太阳通常代表皇帝）周围的小人；“尘滓”指代有损吕嘉问清誉的污点；预期“尘滓”很快消散，即是在安抚吕氏，说他所受的冤屈不会持续很久。吕氏贬官，最终由神宗裁定，从这一意义上讲，该联或可被解读为对神宗未能公允对待吕氏的含蓄批评。当然，其直接的攻击目标可能是何琬

105 陶渊明去世以后，他的朋友私谥他为“靖节”，参见颜延之（384—465）：《陶征士诔》，《新校订六家注文选》卷 57，第 3723 页。陶渊明写过十三首《读山海经》诗，其中第一首有一联云：“众鸟欣有托，吾亦爱吾庐。”（《先秦汉魏晋南北朝诗》，第 1010 页）王安石该句即用到该联后句的语典。

106 安禄山叛乱之时，元结（719—772）曾逃难至猗玗洞，其后他自称“猗玗子”，参见《新唐书》卷 143，第 4685 页。元结乐居山中，参见其文《心规》，《全唐文新编》，第 4403 页。

107 孔子有云：“同声相应，同气相求。”参见《周易正义》卷 1《乾 · 文言》，第 20 页；理译本《易经》，第 411 页。

108 沈钦韩（1775—1831）：《王荆公诗文沈氏注》卷一，上海：中华书局上海编辑部，1959 年，第 8 页。

及与他勾结的朝官。[109] 然而，沈钦韩此论存在一个技术问题：诗题既然是《与吕望之上东岭》，那么该诗显然是在一次远足之中写的，但何琬上奏的诗作却应写于王氏为吕氏饯别之时。 257

胡汉民（1879—1936）曾写过《读王荆公文集》六十绝，其中一首专门反驳何琬对王安石的弹劾，该诗小注云："何琬书上荆公与吕望之酬酢数诗，以为讽刺交作。"[110] 胡汉民显然认为何琬上奏的不只是一首诗，而是吕嘉问逗留期间王安石所写的若干首诗。胡氏的这首绝句暗暗指涉了王氏的两首诗作：

> 谪宦相依见友情，微云消散滓尘清。
> 修门共颂皇明迈，那有南山怨刺声？[111]

该诗第二句是压缩《与吕望之上东岭》倒数第二联而成。第三句则有取于王安石诗《闻望之解舟》（《临川先生文集》卷 1，《王安石全集》第 5 册，第 152 页）后两联的意象：

> 子来我乐只，子去悲如何。
> 谓言且少留，大舸已凌波。
> 黯黮虽莫测，皇明迈羲娥。 258
> 修门归有时，京水非汨罗。

109　这其中可能包括王安石的门生蔡确，蔡确曾要求调查何琬劾词的泄漏之事，并要求严惩泄密者，参见《资治通鉴长编》卷 293，第 7150 页。

110　《石遗室诗话》续编卷 2，第 577 页。

111　此指《诗经》第一百九十一首诗《节南山》，毛传（理译本《诗经》序言附录 1《小序》，第 67 页）谓其诗之意是"家父刺幽王也"。

王安石该诗的后两联充溢着《楚辞》中的意象。第三联的意象出自宋玉（公元前 298？—前 222？）的《九辩》:“彼日月之照明兮，尚黯黮而有瑕。”王安石在此呼应宋玉，自有其政治的寓意，这一点我们读到《九辩》此句的后一句就了然了:“何况一国之事兮，亦多端而胶加”。[112]“黯黮”一语还会令人想到刘向（公元前 77—前 6)《远游》中悲伤的一联:“望旧邦之黯黮兮，时溷浊其犹未央。”[113]《闻望之解舟》最后一联中“修门”一词指郢都的城门，《招魂》中的巫祝曾召唤楚王的亡魂通过这道城门而重生。[114]汨罗江是屈原投水自尽之所。王安石一方面展望吕嘉问能够东山再起，但另一方面，他的乐观情绪却又为如是之多《楚辞》典故的深厚阴霾所压迫。刘辰翁即评论《闻望之解舟》最后一联云:“以为解舟之赠，甚非佳语。”[115]王氏安抚吕氏的言语听上去甚为空洞，因为他的政治影响力已然减弱，再也无力帮助自己的门生了。

然而值得注意的是，《闻望之解舟》明显写于 1078 年秋吕
259 嘉问离开江宁前往润州之时，而非 1079 年其去临江途中逗留江宁之际。诗中提及“京”这一地名，润州即有山名“京岘山”，又名“京口”。[116]换言之，该诗不可能是何琬上呈朝廷的那首诗作。

---

112 《楚辞补注》卷 8，第 193—194 页；大卫 · 霍克斯（David Hawke）译:《楚辞：屈原与其他诗人的古代诗集》(*The Songs of the South: An Ancient Anthology of Chinese Poems by Qu Yuan and Other Poets*)，英国哈默兹沃斯：企鹅出版社，1985 年，第 215 页。

113 《楚辞补注》卷 16，第 311—312 页;《楚辞：屈原与其他诗人的古代诗集》，第 301 页。

114 《楚辞补注》卷 9，第 202 页。

115 《刘辰翁诗话》,《宋诗话全编》，第 9906 页。

116 参见杜佑（735—812）:《通典》卷 128，北京：中华书局，1988 年，第 4825 页。该诗的作年参见《王安石诗文系年》，第 252 页。

饶是如此，该诗还是显现出吕氏遭劾以后，王安石致其诗作中的忧郁语气。

李德身坚信何琬上呈朝廷的诗作是《邀望之过我庐》(《临川先生文集》卷 1,《王安石全集》第 5 册，第 151–152 页）：[117]

念子且行矣，要子过我庐。
汲我山下泉，煮我园中蔬。
知子有仁心，不忍钓我鱼。[118]
我池在人境，不与獱獭居。[119]
亦复无虫蛆，出没争腐余。
食罢往游观，鲦鲦藻与蒲。
清波映白日，摆尾扬其须。
岂鱼有此乐，而我与子无？
击壤谣圣时，自得以为娱。

李德身并未具体说明何琬的弹劾可能取证于该诗的哪些诗句。 260
夏敬观则将诗中的“獱獭”“虫蛆”解读为对何琬之辈的蔑称。[120]王安石在所上奏疏中确曾抱怨遭到何琬等人的“交斗诬罔”。[121]

---

117 李德身的上述观点见于《王安石诗文系年》，第 261 页。

118 孔子用“钓而不纲”一语来表述“仁”,参见《论语·述而第七》;刘译本《论语》,第 63 页。

119 在池中养鱼必须除去獱獭，参见《淮南鸿烈集解》卷 15，第 490 页。

120 《王安石诗》，第 5–6 页。另可参见《王安石诗技巧论》，第 41 页。严复（1854—1921）却称“獱獭”“虫蛆”指吕嘉问之辈，这一论断颇为怪异，参见氏著：《评点〈王荆公诗〉》，欧明俊、方宝川、黄兴涛编校：《严复全集》第 10 册，福州：福建教育出版社，2014 年，第 23 页。

121 《续资治通鉴长编》卷 293，第 7145 页。

吕嘉问别离在即，王安石深感难过，但该诗结尾处却强作欢语。人们或许会怀疑：这种强作欢语中是否隐藏着些许讽刺或是抱怨？“击壤”是一种古老的游戏，游戏者在地上放一块类似拍板的鞋状木片，然后移三十至四十步远，试着用另一块木片抛击它。[122]传说在尧帝时，有人看到一名五十岁的老者在路中央玩击壤游戏，这是治世的好兆头。观者有感于此景，对尧之盛德称颂有加。这名老者却唱了一首歌来回应观者，这就是后人所谓的《击壤歌》：

> 日出而作，日入而息。
> 凿井而饮，耕田而食。
> 尧何等力？[123]

最后一句有异文作“帝何德于我哉”。[124]

我们恐怕永远也无法确知到底是王安石的哪一首诗作被何琬指为“讽刺交作”。不过，我们可就这一弹劾事件阐述几点意见：其一，这是王安石第一次被控在诗中表达对神宗朝廷的不
261 敬之意，为后来构陷性地解读《君难托》一类诗作提供了先例；其二，何琬对王安石的弹劾与乌台诗案有相似之处，这提醒我们须注意到这样一个事实，那就是构陷性地利用诗歌对付政敌，

122 李昉等编纂，夏剑钦等校点：《太平御览》卷755，第7册，石家庄：河北教育出版社，2000年，第87页。

123 王充（27—97？）著，黄晖校释：《论衡校注 · 感虚》，北京：中华书局，1999年，第253页。

124 欧阳询（557—641）编纂，汪绍楹校：《艺文类聚》卷36，上海：上海古籍出版社，2007年，第639页。

并不限于亦并不源于新党的手段，这一点目前为止尚未引起学术界的广泛注意，何琬此举与舒亶劾苏之举一样，都具有党同伐异的性质；其三，何琬的弹劾之举还表明利用诗歌行构陷之事的手段愈演愈烈，在宋代此前的历史上，还没有一名宰相被控以诗歌讽刺朝廷。

不过王安石还算幸运，朝廷并未正式受理何琬对他的弹劾。十年之后，同样是卸职宰相的蔡确则在所谓的车盖亭诗案中受到了情形相似但更为离谱的弹劾，导致的后果也严重得多。[125]神宗驾崩之后的1086年，高太后摄政，朝廷随即开始清除新党。蔡确首当其冲，被免去宰相之职，外放陈州。次年，其弟被判纳贿罪，他被再贬至安州。蔡确在安州作有一组十首绝句，题作《夏日登车盖亭》。这组诗作技法娴熟但主题老套，描述了作者夏日游览风景时的种种心境。两年之后，即1089年，在附近任职的知汉阳军吴处厚（1053年进士）偶然间得到了这组诗作。吴处厚曾多次遭受蔡确的藐视，现在有了报复的机会。他上递奏折指控这组诗中有五首含有“讥讪”之意，且其中两

125 关于车盖亭诗案，参见金中枢：《车盖亭诗歌研究》，《成功大学历史学报》1975年第2期；萧庆伟：《车盖亭诗案平议》，《河北大学学报》1995年第1期；《北宋文人与党争：中国士大夫群体研究》，第137—145页；吴增辉：《车盖亭诗案的历史还原》，《西华师范大学学报》2014年第5期；涂美云：《北宋党争与文祸、学禁之关系研究》，台北：万卷楼图书股份有限公司，2012年，第83—148页；方诚峰：《北宋晚期的政治体制与政治文化》，第76—80页。方诚峰认为此案更关键的因素是高太后的担忧，而非党派政治。关于英语世界中对车盖亭诗案的讨论，参见李瑞的《语同党异：北宋晚期的党争》（第99—104页）及其在杜希德、史乐民（Paul Jakov Smith）主编的《剑桥中国五代十国宋代史（上卷）》（*Cambridge History of China, Volume 5, Part 1: Sung Dynasty and Its Precursors, 907–1279*）中所撰《哲宗统治（1085—1100）及党争时代》（“Che-tsung’s Reign [1085–1100] and the Age of Faction”）一章的相关内容（剑桥：剑桥大学出版社，2009年，第521—525页）。

262 首“上及君亲，非所宜言，实大不恭”，特别令人震惊。吴处厚还解释道：“缘其诗皆有微意，确欲使读者不知，臣谨一一笺释，使义理明白。”[126]

由于吴处厚弹劾蔡确显然是出于宿怨，故其所作的“笺释”在很大程度上被视为故意歪曲事实，甚至许多在政治上并不同情蔡确的人也这么认为。吴氏的注解有时别出心裁到近于荒谬的地步，例如蔡确组诗中有一首（《全宋诗》，第9077页）云：

> 纸屏石枕竹方床，手倦抛书午梦长。
> 睡起莞然成独笑，数声渔笛在沧浪。

吴处厚笺注称：“称莞然独笑，亦含微意。况今朝政清明，上下和乐，即不知蔡确独笑为何事？”[127]昼寝是宋人作诗最喜欢写的一个主题。[128]吴氏却将之过度解释为蔡确恶意的政治讽刺。

当然，吴处厚的证据也并不总是这么不足信。他对蔡确如下绝句（《全宋诗》，第9077页）的指控就有一些合理性：

> 矫矫名臣郝甑山，忠言直节上元间。
> 263 钓台芜没知何处，叹息思公俯碧湾。

吴处厚指控蔡确这首诗“讥谤朝廷，情理切害”。这一控词有取

---

126 《续资治通鉴长编》卷425，第10270页。

127 《续资治通鉴长编》卷425，第10271页。

128 参见周密撰，俞钢、王燕华整理：《齐东野语》卷18，《全宋笔记》第7编第10册，第296—297页。

于宋代法典的一项条款："诸指斥乘舆，情理切害者，斩。"[129] 他的言外之意很明显，那就是蔡确应被处以斩刑。吴氏为证成己说，不厌其详地解释唐代甑山县公郝处俊（607—681）的事典：上元三年（676）唐高宗（649—683 在位）一连数度病于风疾，欲逊位给皇后武则天（624—705），郝处俊强烈抗议，最终成功谏止此事。[130] 吴氏认为蔡确其诗是将高太后比作武则天。他煽风点火地反问道，安州的历史名人如此之多，为何蔡确单单只想到了郝处俊？安州的古迹如此之多，为何蔡确单单只对郝氏的钓台叹息不已？[131] 吴氏还抓住该诗最后一句中的"思"字进言：

264

> 臣尝读《诗 · 邶风 · 绿衣》，卫庄姜嫉州吁之母上僭，其卒章曰："我思古人，实获我心。"释者谓此思古之圣人制礼者，使妻妾贵贱有序，故得我之心也。今确之思处俊，微意如此。[132]

毛诗序这样解说《绿衣》(《诗经》第二十七首诗)："卫庄姜（公元前752在世）伤己也。妾上僭，夫人失位而作是诗也。"[133] 吴处厚引用正统的经典训释，弹劾蔡确将高太后比作僭夺庄姜

129 窦仪（914—966）等撰，吴翊如点校：《宋刑统》卷 10，北京：中华书局，1984 年，第 166 页。上述征引的这句话逐字摘自唐代的法典，参见长孙无忌（594—659）等撰，刘俊文笺解：《唐律疏议笺解》卷 10，北京：中华书局，1996 年，第 810 页。

130 《旧唐书》卷 150，第 2799—2800 页。

131 《续资治通鉴长编》卷 425，第 10271 页。

132 《续资治通鉴长编》卷 425，第 10272 页。

133 《毛诗正义》卷 2，第 138 页；理译本《诗经》序言附录 1《小序》，第 41 页。

之位的小妾，这一指控虽然牵强，但极具威力。吴氏在后续的奏章中试图用史实记载加强自己的论点，称郝处俊在漫长的生涯中曾数次对朝政提出谏议，但上元年间只有一次，即谏止高宗逊位的想法，因此蔡确所指只能是此事。[134]其言外之意很明确：蔡确颂扬郝处俊反对武则天，就是几乎不加掩饰地攻击高太后。

蔡确的自辩也很有力。他坚称这组诗作只写了自己在车盖亭的“耳目所接”，与时事无关。他否认对己遭贬有任何不满之意，并将吴处厚之论指为有意的歪曲之词：“不谓臣僚却于诗外多方笺释，横见诬罔，谓有微意。”[135]他还警示道：“如此，
265 则是凡人开口落笔，虽不及某事，而皆可以某事罪之曰‘有微意’也。”[136]

蔡确反驳吴处厚的构陷，提出三个论点：其一，吴氏将他对郝处俊的崇拜曲解为对高太后的诽谤；其二，高太后摄政之事与高宗欲逊位给武则天之事全然不同，他不可能将此二事进行类比；其三，他本人在促成高太后摄政之事中发挥过重要的作用，因此不可能讥讽其事。[137]关于“思”字，蔡确指出，该字在《诗经》的不同语境中曾被多次使用，吴氏为罗织罪名，有意歪曲了他的用意。蔡确还辩称，吴氏在后续章奏中称郝处俊在上元年间只有一次上章之事，这也是错误的。[138]蔡确的自辩虽有说服力，但于事无补。他被流放至南方遥远的新州，并

134 《续资治通鉴长编》卷 425，第 10272 页。

135 《续资治通鉴长编》卷 426，第 10301 页。

136 《续资治通鉴长编》卷 426，第 10301 页。

137 《续资治通鉴长编》卷 426，第 10301–10302 页。

138 《续资治通鉴长编》卷 426，第 10304–10305 页。

在那里死去，“天下莫不冤之”。[139]

宋廷的朝臣对车盖亭诗案的两个问题存在分歧。首先是惩罚是否过于严厉。蔡确被流放至南方遥远之地，实际是被判处
死刑。[140] 范纯仁（1027—1101）曾向高太后进言：“不可以语言 266
文字之间，暧昧不明之过，诛窜大臣。”他深忧此事为后来者立了一个反面的先例。[141] 其次是吴处厚的笺释之法是否恰当，其带来的后果是否严重。彭汝砺 (1042—1095) 称自己反复读阅读蔡确之诗，以至废寝忘食，但还是无法领会吴氏劾词揭示的隐秘之义。彭汝砺并非蔡确的同党，但他发表了与蔡确一致的警示之辞：“人有一言，且将文饰之，以为是讥谤时政者；有一笑，

139 《续资治通鉴长编》卷 352，第 8423 页。据说蔡确遭到吴处厚这样的弹劾，其实也是自食苦果。蔡确曾经弹劾汪辅之在上递给朝廷的奏章中表达不满之意，导致汪辅之被罢知虔州事之职，参见《石林诗话校注》卷中，第 97 页。不过，蔡确的弹劾颇有根据，汪氏在章奏中用到杜牧诗《将赴吴兴登乐游原》(《全唐诗》卷 521，第 5961–5962 页）的语典，杜牧不满朝廷给他的安置，在该诗中表达了这一情绪。而且，蔡确这一弹劾之举似也并非出于党派的偏见。饶是如此，早在南宋，汪辅之此一遭劾之事就被引为乌台诗案与车盖亭诗案的先例，参见《挥麈后录》卷 6，《全宋笔记》第 6 编第 1 册，第 160 页。

140 宋太祖（960—976 在位）下达过一项法令，禁止处决“大臣言官”，参见曹勋:《前十事》，《全宋文》第 191 册，第 24 页。高官犯罪不判死刑，而是流放到南方遥远之地，听其自亡。1022 年，寇准与丁谓（966—1037）被流放到南方，但自此之后，宋代高官很长时间都未受到这样的责罚。宋代官员因为诗案的牵连而遭致这样的流放，蔡确之前唯有一则先例，即苏轼受审之后不久王巩被流宾州（《续资治通鉴长编》卷 301，第 7333 页）。不过，王巩时任品阶较低的秘书省正字。1097 年，吕大防被判流放至南方遥远的循州，中途到达虔州的瑞金以后，就决定不往前走了。他盘算如果自己死在瑞金，其子尚有望北归，这样他们吕氏家族仍有幸存者，一旦他们都到了南方烟瘴之地，就都没了生存的希望。参见王巩撰，戴建国、陈雷整理:《随手杂录》，《全宋笔记》第 2 编第 6 册，第 62–63 页。

141 《续资治通鉴长编》卷 427，第 10323 页;《宋史》卷 314，第 10288 页。苏轼提出一个奇怪的建议:朝廷先判蔡确有罪，然后再予赦免，这样对他既不轻纵，也不过于责罚，参见苏轼:《论行遣蔡确札子》，《全宋文》第 86 册，第 330–331 页。

且将揣度之，以为包藏祸心者。疑惑自此日深，刑狱自此日作，风俗自此日败坏。”[142]

车盖亭诗案后，新旧两党的人物都提高了警惕，认识到在党派政治、私人仇怨抑或二者兼有的人事纠葛中，利用诗歌文本恶意构陷的手段无处不在。张耒（1054—1114）曾记载文彦博（1006—1097）对苏轼有过一番善意但含有不祥预兆的建议，很能说明其中问题。乌台诗案以后，有些人以“咀味”苏诗中暗含的“讥讪”为消遣。1089 年，苏轼离朝外放杭州，向文彦
267 博辞行，文氏反复劝诫他：“愿君至杭少作诗，恐为不相喜者诬谤。”苏轼临行在即，文氏又笑言：“若还兴也，便有笺云。”张耒将文氏这一看似过度谨慎的态度与车盖亭诗案联系起来：“时有吴处厚者，取蔡安州诗，作注以上，安州遂遇祸。故潞公有‘笺云’之戏。”[143] 文、苏二人定然清楚记得十年前的乌台诗案中，苏轼的政敌是如何利用苏诗来攻击苏轼的。苏轼对写政治讽刺诗有强迫性的癖好，文氏不仅要他别写这类诗歌，而且警告他连一般诗歌也别写。这是因为蔡确诗案之后，诗歌创作不可避免地会遭到政治性的解读或曲解。[144]

由于解释与曲解之间的界线变得模糊，传统的阐述方式也变得令人疑惑了。吴处厚自认为是按照惯例来寻求诗歌文本的

---

142 《续资治通鉴长编》卷 425，第 10278 页。

143 张耒撰，查清华、潘超群整理：《明道杂志》，《全宋笔记》第 2 编第 7 册，第 12 页。

144 颇为讽刺的是，文彦博在蔡确流放事件中扮演了不甚光彩的角色。最初，蔡确只是被贬至南京应天府。但谏官强烈抗议对其责罚过轻，其后文彦博向高太后建议蔡确当贬至新州，参见《随手杂录》，《全宋笔记》第 2 编第 6 册，第 62—63 页。文彦博此举可能矫枉过正，因为当时他与其他高官已被高太后指责处理蔡确其案态度消极，参见《续资治通鉴长编》卷 426，第 10298；同书卷 429，第 10359 页。

“微意”，蔡确则将他的“笺释”视为“诗外”的伪造之举。对于吴处厚此种解诗之法的描述用语，如“傅会”“罗织”[145]“傅致”[146]“捃摭”,[147]颇可构成一张小型的负面解诗词汇表。而我们在文彦博劝诫苏轼的话中还能见出，在当时的党争中，甚至像 268
“笺”这样的中性词也成了用来指称无中生有的代语。王安石的许多晚期诗作被指控存有批评神宗的内容，我们可将这种指控置于此一氛围之中观照。以下是杨时（1053—1135）与其一名门人之间的对答，颇能显示其中端倪：

> （门人）曰：“或谓荆公晚年诗多有讥诮神庙处，若下注脚，尽做得谤讪宗庙，他日亦拈得出？”（杨时）曰：“君子作事只是循一个道理，不成荆公之徒笺注人诗文，陷人以谤讪宗庙之罪，吾辈也便学他？”[148]

如果说 11 世纪 70 年代末何琬的弹劾之举尚只是一个孤立事件，那么至 12 世纪头几十年，在王安石晚期诗作中搜寻贬抑神宗的隐秘义旨显然已经成为家常便饭。[149]以上引文中“注脚”“笺注”等中性词具有明确的负面含义，与前述文彦博对苏轼的劝诫之语如出一辙。杨时曾严厉批判王安石，谴责他致使

145 《宋史》卷 436，第 10975 页。

146 《宋史》卷 314，第 10288 页。

147 《宋史》卷 347，第 11006 页。

148 《杨时集》卷 20，第 331—332 页。我根据自己对这段对答的理解，更改了两处标点符号。

149 目前无法考定杨时与其门人这番对答的准确时间，但有可能是 1111 年至 1129 年杨时于东林书院讲学之时。

北宋国势日颓，最终走向灭亡。[150]他对维护王氏的道德声誉毫无兴趣。饶是如此，面对时下狂热寻求王氏晚期诗作讪谤之意的风气，杨时还是表达了两点深沉的忧虑。首先，他认为用诗歌来批评君主是合理之举，君主对于这种批评的接纳态度非常
269 重要。杨时指出《诗经》三百首诗中有近一半诗作存在讽刺君主之意，但无一人物被指讪诽。直到后世，昏君才制定法律禁止所谓的讪谤。[151]

杨时的第二点忧虑是，“吾辈”抑或“今之君子”也在利用政敌的著述进行政治迫害与政治报复。这会产生一个难以意料的后果，那就是人们很难再为备受诋毁的元祐诸君子平反：

> 今之君子但见人言继述，亦言继述。见人罪谤讪，亦欲求人谤讪之迹罪之。如此只是相把持，正理安在？如元祐臣寮章疏论事，今乃以为谤讪，此理尤非。使君子得志，须当理会令分明。今反谓他们亦尝谤讪，不唯效尤，兼是使元祐贤人君子愈出脱不得，济甚事？[152]

我们由杨时的言论可以清楚见出，通过阐解文本来罗织讪谤罪名，已然成为新旧两党的共同做法。正是在这样的氛围中，王安石的一些晚期诗作被解读为对神宗的怨望之词。刘辰翁对王安石《神宗皇帝挽辞二首 · 其一》(《临川先生文集》卷 35，《王安石全集》第 5 册，第 687 页）的评论颇能显示上述做法的

---

150 《宋史》卷 428，第 12741 页。

151 《杨时集》卷 20，第 332 页。

152 《杨时集》卷 12，第 333 页。

普遍性。王氏这首挽辞云： 270

> 将圣由天纵，[153] 成能与鬼谋。[154]
> 聪明初四达，[155] 俊乂尽旁求。[156]
> --变前无古，[157] 三登岁有秋。[158]
> 讴歌归子启，钦念禹功修。[159]

271

此诗的写作遵循歌颂皇室的文辞典范，直接或间接征引了很多儒家经典的古体文句，其中大多数已由李壁一丝不苟地标注了出来。然而，刘辰翁却于这些颇为公式化的文句中发现第二联有一处不谐之音："十字尽当日倚任意，第初字不满，在今人则以为谤，诸老风流笃厚，未尝及此。"[160] 我们姑且不论刘辰翁对

---

153 该句借用了《论语》中子贡对孔子的评价："天纵之将圣"（《论语·子罕第九》；刘译本《论语》，第 77 页）

154 《易经》有云："天地设位，圣人成能。人谋鬼谋，百姓与能。"（《周易正义》卷 8《系辞下》，第 377 页；理译本《易经》，第 405 页）

155 《尚书》有云："询于四岳，辟四门，明四目，达四聪。"（《尚书正义》卷 3《尧典》，第 85 页；理译本《尚书》，第 41 页）

156 《尚书》有云："旁招俊乂，列于庶位。"（《尚书正义》卷 10《说命下》，第 301 页；理译本《尚书》，第 17 页）

157 《论语》有云："齐一变，至于鲁；鲁一变，至于道。"（《论语·雍也第六》；刘译本《论语》，第 53）李壁（《王荆文公诗笺注》卷 49，第 1348 页）指出该句是谓："神考变法，高出百王。"

158 按照古代习俗，每三年要将一年的农作收成储存起来。粮仓储备三年到达一年的收成量时，称为"登"；六年储存达到两年的收成量时，称为"平"；九年储存达到三年的收成量时，则称为"泰平"，参见《汉书》卷 24 上，第 1123 页。

159 该句有取于《尚书》之中盘庚的一句演说词："钦念以忱，动予一人。"（《尚书正义》卷 9《盘庚下》，第 289 页；理译本《尚书》，第 236 页）王安石将神宗比作大禹，将哲宗比作启。李壁（《王荆文公诗笺注》卷 49，第 1349 页）认为最后一句是为哲宗亲政以后绍述之政的理念张本。

160 《刘辰翁诗话》，《宋诗话全编》，第 9929 页。

此“初”字的解读是否正确。这里颇值注意的是，其实前辈“诸老”并非如刘氏所言的那般笃厚，因为至迟在 11 世纪 70 年代末，就已有人开始在王安石诗中寻找对神宗的不满之词了。杨时与其门人的对答证明，至 12 世纪初，时人已有一个根深蒂固的观念，认为王安石的许多晚期诗作可解读为讪谤之言。也大约是在这个时候，假设《君难托》为王安石致仕以后所写的说法出现了。比刘辰翁略为年轻的刘埙与熊禾又为该诗特定的历史情境与写作意图做了假设。而刘辰翁在猜测“今人”会如何阐述王氏所撰挽辞之时，也在无意间参与了他本要诟病的构陷之举。

就某种意义而言，本书从第一章至第五章形成了一个完整的循环圈。第一、五两章观照的两首诗作皆是弃妇题材，相关的阐释皆被宋代的政治话语裹挟，又皆带有对王安石道德及个性的成见。当然，这两首诗作所引起的问题也有显著差异：对《明妃曲》的质疑缘于诗中有几句话存在固有的争议；而对《君难托》寓意的阐释是否合理则主要取决于王安石是否是该诗作者这一问题，但有关该问题的争议无法解决。在《明妃曲》一案
272 中，靖康之难以后，华夷之辨的问题特别尖锐，对于王安石的负面批评到达顶点。这些批评归属于一种更大范围的话语，那就是王安石要为北宋亡于金人之手承担罪责。对《君难托》一诗寓意性的解读则与当时有关王安石、神宗之间关系的叙述有关，按照这种叙述，这对君臣的关系不断变化，而且越变越坏。

有宋一代，文字狱在中国历史上首次成为党派斗争的惯常手段。王安石政治与道德的遗产引发争议，由此扭曲了人们对其诗歌的阐述，这不足为奇。而在很大程度上尚未引起学术界

注意的是，王安石的一些诗作在其有生之年即已卷入激烈的党争。何琬对王安石的指控虽多有晦暗不明之处，却牵扯出大大小小的问题，有的平凡无奇，有的则令人困扰。这些问题关乎宋代总体的诗歌文化，尤其是王安石的晚期诗歌。如王氏写给吕嘉问的诗何以如此之快就落入了何琬之手？在这种情况下，文本传播的模式是怎样的？或者说得更耸人听闻一些，文本监控的模式是怎样的？何琬（或是其他人）是否在江宁甚或王氏家里安插了眼线？如果确是如此的话，那么王氏在其退休期间多大程度地受到了其政敌或朝廷的监视？

王安石晚年作诗曾被指控怨恨皇帝、讪谤朝廷，但这一指控迄今为止一直鲜有人知，《君难托》的案例则对之颇有发明。此外，该案例还提供了一个窗口，使我们得以回顾一幅更为宽广的诗歌阐释的图景，在此之中，传统的解诗之道被卷入（甚或屈从于）当时党争的需求。有意曲解诗歌文本，将之锻炼成弹劾罪证的手段在不同党派之间大行其道。我们可在何琬的指控中感受到这一手段的普遍存在。何琬的指控与乌台诗案中新党对苏轼的弹劾性质全无二致，皆带有党争的色彩。门人请求杨时对王安石晚期诗作频有谤词的现象举例说明，我们于此颇能察见，君子与小人之间的界线已被打破，二者皆会为政治目的而（歪曲性地）利用诗歌。

尾声

置王安石于宋诗史中

对于北宋诗史的叙述出现在北宋灭亡不久之后。其中较早的例子是1154年张元幹（1091—1170）为王銍（？—1149）文集所作的序文。张元幹抨击宋初的“西昆”诗人延续了五代的颓堕浮薄之风，而将欧阳修描述为转折性的诗人。1016年欧阳修还不到十岁，偶然间发现了一部六卷本的韩愈文集，立刻为其吸引。1031年欧氏来到洛阳，与尹洙相识，而尹洙如他一样，热衷韩愈诗文，欧、尹二人多次讨论文学写作。最终，欧氏“文风丕变，浸近古矣”。欧氏与韩愈文集的偶然相遇，不仅是其个人作家生涯的转折点，还引发了宋代文学文化的总体变革。欧阳修成就为一代宗师，苏洵与其二子苏轼、苏辙是他的直系门人。这一文学统序随后扩大。苏轼门人黄庭坚又使“少陵诗法大振”，其他苏门人物如张耒、晁补之、秦观与陈师道则“相望辈出，世不乏才，岂无渊源而然焉”。[1]

1 张元幹:《亦乐居士文集序》,《全宋文》第182册，第403页。

274 张元幹建构了一个无所不包、持续不断的诗歌统序，将欧阳修置于其首位。这一统序几乎囊括了北宋除王安石之外所有的大诗人。然而，王安石文学生涯最初气象的造就，很大程度上归功于他与欧氏的交流。这不禁令人怀疑张元幹之所以将王氏从这一统序中排除出去，是否是因为他厌恶王氏的政治路线。这一统序中的成员在政治上不是反对王氏，就是对其冷淡。[2] 而作为王氏政治遗产忠实维护者的陈善则做出了一番不同的表述。[3] 陈善认为欧阳修与宋初诗人一样延续了唐诗的风格。欧氏虽能改变当时的"文格"，但无法改变其"诗格"，"及荆公、苏、黄辈出，然后诗格遂极于高古"。[4] 陈善将欧氏的影响划定在散文的领域内，并将其诗歌创作描述为以规模唐诗为常的宋初诗风的延续。这就削弱了欧氏的历史地位。[5] 陈善将王安石提升为宋代诗风转型的第一人，也将苏轼、黄庭坚从欧氏引领的统序之中拉了出来，与王氏结为一派。

---

2 关于张元幹政治上对王安石的反对态度，参见《四库全书总目》，《景印文渊阁四库全书》第 4 册，第 214 页。

3 关于陈善在政治上对王安石的同情态度，参见《四库全书总目》，《景印文渊阁四库全书》第 3 册，第 736—777 页。当然，陈善的《扪虱新话》对王氏的学术与诗歌也提出过负面的批评（例如该书卷 8，《全宋笔记》第 5 编第 10 册，第 66 页）。关于四库馆臣对陈善描述的评论，参见李红英：《〈扪虱新话〉及其作者考证》，《中国典籍与文化》2000 年第 1 期；卞东波、王林知：《南宋陈善〈扪虱新话〉新论》，华南师范大学文学院编：《珠江学术》，广州：暨南大学出版社，2015 年，第 46—47 页。

4 《扪虱新话》卷 9，《全宋笔记》第 5 编第 10 册，第 72—73 页。关于陈善观点的重申，参见《东目馆诗见》卷 1，《清代诗文集汇编》第 352 册，第 227 页。相关的反驳，参见裘君弘 (17—18 世纪)：《西江诗话》卷 2、3，《续修四库全书》第 1699 册，第 426、455 页。

5 陈善对欧阳修的这一看法并非绝对新鲜。吕本中也同样赞扬过欧氏的散文，不过他坚称直到黄庭坚，宋诗才全面繁荣起来，参见其《江西诗社宗派图序》，《全宋文》第 174 册，第 81 页。后文我们将看到，黄庭坚在宋诗中的历史意义是由刘克庄予以详述的。

将王安石、苏轼与黄庭坚视为开创宋诗格调三大家的观点，在南宋的诗评界并非一个共识。[6]更为普遍的观点认为只有苏、 275
黄才能体现宋诗的精髓。严羽就是这样阐述的，他从宋代诗人与唐代诗人不断变化的关系中来描述宋诗史。这种关系沿着模仿—转变—再模仿的辩证轨迹发展。宋初诗人仍然追随唐代诗人的脚步：王禹偁效法白居易；杨亿、刘筠（971—1031）效法李商隐；盛度（968—1041）效法韦应物。欧阳修规模韩愈的古体诗，梅尧臣则追摹唐人的“平澹处”。[7]“至东坡、山谷始自出己意以为诗，唐人之风变矣。”黄庭坚对江西诗派的形成起到了特别重要的作用。唐诗影响的回归则要等到 12、13 世纪之交永嘉四灵崛起的时期，四灵以贾岛、姚合为榜样。[8]在严羽的诗学观中，苏、黄并不足以代表诗歌发展的正途，因为苏、黄之诗虽具创新性与影响力，但有违盛唐诗风。在严羽看来，盛唐诗风体现的是一种超绝的诗歌理想。他认为苏、黄之前与之后的宋代诗人同样也未能走上正途，因为他们模仿的皆是中晚唐诗。[9]然而，严羽的叙述有一个明显的遗漏，那就是王安石。 276
这一遗漏现象反映了一些问题，其中之一就是诗评家很难确定王安石在诗歌创作上到底是模仿者还是创新者。尽管杨万里一

6　惠洪(《冷斋夜话》卷 5,《稀见本宋人诗话四种》,第 49 页)将这三大家作为“造语”的巨匠，不过他关注的是诗歌的语言技巧而非宋诗的演进。

7　如前所述，南宋，尤其是自 12 世纪下半叶以后，“唐人”通常是指晚唐（有时也指中唐）诗人;“唐诗”也是如此，参见《谈艺录》，第 125 页;《宋诗选注》，第 221 页;黄奕珍:《宋代诗学中的晚唐观》，台北：文津出版社，1998 年，第 226—238 页。

8　《沧浪诗话校笺》，第 181 页。

9　不过事实上，许多宋代诗人的确模仿过盛唐诗，例如可参见《蔡宽夫诗话》,《宋诗话辑佚》，第 398—399 页；叶适:《徐斯远文集序》,《全宋文》第 285 册，第 162 页。严羽这里的目的是想夸张地表达规模盛唐诗的必要性。

类的论者经常评述王氏绝句与晚唐绝句之间的紧密关系，但他们从未指出到底是哪位或哪些特定的唐代诗人是王氏绝句仿效的典范。我们之前也已看到，严羽用绝句界定王氏诗风时，也未曾具体说明他是否有意模仿了哪位唐代诗人。

宋代学者叙述本朝诗史而对王安石置之不论，是一个相当普遍的现象。刘克庄编纂过一部北宋五、七言绝句的诗集，在该书序文中提及北宋从杨亿、刘筠到欧阳修、苏轼，再到黄庭坚、陈师道三个时代的诗风。[10] 王安石的绝句广受好评，刘克庄却对之缄默不论，这一态度令人讶异。在刘氏看来，宋诗的真正宗祖是黄庭坚。刘氏甚为鄙薄潘阆（？—1009）、魏野这些宋初诗人，认为他们只会亦步亦趋地效法晚唐。刘氏也很看不上杨亿、刘筠这些“西昆”诗人，认为他们所做的努力不过是“挦扯义山”。[11] 苏舜钦之“豪俊”、梅尧臣之“平淡”确有一些适度的新变，但后来几无从者。欧、苏虽为大家，但二者的诗歌成就是“天才”之功，而非“锻炼勤苦”的结果，所以亦难成为适合后人效法的榜样。相形之下，黄庭坚“会萃百家句律之长，究极历代体制之变，搜猎奇书，穿穴异闻”，最终“作为古律，自成一
277 家”。严羽的暗含之意在刘克庄这里得到了明示，即黄庭坚凭借勤奋而成就为真正的“本朝诗家宗祖”。[12] 对于那些没有欧、苏

10　刘克庄：《本朝五七言绝句序》，《全宋文》第 329 册，第 9 页。

11　在宋真宗（998—1023 在位）的一次宴会上，一个自称是李商隐的伶人穿着破蔽衣衫，打趣道：“我为诸馆职挦撦至此。”参见《中山诗话》，《历代诗话》，第 287 页。

12　刘克庄：《江西诗派序 · 黄庭坚》，《全宋文》第 329 册，第 107 页。刘克庄通常被认为是江湖诗派的主要诗人，而这一诗派总的来说是排斥江西诗派诗歌审美的，参见梁昆：《宋诗派别论》，长沙：商务印书馆，1939 年，第 155 页；黄宝华：《宋诗学的反思与整合——刘克庄诗学思想述评》，《上海师范大学学报》2003 年第 4 期。

一般天赋的人来说，黄氏通过努力而取得诗歌伟业的道路更易踵武。[13] 刘氏对黄氏的这番揄扬还基于这样一个前提，即诗人的历史意义更多是取决于其追随者群体的规模。虽然刘氏有可能会将王安石的诗才描述为类似黄氏而非欧、苏的才华，但他毕竟未将王氏纳入自己的叙述。这其中缘由或许就是王氏缺乏追随者。至元初之人评价王安石，关于其追随者的话题更变为至关重要的问题了。

1289 年前后，方回撰述了一篇序文，是南宋灭亡十年以后对宋诗史最全面、最有影响力的一篇总结文章。下面我们就来摘录该文涉及北宋诗歌的内容：

> 宋铲五代旧习，诗有“白体”“昆体”“晚唐体”……欧
> 阳公出焉，一变为李太白、韩昌黎之诗。苏子美（苏舜钦）
> 二难相为颉颃，梅圣俞（梅尧臣）则唐体之出类者也。晚唐
> 于是退舍。苏长公（苏轼）踵欧阳公而起。王半山备众体，
> 精绝句、古五言或三谢。[14] 独黄双井（黄庭坚）专尚少陵，278
> 秦（秦观）、晁（晁补之）莫窥其藩。张文潜（张耒）自然
> 有唐风，别成一宗，唯吕居仁（吕本中）克肖。陈后山弃所
> 学，学双井，黄致广大，陈极精微，天下诗人北面矣。[15]

13　刘克庄将苏轼与其前辈欧阳修并置（而非与其后辈黄庭坚并置），是有意在强调黄庭坚的地位。在刘克庄之前，陈岩肖（1138 年进士）已然赞誉黄氏“自为一家”，认为他未曾蹈袭唐诗路线，“造前人未尝道处”，参见陈岩肖：《庚溪诗话》卷中，《历代诗话续编》，第 182 页。

14　“三谢”指谢灵运、谢惠连（407—433）、谢朓。方回的这篇序文还见载于《隐居通议》卷 6，《景印文渊阁四库全书》第 866 册，第 70 页，且此处有一句异文：“古五言或追陶谢”。

15　《送罗寿可诗序》，《全元文》第 7 册，第 51 页。关于该序的写作时间，参见毛飞明：《方

方回的叙述中有一些主题早已为人熟知。如其谓欧阳修是转折性人物这一点在前引张元幹的观点中即能找到；另外，刘克庄也曾提及宋初盛行晚唐诗风。不过方回序中也有一些新颖之处。首先，方回将黄庭坚与陈师道描述为北宋最有影响力的诗人。陈师道的身份获得这般拔擢，可能得益于他在江西诗派中的地位。在方回建构的诗歌谱系中，“一祖三宗”引领江西诗派，杜甫为“一祖”，黄庭坚、陈师道与陈与义为“三宗”。[16]其次，方回既没像刘克庄那样将黄庭坚描述为集大成者，也没像严羽那样把黄氏说成是宋诗独特性的最终代表，而是将其界说为专尚杜诗的诗人。最后，方回认为，尽管有宋一代不同的历史节点盛行过不同的唐诗风格，但宋诗对唐风的仿效却从未真
279 正中断过。因此，欧阳修改造宋诗，只是在典范选择上的转向，即由以白居易、李商隐及其他晚唐诗人为宗，转向以李白、韩愈为宗。而黄庭坚的意义则在于将杜诗树立为至高无上且独一无二的典范。

在方回的描述中，王安石的地位显得很不稳定。他是唯一一名与唐诗典范既无直接也无间接联系的诗人。[17]方回强调王氏诗擅众体，同时重申其绝句与五言古诗的绝高地位。他将王氏的五古与三谢相拟并论，就牵扯到品评王诗的一个小话题。这个话题可以追溯至王氏本人。王氏曾称自己的《岁晚》诗（《临

回年谱与诗选》，杭州：杭州大学出版社，1993年，第78页。

16 参见《瀛奎律髓汇评》卷26，第1149页；同书卷1，第18页；同书卷16，第591页。在吕本中的江西诗派谱系中，陈师道紧接于黄庭坚之后，参见其《江西诗社宗派图》，《全宋文》第174册，第81页。

17 方回亦未明确说明苏轼效法过哪些唐代诗人。但苏轼被描述为欧阳修的继承者，则清楚地表明他在诗风上属于老一辈诗人，受到李白、韩愈的启发。

川先生文集》卷 40，《王安石全集》第 5 册，第 336 页）可以比肩谢灵运的诗作。[18] 但并非所有人都会以毫无保留的积极态度看待王诗与谢诗之间这一密切的关系。黄庭坚即曾诟病王氏晚期诗作在模仿谢灵运与谢朓时做得过“巧”。[19] 对此我们须注意到，王氏诗歌（尤其是其晚期诗歌）在这里被认为模仿的是南朝而非唐人的诗作。我们还须注意到，方回并非视三谢为五言诗的至高宗师，而是将这一荣誉给予了陶渊明。[20]

戴表元追随方回学诗，以不同时期的宋诗是否具有“唐风”为基调描绘了有宋一代诗歌的发展历程。“唐风”作为一种诗歌特征，既具包容性又难以捉摸：虽然“唐风”可以通过各种各样的风格展现出来，但那些只会亦步亦趋模仿陈规俗套的诗人
却与“唐风”无缘。因此，宋初诗人对于李商隐、白居易肤浅 280
的模仿之作完全不具“唐风”。待至梅尧臣崛起，诗歌才“一变而为冲淡，冲淡之至者可唐，而天下之诗于是非圣俞不为”。结果人们都去学习梅诗而非唐诗。待至黄庭坚以“雄厚”之力发起诗歌变革，人们又开始模仿黄诗，而忽视唐诗。再至永嘉四灵的“清圆”诗风盛行于南宋晚期，历史又迎来了一轮重演。[21]

18　《漫叟诗话》，《宋诗话辑佚》，第 362 页。苏轼曾将秦观的一些诗作寄给王安石，王氏将它们拿给叶涛看。王氏在《回苏子瞻简》（《临川先生文集》卷 73，《王安石全集》第 6 册，第 1311 页）中对这些诗作赞许有加，并提及叶涛之评：“清新妩丽，与鲍、谢似之。”

19　《后山诗话》，《历代诗话》，第 306 页。

20　参见《送俞唯道序》，《全元文》第 7 册，第 28 页。

21　戴表元：《洪潜甫诗集序》，《全元文》第 12 册，第 123 页。戴表元提高了梅尧臣的地位，称之为宋代第一转型诗人。这一观点今天看来可能有些独特，但并非史无前例。陆游在《梅圣俞别集序》（《全宋文》第 222 册，第 346 页）中将梅尧臣的诗歌、欧阳修的散文、蔡襄的书法描述为他们那个时代里文化的最佳代表。刘克庄称梅氏为宋诗的“开山祖师”，参见《后村诗话》前集卷 2，第 23 页。然而，对戴氏产生直接影响的可能还是方回，

戴表元将欧阳修、苏轼这样的诗坛名宿排除在诗史之外，原因大概正如刘克庄所言，欧、苏与黄庭坚不同，不太容易成为可供效法的典范诗人。至于戴氏为何忽略了王安石，则与王氏缺乏追随者有很大关系。

关于王安石是一个孤立的大诗人的观点，戴表元的学生袁桷（1266—1327）有充分的阐述。在袁桷的描述中，欧阳修、梅尧臣超越“西昆体”之后，宋诗又分为“临川之宗”“眉山之宗”“江西之宗”三个支脉。这三个支脉中的后两者曾蓬勃发展，“惟临川莫有继者，于是唐声绝矣”。至12世纪的最后数十年，苏、黄两脉也渐消亡，理学家继而主导诗坛，不过他们的诗歌只是
281 教义诗而已。待至叶适（1150—1223）揄扬四灵，“唐声渐复”，但四灵的追随者大多诗风软弱，原因就在于他们是亦步亦趋地效法晚唐诗人的逼仄诗境。[22]将王安石描述为具有唐诗风调的宋代诗人，在袁桷那个时代并非他一人。刘辰翁即认为王氏之诗“犹有唐人余意”。[23]1036年毋逢辰为一部新刊的王氏诗集作序，亦评论道：“公之诗非宋人之诗，乃宋诗之唐者也。”[24]袁桷观点的与众不同之处在于他将王氏的诗歌风调置于宋诗发展的历史大背景中观照，并将王氏缺乏追随者的情况归因于这种风调。[25]

正如我们所看到的，方回将梅氏描述为“唐体之出类者”，更称梅氏为宋代“第一”诗人，“绰有盛唐风”，参见其《学诗吟十首 · 其六》（《全元诗》第6册，第537—539页），另可参见其《送胡植芸北行序》，《全元文》第7册，第33页。

22 袁桷：《书汤西楼诗后》，《全元文》第23册，第321页。与袁桷同时代而年岁更长的刘埙（《隐居通议》卷11，《景印文渊阁四库全书》第866册，第111页）断言四灵试图模仿王安石的绝句，但是水平不及。

23 《刘辰翁诗话》，《宋诗话全编》，第9914页。

24 毋逢辰：《王荆公诗序》，《全元文》第31册，第414页。

25 袁桷在《书余国辅诗后》（《全元文》第23册，第338页）中倒是说过王安石“语规于唐”，

明代的胡应麟对王安石的诗歌风调重新定位。他认为欧阳
修与王安石开创了与唐诗格调截然不同的宋诗格调。“西昆体”
诗人如杨亿、钱惟演（977—1034）与刘筠尽管缺乏李商隐的“丰
韵”，但在诗歌才能与谨守格律方面却有所超越。九僧的诗作则
优于贯休、齐己；[26]魏野、林逋之诗与姚合相似。宋庠（996—
1066）、宋祁兄弟，晏殊，夏竦，梅尧臣与王安国皆各有所长。
虽然他们的诗作偶会显露些许“宋气”，但总体而言与唐诗关系
更为紧密。“永叔、介甫始汛扫前流，自开堂奥。至坡老（苏轼）、 282
涪翁，乃大坏不可复理。”[27]胡应麟认为王安石是使宋诗脱离唐风
的罪魁祸首：“欧公虽洗削‘西昆’，然体尚平正，特不甚当行耳。
推毂梅尧臣诗，亦自具眼。至介甫创撰新奇，唐人格调，始一
大变。苏、黄继起，古法荡然。”[28]胡氏将王安石、苏轼与黄庭坚
作为引领宋诗特色的三大家。这一观点可以追溯至陈善，但胡、
陈的价值判断截然相反。胡氏还将王氏的诗歌创作与改革政策
相类比，这加深他对王诗的批评。最后胡氏得出结论：王氏对
有宋一代的诗歌文学与社会经济都为害不浅。

对王安石广受好评的绝句，胡应麟倒是能区别对待。他指出王氏的五言、四言绝句仅是技法精湛，尚无法与唐人相比；其六言绝句偶能超越宋调；其最好的五绝则近似于六朝诗作。但其七绝“宋调坌出”。[29]

故颇有诗人“宗师之”。然而这些诗人只会亦步亦趋地模仿，未能发展自己的独特之处。

26　据司马光（氏著：《温公续诗话》，《历代诗话》，第 280 页）所述，宋初九僧为希昼、保暹、文兆、行肇、简长、惟凤、惠崇（？—1015）、宇昭、怀古。

27　《诗薮》外编卷 5，第 209 页。

28　《诗薮》外编卷 5，第 211 页。

29　《诗薮》外编卷 5，第 227 页。总的来说，胡应麟甚为蔑视宋代的绝句，参见《诗薮》

至清代初期，宋诗得到重估，受到论者的积极评价。黄宗羲（1610—1695）在给姜公铨（1680 在世）诗稿所写的一篇序文中提供了一段人所熟知的宋诗叙事。不过，他在此强调了唐宋诗的连续性，并将各个时期的宋代诗人都说成是唐诗最佳的继承者：宋初诗以“白体”“西昆体”及“晚唐体”为特色；随后，欧阳修、梅尧臣转而师法李白、韩愈；黄庭坚则专尚杜甫，
283 成为“宋诗之渊薮”。黄宗羲将王安石置于唐人绝句的传统之中：“王半山、杨诚斋得体于唐绝。”[30] 王氏绝句代表了他的最佳诗作，这一观点已是共识。黄宗羲的论述则构建了从唐人到王安石，再到杨万里的传承统序，为此共识注入了新鲜感，且与元代学者视王氏为孤立诗家的观念暗含分歧。不过，黄氏亦与前朝论者一样，并未将王氏与任何一名特定的唐代诗人相与关联。[31]

贺裳是黄宗羲的同代人物，但观点与黄氏不同。他对宋诗总体持否定态度，认为宋初诗无论“白体”“晚唐体”，还是“西昆体”，不是“轻浅”就是“绮靡”。[32] 此后宋诗经历了三次转变：第一次转变是梅尧臣、欧阳修试图以“平淡”对抗“西昆体”的缛丽，但梅、欧的诗作常流于“粗直”“粗鄙”；[33] 第二次转变

外编卷 5，第 228 页。

30 黄宗羲：《姜山启彭山诗稿序》，《南雷诗文集 · 上》，吴光主编：《黄宗羲全集》第 10 册，杭州：浙江古籍出版社，2012 年，第 60 页。

31 有趣的是，人们说到王安石绝句效法的唐诗典范，似乎只提到过韩愈之诗。曾原一为《唐绝句》所作的序文引及韩愈《早春呈水部张十八员外》二绝其一（《全唐诗》卷 344，第 3864 页），断言：“半山绝句机此。”参见《隐居通议》卷 6，《景印文渊阁四库全书》第 866 册，第 62 页。刘埙（《隐居通议》卷 11，《景印文渊阁四库全书》第 866 册，第 111 页）赞同曾氏的观点，断言王氏“平生绝句实得于此”。

32 《载酒园诗话》又编，《清诗话续编》，第 418 页。

33 《载酒园诗话》又编，《清诗话续编》，第 443 页。贺裳总体对欧阳修在宋诗史上的角色

由黄庭坚发起，但黄诗“多矫揉倔佶，少自然之趣”，使宋诗落
入了另一个极端；第三次转变的标志是江湖诗的出现，从此宋
诗“遂沦长夜”。[34] 贺裳最后的总结陈述相当有趣：“大率宋诗三 284
变，一变为伧父，再变为魑魅，三变为群丐乞食之声。”[35] 在这一波昏暗的颓流之中，王安石无异于一座璀璨夺目的灯塔：“读临川诗，常令人寻绎于语言之外，当其绝诣，实自可兴可观，不惟于古人无愧而已。”[36] 贺裳将王诗视为“宋诗中第一”，并对其各体诗作做了评价。他认为王氏的乐府诗与五言古诗最佳，其次是七律与七古，五言律诗有时略显做作，七绝则偶病“气盛”。贺裳为说明王诗的卓越之处而举了一系列例子。不过讽刺的是，他所举的最后两例《江上》(《临川先生文集》卷 30,《王安石全集》第 5 册，第 613 页）与《初晴》(《临川先生文集》卷 34,《王安石全集》第 5 册,第 672 页）却皆是七绝。贺裳称“如此二诗，谓与唐人有异，吾不信也”。[37] 更早已有诗评家如刘克庄、袁桷与毋逢辰将王氏描述为具有唐诗风调的宋代诗人，但无人因为王氏与唐诗的紧密关联而将之奉为宋诗的魁首。

持否定态度，称其为诗之“一厄”，认为他要为后来诗人的“无数恶习”负责，参见《载酒园诗话》又编,《清诗话续编》，第 412 页。

34 江湖派的名称源自于 1125 年陈起所刊其同时代诗人诗选《江湖集》的书名。江湖派的成员包括刘克庄、戴复古（1167—1248）与姜夔（1155—1221）。相关的专题研究，参见张宏生:《江湖诗派研究》，北京：中华书局，1995 年。

35 《载酒园诗话》又编,《清诗话续编》，第 443 页。青木正儿（氏著，杨淑女译:《清代文学评论史》，台北：开明书店，1969 年，第 27 页）认为贺裳攻击宋诗，是在暗中针对钱谦益，因为钱氏是宋元诗的倡导者。

36 《载酒园诗话》又编,《清诗话续编》，第 418 页。这句话的语典出自孔子有关《诗经》用途之说，参见《论语 · 阳货第十七》；刘译本《论语》，第 175 页。

37 《载酒园诗话》又编,《清诗话续编》，第 420 页。

285 贺裳力排众议，推崇王安石的乐府诗与古体诗，将此二体置于其律、绝之上。宋荦也曾暗示过这种高下之分：

> 宋初晏殊、钱惟演、杨亿号“西昆体”。仁宗时，欧阳修、梅尧臣、苏舜钦，谓之欧梅，亦称苏梅，诸君多学杜、韩。王安石稍后，亦学杜、韩。神宗时，苏轼、黄庭坚，谓之苏黄。[38]

清代学者普遍认为王安石效法杜甫、韩愈之诗。如田雯（1635—1704）即论王诗“根柢于杜、韩，而变化出之”。[39]又如延君寿（18—19世纪），其论述更为细化，称王氏“古体学杜、韩而不袭”，近体诗则更能做到“我行我法，依傍一空”。[40]而宋荦以上叙述的引入瞩目之处在于不仅凸显了王氏与杜、韩的紧密联系，而且将王氏与仁宗一朝（1022—1063）崭露头角的诗人归为一类人物。这一意向显现出宋荦对王氏早期的古体诗特别看重，对其晚期的近体诗则含蓄地表现出轻忽之意。

286 在宋诗史中，王安石到底应被置于哪个位置，全祖望（1705—1755）的相关阐述颇具戏剧性：

---

38 宋荦：《漫堂说诗》，《清诗话》，第419页。

39 《古欢堂杂著》卷2，《清诗话续编》，第701页。晚明学者何乔远（1558—1632）（氏著，张家庄、陈节校点：《镜山全集》卷41，福州：福建人民出版社，2015年，第1093页）曾有一个泛泛的评论，认为韩愈的七言古诗是所有宋代大诗人的典范。叶燮（1627—1703）（氏著，蒋寅笺注：《原诗笺注》内篇卷上，上海：上海古籍出版社，2014年，第69页）则称韩愈启发了北宋所有的大诗人，如苏舜钦、梅尧臣、欧阳修、王安石、苏轼与黄庭坚。

40 延君寿：《老生常谈》，《清诗话续编》，第1805页。

> 宋诗之始也，杨、刘诸公最著，所谓“西昆体”者也……庆历以后，欧、苏（苏舜钦）、梅、王（王安石）数公出，而宋诗一变。坡公之雄放，荆公之工练，并起有声，而涪翁以崛奇之调，力追草堂所谓江西诗者，而宋诗又一变。[41]

全祖望先是承继宋荦之说，将王安石置于欧阳修一辈，从而依据王氏的早期诗作为其定位。但随后又立即为之重新定位，将王氏列入苏轼、黄庭坚一辈更年轻的人物之中，这辈人物引领了宋诗的第二次变革。此言让我们想起陈善之说，当然陈、全也有不同：陈善认为王、苏、黄真正开创了宋诗格调，全氏则持更为普遍的观点，认为欧阳修才是宋诗格调的开山宗师。另值注意的是，全氏提及王诗的“工练”，让人想起叶梦得等前朝诗评家对王氏晚期诗作的描述。全祖望对王安石的历史定位存此两说，既凸显了王氏作为时代过渡人物的身份，[42] 也昭示出其诗歌生涯中早期古体诗与晚期格律诗的成就。王氏诗歌的丰富多彩、变化多端，使人无法死板地从分期或风格的角度来界说他在宋诗史中的地位。

41　全祖望:《宋诗纪事序》,《鲒埼亭集》外编卷 26，朱铸禹汇校集注:《全祖望集汇校集注》，上海：上海古籍出版社，2000 年，第 1247 页。

42　正如田雯(《古欢堂杂著》卷 2,《清诗话续编》,第 701 页）所谓,王安石既是欧阳修的“后劲”，又是苏轼、黄庭坚的“前矛”。

结 语

关于文学文化如何不断地摆脱自身遗产的重压而获得解放，美国哲学家理查德·罗蒂（Richard Rorty）有如下描述：

> 对于文学文化中的一个成员而言，救赎是通过接触人类想象力的现存边界来实现的。这就是为何文学文化总要求新……而非试图逃离现世去追求永恒的原因。这种文学文化一个前提是，尽管想象力存在现世的界线，但这种界线可以永远地扩展下去。想象力无休无止地消耗着它自身的产物，是一团永不熄灭且不断蔓延的火焰。它虽像苍蝇与蠕虫一样受到时间与机缘的影响，虽也会延续、保留对过往的记忆，但却能持续超越以往的界线。尽管文学文化之中一直存在着对为时已晚的恐惧感，但这种恐惧感却能引发更为猛烈的火焰。[1]

1 理查德·罗蒂：《作为过渡文类的哲学》（"Philosophy as a Transitional Genre"），理查德·伯

罗蒂阐述了“对为时已晚的恐惧感”与“求新”之间的动态关系，这一阐述或可与蒋士铨（1725—1784）之说进行有益的对比与参照。蒋士铨认为宋代诗人作为唐代诗人的后来者面临着困境，他的相关说法常被人引用：

> 唐宋皆伟人，各成一代诗。
> 288 变出不得已，运会实迫之。
> 格调苟沿袭，焉用雷同词？
> 宋人生唐后，开辟真难为。

在蒋士铨的描述中，虽然唐人之后宋人已几乎不可能再有所“开辟”，但宋人却能通过“变”找到解救之途，从而避免了“雷同”。然而，蒋士铨不会毫无保留地像罗蒂那样乐观，认为想象力可以无限“超越以往的界线”。蒋氏虽称唐人与宋人“各成一代诗”，但并未由此得出一个看似合乎逻辑的结论，那就是每个时代通过求变都能创作自己独特的诗歌。相反，蒋氏强调，后代诗人并未也不可能复制宋代诗人的业绩：

> 元明不能变，非仅气力衰。
> 能事有止境，极诣难角奇。[2]

恩斯坦（Richard J. Bernstein）、塞拉·本哈比（Seyla Benhabib）、南茜·弗雷泽（Nancy Fraser）主编:《实用主义、批评与判断力：献给理查德·伯恩斯坦的论文集》(*Pragmatism, Critique, Judgment: Essays for Richard J. Bernstein*)，麻省剑桥：麻省理工学院出版社，2004 年，第 12 页。

2 蒋士铨:《辩诗》,邵海清校，李梦生笺:《忠雅堂集校笺》诗集卷 13，上海：上海古籍出版社，1993 年，第 986 页。

罗蒂的理论十分乐观，认为想象力的界线可以无限延伸。蒋士铨则不同，他提出了一个清醒而严肃的警示，即毕竟“能事有止境”。宋代以后诗歌真正的“变”已不可为。这不仅是因为诗人的才华、活力衰退了，而且（并更重要地）是因为任何诗歌传统一旦臻于极致，后来者的选择就会严重受限。[3]对宋代诗人 289
来说幸运的是，“对为时已晚的恐惧感”确乎引发了他们在求新方面“更为猛烈的火焰”。宋人固未创造新的诗歌体式或诗歌亚类，也未明显扩大诗歌主题与体裁的范围，仅仅是进一步推动了唐代及更早诗歌中已然存在或潜在的某些趋势。然而，宋人却能将主要的精力倾注于诗意的推陈出新，变滥熟为陌生、化腐朽为神奇。借用黄庭坚的名言来说，宋代诗人中的许多人甚或大多数人都认为诗歌的真义是“点铁成金”及“夺胎换骨”。[4]他们在实践中找到了翻案这一有效的工具。然而，为新颖而新颖，

---

3 叶燮也提出相似的观点。他将诗歌的发展比作一棵树的成长：在《诗经》时代生根，至李陵、苏武时代发芽，至建安长至拱把，至六朝生长枝叶，至唐代形成树荫，至宋代始开花，这样“木之能事方毕”。宋以后就不过是花开花谢的循环之事了。参见《原诗笺注》内篇卷下，第 218—219 页;《中国文学思想读本》，第 571 页。

4 黄庭坚:《答洪驹父书 · 其三》,《全宋文》第 104 册，第 301 页;《冷斋夜话》卷 1,《稀见本宋人诗话四种》，第 17 页。尽管对于这一问题已有大量研究，但“点铁成金”及“夺胎换骨”这两个短语的确切涵义仍然悬而未决（“夺胎”与“换骨”之义的差异也是如此）。英语世界里相关的讨论，参见李又安（Adele Austin Rickett）:《诗法与直觉：黄庭坚的诗歌理论》(“Method and Intuition: The Poetic Theories of Huang T’ing-chien”)，李又安编著:《中国人的文学观：从孔子到梁启超》(*Chinese Approaches to Literature from Confucius to Liang Ch’i-ch’ao*)，新州普林斯顿：普林斯顿大学出版社，1978 年，第 109—119 页。可以肯定的是，此二短语所言是在概念或语词层面上，将早期文本改编成新颖文辞的策略与过程。黄庭坚另外还使“以俗为雅”“以故为新”这两个短语广为人知，参见黄庭坚:《再次韵》,《全宋诗》，第 11396 页。苏轼《题柳子厚诗 · 其二》(《全宋文》第 89 册，第 263 页）即用及此二短语。此二短语还曾被说成是梅尧臣所言，参见《后山诗话》,《历代诗话》，第 314 页，但此一说法令人怀疑。

特别是以唱反调的争辩姿态来达到新颖的效果，就有可能会逾越不应逾越的矩范，王安石的《明妃曲》即是一例。[5]

求新不仅普遍存在于宋诗之中，还是宋代思想文化一个总体性的标志。关于这一点，我们只须想一下宋代盛行的标新
290 立异的疑古论，即所谓“疑古惑经”。这类观点质疑一些最受尊崇的历史、经典典籍的真实性及其传统阐释的合理性。[6]持疑古论的著名学者名单很长，其中许多人物本书曾予讨论或提及，如欧阳修、司马光、刘敞、苏轼、苏辙、晁说之、吕祖谦、朱熹、叶适、晁公武（1105—1180）、李心传（1167—1240）。[7]诗人的求新受困兼受驱于那恼人的为时已晚的焦虑感；与此形成比照的是，治学者在思想上与前人唱反调，却表现出无畏的自信。

王安石在许多方面都是他那个时代精神风貌的缩影。他的诸项志业的确常被明确描述为“新”：王氏有三部儒家经典的训诂著作，被称为《三经新义》，它们构成了他新学的核心；[8]王

---

5 翻案本质上是一种唱反调的形式。关于唱反调的利弊讨论，参见马克 · 伦科（Mark A. Runco）:《唱反调与创造力》（“Contrarianism and Creativity”），马克 · 伦科、史蒂文 · 普利茨克（Steven R. Pritzker）主编:《创造力的百科全书（两卷本 · 第二版）》（*Encyclopedia of Creativity, Two-Volume Set, 2nd ed.*），柏林顿：爱思唯尔科学出版社，2011 年，第 261—263 页。伦科的导论或许也颇适用于宋诗中的翻案手法。

6 “疑古”与“惑经”原来是刘知几（661—721）《史通》两章的标题。

7 关于宋代知识界的疑古论，参见姚瀛艇编:《宋代文化史》，开封：河南大学出版社，1992 年，第 131—175 页；杨新勋:《宋代疑经研究》，北京：中华书局，2007 年；杨世文:《走出汉学：宋代经典辨疑思潮研究》，成都：四川大学出版社，2008 年。

8 这三部经典训诂著作中，王安石亲自注释的是《周官》（即《周礼》），另外两部的注释工作主要由其子王雱完成，参见蔡絛撰，李国强整理:《铁围山丛谈》卷 3，《全宋笔记》第 3 编第 9 册，第 200 页。相关的讨论，参见《北宋新学与文学——以王安石为中心》，第 43—121 页；《心性与诗禅：北宋文人与佛教论稿》，第 209—234 页。关于王安石对《周

氏的变法方案被称为“新法”；其政治上的追随者被称为“新
党”；变法期间，那些占据要津而相对年轻的官员被称为“新
进少年”，而这或多或少含有轻蔑之意。在王安石与佛教的交
涉之中，他这种求新的趋尚也有体现。第四章已然提及王氏
在谈及《楞严经》教义时，曾断言“外境”比“内心”更为
重要。此外我们还可提及王氏发表过的其他奇论，如他认为
八十卷的《华严经》中仅有一卷存有“佛语”，其余皆为“菩
萨语”。[9] 又如他曾虽语焉不详却又斩钉截铁地断言《妙法莲 291
华经》书名中莲华的意义比古今禅师的阐释都要深远。[10] 苏轼
的描述或许最能体现王安石是如何不懈求新的。王氏去世后
不久，苏轼代朝廷草拟了一份诏书，称王氏“网罗六艺之遗文，
断以己意；糠粃百家之陈迹，作新斯人”。[11] 苏轼的语意可能
是故做模棱两可，正如林语堂所言：“读者不知道到底是在读
一篇恭维的颂词，还是在读一篇拐着弯骂人的套话。”[12] 不过苏
轼让我们对于一点确信无疑，即王安石在推陈出新之时，对
自己的思想自信十足。

礼》所做的工作，参见包弼德：《王安石与周礼》(“Wang Anshi and the Zhouli”)，本杰明·艾尔曼（Benjamin Elman）、柯马丁（Martin Kern）主编：《治国方略与古典学问：东亚历史上的〈周礼〉》(*Statecraft and Classical Learning: The Rituals of Zhou in East Asian History*)，莱顿：博睿学术出版社：2010 年，第 229—251 页；宋在伦：《太平之迹：帝制中国的经典与国家能动主义》(*Traces of Grand Peace: Classics and State Activism in Imperial China*)，麻省剑桥：哈佛大学亚洲中心，2015 年。

9 王安石做此断言，是为解释何以他只注释《华严经》中的一卷，参见苏轼：《跋王氏华严经解》，《全宋文》第 89 册，第 209 页。

10 王安石：《答蒋颖叔书》，《临川先生文集》卷 78，《王安石全集》第 7 册，第 1396 页。

11 苏轼：《王安石赠太傅制》，《全宋文》第 85 册，第 186 页。

12 林语堂：《欢乐的天才：苏东坡的生平及时代》(*The Gay Genius: The Life and Times of Su Tungpo*)，伦敦：威廉·海涅曼公司，1948 年，第 228 页。

有求新就有争议。王安石在《明妃曲》中发耸人听闻之言，傲慢武断地宣称《唐百家诗选》足以代表唐诗，引发了人们对其道德与个性无尽的诟病，这些都不足为奇。不仅如此，他的争议性还渗透到更深远的层面，甚至有时触及到意想不到的角落。晚明四大高僧中的达观真可（1543—1603）与云栖袾宏（1535—1615）对王氏拟寒山诗的回应颇能说明此中问题。达观真可称自己读过王诗后感到“恍若见秋水之月，花枝之春，无烦生心而悦”。[13] 云栖袾宏的反应则截然不同。他承认王氏第二首拟寒山诗中体现的“物”“己”之别“信是有见”，但却指
292 责王氏在政治与道德上的行止，称：“而乃悦谀恶谠，依然认物为己耶？故知大聪明人，说禅非难，而得禅难也。”[14] 对王安石有政治偏见的人基于王氏道德上存在纠纷的诗句而诟病他的人品，这一现象并不罕见。然而，一名佛教禅师因感到某首宗教诗所述的观点与其作者的现实行径之间存在不符之处，就质疑该诗的价值，不免令人瞠目。

王安石一直被各种争议紧紧围绕，相关原因多种多样。其中政治与道德的成见当然起了重要的作用。对王氏爱唱反调性格的看法也影响了批评的观点。还有就是王氏言行本身即多有可议之处，因而极易遭致贬抑性的解读。最后还有一点，那就是王氏作为政治家、诗人皆卓越不群，这也使他易于成为众矢

---

13 达观真可：《半山老人拟寒山诗跋》，孔宏点校：《紫柏老人集》卷 8，北京：北京图书馆出版社，2004 年，第 353 页。

14 云栖袾宏：《竹窗二笔》，明学点校：《莲池大师全集》，上海：上海古籍出版社，2011 年，第 1448 页。

之的，正所谓木秀于林，风必摧之。总之，对于王安石，至少有一件事是明确的，那就是无论作为诗人、政治家还是知识人，他留给后世的遗产将会继续受到争议的困扰。

征引文献

缩写说明：

CLSH	Yan Yu, *Canglang shihua jiaojian*
HCSH	Liu Kezhuang, *Houcun shihua*
HS	Ban Gu, *Hanshu*
JYYL	Li Xinchuan, *Jianyan yilai xinian yaolu*
LCWJ	Wang Anshi, *Linchuan xiansheng wenji*
NPCB	Liu Chengguo, *Wang Anshi nianpu changbian*
PODF	Du Fu, *The Poetry of Du Fu*
QSBJ	*Quan Song biji*
QSS	*Quan Songshi*
QSW	*Quan Songwen*
QTS	*Quan Tangshi*
QTW	*Quan Tangwen xinbian*
QYW	*Quan Yuanwen*
SKQS	*Yingyin Wenyuange Siku quanshu*
SLSH	Ye Mengde, *Shilin shihua jiaozhu*
SS	Tuotuo, *Songshi*
SWXN	Li Deshen, *Wang Anshi shiwen xinian*

TXYY Hu Zi, *Tiaoxi yuyin conghua*

WSJZ Li Bi, *Wang Jing Wengong shi jianzhu*

WX *Xin jiaoding liujia zhu Wenxuan*

XCB Li Tao, *Xu zizhi tongjian changbian*

XQHW Lu Qinli, *Xian Qin Han Wei Jin Nanbeichao shi*

XXSK *Xuxiu siku quanshu*

YKLS Fang Hui, *Yingkui lüsui huiping*

ZZYL Zhu Xi, *Zhuzi yulei*

资料：

Adorno, Theodor W. "Late Style in Beethoven." In *Essays on Music*, 564–67. Berkeley: University of California Press, 2002.

Anonymous (13th cent.). *Beishan shihua* 北山诗话 . In *Xijianben Songren shihua sizhong*.

Anonymous. *Daoshan qinghua* 道山清话 . Attributed to Wang Wei 王暐 (12th cent.). Edited by Zhao Weiguo 赵维国 . In *QSBJ*, ser. 2, vol. 1.

Anonymous. *Han Wu gushi* 汉武故事 . Edited by Wang Genlin 王根林 . In *Han Wei Liuchao biji xiaoshuo daguan* 汉魏六朝笔记小说大观, compiled by Shanghai guji chubanshe. Shanghai: Shanghai guji chubanshe, 1999.

Anonymous. *Xuanhe shupu* 宣和书谱 . Annotated and translated by Gui Dizi 桂第子 . Changsha: Hunan meishu chubanshe, 1999.

Aoki Masaru 青木正儿 (1887—1964). *Qingdai wenxue pinglun shi* 清代文学评论史 . Translated by Yang Shunü 杨淑女 . Taibei: Kaiming shudian, 1969.

Asami Yoji 浅见洋二 . "'Fenqi' yu 'gaiding' —lun Songdai bieji de bianzuan huo dingben de zhiding" "焚弃" 与 "改定" ——论宋代别集的编纂或定本的制定 . Translated by Zhu Guang 朱刚 . *Zhongguo yunwen xuekan* 21, no. 3 (2007): 80–92.

——. *Juli yu xiangxiang: Zhongguo shixue zhong de Tang Song zhuanxing* 距离与想象：中国诗学的唐宋转型 . Translated by Jin Chengyu 金程宇 and Okada Chie 冈田千穗 . Shanghai: Shanghai guji chubanshe, 2005.

Bai Juyi 白居易 (772—846). *Bai Juyi ji jianjiao* 白居易集笺校 . Edited by Zhu Jincheng 朱金城 . Shanghai: Shanghai guji chubanshe, 1988.

Ban Gu 班固 (32—92). *Hanshu (HS)* 汉书 . Beijing: Zhonghua shuju, 1962.

Besio, Kimberly. "Gender, Loyalty, and the Reproduction of the Wang Zhaojun Legend: Some Social Ramifications of Drama in the Late Ming." *Journal of the Economic and Social History* 40, no. 2 (1997): 251–82.

Bian Dongbo 卞东波 . *Nan Song shixuan yu Songdai shixue kaolun* 南宋诗选与宋代诗学考论 . Beijing: Zhonghua shuju, 2009.

——. "*Song baijia shixuan* kao"《宋百家诗选》考 . In *Zhongguo shixue* 中国诗学 , ser. 8, edited by Jiang Yin 蒋寅 and Zhang Bowei 张伯伟 , 191–98. Beijing: Renmin wenxue chubanshe, 2003.

Bian Dongbo and Wang Linzhi 王林知 . "Nan Song Chen Shan *Menshi xinhua* xinlun" 南宋陈善《扪虱新话》新论 . In *Zhujiang xueshu 2015* 珠江学术 2015, edited by Hua'nan shifan daxue wenxueyuan, 42–50. Guangzhou: Ji'nan daxue chubanshe, 2015.

Bian Xiaoxuan 卞孝萱 . *Dongqing shuwu wencun* 冬青书屋文存 . Xi'an: Shaanxi renmin chubanshe, 2008.

Bloom, Harold. *The Anxiety of Influence: A Theory of Poetry, 2nd ed*. New York: Oxford University Press, 1997.

Bol, Peter K. "Wang Anshi and the *Zhouli*." In *Statecraft and Classical Learning: The Rituals of Zhou in East Asian History*, edited by Benjamin Elman and Martin Kern, 229–51. Leiden: Brill, 2010.

Bulag, Uradyn E. *The Mongols at China's Edge: History and the Politics of National Unity*. Lanham, MD: Rowman and Littlefield, 2002.

Cai Juhou 蔡居厚 (d. 1125). *Cai Kuanfu shihua* 蔡宽夫诗话 . In Guo Shaoyu, *Song shihua jiyi*.

Cai Shangxiang 蔡上翔 (*jinshi* 1761). *Wang Jinggong nianpu kaolüe* 王荆公年谱考略 . In Zhan Dahe 詹大和 (12th cent.) et al., *Wang Anshi nianpu san zhong* 王安石年谱三种 , edited by Pei Rucheng 裴汝诚 . Beijing: Zhonghua shuju, 1994.

Cai Tao 蔡絛 (11th–12th cent.). *Tieweishan congtan* 铁围山丛谈 . Edited by Li

Guoqiang 李国强 . In *QSBJ*, ser. 3, vol. 9.

——. *Xiqing shihua* 西清诗话 . In *Xijianben Songren shihua sizhong*, 171–233.

Cai Yong 蔡邕 (132—92). *Qincao* 琴操 . Edited by Sun Xingyan 孙星衍 (1753—1818). In *Lidai qinxue ziliao xuan* 历代琴学资料选 , compiled and edited by Fan Yumei 范煜梅 , 20–35. Chengdu: Sichuan jiaoyu chubanshe, 2013.

Cai Yu 蔡瑜 . "Songdai Tangshixue" 宋代唐诗学 . Ph.D. diss., Guoli Taiwan daxue, 1991.

Cai Zhengsun 蔡正孙 (b. 1239?). *Shilin guangji* 诗林广记 . Beijing: Zhonghua shuju, 1982.

Cao Zhi 曹之 . "Song bian Tang ji kaolüe" 宋编唐集考略 . *Tushu qingbao luntan* 1 (1996): 77–81, 32.

Chao Gongwu 晁公武 (1105—80). *Junzhai dushuzhi jiaozheng* 郡斋读书志校证 . Edited by Sun Meng 孙猛 . Shanghai: Shanghai guji chubanshe, 1990.

Chen Bohai 陈伯海 and Li Dingguang 李定广 . *Tangshi zongji zuanyao* 唐诗总集纂要 . Shanghai: Shanghai guji chubanshe, 2016.

Chen Fei 陈斐 . *Nan Song Tangshi xuanben yu shixue kaolun* 南宋唐诗选本与诗学考论 . Zhengzhou: Daxiang chubanshe, 2013.

——. "*Wang Jinggong Tang baijia shixuan* banben liuyuan kaoshu"《王荆公唐百家诗选》版本源流考述 . *Nanyang shifan xueyuan xuebao (shehui kexue ban)* 11 (2012): 68–87.

Chen Fu 陈辅 (11th–12th cent.). *Chen Fuzhi shihua* 陈辅之诗话 . In Guo Shaoyu, *Song shihua jiyi*.

Chen Jiang 陈绛 (16th cent.). *Jinleizi* 金罍子 . In *XXSK*, vol. 1124.

Chen, Jue. "Making China's Greatest Poet: The Construction of Du Fu in the Poetic Culture of the Song Dynasty (960–1279)." Ph.D. diss., Princeton University, 2016.

Chen Mo 陈模 (b. 1209?). *Huaigu lu jiaozhu* 怀古录校注 . Edited by Zheng Bijun 郑必俊 . Beijing: Zhonghua shuju, 1993.

Chen Rongjie 陈荣捷 . *Zhuzi xin tansuo* 朱子新探索 . Taibei: Taiwan xuesheng shuju, 1988.

Chen Shan 陈善 (fl. 1146—49). *Menshi xinhua* 扪虱新话 . Edited by Zha Qinghua

查清华 . In *QSBJ*, ser. 5, vol. 10.

Chen Shangjun 陈尚君 , comp. *Quan Tangshi xushi* 全唐诗续拾 . In *Quan Tangshi bubian* 全唐诗补编 , compiled by Chen Shangjun. Beijing: Zhonghua shuju, 1992.

——. *Tangdai wenxue congkao* 唐代文学丛考 . Beijing: Zhongguo shehui kexue chubanshe, 1997.

——. *Tangshi qiushi* 唐诗求是 . Shanghai: Shanghai guji chubanshe, 2018.

Chen Shidao 陈师道 (1053—1101). *Houshan shihua* 后山诗话 . In *Lidai shihua*.

Chen Shunyu 陈舜俞 (d. 1074). *Lushan ji* 庐山记 . In *SKQS*, vol. 585.

Chen Yan 陈衍 (1856—1937). *Shiyishi shihua* 石遗室诗话 . Edited by Zheng Chaozong 郑朝宗 and Shi Wenying 石文英 . Beijing: Renmin wenxue chubanshe, 2004.

Chen Yanxiao 陈岩肖 (fl. 1138—66). *Gengxi shihua* 庚溪诗话 . In *Lidai shihua xubian*.

Chen Yinchi and Chen Jing. "Poetry and Buddhist Enlightenment: Wang Wei and Han Shan." In *How to Read Chinese Poetry in Context: Poetic Culture from Antiquity through the Tang*, edited by Cai Zong-qi, 205–22. New York: Columbia University Press, 2018.

Chen Yingluan 陈应鸾 . "*Yougutang shihua* fei Mao Qian Wu Qian suozhuan bukao" 《优古堂诗话》非毛幵、吴幵所撰补考 . *Sichuan daxue xuebao* 4 (2010): 82–83, 103.

Chen Yinke 陈寅恪 . *Yuan Bai shi jianzheng gao* 元白诗笺证稿 . Shanghai: Shanghai guji chubanshe, 1978.

Chen Yiqin 陈一琴 . *Shici jifa lishi leibian* 诗词技法例释类编 . Shanghai: Sanlian shudian, 2017.

Chen Yuanfeng 陈元锋 . "Shilun 'Jiayou siyou' de jintui fenhe yu jiaoyou changhe" 试论"嘉祐四友"的进退分合与交游唱和 . In *Dibajie Songdai wenxue guoji yantaohui lunwenji* 第八届宋代文学国际研讨会论文集 , edited by Wang Limin 王利民 and Wu Haijun 武海军 , 50–63. Guangzhou: Zhongshan daxue chubanshe, 2015.

Chen Zengjie 陈增杰 . *Tangren lüshi jianzhu jiping* 唐人律诗笺注集评 . Hangzhou:

Zhejiang guji chubanshe, 2003.

Chen Zhaoyin 陈昭吟 . *Songdai shiren zhi "yingxiang de jiaolü" yanjiu* 宋代诗人之"影响的焦虑" 研究 . Taibei: Hua Mulan wenhua chubanshe, 2009.

Chen Zheng 陈铮 . *Wang Anshi shi yanjiu* 王安石诗研究 . Taibei: Hua Mulan wenhua chubanshe, 2010.

Chen Zhensun 陈振孙 (fl. 1211—49). *Zhizhai shulu jieti* 直斋书录解题 . Edited by Xu Xiaoman 徐小蛮 and Gu Meihua 顾美华 . Shanghai: Shanghai guji chubanshe, 1987.

Chen Zhiwen 陈治文 . "Jinzhi zhishici 'zhe' de laiyuan" 近指指示词"这"的来源 . *Zhongguo yuwen* 6 (1964): 442–44.

Cheng Minsheng 程民生 . *Songdai wujia yanjiu* 宋代物价研究 . Beijing: Renmin chubanshe, 2008.

Cheng Qianfan 程千帆 . *Tangdai jinshi xingjuan yu wenxue* 唐代进士行卷与文学 . Shanghai: Shanghai guji chubanshe, 1980.

Cheng Qianfan 程千帆 and Miao Kun 缪琨 , eds. *Songshi xuan* 宋诗选 . Shanghai: Gudian wenxue chubanshe, 1958.

Cheng Zhe 程哲 (fl. 1710). *Rongcha lishuo* 蓉槎蠡说 . In *XXSK*, vol. 1137.

Cherniack, Susan. "Book Culture and Textual Transmission in Sung China." *Harvard Journal of Asiatic Studies* 54, no. 1 (1994): 5–125.

Chou Shan. *Reconsidering Tu Fu: Literary Greatness and Cultural Context*. Cambridge: Cambridge University Press, 1995.

Chunqiu Zuozhuan zhengyi 春秋左传正义 . Edited by *Shisanjing zhushu* zhengli weiyuanhui. Beijing: Beijing daxue chubanshe, 2000.

Clark, Kenneth. "The Artist Grows Old." *Daedalus: Journal of the American Academy of Arts and Sciences* 135, no. 1 (Winter 2006): 77–90.

Cohen, Paul A. *Speaking to History: The Story of King Goujian in Twentieth-Century China*. Berkeley: University of California Press, 2010.

Daguan Zhenke 达观真可 (1543—1603). *Zibo laoren ji* 紫柏老人集 . Edited by Kong Hong 孔宏 . Beijing: Beijing tushuguan chubanshe, 2004.

Dai Yangben 戴扬本 . *Bei Song zhuanyun shi kaoshu* 北宋转运使考述 . Shanghai: Shanghai guji chubanshe, 2007.

Daoxuan 道宣 (596—667). *Xu gaoseng zhuan* 续高僧传 . Edited by Guo Shaolin 郭绍林 Beijing: Zhonghua shuju, 2014.

Daoyuan 道原 (10th–11th cent.). *Jingde chuandeng lu yizhu* 景德传灯录译注 . Edited by Gu Hongyi 顾宏义 . Shanghai: Shanghai shudian, 2010.

Ding Sixin 丁四新 . "Xing xiang jin ye xi xiang yuan ye—Wang Anshi xingming lun sixiang yanjiu (xia)" 性相近也，习相远也——王安石性命论思想研究(下). *Sixiang yu wenhua* 13, no. 1 (2013): 165–202.

Dou Yi 窦仪 (914—66) et al. *Song xingtong* 宋刑统 . Edited by Wu Yiru 吴翊如 . Beijing: Zhonghua shuju, 1984.

Du Fu 杜甫 (712—70). *The Poetry of Du Fu* (*PODF*) 杜甫诗 . Translated by Stephen Owen. Boston: De Gruyter, 2016.

Du Mu 杜牧 (803—53). *Fanchuan wenji* 樊川文集 . In Du Mu, *Du Mu ji xinian jiaozhu* 杜牧集系年校注 , edited by Wu Zaiqing 吴在庆 . Beijing: Zhonghua shuju, 2008.

Du Songbo 杜松柏 . *Chanxue yu Tang Song shixue* 禅学与唐宋诗学 . Taibei: Xinwenfeng chuban gongsi, 2008.

Du You 杜佑 (735—812). *Tongdian* 通典 . Beijing: Zhonghua shuju, 1988.

Duan Chengshi 段成式 (803?—63). *Youyang zazu jiaojian* 酉阳杂俎校笺 . Annotated by Xu Yimin 许逸民 . Beijing: Zhonghua shuju, 2015.

Egan, Ronald. *The Literary Works of Ou-yang Hsiu (1007–72)*. Cambridge: Cambridge University Press, 1984.

——. "On the Circulation of Books during the Eleventh and Twelfth Centuries." *Chinese Literature: Essays, Articles, Reviews* 30 (2008): 9–17.

——. *The Problem of Beauty: Aesthetic Thought and Pursuits in Northern Song Dynasty China*. Cambridge, MA: Harvard University Asia Center, 2006.

—— (Ai Langnuo 艾朗诺). "Shuji de liutong ruhe yingxiang Songdai wenren dui wenben de guannian" 书籍的流通如何影响宋代文人对文本的观念 . In *Disijie Songdai wenxue guoji yantaohui lunwenji* 第四届宋代文学国际研讨会论文集 , edited by Shen Songqin 沈松勤 , 98–114. Hangzhou: Zhejiang daxue chubanshe, 2006.

——. "To Count Grains of Sand on the Ocean Floor: Changing Perceptions of

Books and Learning in the Song Dynasty." In *Knowledge and Text Production in an Age of Print: China, 900–1400*, edited by Lucille Chia and Hilde De Weerdt, 33–62. Leiden: Brill, 2011.

——. "Wang Anshi, the Political Reformer as Poet." In *The Cambridge History of Chinese Literature, Volume I, To 1375*, edited by Stephen Owen, 399–409. Cambridge: Cambridge University Press, 2010.

——. *Word, Image, and Deed in the Life of Su Shi*. Cambridge, MA: Council on East Asian Studies, Harvard University, and the Harvard-Yenching Institute, 1994.

Ellis, Havelock. *Impressions and Comments: Third (and Final) Series, 1920–1923*. Boston: Constable, 1924.

Eoyang, Eugene. "The Wang Chao-chün Legend: Configurations of the Classic." *Chinese Literature: Essays, Articles, Reviews* 4, no. 1 (1982): 3–22.

Fan Chengda 范成大 (1126—93). *Wujun zhi* 吴郡志 . Edited by Lu Zhenyue 陆振岳 . Nanjing: Jiangsu guji chubanshe, 1999.

Fan Shu 范摅 (9th cent.). *Yunxi youyi* 云溪友议 . In *Tang Wudai biji xiaoshuo daguan* 唐五代笔记小说大观 . Compiled by Shanghai guji chubanshe. Edited by Ding Ruming 丁如明 et al. Shanghai: Shanghai guji chubanshe, 2000.

Fan Wen 范温 (11th–12th cent.). *Qianxi shiyan* 潜溪诗眼 . In Guo Shaoyu, *Song shihua jiyi*.

Fan Wenji 范文汲 . *Yidai mingchen Wang Anshi* 一代名臣王安石 . Beijing: Zhongguo shehui kexue chubanshe, 2003.

Fan Ye 范晔 (398—445). *Hou Hanshu* 后汉书 . Beijing: Zhonghua shuju, 1965.

Fang Chengfeng 方诚峰 . *Bei Song wanqi de zhengzhi tizhi yu zhengzhi wenhua* 北宋晚期的政治体制与政治文化 . Beijing: Beijing daxue chubanshe, 2015.

Fang Hui 方回 (1227—1307). *Yingkui lüsui huiping* (*YKLS*) 瀛奎律髓汇评 . Edited by Li Qingjia 李庆甲 . Shanghai: Shanghai guji chubanshe, 1986.

Fang Jian 方健 . *Bei Song shiren jiaoyou lu* 北宋士人交游录 . Shanghai: Shanghai shudian chubanshe, 2013.

——. "Liang Song Suzhou jingji kaolüe" 两宋苏州经济考略 . *Zhongguo lishi dili luncong* 4 (1998): 127–41.

Fang Rixi 房日晰. "Guanyu Yue Shi ben *Li Hanlin ji*" 关于乐史本《李翰林集》. *Tianfu xinlun* 2 (1986): 58–60.

Fang Shao 方勺 (b. 1066). *Bozhai bian* 泊宅编. Edited by Xu Peizao 许沛藻 and Yan Yongcheng 燕永成. In *QSBJ*, ser. 2, vol. 8.

Fang Xiaoyi 方笑一. *Bei Song xinyue yu wenxue—yi Wang Anshi wei zhongxin* 北宋新学与文学——以王安石为中心. Shanghai: Shanghai guji chubanshe, 2008.

Faure, Bernard. *The Will to Orthodoxy: A Critical Genealogy of Northern Chan Buddhism*. Stanford, CA: Stanford University Press, 1997.

Foon, Kwong Hing. *Wang Zhaojun: une héroïne chinoise de l'histoire à la légende*. Paris: Collège de France, Institut des Hautes Etudes Chinoises, 1986.

Fu Linhui 傅林辉. *Wang Anshi shixi zhuanlun* 王安石世系传论. Wuhan: Changjiang wenyi chubanshe, 2000.

Fu Mingshan 傅明善. *Songdai Tangshixue* 宋代唐诗学. Beijing: Yanjiu chubanshe, 2001.

Fu Zengxiang 傅增湘 (1872–1949). *Cangyuan qunshu jingyan lu* 藏园群书经眼录. Beijing: Zhonghua shuju, 1983.

Fuller, Michael A. *Drifting among Rivers and Lakes: Southern Song Dynasty Poetry and the Problem of Literary History*. Cambridge, MA: Harvard University Asia Center, 2013.

——. *The Road to East Slope: The Development of Su Shi's Poetic Voice*. Stanford, CA: Stanford University Press, 1990.

Gao Bing 高棅 (1350—1423). *Tangshi pinhui* 唐诗品汇. Edited by Wang Zongni 汪宗尼, reedited by Ge Jingchun 葛景春 and Hu Yongjie 胡永杰. Beijing: Zhonghua shuju, 2015.

Gao Buying 高步瀛. *Tang Song shi juyao* 唐宋诗举要. Shanghai: Shanghai guji chubanshe, 1978.

Gao Keqin 高克勤. *Wang Anshi yu Bei Song wenxue yanjiu* 王安石与北宋文学研究. Shanghai: Fudan daxue chubanshe, 2006.

Gao Qi 高启 (1336—93). *Gao Qingqiu ji* 高青丘集. Compiled and annotated by Jin Tan 金檀 (17th–18th cent.), edited by Xu Chengyu 徐澄宇 and Shen

Beizong 沈北宗 . Shanghai: Shanghai guji chubanshe, 1985.

Gao Zhongwu 高仲武 (8th cent.), comp. *Zhongxing jianqi ji* 中兴间气集 . In *Tangren xuan Tangshi xinbian*.

Ge Lifang 葛立方 (*jinshi* 1138; d. 1164). *Yunyu yangqiu* 韵语阳秋 . In *Lidai shihua*.

Gernet, Jacques. *L'intelligence de la Chine: Le social et le mental.* Paris: Gallimard, 1994.

Gong Bendong 巩本栋 . "Lun *Wang Jinggong shi Li Bi zhu*" 论《王荆文公诗李壁注》. *Wenxue yichan* 1 (2009): 65–76.

——. "'Shi qiong er hou gong' de lishi kaocha" "诗穷而后工" 的历史考察 . *Zhongshan daxue xuebao* 4 (2008): 19–27.

Gong Bo 宫波 . *Fojia huaibao juwei chanyue: Fochan yu Wang Anshi shige yanjiu* 佛家怀抱俱味禅悦：佛禅与王安石诗歌研究 . Beijing: Zhongguo shehui kexue chubanshe, 2015.

Gong Mingzhi 龚明之 (1091—1182). *Zhong Wu jiwen* 中吴纪闻 . Edited by Zhang Jianguang 张剑光 . In *QSBJ*, ser. 3, vol. 7.

Gong Yanming 龚延明 . *Songshi zhiguan zhi buzheng* 宋史职官志补正 . Hangzhou: Zhejiang guji chubanshe, 1991.

——. *Zhongguo guidai zhiguan keju yanjiu* 中国古代职官科举研究 . Beijing: Zhonghua shuju, 2006.

Gong Yanming and Li Yumin 李裕民 . "Songren zhuzuo bianwei" 宋人著作辨伪 . In *Songshi yanjiu lunwen ji* 宋史研究论文集 , ser. 11, edited by Zhu Ruxi 朱瑞熙 , Wang Zengyu 王曾瑜 , and Cai Dongzhou 蔡东洲 , 417–31. Chengdu: Bashu shushe, 2006.

Gu Qiyuan 顾起元 (1565–1628). *Shuolüe* 说略 . In *SKQS*, vol. 964.

Gu Sili 顾嗣立 (1669–1722). *Hanting shihua* 寒厅诗话 . In *Qing shihua*.

Guan Qin 管琴 . "Songdai 'qiong er hou gong' lun zhi yishuo kao 宋代 "穷而后工" 论之异说考 . *Wenyi yanjiu* 12 (2016): 73–82.

Guo Maoqian 郭茂倩 (fl. 1264–69), comp. *Yuefu shiji* 乐府诗集 . Beijing: Zhonghua shuju, 1979.

Guo Shaoyu 郭绍虞 , ed. *Canglang shihua jiaoshi* 沧浪诗话校释 . Beijing: Renmin wenxue chubanshe, 1961.

——, comp. *Song shihua jiyi* 宋诗话辑佚 . Beijing: Zhonghua shuju, 1980.

——. *Song shihua kao* 宋诗话考 . Beijing: Zhonghua shuju, 1979.

Han Biao 韩淲 (1159–1224). *Jianquan riji* 涧泉日记 . Edited by Zhang Jianguang 张剑光 . In *QSBJ*, ser. 6, vol. 9.

Han Fei 韩非 (d. 233 BCE). *Han Feizi jicheng* 韩非子集成 . Annotated by Wang Xianshen 王先慎 , edited by Zhong Zhe 钟哲 . Beijing: Zhonghua shuju, 2003.

Hanshan 寒山 . *Hanshan shizhu (fu Shide shizhu)* 寒山诗注（附拾得诗注）. Edited and annotated by Xiang Chu 项楚 . Beijing: Zhonghua shuju, 2000.

Hao, Ji. *The Reception of Du Fu (712–770) and His Poetry in Imperial China*. Leiden: Brill, 2017.

Hartman, Charles. "The Inquisition against Su Shih: His Sentence as an Example of Sung Legal Practice." *Journal of the American Oriental Society* 113, no. 2 (1993): 228–43.

——. "Poetry and Politics in 1079: The Crow Terrace Poetry Case of Su Shih." *Chinese Literature: Essays, Articles, Reviews* 12 (1990): 15–44.

——. "The Tang Poet Du Fu and the Song Dynasty Literati." *Chinese Literature: Essays, Articles, Reviews* 30 (2008): 43–74.

Hawes, Colin S. C. *The Social Circulation of Poetry in the Mid-Northern Song: Emotional Energy and Literati Self-Cultivation*. Albany: State University of New York Press, 2005.

Hawkes, David, trans. *The Songs of the South: An Ancient Anthology of Chinese Poems by Qu Yuan and Other Poets*. Harmondsworth, UK: Penguin Books, 1985.

He Liangjun 何良俊 (1506–73). *Siyouzhai congshuo* 四友斋丛说 . Beijing: Zhonghua shuju, 1959.

He Qiaoyuan 何乔远 (1558–1632). *Jingshan quanji* 镜山全集 . Edited by Zhang Jiazhuang 张家庄 and Chen Jie 陈节 . Fuzhou: Fujian renmin chubanshe, 2015.

He Shang 贺裳 (fl. 1681). *Zaijiuyuan shihua* 载酒园诗话 . In *Qing shihua xubian*.

He Wenhuan 何文焕 (1732–1809). "Lidai shihua kaosuo" 历代诗话考索 . In *Lidai shihua* 历代诗话 .

Henricks, Robert G. "Introduction." In *The Poetry of Han-shan: A Complete, Annotated Translation of Cold Mountain*, translated by Robert G. Henricks, 3–26. Albany: State University of New York Press, 1990.

——, trans. *The Poetry of Han-shan: A Complete, Annotated Translation of* Cold Mountain. Albany: State University of New York Press, 1990.

Hinton, David, trans. *The Late Poems of Wang An-shih*. New York: New Directions, 2015.

Hong Mai 洪迈 (1123—1202), comp. *Wanshou Tangren jueju* 万首唐人绝句. Beijing: Wenxue guji kanxingshe, 1955.

Hong Xingzu 洪兴祖 (1090—1155). *Chuci buzhu* 楚辞补注. Edited by Bai Huawen 白化文 et al. Beijing: Zhonghua shuju, 1983.

Hu Dajun 胡大浚, ed. *Guanxiu shige xinian jianzhu* 贯休诗歌系年笺注. Beijing: Zhonghua shuju, 2011.

Hu Jinwang 胡金旺. *Su Shi Wang Anshi de zhexue jiangou yu fodao sixiang* 苏轼王安石的哲学建构与佛道思想. Beijing: Zhongyang bianyi chubanshe, 2015.

Hu Shouzhi 胡寿芝 (fl. 1806). *Dongmuguan shijian* 东目馆诗见. In *Qingdai shiwenji huibian* 清代诗文集汇编, compiled by *Qingdai shiwenji huibian* bianzuan weiyuan-hui, vol. 352. Shanghai: Shanghai guji chubanshe, 2010.

Hu Yinglin 胡应麟 (1551—1602). *Shisou* 诗薮. Shanghai: Shanghai guji chubanshe, 1979.

Hu Yunyi 胡云翼. *Songshi yanjiu* 宋诗研究. Chengdu: Bashu chubanshe, 1993.

Hu Zhaoxi 胡昭曦. "*Shenzong shilu* zhu mo ben jiyi jianlun"《宋神宗实录》朱墨本辑佚简论. *Sichuan daxue xuebao* 1 (1979): 71–78.

Hu Zhenheng 胡震亨 (1569—1649). *Tangyin guiqian* 唐音癸签. Shanghai: Shanghai guji chubanshe, 1981.

Hu Zi 胡仔 (1095?—1170?). *Tiaoxi yuyin conghua* (*TXYY*) 苕溪渔隐丛话. Edited by Liao Deming 廖德明. Beijing: Renmin wenxue chubanshe, 1962.

Huang Baohua 黄宝华. "Song shixue de fansi yu zhenghe—Liu Kezhuang shixue sixiang shuping" 宋诗学的反思与整合 —— 刘克庄诗学思想述评. *Shanghai shifan daxue xuebao* 32, no. 4 (2003): 61–66.

Huang Binghui 黄炳辉. *Tang shixueshi shulun* 唐诗学史述论. Shanghai: Shanghai guji chubanshe, 2008.

Huang Kangbi 黄康弼 (11th cent.). *Xu Guiji duoying ji* 续会稽掇英集 . In *XXSK*, vol. 1682.

Huang Tingjian 黄庭坚 . *Shangu shiji zhu* 山谷诗集注 . Annotated by Ren Yuan 任渊 (1090?–1164), Shi Rong 史荣 (12th–13th cent.), and Shi Jiwen 史季温 (*jinshi* 1232), edited by Huang Baohua 黄宝华 . Shanghai: Shanghai guji chubanshe, 2003.

Huang Yizhen 黄奕珍 . *Songdai shixue zhong de wan Tang guan* 宋代诗学中的晚唐观 . Taibei: Wenjin, 1998.

Huang Yuji 黄虞稷 (1629—91). *Qianqintang shumu* 千顷堂书目 . Edited by Qu Fengqi 瞿凤起 and Pan Jingzheng 潘景郑 . Shanghai: Shanghai guji chubanshe, 2001.

Huang Zhen 黄震 (1213—81). *Huangshi richao (wu)* 黄氏日抄 (五). Edited by Wang Tingqia 王廷洽 . In *QSBJ*, ser. 10, vol. 10.

Huang Zongxi 黄宗羲 (1610—95). *Nanlei shiwen ji shang* 南雷诗文集上 . In *Huang Zongxi quanji* 黄宗羲全集 , edited by Wu Guang 吴光 et al., vol. 10. Hangzhou: Zhejiang guji chubanshe, 2012.

Hucker, Charles. *A Dictionary of Official Titles in Imperial China*. Stanford, CA: Stanford University Press, 1985.

Huihong 惠洪 (1071—1128). *Lengzhai yehua* 冷斋夜话 . In *Xijianben Songren shihua sizhong*.

——. *Linjian lu* 林间录 . Edited by Xia Guangxing 夏广兴 . In *QSBJ*, ser. 9, vol. 1.

——. *Tianchu jinluan* 天厨禁脔 . In *Xijianben Songren shihua sizhong*.

Huineng 慧能 (638—713). *Tanjing jiaoshi* 坛经校释 . Annotated by Guo Peng 郭朋 . Beijing: Zhonghua shuju, 2012.

Hung, Eva. "Wang Zhaojun: From History to Legend." *Renditions* 59/60 (2003): 7–26.

Hutcheon, Michael, and Linda Hutcheon. "Late Style(s): The Ageism of the Singular." *Occasion: Interdisciplinary Studies in the Humanities* 4 (2012): 1–11.

I Lo-fen 衣若芬 . "Nan Song 'Hujia shibapai' jijushi shuxie jiqi lishi yiyi" 南宋《胡笳十八拍》集句诗书写及其历史意义 . *Zhejiang daxue xuebao (Renwen shehui kexue ban)* 42, no. 1 (2012): 128–38.

——. "Yanjin de youxi: Wang Anshi 'Hujia shiba pai' shi lunxi" 严谨的游戏：王安石《胡笳十八拍》诗论析 . *Guoli Taibei jiaoyu daxue yuwen jikan* 19 (2011): 133–67.

Idema, Wilt L., and Beata Grant. *The Red Brush: Writing Women of Imperial China*. Cambridge, MA: Harvard University Asia Center, 2004.

Iriya Yoshitaka 入矢义高 . "Hanshan shi guankui" 寒山诗管窥 . Translated by Wang Hongshun 王洪顺 . In *Guji zhengli yu yanjiu disi bian* 古籍整理与研究第四编 , edited by *Guji zhengli yu yanjiu* bianjibu, 233–52. Beijing: Zhonghua shuju, 1989.

Jia Dao 贾岛 (779–843). *Jia Dao shiji jianzhu* 贾岛诗集笺注 . Edited and annotated by Huang Peng 黄鹏 . Chengdu: Bashu shushe, 2002.

Jiang Kui 姜夔 (115–1221). *Baishi Daoren shuoshi* 白石道人说诗 . In *Lidai shihua*.

Jiang Nan 姜南 (15th–16th cent.). *Tongweng suibi* 投瓮随笔 . Edited by Cheng De 程德 . In *Zhonghua yeshi Mingchao juan* 中华野史明朝卷 , edited by Che Jixin 车吉心 et al. Ji'nan: Taishan chubanshe, 2000.

Jiang Shaoyu 江少虞 (*jinshi* 1118). *Songchao shishi leiyuan* 宋朝事实类苑 . Shanghai: Shanghai guji chubanshe, 1981.

Jiang Shiquan 蒋士铨 (1725–84). *Zhongyatang ji jiaojian* 忠雅堂集校笺 . Edited by Shao Haiqing 邵海清 , annotated by Li Mengsheng 李梦生 . Shanghai: Shanghai guji chubanshe, 1993.

Jiang Yin 蒋寅 . "Du Fu shi weida shiren ma: lidai bian Du lun de puxi" 杜甫是伟大诗人吗：历代贬杜论的谱系 . *Guoxue xuekan* 3 (2009): 107–23.

——. "Du Fu yu Zhongguo shige meixue de 'lao' jing" 杜甫与中国诗歌美学的"老"境 . *Wenxue pinglun* 1 (2018): 64–73.

——. "Jiashu, mingjia, dajia—youguan gudai shige pindi d yi ge kaocha" 家数·名家·大家——有关古代诗歌品第的一个考察 . *Donghua hanxue* 15 (2012): 177–212.

Jin Zhongshu 金中枢 . "Chegaiting shian yanju" 车盖亭诗案研究 . *Guoli chenggong daxue lishi xuebao* 1975 (2): 33–89.

Ke Yongxue 可永雪 et al., eds. *Lidai yong Zhaojun shi ci qu quanji pingzhu* 历代咏昭君诗词曲全辑评注 . Huhehaote: Nei Menggu daxue chubanshe, 2009.

Knechtges, David R. "*Fu* Poetry: An Ancient-Style Rhapsody (Gufu)." In *How to*

Read Chinese Poetry: A Guided Anthology, edited by Zong-qi Cai, 59–83. New York: Columbia University Press, 2008.

——. "The *Fu* in the *Xijing zaji*." *New Asia Academic Bulletin* 13, no. 2 (1994): 433–52.

Kobayashi Taichirō 小林太市郎. *Zengetsu Daishi no shōgai to geijutsu: Chūgoku geijutsuron hen 1* 禪月大師の生涯と藝術：中國藝術論篇 1. Kyoto: Tankōsha, 1974.

Kong Xue 孔学. "Wang Anshi *Rilu* yu *Shenzong shilu*" 王安石《日录》与《神宗实录》. *Shixue yanjiu* 4 (2002): 39–47.

——. "Xuyan" 绪言. In Wang Anshi, *Wang Anshi rilu jijiao* 王安石日录辑校, edited by Kong Xue, 1–21. Chengdu: Sichuan daxue chubanshe, 2015.

Kroll, Paul W. "Anthologies in the Tang." In *The Oxford Handbook of Classical Chinese Literature (1000 BCE–900 CE)*, edited by Wiebke Denecke, Wai-Yee Li, and Xiaofei Tian, 303–15. New York: Oxford University Press, 2017.

——. "*Heyue yingling ji* and the Attributes of High Tang Poetry." In *Reading Medieval Chinese Poetry: Text, Context, and Culture*, edited by Paul W. Kroll, 169–201. Leiden: Brill, 2015.

Lai Yun 来云. "Ouyang Xiu Su Shunqin Wang Anshi shiwen shiyi" 欧阳修、苏舜钦、王安石诗文拾遗. In *Zhongguo gudian wenxue congkao* 中国古典文学丛考, ser. 2, edited by Fudan daxue guji zhengli yanjiusuo, 109–46. Shanghai: Fudan daxue chubanshe, 1987.

Laozi jiaoshi 老子校释. Edited by Zhu Qianzhi 朱谦之. Beijing: Zhonghua shuju, 2000.

Lau, D. C., trans. *The Analects*. Hong Kong: Chinese University of Hong Kong Press, 1992.

——, trans. *Lao Tzu Tao Te Ching*. Harmondsworth, UK: Penguin, 1963.

Legge, James, trans. *The Chinese Classics: With a Translation, Critical and Exegetical Notes, Prolegomena, and Copious Indexes, in Five Volumes*. Shanghai: Huadong shifan daxue chubanshe, 2011.

——, trans. *The I Ching*. New York: Dover, 1963.

——. "The Little Preface" ("Appendix I to Prolegomena"). In *The She King, or the Book of Poetry*, 37–81.

——, trans. *The She King, or the Book of Poetry*. In *The Chinese Classics*, vol. 4.

——, trans. *The Shoo King, or the Book of Historical Documents*. In *The Chinese Classics*, vol. 3.

Lei, Daphne Pi-Wei. "Wang Zhaojun on the Border: Gender and Intercultural Conflicts in Premodern Chinese Drama." *Asian Theatre Journal* 13, no. 2 (1996): 229–38.

Levine, Ari Daniel. "Che-tsung's Reign (1085–1100) and the Age of Faction." In *Cambridge History of China, Volume 5, Part 1: Sung Dynasty and Its Precursors, 907–1279*, edited by Denis Twitchett and Paul Jakov Smith, 484–555. Cambridge: Cambridge University Press, 2009.

——. *Divided by a Common Language: Factional Conflict in Late Northern Song China*. Honolulu: University of Hawai 'i Press, 2008.

Li Bi 李壁 (1159—1222). *Wang Jing Wengong shi jianzhu* (*WSJZ*) 王荆文公诗笺注 . Edited by Gao Keqin 高克勤 . Shanghai: Shanghai guji chubanshe, 2010.

Li Chenggui 李承贵 . *Rushi shiyu zhong de fojiao: Songdai rushi fojiaoguan yanjiu* 儒士视域中的佛教 : 宋代儒士佛教观研究 . Beijing: Zongjiao wenhua chubanshe, 2007.

Li Deshen 李德身 . *Wang Anshi shiwen xinian* (*SWXN*) 王安石诗文系年 . Xi'an: Shaanxi renmin jiaoyu chubanshe, 1987.

Li Dongyang 李东阳 (1447—1516). *Huailutang shihua jiaoshi* 怀麓堂诗话校释 . Edited and annotated by Li Qingli 李庆立 . Beijing: Renmin wenxue chubanshe, 2009.

Li Geng 李更 and Chen Xin 陈新 . "*Fenmen zuanlei Tang Song shixian qian jia shixuan jiaozheng* kaoshu"《分门纂类唐宋时贤千家诗选校证》考述 . In *Fenmen zuanlei Tang Song shixian qian jia shixuan jiaozheng*, edited by Li Geng and Chen Xin, 874–918. Beijing: Renmin wenxue chubanshe, 2002.

Li Gongyan 李公彦 (1079—1133). *Mansou shihua* 漫叟诗话 . In Guo Shaoyu, *Song shihua jiyi*.

Li Hongying 李红英 . "*Menshi xinhua* jiqi zuozhe kaozheng"《扪虱新话》及其作者考证 . *Zhongguo dianji yu wenhua* 中国典籍与文化 1 (2002): 43–51.

Li Huarui 李华瑞 . *Wang Anshi bianfa yanjiu shi*: 王安石变法研究史 . Beijing: Renmin chubanshe, 2004.

Li Jianfeng 李剑锋 . *Yuan qian Tao Yuanming jieshou shi* 元前陶渊明接受史 . Ji'nan: Qilu shushe, 2002.

Li Tao 李焘 (1115—84). *Xu zizhi tongjian changbian* (*XCB*) 续资治通鉴长编 . Beijing: Zhonghua shuju, 1979–95.

Li, Wai-yee. "Textual Transmission of Earlier Literature during the Yuan, Ming, and Qing Dynasties." In *The Oxford Handbook of Classical Chinese Literature (1000 BCE–900 CE)*, edited by Wiebke Denecke, Wai-Yee Li, and Xiaofei Tian, 325–41. New York: Oxford University Press, 2017.

Li Xinchuan 李心传 (1167—1240). *Jianyan yilai xinian yaolu* (*JYYL*) 建炎以来系年要录 . Edited by Hu Kun 胡坤 . Beijing: Zhonghua shuju, 2013.

Li Xu 李诩 (1506—93). *Jiean Laoren manbi* 戒庵老人漫笔 . Edited by Wei Lianke 魏连科 . Beijing: Zhonghua shuju, 1982.

Li Yanshou 李延寿 (7th cent.). *Beishi* 北史 . Beijing: Zhonghua shuju, 1974.

——. *Nanshi* 南史 . Beijing: Zhonghua shuju, 1978.

Li Yanxin 李燕新 . *Wang Jinggong shi tanjiu* 王荆公诗探究 . Taibei: Wenjin chubanshe, 1997.

Li Yumin 李裕民 . *Songshi kaolun* 宋史考论 . Beijing: Kexue chubanshe, 2008.

Li Zhen 李震 . *Zeng Gong nianpu* 曾巩年谱 . Suzhou: Suzhou daxue chubanshe, 1997.

Li Zhijian 李之鉴 . *Wang Anshi zhexue sixiang chulun* 王安石哲学思想初论 . Beijing: Zhongguo wenlian chubanshe, 1999.

Li Zhiliang 李之亮 . *Wang Jinggong wenji jianzhu* 王荆公文集笺注 . Chengdu: Bashu shushe, 2005.

Liang Jianguo 梁建国 . "Bei Song Dongjing de zhuzhai weizhi kaolun" 北宋东京的住宅位置考论 . *Nandu xuetan* 33, no. 3 (2013): 24–38.

Liang Kun 梁昆 . *Songshi paibie lun* 宋诗派别论 . Changsha: Shangwu yinshuguan, 1939.

Liang Mingxiong 梁明雄 . *Wang Anshi shi yanjiu* 王安石诗研究 . Taibei: Hua Mulan wenhua chubanshe, 2010.

Liang Qichao 梁启超 (1873–1929). *Liang Qichao quanji* 梁启超全集 . Beijing: Beijing chubanshe, 1999.

Lidai shihua 历代诗话 . Compiled by He Wenhuan 何文焕 (1732—1809). Beijing: Zhonghua shuju, 1981.

Lidai shihua xubian 历代诗话续编 . Compiled by Ding Fubao 丁福保 . Beijing: Zhonghua shuju, 1983.

Liji zhengyi 礼记正义 . Edited by *Shisanjing zhushu* zhengli weiyuanhui. Beijing: Beijing daxue chubanshe, 2000.

Lin Jiali 林家骊 and Yang Dongrui 杨东睿 . "Yang Pan shengping yu shige kaolun" 杨蟠生平与诗歌考论 . *Wenxue yichan* 6 (2006): 131–34.

Lin Yutang. *The Gay Genius: The Life and Times of Su Tungpo*. London: William Heinemann, 1948.

Ling Chaodong 凌朝栋 . *Wenyuan yinghua yanjiu* 文苑英华研究 . Shanghai: Shanghai guji chubanshe, 2005.

Linghu Chu 令狐楚 (766—837). *Yulan shi* 御览诗 . In *Tangren xuan Tangshi xinbian*.

Liu An 刘安 (179–122 BCE). *Huainan honglie jijie* 淮南鸿烈集解 . Annotated by Liu Wendian 刘文典 , Edited by Feng Yi 冯逸 and Qiao Hua 乔华 . Beijing: Zhonghua shuju, 1989.

Liu Anshi 刘安世 (1048—1126). *Yuancheng yulu jie* 元城语录解 . Compiled by Ma Yongqing 马永卿 (*jinshi* 1109), annotated by Wang Chongqing 王崇庆 (1484–1565). In *SKQS*, vol. 863.

Liu Ban 刘攽 (1023—89). *Zhongshan shihua* 中山诗话 . In *Lidai shihua*.

Liu Chengguo 刘成国 . *Biange zhong de wenren yu wenxue—Wang Anshi de shengping yu chuangzuo kaolun* 变革中的文人与文学——王安石的生平与创作考论 . Hangzhou: Zhejiang daxue chubanshe, 2011.

——. *Wang Anshi nianpu changbian* (*NPCB*) 王安石年谱长编 . Beijing: Zhonghua shuju, 2017.

Liu Chenweng 刘辰翁 (1232—97). *Liu Chenweng shihua* 刘辰翁诗话 . In *Song shihua quanbian* 宋诗话全编 , edited by Wu Wenzhi 吴文治 , 10:9841–9994. Nanjing: Jiangsu guji chubanshe, 1998.

Liu Fang 刘方 . *Bianjing yu Lin'an: Liang Song wenxue zhong de shuangcheng ji* 汴京与临安 : 两宋文学中的双城记 . Shanghai: Shanghai guji chubanshe, 2013.

Liu Huien 刘会恩 (1780–1841), comp. *Qu'e shizong Qu'e cizong* 曲阿诗综　曲阿词综 . Edited by Danyangshi zhengxie, Danyangshi shizhi bangongshi, and Danyangshi shici yinglian xuehui. Nanjing: Fenghuang chubanshe, 2014.

Liu, James T. C. *Reform in Sung China, Wang An-shih (1021–1086) and His New Policies*. Cambridge, MA: Harvard University Press, 1959.

Liu Kezhuang 刘克庄 (1187—1269). *Houcun shihua* (*HCSH*) 后村诗话 . Edited by Wang Xiumei 王秀梅 . Beijing: Zhonghua shuju, 1983.

——. *Liu Kezhuang ji jianjiao* 刘克庄集笺校 . Edited and annotated by Xin Gengru 辛更儒 . Beijing: Zhonghua shuju, 2011.

Liu Lü 刘履 (1317—79). *Fengya yi* 风雅翼 . In *SKQS*, vol. 1370.

Liu Naichang 刘乃昌 and Gao Hongkui 高洪奎 . *Wang Anshi shiwen biannian xuanshi* 王安石诗文编年选释 . Ji'nan: Shandong jiaoyu chubanshe, 1992.

Liu Xi 刘熙 (fl. 200). *Shiming shuzheng bu* 释名疏证补 . Annotated by Bi Yuan 毕沅 (1730—97), with supplementary annotations by Wang Xianqian 王先谦 (1842—1917). Edited by Zhu Mingche 祝明彻 and Sun Yuwen 孙玉文 . Beijing: Zhonghua shuju, 2008.

Liu Xiang 刘向 (d. 6 BCE), comp. *Zhanguo ce jianzheng* 战国策笺证 . Edited and annotated by Fang Xiangyong 范祥雍 and Fan Bangjin 范邦谨 . Shanghai: Shanghai guji chubanshe, 2006.

Liu Xin 刘歆 (c. 50 BCE—23 CE). *Xijing zaji jiaozhu* 西京杂记校注 . Compiled by Ge Hong 葛洪 (283–343), edited and annotated by Xiang Xinyang 向新阳 and Liu Keren 刘克任 . Shanghai: Shanghai guji chubanshe, 1991.

Liu Xu 刘昫 (888—974). *Jiu Tangshu* 旧唐书 . Beijing: Zhonghua shuju, 1975.

Liu Xun 刘埙 (1240—1319). *Yinju tongyi* 隐居通议 . In *SKQS*, vol. 866.

Liu Yang 刘洋 . *Wang Anshi shizuo yu fochan zhi guanxi yanjiu* 王安石诗作与佛禅之关系研究 . Beijing: Zhongyang minzu daxue chubanshe, 2013.

Liu Yiqing 刘义庆 (403—44). *Shishuo xinyu jianshu* 世说新语笺疏 , rev. ed. Annotated by Yu Jiaxi 余嘉锡 , edited by Zhou Zumo 周祖谟 , Yu Shuyi 余淑宜 , and Zhou Shiqi 周士琦 . Shanghai: Shanghai guji chubanshe, 1993.

Lu Dian 陆佃 (1042—1102). *Pi Ya* 埤雅 . Edited by Wang Minhong 王敏红 . Hangzhou: Zhejiang daxue chubanshe, 2008.

Lu Ge 鲁歌 et al. *Lidai geyong Zhaojun shici xuanzhu* 历代歌咏昭君诗词选注 . Wuhan: Changjiang wenyi chubanshe, 1982.

Lu Jie 陆杰 . "Lü Huiqing nianpu" 吕惠卿年谱 . In *Zhongguo chuantong wenhua yu dianji luncong* 中国传统文化与典籍论丛 , edited by Shanghai shifan daxue guji zhengli yanjiusuo, 78–102. Lanzhou: Gansu renmin chubanshe, 2014.

Lu Qinli 逯钦立 (1911—73), comp. *Xian Qin Han Wei Jin Nanbeichao shi* (*XQHW*) 先秦汉魏晋南北朝诗 . Beijing: Zhonghua shuju, 1983.

Lu Sanqiang 陆三强 . "Zeng Zao san kao" 曾慥三考 . In *Gudai wenxian yanjiu jilin* 古代文献研究集林 , ser. 2, edited by Huang Yongnian 黄永年 , 202–22. Xi'an: Shaanxi shifan daxue chubanshe, 1992.

Lu Xinyuan 陆心源 (1838—94). *Bisonglou cangshu zhi* 皕宋楼藏书志 . In *XXSK*, vols. 928–29.

Lu You 陆游 (1125—1209). *Jiashi jiuwen* 家世旧闻 . Edited by Li Changxian 李昌宪 . In *QSBJ*, ser. 5, vol. 8.

Lu Yusong 路育松 . "Cong dui Feng Dao de pingjia kan Songdai qijie guannian de shanbian" 从对冯道的评价看宋代气节观念的嬗变 . *Zhongguo shi yanjiu* 1 (2004): 119–28.

Lü Dafang 吕大防 (1027—97). *Du shi nianpu* 杜诗年谱 . In *Songdai Du Fu nianpu wu zhong jiaozhu* 宋代杜甫年谱五种校注 , edited by Cai Zhichao 蔡志超 . Taibei: Wanjuanlou tushu gufen youxian gongsi, 2014.

Lü Yuhua 吕玉华 . *Tangren xuan Tangshi shulun* 唐人选唐诗述论 . Taibei: Wenjin chubanshe, 2004.

Lü Zuqian 吕祖谦 (1137—81), comp. *Huangchao wenjian* 皇朝文鉴 . In *Lü Zuqian quanji*, vols. 12–14.

——. *Lize jishi* 丽泽集诗 . In *Lü Zuqian quanji*, vol. 15.

——. *Lü Zuqian quanji* 吕祖谦全集 . Edited by Huang Linggeng 黄灵庚 and Wu Zhanlei 吴战垒 . 16 vols. Hangzhou: Zhejiang guji chubanshe, 2008.

Luk, Charles (K'uan Yü Lu), trans. *The* Śūrangama *Sūtra* (*Leng Yen Ching*). London: Rider, 1966.

Lunyu 论语 . Standard book and paragraph numbers.

Luo Dajing 罗大经 (*jinshi* 1226). *Helin yulu* 鹤林玉露 . Edited by Wang Ruilai 王瑞来 .Beijing: Zhonghua shuju, 1983.

Luo Jiaxiang 罗家祥 . *Songdai zhengzhi yu xueshu lungao* 宋代政治与学术论稿 . Hong Kong: Huaxia wenhua yishu chubanshe, 2008.

Luo Shijin 罗时进 . "Tangdai Hanshan ti de neihan xingcheng yuanyin ji houdai jieshou" 唐代寒山体的内涵、形成原因及后代接受 . In *Hanshan si wenhua luntan lunwenji* 2008 寒山寺文化论坛论文集 2008, edited by Qiu Shuang 秋爽 and Yao Yanxiang 姚炎祥 , 90–104. Shanghai: Shanghai guji chubanshe, 2009.

Lüshi chunqiu jiaoshi 吕氏春秋校释 . Edited by Chen Qiyou 陈奇猷 . Shanghai: Xuelin chubanshe, 1984.

Lynn, Richard John. "The Sudden and the Gradual in Chinese Poetry Criticism: An Examination of the Ch'an-Poetry Analogy." In *Gradual and Sudden: Approaches to Enlightenment in Chinese Thought*, edited by Peter N. Gregory, 381–427. Honolulu: University of Hawai 'i Press, 1987.

Ma Maojun 马茂军 . "Guo Maoqian shilü kao" 郭茂倩仕履考 . *Fudan daxue xuebao (Shehui kexue ban)* 3 (2004): 140.

Mair, Victor H. "Script and Word in Medieval Vernacular Sinitic." *Journal of the American Oriental Society* 112, no. 2 (1992): 269–78.

Mao Feiming 毛飞明 . *Fang Hui nianpu yu shixuan* 方回年谱与诗选 . Hangzhou: Hangzhou daxue chubanshe, 1993.

Maoshi zhengyi 毛诗正义 . Edited by *Shisanjing zhushu* zhengli weiyuanhui. Beijing: Beijing daxue chubanshe, 2000.

Mather, Richard B. *The Poet Shen Yüeh (441–513): The Reticent Marquis*. Princeton, NJ: Princeton University Press, 1988.

——, trans. *Shih-shuo Hsin-yü: A New Account of the Tales of the World*, 2nd ed. Ann Arbor: Center for Chinese Studies, University of Michigan, 2002.

McMullen, Gordon. *Shakespeare and the Idea of Late Writing: Authorship in the Proximity of Death*. Cambridge: Cambridge University Press, 2007.

McMullen, Gordon, and Sam Smiles. "Introduction: Late Style and Its Discontents." In *Late Style and Its Discontents: Essays in Art, Literature, and Music*, edited by

Gordon McMullen and Sam Smiles, 1–12. Oxford: Oxford University Press, 2016.

McRae, John, trans. *The Platform Sutra of the Sixth Patriarch*. Berkeley, CA: Numata Center for Buddhist Translation and Research, 2000.

Meng Xinzhi 孟新芝 . "Guo Maoqian shenghuo zai nage chaodai" 郭茂倩生活在哪个朝代 . *Yuwen jianshe* 6 (2007): 51–52.

Meng Zhifei 蒙智扉 and Huang Taimao 黄太茂 , eds. *Qishi guailian qutan* 奇诗怪联趣谈 . Nanning: Guangxi minzu chubanshe, 1991.

Mengzi 孟子 . Standard book and paragraph divisions.

Meskill, John. *Wang Anshi, Practical Reformer?* Boston: Heath, 1963.

Miao, Ronald. "The 'Ch'i ai shih' of the Late Han and Chin Periods." *Harvard Journal of Asiatic Studies* 33 (1973): 183–223.

Miaosheng 妙声 (14th cent.). *Donggao lu* 东皋录 . In *SKQS*, vol. 1227.

Min Zeping 闵泽平 . *Wenhua shiye zhong de Zhaojun xingxiang yu yiyi shengcheng* 文化视野中的昭君形象与意义生成 . Wuhan: Wuhan chubanshe, 2003.

Mo Lifeng 莫砺锋 . *Tang Song shige lunji* 唐宋诗歌论集 . Nanjing: Fenghuang chu banshe, 2007.

Nienhauser, William H. "Once Again, the Authorship of the *Hsi-ching tsa-chi* (Miscellanies of the Western Capital)." *Journal of the American Oriental Society* 98, no. 3 (1978): 219–36.

Ouyang Xiu 欧阳修 (1007—72). *Historical Records of the Five Dynasties*. Translated by Richard L. Davis. New York: Columbia University Press, 2004.

——. *Liuyi shihua* 六一诗话 . In *Lidai shihua*.

——. *Ouyang Xiu quanji* 欧阳修全集 . Beijing: Zhonghua shuju, 2001.

——. *Xin Tangshu* 新唐书 . Beijing: Zhonghua shuju, 1975.

——. *Xin Wudaishi* 新五代史 . Beijing: Zhonghua shuju, 1974.

——. *Xinjian Ouyang Xiu jiushiliu pian shujian jianzhu* 新见欧阳修九十六篇书简笺注 . Edited by Higashi Hidetoshi 东英寿 , annotated by Hong Benjian 洪本健 . Shanghai: Shanghai guji chubanshe, 2014.

Owen, Stephen. "The Cultural Tang." In *The Cambridge History of Chinese Literature, Volume I, To 1375*, edited by Stephen Owen, 286–380. Cambridge:

Cambridge University Press, 2010.

——. *Just a Song: Chinese Lyrics from the Eleventh and Early Twelfth Centuries*. Cambridge, MA: Harvard University Asia Center, 2019.

——. *The Late Tang: Chinese Poetry of the Mid-Ninth Century (827–860)*. Cambridge, MA: Harvard University Asia Center, 2006.

——. "The Manuscript Legacy of the Tang: The Case of Literature." *Harvard Journal of Asiatic Studies* 67, no. 2 (2007): 295–326.

——. *Readings in Chinese Literary Thought*. Cambridge, MA: Harvard-Yenching Institute, 1992.

——. "The Song Reception of Earlier Literature." In *The Oxford Handbook of Classical Chinese Literature (1000 BCE–900 CE)*, edited by Wiebke Denecke, Wai-Yee Li, and Xiaofei Tian, 317–24. New York: Oxford University Press, 2017.

——. "A Tang Version of Du Fu: The *Tangshi leixuan* 唐诗类选 ." *T'ang Studies* 25 (2007): 57–90.

——. *Traditional Chinese Poetry and Poetics: Omen of the World*. Madison: University of Wisconsin Press, 1985.

Pan Yuemei 潘月美 . *Songdai cangshujia kao* 宋代藏书家考 . Taibei: Xuehai chubanshe, 1980.

Pease, Jonathan. "From the Wellsweep to the Shallow Skiff: Life and Poetry of Wang Anshi (1021–1086)." Ph.D. diss., University of Washington, 1986.

Peng Jiuwan 朋九万 . *Dongpo Wutai shian* 东坡乌台诗案 . In *Su Shi ziliao huibian* 苏轼资料汇编 , compiled by Sichuan daxue zhongwenxi Tang-Song wenxue yanjiushi, 579–609. Beijing: Zhonghua shuju, 1994.

Puwen 普闻 (fl. 1130). *Shi Puwen shihua* 释普闻诗话 . In *Song shihua quanbian* 宋诗话全编 , edited by Wu Wenzhi 吴文治 , 2:1426–27. Nanjing: Jiangsu guji chubanshe, 1998.

Qi Yongxiang 漆永祥 . "Yiyang xinshi di weishei—Songren yong Wang Zhaojun shi lunxi" 一样心事的为谁——宋人咏王昭君诗论析 . In *Songdai wenhua yanjiu* 宋代文化研究 , ser. 16, edited by Sichuan daxue guji zhengli yanjiusuo and Sichuan daxue Songdai wenhua yanjiu zhongxin, 548–93. Chengdu:

Sichuan daxue chubanshe, 2009.

Qian Xuelie 钱学烈 . *Bitan qiuyue ying Hanshan—Hanshan shi jiedu* 碧潭秋月映寒山——寒山诗解读 . Beijing: Zhongyang bianyi chubanshe, 2009.

Qian Zhongshu 钱锺书 . *Guanzhui bian* 管锥编 . Beijing: Sanlian, 2007.

——. *Qi zhui ji* 七缀集 , 2nd ed. Shanghai: Shanghai guji chubanshe, 1994.

——. *Songshi xuanzhu* 宋诗选注 . Beijing: Renmin wenxue chubanshe, 1997.

——. *Tanyi lu* 谈艺录 . Beijing: Zhonghua shuju, 1984.

Qing shihua 清诗话 . Edited by Ding Fubao 丁福保 and Guo Shaoyu 郭绍虞 . Shanghai: Zhonghua shuju, 1963.

Qing shihua xubian 清诗话续编 . Edited by Guo Shaoyu 郭绍虞 and Fu Shousun 富寿荪 . Shanghai: Shanghai guji chubanshe, 1983.

Qiu Junhong 裘君弘 (17th–18th cent.). *Xijiang shihua* 西江诗话 . In *XXSK*, vol. 1699.

Qiu Zhaoao 仇兆鳌 (1638—1717). *Dushi xiangzhu* 杜诗详注 . Beijing: Zhonghua shuju, 1979.

Qu Tuiyuan 瞿蜕园 and Zhou Ziyi 周紫宜 . *Xueshi qianshuo* 学诗浅说 . Beijing: Dangdai Zhongguo chubanshe, 2018.

Qu You 瞿佑 (1341—1427). *Guitian shihua* 归田诗话 . In *Lidai shihua xubian*.

Quan Song biji (*QSBJ*) 全宋笔记 . 10 series. Edited by Zhu Yian 朱易安 et al. Zheng zhou: Daxiang chubanshe, 2003–18.

Quan Songci 全宋词 . Compiled by Tang Guizhang 唐圭璋 . Beijing: Zhonghua shuju, 1965.

Quan Songshi (*QSS*) 全宋诗 . Compiled by Beijing daxue guwenxian yanjiusuo 北京大学古文献研究所 . Beijing: Beijing daxue chubanshe, 1991–98.

Quan Songshi jibu 全宋诗辑补 . Compiled by Tang Huaquan 汤华泉 . Hefei: Huangshan shushe, 2016.

Quan Songwen (*QSW*) 全宋文 . Edited by Zeng Zaozhuang 曾枣庄 , Liu Lin 刘琳 , et al. Shanghai: Shanghai cishu chubanshe, 2006.

Quan Tangshi (*QTS*) 全唐诗 . Compiled by Peng Dingqiu 彭定求 et al. Beijing: Zhonghua shuju, 1960.

Quan Tangwen xinbian (*QTW*) 全唐文新编 . Compiled by Dong Hao 董诰 , edited by Zhou Shaoliang 周绍良 et al. Changchun: Jilin wenshi chubanshe, 2000.

Quan Yuanshi 全元诗 . Edited by Yang Lian 杨镰 . Beijing: Zhonghua shuju, 2013.

Quan Yuanwen (*QYW*) 全元文 . Edited by Li Xiusheng 李修生 . Nanjing: Jiangsu guji chubanshe; Fenghuang chubanshe, 1999–2004.

Quan Zuwang 全祖望 (1705—55). *Jieqiting ji* 鲒埼亭集 . In Quan *Zuwang ji huijiao jizhu* 全祖望集汇校集注 , edited by Zhu Zhuyu 朱铸禹 . Shanghai: Shanghai guji chubanshe, 2000.

Rao Zongyi 饶宗颐 . "Lun Du Fu Kuizhou shi" 论杜甫夔州诗 . In *Rao Zongyi ershi shiji xueshu wenji* 饶宗颐二十世纪学术文集 , vol. 12. Taibei: Xinwenfeng chuban gongsi, 2003.

Ren Jiyu 任继愈 . *Han–Tang Zhongguo fojiao sixiang lunji* 汉—唐中国佛教思想论集 . Beijing: Sanlian shudian, 1963.

Rickett, Adele Austin. "Method and Intuition: The Poetic Theories of Huang T'ing-chien." In *Chinese Approaches to Literature from Confucius to Liang Ch'i-ch'ao*, edited by Adele Austin Rickett, 97–120. Princeton, NJ: Princeton University Press, 1978.

Rorty, Richard. "Philosophy as a Transitional Genre." In *Pragmatism, Critique, Judgment: Essays for Richard J. Bernstein*, edited by Richard J. Bernstein, Seyla Benhabib, and Nancy Fraser, 3–28. Cambridge, MA: MIT Press, 2004.

Rouzer, Paul. *Articulated Ladies: Gender and the Male Community in Early Chinese Texts*. Cambridge, MA: Harvard University Asia Center, 2001.

——. *On Cold Mountain: A Buddhist Reading of the Hanshan Poems*. Seattle: University of Washington Press, 2016.

——, trans. *The Poetry of Hanshan (Cold Mountain), Shide, and Fenggan*. Boston: De Gruyter, 2017.

Ruan Kuisheng 阮葵生 (1727—89). *Chayu kehua* 茶余客话 . Shanghai: Zhonghua shuju, 1959.

Runco, Mark A. "Contrarianism and Creativity." In *Encyclopedia of Creativity, Two-Volume Set*, 2nd ed., edited by Mark A. Runco and Steven R. Pritzker, 1:261–63. Burlington: Elsevier Science, 2011.

Said, Edward. *On Late Style: Music and Literature against the Grain*. New York: Pantheon Books, 2006.

Sargent, Stuart. "Can Latecomers Get There First? Sung Poets and T'ang Poetry." *Chinese Literature: Essays, Articles, and Reviews* 4, no. 2 (1982): 165–98.

Schmidt, J. D. "Ch'an, Illusion, and Sudden Enlightenment in the Poetry of Yang Wan-li." *T'oung Pao* 60, no. 4 (1974): 230–81.

Shangjun shu zhuizhi 商君书锥指 . Annotated by Jiang Lihong 蒋礼鸿 . Beijing: Zhonghua shuju, 1986.

Shangshu zhengyi 尚书正义 . Edited by *Shisanjing zhushu* zhengli weiyuanhui. Bei jing: Beijing daxue chubanshe, 2000.

Shao Bo 邵博 (d. 1158). *Shaoshi wenjian houlu* 邵氏闻见后录 . Edited by Xia Guang xing 夏广兴 . In *QSBJ*, ser. 4, vol. 6.

Shao Bowen 邵伯温 (1057—1134). *Wenjian lu* 闻见录 . Edited by Zha Qinghua 查清华 . In *QSBJ*, ser. 2, vol. 7.

Shen Deqian 沈德潜 (1673—1769). *Shuoshi zuiyu* 说诗晬语 . In *Qing shihua*.

Shen Kuo 沈括 (1031—95). *Mengxi bitan jiaozheng* 梦溪笔谈校证 . Edited by Hu Daojing 胡道静 . Shanghai: Shanghai guji chubanshe, 1987.

Shen Qinhan 沈钦韩 (1775—1831). *Wang Jinggong shiwen Shenshi zhu* 王荆公诗文沈氏注 . Shanghai: Zhonghua shuju, 1959.

Shen Songqin 沈松勤 . *Bei Song wenren yu dangzheng: Zhongguo shidafu qunti yanjiu* 北宋文人与党争：中国士大夫群体研究 . Beijing: Renmin chubanshe, 1998.

Shen Yifu 沈义父 (fl. 1237—43). *Yuefu zhimi jianshi* 乐府指迷笺释 . Printed together with Zhang Yan 张炎 (1248—1320?), *Ciyuan zhu* 词源注 . Annotated by Xia Chengtao 夏承焘 . Beijing: Renmin wenxue chubanshe, 1963.

Shen Yue 沈约 (441—513). *Songshu* 宋书 . Beijing: Zhonghua shuju, 1974.

Shi Su 施宿 (1164—1222), comp. *Kuaiji zhi* 会稽志 . In *SKQS*, vol. 486.

Shi Zhecun 施蛰存 . *Tangshi baihua* 唐诗百话 . Shanghai: Shanghai guji chubanshe, 1987.

Shields, Anna M. *Crafting a Collection: The Cultural Contexts and Poetic Practice of the* Huajian ji. Cambridge, MA: Harvard University Asia Center, 2006.

Shijing 诗经 . Standard ode numbers.

Shou Yong 寿涌 . "Wang Anshi Jiayou sinian rujing wei duzhi panguan shuo zhiyi" 王安石嘉祐四年入京为度支判官说质疑 . *Kaifeng jiaoyu xueyuan xuebao* 28, no. 1 (2008): 30–33.

Siku quanshu zongmu 四库全书总目 . In *SKQS*, vols. 1–6.

Sima Guang 司马光 (1019–86). *Sushui jiwen* 涑水记闻 . Edited by Deng Guangming 邓广铭 and Zhang Xiqing 张希清 . In *QSBJ*, ser. 1, vol. 7.

——. *Wengong xu shihua* 温公续诗话 . In *Lidai shihua*.

——. *Zizhi tongjian* 资治通鉴 . Beijing: Zhonghua shuju, 1956.

Sima Qian 司马迁 (ca. 145–ca. 86 BCE). *Shiji* 史记 . Beijing: Zhonghua shuju, 1982.

Simmel, Georg. "Leonardo da Vinci's Last Supper." Translated by Brigitte Kueppers and Alfred Willis. *Achademia Leonardi Vinci* 10 (1997): 141–45.

Snyder, Gary, trans. *Cold Mountain Poems*. Berkeley, CA: Counterpoint, 2013.

Song huiyao jigao 宋会要辑稿 . Compiled by Xu Song 徐松 (1781—1848), edited by Liu Lin 刘琳 et al. Shanghai: Shanghai guji chubanshe, 2014.

Song, Jaeyoon. *Traces of Grand Peace: Classics and State Activism in Imperial China*. Cambridge, MA: Harvard University Asia Center, 2015.

Song Luo 宋荦 (1634—1714). *Mantang shishuo* 漫堂说诗 . In *Qing shihua*.

——. *Xibei leigao* 西陂类稿 . In *SKQS*, vol. 1323.

——. *Yunlang er bi* 筠廊二笔 . In *Qingdai biji xiaoshuo daguan* 清代笔记小说大观 , compiled by Shanghai guji chubanshe, vol. 1. Shanghai: Shanghai guji chubanshe, 2007.

Songren nianpu congkan 宋人年谱丛刊 . Edited by Wu Hongze 吴洪泽 , Yin Bo 尹波 , et al. Chengdu: Sichuan daxue chubanshe, 2003.

Strauss, Jesopeh N. "Disability and 'Late Style' in Music." *Journal of Musicology* 25, no. 1 (Winter 2008): 3–45.

——. *Extraordinary Measures: Disability in Music*. Oxford: Oxford University Press, 2011.

Su Boheng 苏伯衡 (b. 1329). *Su Pingzhong ji* 苏平仲集 . In *SKQS*, vol. 1228.

Sun Changwu 孙昌武 . *Chansi yu shiqing* 禅思与诗情 . Beijing: Zhonghua shuju, 1997.

——. *Fojiao wenxue zhishi jiangjie yu yuedu* 佛教文学知识讲解与阅读 . Shijiazhuang: Hebeisheng fojiao xuehui, 2000.

Sun Qinan 孙琴安 . *Tangshi xuanben tiyao* 唐诗选本提要 . Shanghai: Shanghai shu dian chubanshe, 2005.

Sun Tao 孙涛 (17th–18th cent.). *Quan Tang shihua xubian* 全唐诗话续编 . In *Qing shihua*.

Sun Tinglin 孙廷林 . "Dongjing Xianren fang weizhi kaobian" 东京显仁坊位置考辨 . *Zhoukou shifan xueyuan xuebao* 32, no. 6 (2015): 105–8.

Sun Yi 孙奕 (b. 1121). *Lüzhai shier bian* 履斋示儿编 . Edited by Hou Tijian 侯体健 and Kuang Zhengbing 况正兵 . In *QSBJ*, ser. 7, vol. 3.

Taiping guangji 太平广记 . Compiled by Li Fang 李昉 (925–95) et al. Beijing: Zhong hua shuju, 1961.

Taiping yulan 太平御览 . 8 vols. Compiled by Li Fang et al., edited by Xia Jianqin 夏剑钦 et al. Shijiazhuang: Hebei jiaoyu chubanshe, 2000.

Tang Jianghao 汤江浩 . *Bei Song Linchuan Wang shi jiazu ji wenxue kaolun—Yi Wang Anshi wei zhongxin* 北宋临川王氏家族及文学考论——以王安石为中心 . Beijing: Renmin wenxue chubanshe, 2005.

Tang Jin 唐锦 (1475—1554). *Longjiang mengyu lu* 龙江梦余录 . In *XXSK*, vol. 1122.

Tang Meijiang 唐眉江 . "Songdai Zhaojun shi leixing jiqi jiedu" 宋代昭君诗类型及其解读 . *Sichuan shifan xueyuan xuebao* 1 (2003): 8–12.

Tang Ruxun 唐汝询 (fl. 1624). *Tangshi jie* 唐诗解 . Edited by Wang Zhenhan 王振汉 . Baoding: Hebei daxue chubanshe, 2001.

Tangren xuan Tangshi xinbian 唐人选唐诗新编 . Edited by Fu Xuancong 傅璇琮 . Xi'an: Shaanxi renmin jiaoyu chubanshe, 1996.

Tao Min 陶敏 . *Quan Tangshi renming kaozheng* 全唐诗人名考证 . Xi'an: Shaanxi renmin jiaoyu chubanshe, 1996.

Tian Daoying 田道英 . "Shi Guanxiu yanjiu" 释贯休研究 . Ph.D. diss., Sichuan daxue wenxue yu xinwen xueyuan, 2003.

Tian Jianping 田建平 . "Shujia geming: Songdai shuji jiage xinkao" 书价革命 : 宋代书籍价格新考 . *Hebei daxue xuebao (zhexue shehui kexue ban)* 5 (2013): 47–57.

Tian Wen 田雯 (1635–1704). *Guhuantang zazhu* 古欢堂杂著 . In *Qing shihua xubian*.

Tong Qiang 童强 . "Wang Anshi shige xinian buzheng" 王安石诗歌系年补正 . In *Zhou Xunchu xiansheng bashi shouchen jinian wenji* 周勋初先生八十寿辰纪念文集 , edited by Mo Lifeng 莫砺锋 , 358–71. Beijing: Zhonghua shuju, 2008.

Tu Meiyun 涂美云 . *Bei Song dangzheng yu wenhuo xuejin zhi guanxi yanjiu* 北宋党争与文祸、学禁之关系研究 . Taibei: Wanjuanlou tushu gufen youxian gongsi, 2012.

Tuotuo 脱脱 (1313—55). *Songshi* (*SS*) 宋史 . Beijing: Zhonghua shuju, 1985.

Uchiyama Seiya 内山精也 . *Chuanmei yu zhenxiang: Su Shi jiqi zhouwei shidaifu de wenxue* 传媒与真相 : 苏轼及其周围士大夫的文学 . Translated by Zhu Gang 朱刚 et al. Shanghai: Shanghai guji chubanshe, 2005.

Varsano, Paula M. *Tracking the Banished Immortal: The Poetry of Li Bo and Its Critical Reception*. Honolulu: University of Hawai 'i Press, 2003.

Waley, Arthur, trans. "27 Poems by Hanshan." *Encounter* 3, no. 3 (1954): 3–8.

Walls, Jan W. and Yvonne L. Walls, trans. *Bird Tracks in the Air: Selected Poems of Wang Anshi*. Beijing: New World Press, 2019.

Wan Man 万曼 . *Tangji xulu* 唐集叙录 . Beijing: Zhonghua shuju, 1980.

Wang Anshi 王安石 (1021—86). *Linchuan xiansheng wenji* (*LCWJ*) 临川先生文集 . Edited by Nie Anfu 聂安福 and Hou Tijian 侯体健 . In *Wang Anshi quanji*, vols. 5–7.

——. *Shijing xinyi* 诗经新义 . Compiled by Cheng Yuanmin 程元敏 , edited by Zhang Yuhan 张钰翰 . In *Wang Anshi quanji*, vol. 2.

——, comp. *Tang baijia shixuan* 唐百家诗选 . Edited by Ren Yafang 任雅芳 . In *Wang Anshi quanji*, vol. 8.

——. *Wang Anshi quanji* 王安石全集 . Edited by Wang Shuizhao 王水照 et al. Shanghai: Fudan daxue chubanshe, 2017.

——. *Wang Anshi rilu jijiao* 王安石日录辑校 . Edited by Kong Xue 孔学 . Chengdu: Sichuan daxue chubanshe, 2015.

——, comp. *Wang Jinggong Tang baijia shixuan* 王荆公唐百家诗选 . Edited by Huang Yongnian 黄永年 and Chen Feng 陈枫 . Shenyang: Liaoning jiaoyu chubanshe, 2000.

——. *Xining zoudui rilu* 熙宁奏对日录 . Edited by Gu Hongyi 顾宏义 , Ren Renren 任仁仁 , and Li Wen 李文 . In *Wang Anshi quanji*, vol. 4.

Wang Ao 王鏊 (1450—1524). *Gusu zhi* 姑苏志 . In *SKQS*, vol. 493.

Wang Chong 王充 (27—97?). *Lunheng jiaoshi* 论衡校释 . Edited by Huang Hui 黄晖 . Beijing: Zhonghua shuju, 1999.

Wang Cun 王存 (1023–1101). *Yuanfeng jiuyu zhi* 元丰九域志 . Beijing: Zhonghua shuju, 1984.

Wang Da 王达 (14th cent.). *Bichou* 笔畴 . Printed together with Wu Congxian 吴从先 (16th–17th cent.), *Xiaochuang ziji* 小窗自纪 . Annotated by Lang Jing 郎菁 and Zhang Duguo 张杜国 . Xi'an: Sanqin chubanshe, 2006.

Wang Gong 王巩 (1048?–1117?). *Suishou zalu* 随手杂录 . Edited by Dai Jianguo 戴建国 and Chen Lei 陈雷 . In *QSBJ*, ser. 2, vol. 6.

——. *Wenjian jinlu* 闻见近录 . Edited by Dai Jianguo 戴建国 . In *QSBJ*, ser. 2, vol. 6.

Wang, Gung-wu. "Feng Tao: An Essay on Confucian Loyalty." In *Confucian Personalities*, edited by Arthur F. Wright and Denis Twitchett, 123–45. Stanford, CA: Stanford University Press, 1952.

Wang Jinguang 王晋光 . *Wang Anshi lungao* 王安石论稿 . Taibei: Daan chubanshe, 1993.

——. *Wang Anshi shi jiqiao lun* 王安石诗技巧论 . Xi'an: Shaanxi renmin chubanshe, 1992.

——. *Wang Anshi shi xinian chugao* 王安石诗系年初稿 . Manila: Deyang gongsi, 1986.

Wang Jiru 王继如 et al. *Zhongguo gudian wenxue shiliaoxue* 中国古典文学史料学 . Beijing: Beijing daxue chubanshe, 2008.

Wang Li 王力 . *Hanyu shilüxue* 汉语诗律学 . Shanghai: Shanghai jiaoyu chubanshe, 1979.

Wang Liang 王靓 . "*Tang baijia shixuan* yanjiu"《唐百家诗选》研究 . M.A. thesis, Shanghai shifan daxue, 2008.

Wang Mingqing 王明清 (1127–1214). *Huizhu houlu* 挥麈后录 . Edited by Yan Yong cheng 燕永成 . In *QSBJ*, ser. 6, vol. 1.

Wang Pizhi 王辟之 (b. 1032). *Shengshui yantan lu* 渑水燕谈录 . Edited by Jin Yuan 金圆 . In *QSBJ*, ser. 2, vol. 4.

Wang Ruoxu 王若虚 (1174–1243). *Hu'nan shihua* 滹南诗话 . Edited by Huo Songlin 霍松林 . Beijing: Renmin wenxue chubanshe, 1962.

Wang Shengduo 汪圣铎 . *Liang Song huobi shiliao huibian* 两宋货币史料汇编 . Beijing: Zhonghua shuju, 2004.

Wang Shizhen 王世贞 (1526–90). *Yiyuan zhiyan jiaozhu* 艺苑卮言校注 . Edited and annotated by Luo Zhongding 罗仲鼎 . Ji'nan: Qilu shushe, 1992.

Wang Shizhen 王士禛 (1634–1711). *Chibei outan* 池北偶谈 . Edited by Jin Siren 靳斯仁 . Beijing: Zhonghua shuju, 1982.

——. *Fen'gan yuhua* 分甘馀话 . Edited by Zhang Shilin 张世林 . Beijing: Zhonghua shuju, 1989.

——. *Shiyou shizhuan xulu* 师友诗传续录 . Compiled by Liu Daqin 刘大勤 . In *Qing shihua*.

——. *Wang Shizhen quanji* 王士禛全集 . 6 vols. Edited by Yuan Shishuo 袁世硕 . Ji'nan: Qilu shushe, 2007.

——. *Xiangzu biji* 香祖笔记 . Edited by Zhan Zhi 湛之 . Shanghai: Shanghai guji chubanshe, 1982.

——. *Yuyang shiji* 渔阳诗集 . In *Wang Shizhen quanji*, vols. 1–2.

——. *Yuyang wenji* 渔阳文集 . In *Wang Shizhen quanji*, vol. 3.

Wang Shuizhao 王水照 . "Songdai shige de yishu tedian he jiaoxun" 宋代诗歌的艺术特点和教训 . In *Wenyi luncong* 文艺论丛 , ser. 5, 268–89. Shanghai: Shanghai wenyi chubanshe, 1978.

——. "Zuopin chanpin yu shangpin—gudai wenxue zuopin shangpinhua de yidian kaocha" 作品、产品与商品——古代文学作品商品化的一点考察 . *Wenxue yichan* 3 (2007): 4–12.

Wang Xiangzhi 王象之 (1163–1230). *Yudi jisheng* 舆地纪胜 . Edited by Li Yongxian 李勇先 . Chengdu: Sichuan daxue chubanshe, 2005.

Wang Xiyuan 王熙元 . *Gudian wenxue sanlun* 古典文学散论 . Taibei: Xuesheng shuju, 1987.

Wang Yaoqu 王尧衢 (18th cent.). *Tangshi hejie jianzhu* 唐诗合解笺注 . Edited by Shan Xiaoqing 单小青 and Zhan Furui 詹福瑞 . Baoding: Hebei daxue chubanshe, 2000.

Wang Yinglin 王应麟 (1223—96). *Kunxue jiwen* 困学记闻 . Annotated by Weng Yuanxi 翁元圻 (1751—1826) et al., edited by Luan Baoquan 栾保群 , Tian Songqing 田松青 , and Lü Zongli 吕宗力 . Shanghai: Shanghai guji chubanshe, 2008.

Wang, Yugen. "The Limits of Poetry as Means of Social Criticism: The 1079 Literary Inquisition against Su Shi Revisited." *Journal of Song-Yuan Studies* 41 (2011): 29–65.

——. *Ten Thousand Scrolls: Reading and Writing in the Poetics of Huang Tingjian and the Late Northern Song*. Cambridge, MA: Harvard University Asia Center, 2011.

Wang Zhifang 王直方 (1069—1109). *Wang Zhifang shihua* 王直方诗话 . In Guo Shaoyu, *Song shihua jiyi*.

Watson, Burton, trans. *The Columbia Book of Chinese Poetry: From Early Times to the Thirteenth Century*. New York: Columbia University Press, 1984.

——, trans. *The Complete Works of Zhuangzi*. New York: Columbia University Press, 2003.

——. "Introduction." In *Cold Mountain: 100 Poems by the T'ang Poet Han-shan*, translated by Burton Watson, 7–14. New York: Columbia Univeristy Press, 1970.

Wei Hu 韦縠 (9th–10th cent.), comp. *Caidiao ji* 才调集 . In *Tangren xuan Tangshi xinbian*.

Wei Tai 魏泰 (b. 1041?). *Dongxuan bilu* 东轩笔录 . Edited by Yan Yongcheng 燕永成 . In *QSBJ*, ser. 2, vol. 8.

——. *Linhan yinju shihua jiaozhu* 临汉隐居诗话校注 . Edited and annotated by Chen Yingluan 陈应鸾 . Chengdu: Bashu shushe, 2001.

Wei Zhuang 韦庄 (*jinshi* 894), comp. *Youxuan ji* 又玄集 . In *Tangren xuan Tangshi xinbian*.

Wen Yiduo 闻一多 . *Fengshi leichao* 风诗类抄 . In *Wen Yiduo quanji* 闻一多全集 ,

edited by Sun Dangbo 孙党伯 and Yuan Jianzheng 袁謇正 , vol. 4. Changsha: Hubei renmin chubanshe, 1993.

Weng Fanggang 翁方纲 (1733–1818). *Qiyanshi sanmei juyu* 七言诗三昧举隅 . In *Qing shihua*.

Wenying 文莹 (fl. 11th cent.). *Xiangshan yelu* 湘山野录 . Edited by Zheng Shigang 郑世刚 . In *QSBJ*, ser. 1, vol. 6.

Wenyuan 文远 (9th cent.), comp. *Zhaozhou lu* 赵州录 . Edited by Zhang Zikai 张子开 . Zhenzhou: Zhongzhou guji chubanshe, 2001.

Wenyuan yinghua 文苑英华 . Compiled by Li Fang 李昉 (925–96) et al. In *SKQS*, vols. 1333–42.

Wilhelm, Hellmut. "The Scholar's Frustration: Notes on a Type of 'Fu' ." In *Chinese Thought and Institutions*, edited by John K. Fairbank, 310–19, 398–403. Chicago: University of Chicago Press, 1957.

Williamson, Henry Raymond. *Wang An Shih: A Chinese Statesman and Educationalist of the Sung Dynasty*. 2 vols. London: Probsthain, 1935–37.

Wu Hongze 吴洪泽 . "Songdai nianpu kaolun" 宋代年谱考论 . Ph.D. diss., Sichuan daxue, 2006.

Wu Lianqun 伍联群 . *Bei Song wenren ru Shu shi yanjiu* 北宋文人入蜀诗研究 . Chengdu: Bashu shushe, 2010.

Wu Qian 吴幵 (b. 1067). *Yougutang shihua* 优古堂诗话 . In *Lidai shihua xubian*.

Wu Qiming 吴企明 . *Tangyin zhiyi lu* 唐音质疑录 . Shanghai: Shanghai guji chuban she, 1985.

Wu Rulun 吴汝纶 (1840—1903), comp. *Tongcheng xiansheng pingdian 'Tangshi guchui'* 桐城吴先生评点唐诗鼓吹 . In *Tongcheng Wu xiansheng ji* 桐城吴先生集 , vol. 34, edited by Li Songsheng 李松生 . Yangzhou: Guangling shushe, 2016.

Wu Shidao 吴师道 (1283–1344). *Wu Libu shihua* 吴礼部诗话 . In *Lidai shihua xubian*.

Wu Songdi 吴松弟 . "Jiǔ 'Liang Song Suzhou jingji kaolüe' zhi Fang Jian xiansheng" 就《两宋苏州经济考略》致方健先生 . *Zhongguo lishi dili luncong* 3 (2000): 241–45.

Wu Yansheng 吴言生 . *Jingdian chanyu* 经典禅语 . Beijing: Shangwu yinshuguan, 2013.

Wu Yu 吴聿 (12th cent.). *Guanlin shihua* 观林诗话 . In *Lidai shihua xubian*.

Wu Zeng 吴曾 (fl. 1127—60). *Nenggaizhai manlu (shang)* 能改斋漫录 (上). Edited by Liu Yu 刘宇 . In *QSBJ*, ser. 5, vol. 3.

Wu Zenghui 吴增辉 . "Chegaiting shian de lishi huanyuan" 车盖亭诗案的历史还原 . *Xihua shifan daxue xuebao* 5 (2014): 30–36.

Wu Zhenqing 吴振清 . "Bei Song *Shenzong shilu* wuxiu shimo" 北宋《神宗实录》五修始末 . *Shixue yanjiu* 2 (1995): 31–37.

Wu Ziliang 吴子良 (1197—ca. 1257). *Jingxi linxia outan* 荆溪林下偶谈 . In *SKQS*, vol. 1481.

Xia Jingguan 夏敬观 . *Tangshi shuo* 唐诗说 . Taibei: Heluo tushu chubanshe, 1975.

——. *Wang Anshi shi* 王安石诗 . Taibei: Shangwu yinshuguan, 1961.

Xiang Chu 项楚 et al. *Tangdai baihuashipai yanjiu* 唐代白话诗派研究 . Chengdu: Bashu shushe, 2005.

Xiao Chi 萧驰 . *Zhongguo shige meixue* 中国诗歌美学 . Beijing: Beijing daxue chubanshe, 1986.

Xiao Lihua 萧丽华 . *Cong Wang Wei dao Su Shi—Shige yu chanxue jiaohui de huang jin shidai* 从王维到苏轼——诗歌与禅学交会的黄金时代 . Tianjin: Tianjin jiaoyu chubanshe, 2013.

Xiao Qingwei 萧庆伟 . "Chegaiting shian pingyi" 车盖亭诗案平议 . *Hebei daxue xuebao* 1 (1995): 50–56, 85.

Xie Guian 谢贵安 . *Song shilu yanjiu* 宋实录研究 . Shanghai: Shanghai guji chuban she, 2013.

Xie Siwei 谢思炜 . *Chanzong yu Zhongguo wenxue*. 禅宗与中国文学 . Beijing: Zhong guo shehui kexue chubanshe, 1993.

——. "Yuan Zhen 'Dai Qujiang Laoren baiyun' shi zuonian zhiyi" 元稹《代曲老人百韵》诗作年质疑 . *Qinghua daxue xuebao (shehui kexue ban)* 2 (2004): 42–44,66.

Xie Weixin 谢维新 (13th cent.). *Gujin hebi shilei beiyao* 古今合璧事类备要 . In *SKQS*, vols. 939–41.

Xie Zhaozhe 谢肇淛 (1567—1624). *Wu zazu* 五杂组 . Shanghai: Shanghai shudian, 2001.

Xijianben Songren shihua sizhong 稀见本宋人诗话四种 . Edited by Zhang Bowei 张伯伟 . Nanjing: Jiangsu guji chubanshe, 2002.

Xin jiaoding liujia zhu Wenxuan (*WX*) 新校订六家注文选 . Compiled by Xiao Tong 萧统 (501—31), annotated by Lü Yanji 吕延济 (7th–8th cent.), edited by Liu Qundong 刘群栋 and Wang Cuihong 王翠红 . Zhengzhou: Zhengzhou daxue chubanshe, 2013.

Xu Du 徐度 (*jinshi* 1135). *Quesao bian* 却扫编 . Edited by Zhu Kai 朱凯 and Jiang Hanchun 姜汉椿 . In *QSBJ*, ser. 3, vol. 10.

Xu Wenming 徐文明 . *Churu zizai—Wang Anshi yu fochan* 出入自在——王安石与佛禅 . Zhengzhou: He'nan renmin chubanshe, 2001.

Xu Yi 许顗 (fl. 1123—26). *Yanzhou shihua* 彦周诗话 . In *Lidai shihua*.

Xu Ziming 徐自明 (fl. 1200—1220). *Song zaifu biannian lu jiaobu* 宋宰辅编年录校补 . Edited by Wang Ruilai 王瑞来 . Beijing: Zhonghua shuju, 1986.

Xue Shunxiong 薛顺雄 . "Wang Jinggong 'Bochuan Guazhou' shi xilun" 王荆公《泊船瓜洲》诗析论 . In *Songdai wenxue yu sixiang* 宋代文学与思想 , edited by Taiwan daxue Zhongguo wenxue yanjiusuo, 89–110. Taibei: Taiwan xuesheng, 1989.

Xuxiu Siku quanshu (*XXSK*) 续修四库全书 . 1800 vols. Compiled by *Xuxiu Siku quanshu* bianweihui. Shanghai: Shanghai guji chubanshe, 1995–2002.

Yan Fu 严复 (1854—1921). *Pingdian 'Wang Jinggong shi'* 评点《王荆公诗》. In *Yan Fu quanji* 严复全集 , edited by Ou Mingjun 欧明俊 , Fang Baochuan 方宝川 , and Huang Xingtao 黄兴涛 , vol. 10. Fuzhou: Fujian jiaoyu chubanshe, 2014.

Yan Junshou 延君寿 (18th–19th cent.). *Laosheng changtan* 老生常谈 . In *Qing shihua xubian*.

Yan Yu 严羽 (1191—1241). *Canglang shihua jiaojian* (*CLSH*) 沧浪诗话校笺 . Edited and annotated by Zhang Jian 张健 . Shanghai: Shanghai guji chubanshe, 2012.

Yang Ming 杨明 . "Ti" 体 . In *Zhongguo shixue da cidian* 中国诗学大辞典 , edited by Fu Xuancong 傅璇琮 et al., 45–46. Hangzhou: Zhejiang jiaoyu chubanshe,

1999.

Yang Ruijun 张瑞君 . *Yang Wanli pingzhuan* 杨万里评传 . Nanjing: Nanjing daxue chubanshe, 2001.

Yang Shen 杨慎 (1488—1559). *Sheng'an shihua xin jianzheng* 升庵诗话新笺证 . Edited by Wang Dahou 王大厚 . Beijing: Zhonghua shuju, 2008.

Yang Shi 杨时 (1053—1135). *Yang Shi ji* 杨时集 . Edited by Lin Haiquan 林海权 . Beijing: Zhonghua shuju, 2018.

Yang Shihong 杨士弘 (14th cent.), comp. *Tangyin pingzhu* 唐音评注 . Collated and annotated by Zhang Zhen 张震 , commentary by Gu Lin 顾璘 (1486—1545), edited by Tao Wenpeng 陶文鹏 and Wei Zuqin 魏祖钦 . Baoding: Hebei daxue chubanshe, 2006.

Yang Shiwen 杨世文 . *Zouchu Hanxue: Songdai jingdian bianyi sichao yanjiu* 走出汉学 : 宋代经典辨疑思潮研究 . Chengdu: Sichuan daxue chubanshe, 2008.

Yang Wanli 杨万里 (1127—1206). *Chengzhai shihua* 诚斋诗话 . In *Lidai shihua xubian*.

Yang Xinxun 杨新勋 . *Songdai yijing yanjiu* 宋代疑经研究 . Beijing: Zhonghua shuju, 2007.

Yang Xiaoshan 杨晓山 . "Lun Songdai de wanqi fengge lilun" 论宋代的晚期风格理论 . In *Zhonggu wenxue de zhong shi yu shi* 中古文学中的诗与史 , edited by Zhang Yue 张月 and Chen Yinchi 陈引驰 , 141–86. Shanghai: Fudan daxue chubanshe, 2020.

Yang Xiong 扬雄 (53 BCE—18 CE). *Fayan yishu* 法言义疏 . Annotated by Wang Rongbao 王荣宝 . Beijing: Zhonghua shuju, 1987.

Yang Yanhong 杨艳红 . "Wang Anshi *Tang baijia shixuan* yanjiu" 王安石《唐百家诗选》研究 . M.A. thesis, Xibei daxue, 2008.

Yang Zai 杨载 (1271—1323). *Shifa jiashu* 诗法家数 . In *Lidai shihua*.

Yao Huilan 姚惠兰 . *Song nandu cirenqun yu duoyuan diyu wenhua* 宋南渡词人群与多元地域文化 . Shanghai: Dongfang chuban zhongxin, 2011.

Yao Kuan 姚宽 (1105—62). *Xixi congyu* 西溪丛语 . Edited by Tang Qinfu 汤勤福 and Song Feifei 宋斐飞 . In *QSBJ*, ser. 4, vol. 3.

Yao Xuan 姚铉 (967—1020), comp. *Tang wencui* 唐文粹 . Changchun: Jilin renmin chubanshe, 1998.

Yao Yingting 姚瀛艇 , ed. *Songdai wenhua shi* 宋代文化史 . Kaifeng: Henan daxue chubanshe, 1992.

Ye Mengde 叶梦得 (1077—1148). *Bishu luhua* 避暑录话 . Edited by Xu Shiyi 徐时仪 .In *QSBJ*, ser. 2, vol. 10.

——. *Shilin shihua jiaozhu* (*SLSH*) 石林诗话校注 . Edited and annotated by Lu Mingxin 逯铭昕 . Beijing: Renmin wenxue chubanshe, 2011.

——. *Shilin yanyu* 石林燕语 . Edited by Xu Shiyi 徐时仪 . In *QSBJ*, ser. 2 ,vol. 10.

Ye Shi 叶适 (1150—1223). *Xixue jiyan xumu* 习学记言序目 . Beijing: Zhonghua shuju, 1977.

Ye Xie 叶燮 (1627—1703). *Yuanshi jianzhu* 原诗笺注 . Annotated by Jiang Yin 蒋寅 . Shanghai: Shanghai guji chubanshe, 2014.

Ye Zhi 叶寘 (12th–13th cent.). *Airizhai congchao* 爱日斋丛抄 . Edited by Tang Qinfu 汤勤福 . In *QSBJ*, ser. 8, vol. 5.

Yin Fan 殷璠 (*jinshi* 756). *Heyue yingling ji* 河岳英灵集 . In *Tangren xuan Tangshi xinbian*.

Yingyin Wenyuange Siku quanshu (*SKQS*) 景印文渊阁四库全书 . 1500 vols. Taibei: Shangwu yinshuguan, 1986.

Yiwen leiju 艺文类聚 . Compiled by Ouyang Xun 欧阳询 (557–641), edited by Wang Shaoying 汪绍楹 . Shanghai: Shanghai guji chubanshe, 2007.

Yu Guanying 余冠英 . *Han Wei Liuchao shi luncong* 汉魏六朝诗论丛 . Shanghai: Gudian wenxue chubanshe, 1956.

Yu Haizhou 于海洲 and Yu Xuetang 于雪棠 . *Shifuciqu duxie lihua* 诗赋词曲读写例话 . Beijing: Zhongguo wenshi chubanshe, 2007.

Yu Jiaxi 余嘉锡 . *Siku tiyao bianzheng* 四库提要辨正 . Beijing: Zhonghua shuju, 1980.

Yu, Pauline. “The Chinese Poetic Canon and Its Boundaries.” In *Boundaries in China*, edited by John Hay, 105–23. London: Reaktion Books, 1994.

——. “Poems in Their Place: Collections and Canons in Early Chinese Literature.” *Harvard Journal of Asiatic Studies* 50, no. 1 (1990): 163–96.

Yu Shucheng 余恕诚 . “Fu dui Li Shangyin shige chuangzuo de yingxiang” 赋对

李商隐诗歌创作的影响 . *Wenxue yichan* 5 (2004): 60–70.

Yu Wenbao 俞文豹 (fl. 1240). *Chuijian xulu* 吹剑续录 . Edited by Xu Peizao 许沛藻 and Liu Yu 刘宇 . In *QSBJ*, ser. 7, vol. 5.

Yu Yingshi 余英时 . *Zhu Xi de lishi shijie: Songdai shidaifu zhengzhi wenhua de yanjiu* 朱熹的历史世界：宋代士大夫政治文化的研究 . Beijing: Sanlian chubanshe, 2004.

Yuan Jiong 袁褧 (12th cent.). *Fengchuang xiaodu* 枫窗小牍 . Edited by Yu Gang 俞钢 and Wang Caiyan 王彩燕 . In *QSBJ*, ser. 4, vol. 5.

Yuan Mei 袁枚 (1716—98). *Suiyuan shihua* 随园诗话 . Beijing: Renmin wenxue chubanshe, 1982.

Yuanwu Keqin 圆悟克勤 (1063—1135), comp. *Biyan lu* 碧岩录 . In *Biyan lu Xinyao Yulu* 碧岩录 · 心要 · 语录 , edited by Hong Xue 弘学 , Li Qinghe 李清禾 , and Pu Zhengxin 蒲正信 . Chengdu: Bashu shushe, 2006.

Yue Guiming 乐贵明 , comp. *Siku jiben bieji shiyi* 四库辑本别集拾遗 . Beijing: Zhonghua shuju, 1983.

Yue Ke 岳珂 (1183—1243). *Tingshi* 桯史 . Edited by Xu Peizao 许沛藻 and Yao Ming 姚铭 . In *QSBJ*, ser. 7, vol. 3.

Yue Shi 乐史 (930—1007). *Taiping huanyu ji* 太平寰宇记 . Edited by Wang Wenchu 王文楚 et al. Beijing: Zhonghua shuju, 2007.

Yunqi Zhuhong 云栖袾宏 (1535—1615). *Zhuchuang erbi* 竹窗二笔 . In *Lianchi dashi quanji* 莲池大师全集 , edited by Mingxue 明学 . Shanghai: Shanghai guji chubanshe, 2011.

Zanning 赞宁 (919—1001). *Song gaoseng zhuan* 宋高僧传 . Beijing: Zhonghua shuju, 1987.

Zeng Jili 曾季貍 (b. 1118?). *Tingzhai shihua* 艇斋诗话 . In *Lidai shihua xubian*.

Zeng Yu 曾燠 (1759—1830). *Jiangxi shizheng* 江西诗征 . In *XXSK*, vols. 1688–90.

Zeng Zao 曾慥 (d. 1155). *Gaozhai shihua* 高斋诗话 . In Guo Shaoyu, *Song shihua jiyi*.

——. *Yuefu yaci* 乐府雅词 . Edited by Lu Sanqiang 陆三强 . Shenyang: Liaoning jiaoyu chubanshe, 1997.

Zha Pingqiu 查屏球 . “Mingjia xuanben de chushihua xiaoying—Wang Anshi *Tang baijia shixuan* zai Songdai de liuchuan yu jieshou” 名家选本的初始化效

应——王安石《唐百家诗选》在宋代的流传与接受 . *Anhui daxue xuebao (shehui kexue ban)* 1 (2012): 62–73.

Zha Qinghua 查清华 et al. *Tang shixue shigao (zengding ben*)唐诗学史稿 (增订本). Shanghai: Shanghai guji chubanshe, 2016.

Zhai Hao 翟灏 (*jinshi* 1754). *Tongsu bian* 通俗编 . Edited by Chen Zhiming 陈志明 . Beijing: Dongfang chubanshe, 2012.

Zhang Bangji 张邦基 (fl. 1131). *Mozhuang manlu* 墨庄漫录 . Edited by Jin Yuan 金圆 . In *QSBJ*, ser. 3, vol. 9.

Zhang Baojian 张保见 . *Song Minqiu shiji jianlu* 宋敏求事迹简录 . In *Songren nianpu congkan*, vol. 3.

Zhang Baojian 张保见 and Gao Qingqing 高青青 , eds. *Wang Anshi yanjiu lunzhu mulu suoyin: 1912–2014.* 王安石研究论著目录索引 : 1912–2014. Chengdu: Sichuan daxue chubanshe, 2015.

Zhang Biaocheng 张表臣 (11th–12th cent.). *Shanhugou shihua* 珊瑚钩诗话 . In *Lidai shihua*.

Zhang Bowei 张伯伟 . *Chan yu shixue* 禅与诗学 . Beijing: Renmin wenxue chuban she, 2008.

——. "Hanshan" 寒山 . In *Zhongguo lidai zhuming wenxuejia ping-zhuan xubian* 中国历代著名文学家评传续编 , edited by Lü Huijuan 吕慧鹃 , Liu Bo 刘波 , and Lu Da 卢达 , 601–14. Ji'nan: Shandong jiaoyu chubanshe, 1989.

Zhang Chengzhong 张呈忠 . "Jin sanbai nian lai Xifang xuezhe yanzhong de Wang Anshi" 近三百年来西方学者眼中的王安石 . *Lishi lilun yanjiu* 4 (2016): 133–41.

Zhang Fuxiang 张富祥 . "Song Minqiu" 宋敏求 . In *Zhongguo gudai wenxianxuejia yanjiu* 中国古代文献学家研究 , edited by Zhang Jiafan 张家璠 and Yan Chongdong 严崇东 , 163–73. Guilin: Guangxi shifan daxue chubanshe, 1996.

Zhang Gaoping 张高评 . "Songshi yu fan'an" 宋诗与翻案 . In *Songdai wenxue yu sixiang* 宋代文学与思想 , edited by Guoli Taiwan daxue Zhongguo wenxue yanjiusuo, 215–58. Taibei: Xuesheng shuju, 1989.

——. *Songshi zhi chuancheng yu kaituo: yi fan'an shi, qinyan shi, shizhong youhua shi weili* 宋诗之传承与开拓：以翻案诗、禽言诗、诗中有画诗为例 . Taibei:

Wenshizhe chubanshe, 1990.

——. *Wang Zhaojun xingxiang zhi zhuanhua yu chuangxin: shizhuan xiaoshuo shige zaju zhi liubian* 王昭君形象之转化与创新：史传、小说、诗歌、杂剧之流变. Taibei: Liren shuju, 2011.

Zhang Honghai 张洪海, comp. *Shijing huiping* 诗经汇评. Nanjing: Fenghuang chubanshe, 2016.

Zhang Hongsheng 张宏生. *Jianghu shipai yanjiu* 江湖诗派研究. Beijing: Zhonghua shuju, 1995.

Zhang Jia 张佳, Yang Yi 杨依, and Li Yinsheng 李寅生. "Song Minqiu bianjiao zhengli Tangren bieji kaolun" 宋敏求编校整理唐人别集考论. *Tangdu xuekan* 1 (2011): 5–9.

Zhang Jin 张溍 (1621—78). *Dushutang Du Gongbu shiwen ji zhujie* 读书堂杜工部诗文集注解. Edited by Nie Qiaoping 聂巧平. Ji'nan: Qilu shushe, 2014.

Zhang Jing 张静. *Qi zhong you dao: Lidai shifa zhuzuo zhong de shifa mingmu yanjiu* 器中有道：历代诗法著作中的诗法明目研究. Nanjing: Fenghuang chubanshe, 2017.

Zhang Jingsong 张劲松. *Songdai yongshi huaigu shici zhuanshi yanjiu—huayu huan yuan yu chuanbo xiliu kaocha* 宋代咏史怀古诗词传释研究——话语还原与传播细流考察. Guiyang: Guizhou daxue chubanshe, 2015.

Zhang Lei 张耒 (1054—1114). *Mingdao zazhi* 明道杂志. Edited by Zha Qinghua 查清华 and Pan Chaoqun 潘超群. In *QSBJ*, ser. 2, vol. 7.

Zhang Pei 张培. "Wang Anshi Tangshixue yanjiu" 王安石唐诗学研究. Ph.D. diss., He'nan daxue, 2011.

Zhang Shangying 张尚英. *Liu Chang nianpu* 刘敞年谱. In *Songren nianpu congkan*, vol. 4.

Zhang Wende 张文德. *Wang Zhaojun gushi de chuancheng yu shanbian* 王昭君故事的传承与嬗变. Shanghai: Xuelin chubanshe, 2008,

Zhang Xiumin 张秀民. *Zhongguo yinshua shi* 中国印刷史. Shanghai: Shanghai renmin chubanshe, 1989.

Zhang Yu 张煜. *Xinxing yu shichan: Bei Song wenren yu fojiao lungao* 心性与诗禅：北宋文人与佛教论稿. Shanghai: Huadong shifan daxue chubanshe, 2012.

Zhang Zhihua 张智华 . *Nan Song de shiwen xuanben yanjiu: Nan Song ren suo bian shiwen xuanben yu shiwen piping* 南宋的诗文选本研究：南宋人所编的诗文选本与诗文批评 . Beijing: Beijing shifan daxue chubanshe, 2002.

Zhang Zhonggang 张忠刚 . *Duji xulu* 杜集叙录 . Ji'nan: Qilu shushe, 2008.

Zhangsun Wuji 长孙无忌 (594—659) et al. *Tanglü shuyi jianjie* 唐律疏议笺解 . Edited by Liu Junwen 刘俊文 . Beijing: Zhonghua shuju, 1996.

Zhao Lingzhi 赵令畤 (1061—1134). *Houqing lu* 侯鲭录 . Edited by Kong Fanli 孔凡礼 . In *QSBJ*, ser. 2, vol. 6.

Zhao Yanwei 赵彦卫 (*jinshi* 1163). *Yunlu manchao* 云麓漫钞 . Edited by Zhu Xuqiang 朱旭强 . In *QSBJ*, ser. 6, vol. 4.

Zhao Yi 赵翼 (1727–1814). *Oubei shihua jiaozhu* 瓯北诗话校注 . Collated and annotated by Jiang Shouyi 江守义 and Li Chengyu 李成玉 . Beijing: Renmin wenxue chubanshe, 2013.

Zhao Yushi 赵与时 (1172—1228). *Bingtui lu* 宾退录 . Edited by Qi Zhiping 齐治平 . Shanghai: Shanghai guji chubanshe, 1983.

Zhao Yuyan 赵与虤 (fl. 1231). *Yushutang shihua* 娱书堂诗话 . In *Lidai shihua xubian*.

Zheng Yongxiao 郑永晓 . *Huang Tingjian nianpu xinbian* 黄庭坚年谱新编 . Beijing: Shehui kexue wenxian chubanshe, 1997.

Zhixu 智旭 (1599—1655). *Lengyan jing wenju* 楞严经文句 . Edited by Xu Shangding 徐尚定 and Yu Delong 于德隆 . Beijing: Xianzhuang shuju, 2016.

Zhong Jingwen 钟敬文 . "Tingyulou shihua" 听雨楼诗话 . In *Zhong Jingwen wenji* 钟敬文文集 , 3:59–66. Hefei: Anhui jiaoyu chubanshe, 2002.

Zhong Ling 钟玲 . *Wenben shenceng: Kua wenhua ronghe yu xingbie tansuo* 文本深层：跨文化融合与性别探索 . Taiwan: Guoli Taiwan daxue chubanshe, 2018.

Zhong Rong 钟嵘 (468?—518?). *Shipin jianzhu* 诗品笺注 . Annotated by Cao Xu 曹旭 . Beijing: Renmin wenxue chubanshe, 2009.

Zhou Caiquan 周采泉 . *Du ji shulu* 杜集书录 . Shanghai: Shanghai guji chubanshe, 1986.

Zhou Dunyi 周敦颐 (1017—73). *Zhou Dunyi ji* 周敦颐集 . Edited by Chen Keming 陈克明 . Beijing: Zhonghua shuju, 1990.

Zhou Hui 周煇 (b. 1127). *Qingbo zazhi* 清波杂志 . Edited by Liu Yongxiang 刘永

翔 and Xu Dan 许丹 . In *QSBJ*, ser. 5, vol. 9.

Zhou Mi 周密 (1232—98). *Haoranzhai yatan* 浩然斋雅谈 . Edited by Huang Baohua 黄宝华 . In *QSBJ*, ser. 8, vol. 1.

——. *Qidong yeyu* 齐东野语 . Edited by Yu Gang 俞钢 and Wang Yanhua 王燕华 . In *QSBJ*, ser. 7, vol. 10.

Zhou Rong 周容 (1619—79). *Chunjiutang shihua* 春酒堂诗话 . In *Qing shihua xubian*.

Zhou Rongchun 周荣椿 and Pan Shaoyi 潘绍诒 . *Chuzhou fuzhi* 处州府志 (1877). In *Zhongguo difangzhi jicheng Zhejiang fuxianzhi ji* 中国地方志集成浙江府县志辑 , vol. 63, compiled by Shanghai shudian. Shanghai: Shanghai shudian, 1993.

Zhou Xifu 周锡韫 . *Wang Anshi shixuan* 王安石诗选 . Hong Kong: Sanlian, 1983.

Zhou Xuliang 周煦良 . "Wang Anshi 'Mingfei qu' yunyong neiyun he shuangyun de fenxi" 王安石《明妃曲》运用内韵和双韵的分析 . *Zhou Xuliang wenji* 周煦良文集 , 1:312–18. Shanghai: Shanghai yiwen chubanshe, 2007.

Zhou Yinghe 周应合 . *Jingding Jiankang zhi* 景定建康志 . Nanjing: Nanjing chuban she, 2009.

Zhou Yukai 周裕锴 . "Rao lu shuo chan: Cong chan de quanshi dao shi de biaoda" 绕路说禅：从禅的诠释到诗的表达 . *Wenyi yanjiu* 3 (2000): 50–55.

———. "Shi zhong you hua: Liugen huyong yu chuwei zhi si—Lüelun *Lengyan jing* dui Songren shenmei guannian de yingxiang" 诗中有画：六根互用与出位之思——略论《楞严经》对宋人审美观念的影响 . *Sichuan daxue xuebao (zhexue shehui kexue ban)* 4 (2005): 68–73.

——. *Songdai shixue tonglun* 宋代诗学通论 . Shanghai: Shanghai guji chubanshe, 2007.

——. *Wenzi chan yu Songdai shixue* 文字禅与宋代诗学 . Beijing: Gaodeng jiaoyu chubanshe, 1998.

——. *Zhongguo gudai chanshixue yanjiu* 中国古代阐释学研究 . Shanghai: Shanghai renmin chubanshe, 2003.

Zhou Zizhi 周紫芝 (1082—1155). *Zhupo shihua* 竹坡诗话 . In *Lidai shihua*.

Zhouyi zhengyi 周易正义 . Edited by *Shisanjing zhushu* zhengli weiyuanhui. Beijing: Beijing daxue chubanshe, 2000.

Zhu Bian 朱弁 (1085—1144). *Fengyuetang shihua* 风月堂诗话 . Printed together with Huihong, *Lengzhai yehua* 冷斋夜话 ; Wu Hang 吴沆 (1116–72) *Huanxi shihua* 环溪诗话 , edited by Chen Xin 陈新 . Beijing: Zhonghua shuju, 1988.

——. *Quwei jiuwen* 曲洧旧闻 . Edited by Zhang Jianguang 张剑光 . In *QSBJ*, ser. 3, vol. 7.

Zhu Changwen 朱长文 (1039—98). *Wujun tujing xuji* 吴郡图经续记 . Edited by Jin Julin 金菊林 . Nanjing: Jiangsu guji chubanshe, 1999.

Zhu Dongrun 朱东润 . *Zhongguo zhuanxu wenxue zhi bianqian* 中国传叙文学之变迁 . Edited by Chen Shangjun 陈尚君 . Shanghai: Fudan daxue chubanshe, 2016.

Zhu Gang 朱刚 . *Tang Song "guwen yundong" yu shidafu wenxue* 唐宋 "古文运动" 与士大夫文学 . Shanghai: Fudan daxue chubanshe, 2013.

Zhu Mu 祝穆 (12th–13th cent.). *Gujin shiwen leiju* 古今事文类聚 . In *SKQS*, vols. 925–29.

Zhu Shangshu 祝尚书 , comp. *Songji xuba huibian* 宋集序跋汇编 . Beijing: Zhonghua shuju, 2010.

——. *Songren zongji xulu* 宋人总集叙录 . Beijing: Zhonghua shuju, 2004.

Zhu Xi 朱熹 (1130—1200). *Sanchao mingchen yanxing lu* 三名臣言行录 . In *Zhuzi quanshu*, vol. 12.

——. *Shi jizhuan* 诗集传 . In *Zhuzi quanshu*, vol. 1.

——. *Yiluo yuanyuan lu* 伊洛渊源录 . In *Zhuzi quanshu*, vol. 12.

——. *Zhuzi quanshu* 朱子全书 . Edited by Zhu Jiren 朱杰人 , Yan Zuozhi 严佐之 , and Liu Yongxiang 刘永翔 . Shanghai: Shanghai guji chubanshe; Hefei: Anhui jiaoyu chubanshe, 2002.

——. *Zhuzi yulei* (*ZZYL*) 朱子语类 . Compiled by Li Jingde 黎靖德 (13th cent.). Beijing: Zhonghua shuju, 1986.

Zhuangzi jishi 庄子集释 . Edited by Guo Qingfan 郭庆藩 (1844–96?). Beijing: Zhonghua shuju, 1961.

Zou Yunhu 邹云湖 . *Zhongguo xuanben piping* 中国选本批评 . Shanghai: Shanghai sanlian shudian, 2002.

索 引*

阿瑟 · 魏理：195
艾朗诺：86、86 注 78、88、128
爱德华 · 萨义德：189-191
奥古斯特 · 罗丹：187

白居易：在诗选中的缺席，112、113；在《唐百家诗选》中的缺席，69、76、85、86；《井底引银瓶》，227；对杜甫、李白的评论，125；《陵园妾》，245-246；影响，125-126、275、282；语言，2；诗作，50 注 119、116、140、190、203 注 33；有关王昭君的诗，13、26-27、32、55-56；诗集，87、130 注 24；律诗，124 注 2；《太行路》，246
白莲社：198
白体：125-126
班固《汉书》：11
《半山集》：182
《半山老人绝句》：182
半山园：219-222。另可参见钟山
鲍溶：92
鲍照：184-185
北磵居简《拟寒山送明达二侍者归蜀》：206-208

蔡卞：23
蔡京：25、26、30

* 译者按：索引按汉语拼音字母顺序重新排列，各词条内子条目的顺序不变。索引页码为页边码。

蔡居厚：73-74、79-80
蔡确：26、237 注 42、256 注 109、261-266、267
蔡上翔：34
蔡絛：18 注 26、93-95、99、143、230
蔡襄：149、249、250；《四贤一不肖》，248-249
蔡琰：44
蔡邕《琴操》：12、32、41
曹丕：244
曹唐：《暮春戏赠吴端公》，95；《和周侍御买剑》，95
曹勋《效寒山体》：208-209
曹植《七哀》：243-244、245
岑参：98、102、103、108-109、116
禅宗：偈，214-215；公案，205 注 38；文人与禅宗的关系，4；祖师，215；诗歌，214-215、219；圣地，217；王安石诗中的禅思，217-218、219。另可参见佛教
常建：102、111；《题破山寺后禅院》，150
晁补之：273、278；《题伯时画》，58-59
晁公武：68 注 25、114-115 注 166、290
晁说之：64-65、72、108、290
车盖亭诗案：261-266、267
陈辅：182
陈瓘：238
陈辉：133
陈绛：58
陈模：114、184、184 注 230
陈善：139、274、282、286
陈尚君：81 注 60
陈师道：163、183、253 注 98、273、276、278
陈襄：17、133
陈岩肖：277 注 13
陈晔：133
陈绎：83 注 66
陈与义：140-141、278
陈渊：25
陈造：109
陈振孙：68、85、92、103、108、109、114
陈正敏：156；《遯斋闲览》，76-77、78、79、81、84 注 69
程千帆：103、103 注 142
程师孟：253-254 注 98
程颐：24
程哲：33
仇兆鳌：129
《楚辞》：258
慈受怀深《拟寒山诗》：209-211、212-213

达观真可：291
戴表元：对唐风的论述，279-280；《唐诗含弘》，113
道士：197、206

《调笑集句》: 45
定林寺: 217-218、237
杜甫: 在诗选中的缺席, 111、112-113、114、117-118、122-123; 在《唐百家诗选》中的缺席, 69、70、72、73-74、77-78、81-82、85-86、91-92;《画鹘行》, 18 注 26; 经典化, 3、124-129、279; 按照编年排列诗作, 129-131, 132; 与其他诗人的对比, 124-125、178-179; 如有神助的叙述, 213;《八哀诗》, 147; 江西诗派与杜甫, 115、122 注 196、278; 作为杜诗分水岭的夔州, 3-4、134、138-140、146-147、149-150; 语言, 2; 晚期诗作, 3-4、134-135、136-140、146-147、149-150、190; 对晚期风格的评论, 135-136、190; 年谱, 131-132、134-135; 诗选中的杜诗, 64、79、111-112、113、114、115-116、176; 有关王昭君的诗, 13、32; 诗集, 3、74、85-86、87、88-92、111、126-127、129-131;《咏怀古迹》, 14-15 注 14。另可参见盛唐诗
《杜工部诗后集》(王安石编): 74
杜光庭《仙传拾遗》: 192
杜牧: 69、76、87、111、114、163 注 162、180;《将赴吴兴登乐游原》, 265 注 139
杜审言《赋得妾薄命》: 244-245
杜松柏: 217-218、219-220
杜衍: 249、250

翻案: 2-3、53-56、61、156、215、289 注 5
樊晃: 130
范成大: 88-89、90、91
范冲: 22-24、26、34、52、53
范纯仁: 265-266
范摅: 89-90
范晔《后汉书》: 12
范仲淹: 247-248、249、250-251
范祖禹: 23
方回: 作为诗选家, 96、115; 对杜甫的评论, 137-139; 对翻案的评论, 215; 对江西诗派的评论, 278; 对晚期风格的评论, 186; 对梅尧臣的评论, 277、280 注 21; 对北宋诗的评论, 277-279; 对《唐百家诗选》的评论, 65、84、96-97; 对王安石绝句的评论, 180
《分门纂类唐宋时贤千家诗选》: 115
汾阳善昭《拟寒山诗》: 200-201
冯道: 28-29
佛光如满: 214
佛教: 四谛, 202;《华严经》, 290;《楞严经》, 205、211-212、222-223; 文人与佛教的关系, 4; 龙兴寺, 199; 王安石与佛教, 4、174-175、217-224、290-291; 白莲社, 198。另可参见禅宗; 寒山
傅增湘: 75

富弼：249-250

高棅《唐诗品汇》：118-120
高季兴：199
高启《王明君》：55
高若讷：248
高适：98、102、108-109、112
高太后（太皇太后高氏）：141、261、264、265-266、267 注 144
高辛（上古五帝之一）：54-55
高仲武《中兴间气集》：80、102、103
告子：51
格尔格 · 西默尔：186、190
庚桑楚：174
宫女：56 注 137、245-246。另可参见王昭君
顾起元：32-33
顾陶《唐诗类选》：63、68-69、80-81、113
关于王安石所编诗选遗漏众多唐诗名家的编纂意图说：70、72、77-81、84
关于王安石所编诗选遗漏众多唐诗名家的条件受限说：77、81-84、93
贯休：诗集，87;《寄赤松舒道士二首》，197
灌溪志闲：219
郭皇后：247
郭茂倩《乐府诗集》：116、116 注 170、118
郭绍虞：103、170 注 186

哈弗洛克 · 艾利斯：187-188
韩淲：144-145、147、148 ;《注解选唐诗》，112
韩翃：76
韩璜：25
韩驹《题李伯时画昭君图》：59-60
韩琦：249、250
韩维：13、14、39
韩偓：97
韩愈：在诗选中的缺席，112-113、117-118、122-123 ；在《唐百家诗选》中的缺席，69、70、72、77-78、79、81-82、85-86；文集，88、131-132 ；影响，273、275、282、283 注 31、285 ；晚期风格，134、145、146 ；对李白、杜甫的评论，186-187；年谱，131-132、133;《元和圣德诗》,150-151;诗选中的韩诗，64、79-80、111-112、114、115-116 ；诗集，85-86、87、273 ;《平淮西碑》，145，150-151 ;《南阳樊绍述墓志铭》，134 注 38;《调张籍》，125、129
寒山(地名):195。另可参见寒山(人名)
寒山（人名）：相关的典故，197-199 ；模仿者，199-201、206-213 ；抒情描写之诗，192-194、195-196、199-200 ；第二十一首诗，211 ；第三十六首诗，194-195;第七十首诗，210 ；第一百七十二首诗，209 ；第

二八十三首诗，193-194；讽刺说教之诗，192、194-195、196、202-204、210；诗歌类别，192-196; 王安石的拟作，196、201-204、211-213、222、291
汉元帝：11、12-13、41、56 注 137、59
郝处俊：263、264、265
何焯：54
何乔远：285 注 39
何琬：253-256、259、260-261、271、272
何文焕：232
何正臣：251
贺裳：55-56、283-285；《明妃词》，56
贺铸：163 注 164
弘忍：215
洪兴祖：242
呼韩邪：11、12-13、59
胡安国：25
胡汉民《读王荆公文集》：31 注 73、257
胡柯：133
胡祇遹：96、109
胡人：18-22、25、26、31、33-34、37。另可参见匈奴
胡应麟：120-121、149、281-282
胡云翼：216
胡仔：对杜甫的评论，190；对黄庭坚的评论，143；对吕本中诗的评论，58；诗论，66、67；对苏轼的评论，139；对《唐百家诗选》的评论，97-98、99-100；对王安石诗的评论，129、176、177-178、183、230；对王安石《明妃曲》的评论，22
胡直孺：176
《华严经》：290
华兹生：195
怀素：142
皇甫曾：95
皇甫冉：65-66、95、108-109
黄伯思：81-82、130-131
黄大临：162-163
黄大舆：133
黄庭坚：书法，142、148、175、176；为王安石《明妃曲》所写的跋文，19-20、26；《跋王荆公禅简》，174-176；对杜甫的评论，134-135、138、149、176；早期诗作，162-163；江西诗派与黄氏，275、278、286；晚期诗作，143-144、145、146；对晚期风格的评论，134-135、136-137、139、141-143、146、190、191；生平，141、143、148；对诗歌新意的评论，289；诗作，144、178-180；在宋代文学文化中的地位，273-275、276-279、280、282、283、286；前后两期论的模式，134-135、139、141；对王安石诗的评论，154、174-176、279；创作生涯，141

黄永年：86
黄震：129、162
黄宗羲：282-283
惠洪：158、167、175-176、178、222-223
慧能：215
慧远：198
慧约：174

计有功：68
纪昀：139、150、162
加里 · 斯奈德：195
嘉祐四友：39
贾岛：122 注 196、126、275 ;《送无可上人》，94-95 ;《哭柏岩和尚》，95、99
贾谊：238、241
江湖：江湖派，277 注 12、283。另可参见刘克庄
江陵龙兴寺：199
江南：17、173、254
江宁：219、226、254、258-259、272
江西诗派：尊奉杜甫，115、122 注 196、278；黄庭坚与江西诗派，275、278、286；痴迷于标新独创，51、52；其他诗人对江西诗派的反对，122 注 196、163、277 注 12；三宗，278；杨万里学习江西诗派，181
江休复：13、14
江淹：185
姜公铨：282
姜南：43-44
蒋士铨：287-289
金陵：44 注 104、75 注 47、140、145、219、221、239 注 51
金人：21-22、44-45、272
经典的形成：1-2、3、122-123。另可参见杜甫
靖康之难：25、30、44、271-272
九僧：281
《君难托》：弃妇之喻，226-227、234、247；寓意性解读，226、233-235、260-261、271、272；诗中的典故，226-227；作者身份，226-228、231、232-233、271；历史背景，233-235；文本，225

柯梦得《唐贤绝句》：114
刻本：价格，74；刻印数量，89-91
肯尼思 · 克拉克：189 注 244
孔道辅：248
孔子：134、160。另可参见《论语》
寇准：126、265 注 140
夔州：3-4、134、138-140、146-147、149-150

蓝元震：249
老子：31、138
乐府诗：226、242-244、284
乐史：131
《楞严经》：205、211-212、222-223

《离骚》: 241-242
李白：在诗选中的缺席，111、112-113、114、117-118、122-123；在《唐百家诗选》中的缺席，69、70、72、77-78、81-82、85-86；与杜甫的比较，124-125；影响，282；焚诗，163 注 162;在诗选中的诗作，111-112、113、114、115-116；有关王昭君的诗作，13；诗集，85-86、87、88、92、111、131;《独坐敬亭山》，218-219
李壁：对王安石诗作者身份的论述，228-229、230-231；对《君难托》的论述，226-227、228-229、232-233、235；对王安石诗作的评论，73、162、170 注 188、173 注 198、219、271；对王安石求新的评论，52
李錞: 73
李存《唐人五言排律选》: 113
李德身: 232 注 27、259-260
李德裕: 92
李东阳: 53
李昉: 125-126
李纲：对杜甫的评论，130-131 注 26;《胡笳十八拍》，44-45;《书四家诗选后》，77-78
李公麟: 58-60
李公彦: 153
李龏《唐僧弘秀集》: 112
李贺: 31
李嘉祐《送王牧往吉州谒王使君》: 110
李陵: 49
李山甫《山中寄梁判官》: 197-198
李商隐: 69、83、111、126、184、238、275、276
李焘: 235-236
李益: 76
李邕: 92
李璋: 159-160 : 164
李周翰: 49、244
理查德 · 罗蒂: 287、288
列奥纳多 · 达 · 芬奇《最后的晚餐》: 186
林光朝: 78-79、99
林希逸: 144
林与直《古诗选唐》: 114-115
林语堂: 291
《临川前后集》: 154
刘安世: 26、237
刘攽: 51-52、162 注 156
刘敞: 13-14、18
刘辰翁：为王安石《明妃曲》辩护，30-32；对杜甫晚期诗作的评论，149；对《唐百家诗选》的评论，109；对王安石诗的评论，167 注 176、258、269-271、281；对王安石绝句的评论，180、183;《王孟诗评》，112
刘克庄：宋诗选本，276-277；归为刘氏所编的唐宋诗选本，115；对陈与义的评论，141；对杜甫的评论，147；对黄庭坚的评论，276-277；对晚期风格的评论，139-140；对梅尧臣的评论，280 注 21；焚诗，163；对拟寒山诗的评论，211、212；江湖诗派，277 注 12、283；对《唐百家诗选》的评论，95、98、108-109；《唐绝句续选》，114；《唐五七言绝句》，113-114；对王安石诗的评论，129；对曾巩诗的评论，50
刘履：244
刘清之：164
刘向《远游》：258
刘歆《西京杂记》：12-13
刘埙：234-235、271、281 注 22、283 注 31
刘禹锡：76、85、92
刘豫：21、22 注 37、24、26
刘筠：275、276、281、286
刘长卿：69、85
柳宗元：69、85、87、112、116、132-133、147 注 99
楼钥：140-141、158
卢仝：《月蚀》，100；《山中》，178
陆佃：236
陆龟蒙《古意》：227
陆九渊：51、52
陆游：280 注 21
陆宰：227-228
陆贽：87
论辩型翻案：2-3。另可参见翻案
《论语》：160、208
罗大经：26-28、29-30
罗时进：196
罗竦：231
洛阳：140-141、248、273
吕本中：《明妃》，57-58；《昭君怨》，58；在宋代文学文化中的地位，278；对秦观晚期风格的评论，140；对宋诗的评论，274 注 5
吕大防：131-132、134-135、136、151、190、191、265-266 注 140
吕公著：39
吕惠卿：26、42-44、203 注 33、233、234
吕嘉问：254-260、272
吕向：243
吕延济：243-244
吕夷简：247-248、249
吕祖谦《丽泽集诗》：115-116

马援：171-172
毛延寿：12、13、38-39、47-48、50
枚皋：137
梅尧臣：影响，280、283；有关王昭君的和诗，13、14、18、48、50；欧阳修与梅氏，282；诗作，275、276、277
孟浩然：69、78、102；《岁除夜会乐城张少府宅》，31
孟郊：69、76、85、87、92

米开朗基罗：187
《妙法莲华经》：291
妙声：98
《明妃曲二首》：创作，14；批评，18-24、26-27、29、49、60-61、271-272、291；名声，18、20；和诗，18、34、35-50、61；引起纠纷的诗句，18-24、30-34、48、52、53-54、60、61；用韵，41；文本，14-16
木抱一：21、22、26、34、41、45、49
倪仲傅：97

年谱：131-133
女性。参见弃妇之喻；宫女；王昭君

欧阳修：《醉翁亭记》，144；对贾岛《哭柏岩和尚》的评论，99；冯道与欧氏，29；《庐山高》，37；所受的影响，273、275；对贾岛诗的评论，95；晚期风格，146、147-148、150；生平，88、146、150、248、249、250；有关王昭君的和诗，18、32、34、35-39、48；年谱，133；诗选中的欧诗，64；在宋代文学文化中的地位，273-274、276、277、278-279、281-282、283、286；对杨蟠诗的赞赏，75；在《四家诗选》中出现，77-78；散文创作，147-148、274；与王安石的交往，17-18；对王安石诗的评论，27、129、230；对王安石文章的评论，17；《文林》，17；曾巩的致信，16
蕅益智旭：223

彭汝砺：266
普闻：178-180
齐己《渚宫莫问诗一十五首》：199

弃妇之喻：在《君难托》中，226-227、234、247；在文人诗中，243-247；用作政治性的比喻，239-242、245-247；在唐诗中，226-227；在乐府诗中，242-244
《千家诗》：115
钱起：92
钱谦益：65 注 9、284 注 35
钱锺书：195
乔纳森 · 皮斯：169 注 183
《箧中集》：103、105-107、108、110
秦观：140、150-151、273、278、279 注 18
秦系：92
清凉泰钦《拟寒山》：199-200
庆诸：禅师，204-205
屈原：241、258；《离骚》，241-242；《九歌》，48-49
全祖望：286

任昉：185
任渊：143
入矢义高：192 注 2、197 注 20、197

注 21

萨进德：2
《三经新义》（王安石编）：290
三司：13-14、62、83
邵伯温：18 注 26
邵博：29
申涵光：149-150
神秀：215
《神宗实录》：23
沈德潜：100
沈钦韩：255、256
沈亚之：87
沈与求：25
沈约：185
沈肇：232
盛度：275
盛唐诗：普及性，92、112-123；对宋代诗人的影响，275、282、285；在《唐百家诗选》中，96。另可参见杜甫；韩愈；李白；唐诗
诗歌：焚弃少作，162-164；少作，141、144、145-146、150-152、162-164。另可参见晚期风格
诗歌文化：1。另可参见宋代诗歌文化
诗歌选本。参见诗选
诗集：编年体例，129-131、132、133；流传，88；唐人诗集，87-92；王安石诗集，153-154、182-183、228-230。另可参见唐诗；具体的唐宋诗人
《诗经》：弃妇之喻，239-241；《遵大路》，240-241；《柏舟》，239-240；《绿衣》，263-264；毛传，30-31、240-241、264；作为典范，182；诗中鱼与鸟的对仗，168；讽刺诗，268-269；《小弁》，30-31
诗选：序文，63-64；经典形成中诗选的作用，122-123；唐诗选本，1、63、68-69、80-81、110-123。另可参见《四家诗选》；《唐百家诗选》
施蛰存：85-86、193-194 注 6
石崇《王明君辞》：13
石介：249-250
时少章：103 注 140、108 注 145
拾得：192 注 1、202-203、210。另可参见寒山
书法：142-143、148-149、175、176、188
书籍。参见刻本
舒亶：251、252
舒道纪：197
司马光：足疾，42 注 96；有关王昭君的和诗，18、21、22、33、34、39-45；对九僧的评论，281 注 26；仕宦生涯，39、43；王安石与司马光，16、39
司马迁：46 注 109、173 注 198、191 注 248
四大高僧：291-292
《四家诗选》：64、74、76、77-78、79-80、82、92

宋代：思想文化，289-290；金人入侵，21-22、44-45、272。另可参见政治与诗歌
宋代诗歌文化：佛教的影响，4；杜甫的经典化，124-129、279；宋初诗人，125-126；唐诗典范的形成，1-2、3、122-123；黄庭坚的地位，273-275、276-279、280、282、283、286;宋诗文化中的求新，287-290；欧阳修的地位，273-274、276、277、278-279、281-282、283、286；诗歌风格，125-126；苏轼的地位，274-275、276、277、280、282、286；唐诗与宋诗文化，1-4、275-276、278-280、281-283、287-289；王安石的地位，274-286；杨万里的地位，283。另可参见诗选；翻案；江西诗派；晚期风格；西昆体
宋高宗：23-25、263、264、265
宋徽宗：26 注 55、157
宋荦：75、101-102、285
宋敏求：家族，92 注 104；家藏图书，68、69、81-85、92、110；校订的诗集，92-93、131;在编纂《唐百家诗选》中的角色，62-63、64、66、110；校勘的文本，66 注 15。另可参见《唐百家诗选》
宋祁：250、281
宋仁宗：233、248、249-250、285
宋神宗：官制改革，237；盐法，252；对司马光诗的评论，42-44；苏轼与神宗，252-253；王安石与神宗，23、147-148、159、233-239、256；王安石那些看起来是批评神宗的诗作，226、227、233-235、268、269-271、272
宋太祖：265 注 140
宋孝宗：140
宋玉《九辩》：258
宋哲宗：23、141、270-271 注 159
宋真宗：74、276 注 11
宋之问：69、76
苏轼：按照编年而非体裁来编排诗作，130；书法，142-143；与其他诗人的比较，178-180；乌台诗案，251-252、261、265 注 139、266、267；贬谪，140、142、251；何琬与苏轼，253 注 98；晚期诗作，139、140、144-145、190；晚期散文创作，148；《论行遣蔡确札子》，266 注 141;《山村》，251-252;诗集，131 注 26；政治讽刺诗，266-268；在宋代文学文化中的地位，274-275、276、277、280、282、286;《王复秀才所居双桧二首》，252-253；王安石与苏轼，183 注 227、279 注 18、291；杨蟠与苏轼，75；曾公亮与苏轼，236
苏舜钦：126-127、129-130、132、142、250、276、277
苏舜元：142、277

苏洵：145、163、273
苏辙：148、151 注 116
苏州：88-91
孙昌武：195-196
孙觌：152-153、159、160、164-165
孙复：249
孙奕：145-146、150-151

汤江浩：76 注 49、156 注 130、159
《唐百家诗选》：读者，87；存亡与夺之权，72；流传，73-74；编纂过程，64-69、82、83-84、93、108、110；对其选诗的批评，93-97、99、100、101-102、120、291；编纂的缘起，62-64；众多版本，108-109；传统中的位置，102；排除的诗人，69、83-84、85、87-88、92-93、109、111；对该书的称赞，70-72、97-98、99-100；早先诗选在该书中的再现，68、96、102-103、104-107、110-122；体量，68；有关遗漏的众多说法，70-79、81-92；书名，63；王安石的序文，62-64、69、99-101；杨蟠为刻本所写的序文，70-73、74-75、76、83、87
唐介：28-29
唐汝询：245
唐诗：弃妇之喻，226；诗选，1、63、68-69、80-81、110-123；经典化，1-2、3、122-123；宋敏求所藏的唐人诗集，68、81-85、92、110；晚唐，115-122、126、163、180-182、184、276、277-279、282-283；中唐，115-116、120、180、193 注 6、282；宋代诗人与唐诗的关系，1-4、275-276、278-280、281-283、287-289；王安石诗与唐诗的关联，97、98、180-182、184、276、282-283；乐府诗，226。另可参见盛唐诗
唐顺宗：214
唐宋八大家：144
唐玄宗：84、102
陶渊明：79、80、98 注 127、116、174、279
天童山：217
田安：63
田雯：285

晚期风格：在书法中，148-149、188；促发事件与晚期风格，191；对立面观点，146-150；跨文化的思考，184-191；决定性品质，188-191；晚期风格的相关论述，3-4、134-146；杜甫的相关评论，135-136、190；杜甫的晚期风格，3-4、136-140；历史性，184-185；黄庭坚的相关评论，134-135、136-137、139、141-143、146、190、191；在散文中，144、147-148；适用范围，188；王安石的晚期风

格，164-174、176-178、179-180、190、191、286；在西方文化中，3、185-191
晚期风格讨论中前后两期论的模式：134-135、139、141、144、191
晚唐体：115-122、126、163、180、182、184、276、277-279、282-283
汪辅之：265 注 139
汪藻：153、154
王安国：156、161、162、227-232、281
王安礼：179、229-230
王安石：佛教与王氏，4、174-175、217-224、290-291；王氏所编的杜集，3、126-127、130；何琬与王氏，253-256、259、260-261、271、272；专注于标新独创，51-53、69、101-102、290-291；对欧阳修文章的评论，147-148；个性，54、61、100-102、231、292；为无书不读而自豪，213；与唐介的争辩，28-29；司马光与王氏，39；苏轼与王氏，279 注 18、291；王回与王氏，19-20 注 31、61
王安石的散文创作：《游褒禅山记》，19-20 注 31；《三经新义》，290、291；日录，238-239；名声，17；军事战略论文，51-52
王安石的生平与家人：在钟山，140、145、152、217-221、222-224、234、237；弟弟，156、161、162、179、227-232；女儿，179、201；日录，238-239；在金陵，44 注 104、75 注 47、140、145、221、239 注 51；所居，82-83、219-222；儿子，221 注 78、238-239、254-255 注 103、290 注 8；中风，221
王安石的仕宦生涯：诟病者，268、272、282、291-292；名声，16-17、21；作为宰相，51、70、219、236-237、253-254；作为翰林学士，157 注 135；在群牧司，17-18、39、65 注 9、82-83;作为提点刑狱，17；新法，24、25、159、251、290；政敌，23-26、56、61；与宋神宗的关系，23、226、227、233-239、256、268、269-271、272；相关的学术研究，5；在三司，13-14、62、65 注 9、83
王安石诗：佛教与王氏诗，174-175、217-218、219；诗集，14 注 13、153-154、182-183、228-230；与三谢的比较，277、279；早期诗作，17-18、151-61、285；唐诗对其的影响，97、98、180-182、184、276、282-283；缺乏追随者，277、280、281；晚期诗作，140、145、152、153、238、268、269-271、272；晚期风格，164-174、176-178、179-180、190、191、286；

遗产，274、292；分期，5、151-154、157；政治诗，238；流行的诗作，153、162、182；在宋代诗歌文化中的地位，274-286；绝句，154-155、173、174、175、176-184、277、284；重复用字，216-217、218、220；相关的学术研究，5；诗法谨严，172、174、190；“王荆公体”，182-184；乐府诗，284、285

王安石诗的诗题：《南浦》，176；《两山间》，220；《天童山溪上》，216-217；《胡笳十八拍》，44；《临津》，229-230；《次韵酬朱昌叔五首》，166 注 172、170-172；《与吕望之上东岭》，255-257；《宰嚭》，27-28；《次韵和甫春日金陵登台》，229-230；《次韵和甫咏雪》，157-159；《和冲卿雪诗》，164；《和吴冲卿雪》，164；《和冲卿雪诗并示持国》，164；《题半山寺壁二首》，221-222；《题齐安壁》，177；《书湖阴先生壁》，173-174；《邀望之过我庐》，259-260；《染云》，177；《岁晚》，279；《贾生》，238；《北山》，169-170；《杜甫画像》，3、127-129；《程公辟转运江西》，253-254 注 98；《题舫子》，177；《夜直》，232；《江上》，284；《送李璋》，164-165；《寄吴氏女子》，201-202；《商鞅》，28、53；《午睡》，177；《南浦》，166-168；《龙泉寺石井》，154-156、253 注 97；《送和甫至龙安微雨因寄吴氏女子》，179-180；《虎图》，18；《与舍弟华藏院此君亭咏竹》，160-162；《李璋下第》，159-160；《拟寒山拾得二十首》，196、202-204、211-213、222、291-292；《神宗皇帝挽辞二首》，269-271；《闻望之解舟》，257-259；《游钟山》，218-220；《初晴》，284；《定林所居》，217-218、220；《蒲叶》，177；《即事》，214-216、217、222；《即席》，229；《上元夜戏作》，230-231。另可参见《君难托》；《明妃曲二首》

王昌龄：111、112

王偁：119-120、121

王达：32-33

王蕃：134

王鈇：273

王黼：26

王复：252、253 注 97

王巩：253 注 97、265-266 注 140

王拱辰：250

王珪：252-253

王徽之：161

王回：19-20、26、34、45、61

王驾《晴景》：67

王建：65、108-109

王结《读唐百家诗选》：100-101

王居正：25

王雱：221 注 78、238-239、254-255

注 103、290 注 8
王溥：131
王琪：88-91
王叡《解昭君怨》：56-57
王十朋：144
王士禛：66、101、108、121、144
王曙：250
王水照：89-90、216
王素：249
王庭珪《题罗畴老家明妃辞汉图》：59
王维：在《唐百家诗选》中的缺席，76、85、86；诗选所选的诗作，111、116；诗歌，19、69；《从岐王过杨氏别业应教》，169-170
王相：115
王烨：228
王益柔：250-251
王逸：48-49、241-242
王应麟：143
王斿：232
王禹偁：125-126、275
王昭君：11-14、31、32-33、34、38-39、43、49、54-60。另可参见《明妃曲二首》
王直方：157、230
王洙：89、130
韦縠《才调集》：111
韦应物：69、76、85、87、112、275
韦庄《又玄集》：99、111-112
卫德明：242
魏了翁：144、233
魏泰：29
魏万：131
魏野：126、276、281
文安礼：132-133
文彦博：266-268
《文苑英华》：104-107、110-111、113 注 159、118
闻人祥正：115
闻一多：240
翁卷。参见永嘉四灵
乌台诗案：251-252、261、265 注 139、266、267
毋逢辰：281
吴曾：68
吴冲：164
吴处厚：261-266、267
吴幵：170
吴说《古今绝句》：176、182
武则天：263、265

西奥多 · 阿多诺：188-189、190
《西昆酬唱集》：126
西昆体：126、276、281、282、283、285
夏敬观：85、260
夏竦：249-250
项楚：196
萧统《文选》：63、116、163 注 162
萧望之：41
《小弁》(《诗经》第一百九十七首诗）：30-31

孝武帝：185
谢枋得：《千家诗》，115；《注解选唐》，112
谢灵运：98 注 127、198、277 注 14、279
谢朓：79、277 注 14、279
谢肇淛：33-34
新党：261、290
新法：24、25、159、251、290
新意：唱反调与新意，291-292；翻案，2-3、53-56、61、156、215、289 注 5；对新意的追求，287-291；王安石对新意的热衷，51-53、69、101-102、290-291
邢恕：17
匈奴：11、12、32、49、57 注 140
熊禾：233-234、235、271
徐得之《明妃曲》：54-55
徐度：52
徐俯：18 注 26、141-142、154
徐玑。参见永嘉四灵
徐霖：164
徐铉：125-126、148
徐照。参见永嘉四灵
许浑：96
许顗：140
薛能：诗集，87、88；《游嘉州后溪》，73
雪窦重显《拟寒山送僧》：205-206

延君寿：285
严羽：对宋诗的评论，275-276；对《唐百家诗选》的评论，95、96、100、102-103、108；对唐诗的评论，87；对王安石绝句的评论，183-184；对“王荆公体”的评论，182-184
颜真卿：92
晏殊：228、281、285
扬雄：137、162
杨蟠：诗作，75；《刻王荆公百家诗选序》，70-73、74-75、76、82、83、87；王安石与杨蟠，75-76
杨时：268-269、271
杨士弘《唐音》：113、115、116-118、119、120、121
杨万里：早期诗作，163；《读唐人及半山诗》，181；在宋代文学文化中的地位，283；《读诗》，181-182；《答徐子材谈绝句》，182；对王安石诗的评论，180、183、184、276
杨亿：275、276、281、286；《西昆酬唱集》，126
姚合：80、116、120、122 注 196、126、275
姚宽：80
姚铉：68
叶梦得：对杜甫的评论，147；对欧阳修的评论，37；对《唐百家诗选》的评论，66、97；对王安石晚期风格的评论，165-174、190、191、286；对王安石诗的评论，151-

152、153、154-156、157
叶适：183 注 227、280-281、290
叶涛：221、279 注 18
叶燮：289 注 3
伊尹：29
《易经》：242、244
殷璠《河岳英灵集》：80、102、103、111、116、120
尹洙：248、273
雍陶：96
永嘉四灵：122 注 196、275、280-281
余宝琳：86
余嘉锡：85
余靖：248、249
俞逊：254
宇文所安：86-87、110 注 151、121 注 193、195
庾信：135
元好问：98、140、190；《唐诗鼓吹》，112-113
元结《箧中集》：103、105-107、110
元稹：在诗选中的缺席，80-81、112、113；在《唐百家诗选》中的缺席：69、76、83、85；对杜甫的评论，124-125、130；诗作，124-125 注 2、203 注 33；诗选中的诗作，111、116；诗集，87、130 注 24
袁桷：280-281
云栖袾宏：291-292

曾布：23
曾公亮：236
曾巩：晚期作品，145；有关王昭君的和诗，18、45-50；仕宦生涯，45；所编的诗集，131；对王安石的评论，16-17
曾季貍：68-69、180、232 注 27
曾原一：117、283 注 31
曾慥：《宋百家诗选》，98、109；孙觌的致信，152-153；《乐府雅词》，45
张邦基：180、183
张伯伟：192 注 2
张方平：17、250
张祜：93-94；《题杭州孤山寺》，94；《题惠山寺》，94
张籍：85、87；《别离曲》，227；《白头吟》，226-227
张九成：25-26
张九龄：87
张耒：266-267、273、278
张蠙：57 注 139
张骞：59
张铣：244
张孝祥：148
张旭：142
张咏：88
张元幹：273-274、278
张仲素：57 注 139
章惇：26、30
赵鼎：25
赵蕃《注解选唐诗》：112
赵令畤：156-157、183 注 227、238

赵师秀:《二妙集》,112、122 注 196;《众妙集》，112、117、122 注 196。另可参见永嘉四灵
赵文：32
赵翼：52-53
郑刚中：133
郑良嗣：133
郑朴：171
政治变法：24、158-159、234、237、290。另可参见王安石的仕宦生涯
政治与诗歌：作为寄寓的弃妇之喻，239-242、245-247;笺释与构陷，4、267-269、272；车盖亭诗案，261-266、267；乌台诗案，251-252、261、265 注 139、266、267;奏邸狱，250-251；党争中拿诗歌做文章，4、239、247、248-251、266-270、272；王安石诗，226、227、233-235、238、268、269-271、272
支遁：219
中唐诗:115-116、120、180、193 注 6、282。另可参见唐诗
钟敬文：216
钟山：相关的典故，174；定林寺，217-218，237；王安石诗中的描写，214-216、217-222；王安石退居其地，140、145、152、217-221、222-224、234、237
周弼《三体唐诗》：112、117
周采泉：135 注 39
周密：58
周彦直：154
周颙：172、174
周越：142
周紫芝：143、156、231-232
朱弁：20-22、82、83-84、85
朱敦儒：148、149
朱可久：97
朱明之：166 注 172、170-172
朱熹：对《柏舟》的评论，240；对书法的评论，148-149；对江西诗派的评论，51-52；对晚期风格的评论，146-147、148-149；刘清之与朱熹，164；对《唐百家诗选》的评论，64、82、92、95-96
竺道潜：219
祝廷：153-154
庄子：204
邹云湖：81 注 60
奏邸狱：250-251
作者身份：226-233

译后记

2019 年 12 月至 2020 年 12 月我在美国圣母大学东亚语言与文化系访学，合作导师是杨晓山老师。杨老师擅长的领域是唐宋文学，近十多年来尤为专注王安石诗歌的研究。访学期间，我译成杨老师 2010 年在《哈佛亚洲研究学报》上发表的论文 Tradition and Individuality in Wang Anshi's *Tang bai jia shixuan*（《王安石〈唐百家诗选〉中的传统与个性》），后刊于《中外论坛》2021 年第 4 期。2021 年杨老师专著 *Wang Anshi and Song Poetic Culture* 由哈佛大学亚洲中心出版。经过一年多的翻译、编辑工作，现在该著的中译本即将由崇文书局出版，甚感欣慰。

感谢杨老师在我翻译论文、专著过程中的悉心指教。我每译成一部分内容，总用电邮传给杨老师审阅。他的回复则总包含两个文档，一是满页批注的订正本，一是版面清朗的誊清本，为我后续改进提供了极大的帮助。可以说，中译本能够达到目前的水平，倾注了杨老师的许多心血。当然，译本尚有不足之处，责任当由我独自承担。另须说明的是，英文原著存在一些讹误，译本一一作了改正。我对个别须予特别说明的改正下了按语，其他大多数则只是随文更改，不再具体指出。

感谢林岩师兄为我发表译文、出版译作提供的多方帮助。近年林师兄担任《中外论坛》的副主编、崇文学术译丛·海外汉学系列的主编，不遗余力地引荐我的译文、译作，他的热忱之举惠我实多。感谢崇文书局鲁兴刚、郑小华两位老师对译稿的精心审阅，进一步帮我改正了不少错讹，他们的敬业精神令人敬佩。

感谢国家留学基金委“高等学校青年骨干教师出国研修项目”提供的奖学金，解决了我赴美访学的生活开支问题。感谢西安交大中文系前系主任李慧老师、圣母大学东亚语言与文化系前系主任朱永平老师促成了我的访学之事。李老师、朱老师读本科时是陕师大中文系的同班同学，他们基于这份学缘，多年来努力促进西安交大、圣母大学中文专业的合作交流。正是他们的热情帮助，我顺利获得了圣母大学的邀请函。李老师是我入职交大中文系时的系主任，一直对我这名后辈关怀有加，现在李老师已经退休，在此祝愿她身体安康、生活幸福。

2020年新冠大疫，我一人在美，生活多有不便。感谢同来圣母大学访学、同住Rosemary公寓的胡可涛兄一家及贾泽林兄、李洁女史贤伉俪。他们的热诚帮助为我解决了许多现实的困难，大大纾解了我避疫期间的焦虑情绪，我们在那段特殊时期的共同经历令人难忘。

最后感谢我的家人，父母、妻子承担了日常繁重的家务劳动，让我能够安心于自己的学术工作，年幼的女儿活泼可爱，她的天真稚趣为我增添了许多欢乐。

许浩然

2023 年 6 月 4 日